# MITTEN IM FEUER

## KYLA STONE

Paper Moon Press

# BÜCHER VON KYLA STONE

Die postapokalyptische Reihe *Edge of Collapse* Serie:

*Am Rande des Zusammenbruchs*

*Am Rande des Wahnsinns*

*Am Rande der Finsternis*

*Am Rande der Anarchie*

*Am Rande des Widerstandes*

*Am Rande des Überlebens*

*Am Rande der Tapferkeit*

Die postapokalyptische Serie *Nuclear Dawn*:

*Gefahrenzone*

*Aus Der Asche*

*Mitten Im Feuer*

*Die Finsterste Nacht*

Die postapokalyptische Serie *Lost Light*:

*Der Auf Suche nach Licht*

*Auf Der Jagd Nach Dunkelheit*

*Auf Der Spur Der Hoffnung*

*Auf Der Asche Der Welt*

# KAPITEL 1
## DAKOTA

Dakota Sloane war auf den Kampf vorbereitet. Sie hielt ihre SIG in der Hand, hatte die AR-15 über die Schulter geworfen und die zusätzlichen Magazine in einer Tasche an ihrem Gürtel verstaut.

»Los geht's«, sagte Logan Garcia unwirsch. Er trug sein Gewehr, die Glock 43 steckte in ihrem verdeckten Holster am Rücken, sein Kampfmesser war an seinem Gürtel befestigt. »Bist du bereit?«

Sie nickte kurz. Sie war so bereit, wie sie es nur sein konnte.

Die Gruppe folgte Dakota über die Straße. Sie wanderten in den dichten, dunklen Wald hinein und hatten nur die beiden kleinen Taschenlampen, um ihnen etwas Licht zu spenden. Dakota hatte eine, Julio de la Peña die andere.

Über ihnen heulte eine Eule. Unsichtbare Kreaturen huschten durch die Blätter. Dakota lief es eiskalt den Rücken hinunter. Es war eine schreckliche Idee, dies im Dunkel der Nacht zu tun. Aber sie hatten keine Wahl. Wenn Ezra wirklich in Schwierigkeiten steckte, wäre er am Morgen tot.

Wenn ihm etwas passierte, würde sie sich das nie verzeihen.

Sie konnten nicht warten. Sie mussten die Hütte heute Nacht erreichen.

Bedrohliche Schatten umgaben sie in jede Richtung. Immer wieder stolperten sie über Wurzeln und Lianen. Mücken surrten in ihren Ohren. Die Luft roch feucht und moderig, nach Torf, vermischt mit verrottender Vegetation.

Halb Dschungel, halb Sumpf, waren die Everglades ein Land von gespenstischer Schönheit. Wild und voller dunkler Geheimnisse, ursprünglich und uralt – lange vor den Menschen hier und wahrscheinlich auch noch lange danach.

Ezra liebte diesen Ort. Dakota auch.

Dieser moskitoverseuchte Sumpf war der einzige Ort auf der Welt, der sich jemals wie ein Zuhause angefühlt hatte.

Sie und die anderen waren aus den radioaktiven Ruinen von Miami geflohen, auf der Suche nach der Sicherheit, von der sie wusste, dass sie sie hier finden würde. Aber jetzt bedrohten Maddox Cage und die Hirten alles, was ihr lieb und teuer war.

Ihr Herz schlug schneller, pochte heftig gegen ihre Rippen.

*Fast da.*

Sie wanderte nur noch aus der Erinnerung heraus, die Hütte auf der Lichtung fest im Gedächtnis: die Eichen-, Kiefern- und Zypressenwälder um sie herum. Im Norden eine weite Fläche aus Schneidried und Brackwasser, die sich in eine Million Kilometer sumpfiges Marschland verwandelte.

»Wonach suchst du?«, flüsterte Logan hinter ihr.

Sie hatte diese Wälder schon Dutzende Male erkundet, aber seit zwei Jahren war sie nicht mehr hier gewesen, und davor auch nur selten bei Nacht. Alles sah anders aus – seltsam und gefährlich.

»Ezra hat hier in der Nähe ein vergrabenes Versteck. Wenn ich es finde, kann ich mich orientieren und weiß genau, wo wir sind. Außerdem enthält das Versteck weitere Neun-Millimeter-Munition, und wenn wir Glück haben, noch eine Waffe.«

Sie suchte nach einer bestimmten Eiche, deren Äste in einer seltsamen, gewundenen Form gewachsen waren, die an ein Herz erinnerte. Auf beiden Seiten standen zwei kleinere, buschige Kiefern. Die drei Felsen, die sich gegen die Wurzeln drückten, sahen natürlich aus – wenn man nicht wusste, wonach man suchen musste …

Es war lächerlich schwer, sich in der Dunkelheit zurechtzufinden. Außerhalb des Lichtkegels der Taschenlampe wogten die Schatten. Der Mond schien immer noch hoch am Nachthimmel, aber die Bäume verdeckten den größten Teil seines Lichts. Zweige und Dornen verfingen sich in ihrer Kleidung. Beinahe hätte sie sich den Knöchel an einer Baumwurzel verknackst. Die anderen stolperten hinter ihr her, und Logan fluchte leise. Sie hielt inne und blickte hinter sich, um sich zu vergewissern, dass Eden mithielt.

Hinter Logan stapfte Julio neben der fünfzehnjährigen Eden her und hielt ihre Hand, damit sie nicht stolperte. Sie sah so klein und verletzlich aus. Das Mädchen hatte schon so viel durchgemacht. Sie brauchte Dakota an ihrer Seite.

Aber Dakota musste sie anführen. Sie musste zuerst Ezra erreichen und sich vergewissern, dass er in Sicherheit war. Dann konnte sie sich um Edens Bedürfnisse kümmern. Bis dahin übernahm Julio diese Aufgabe für sie.

Ihre Brust spannte sich an. Julio war ein guter Mann. Beständig und verlässlich – ein loyaler Freund.

»Ich bin nicht in Form«, schimpfte Julio, aber sein Ton war gutmütig und selbstironisch. Mit der freien Hand rieb er sich den runden Bauch. »Zu viele Cubanos. Was würde ich jetzt nicht für ein leckeres Schinken-Käse-Sandwich geben.«

Eden sah zu ihm auf und deutete mit der Hand auf etwas. In den Schatten war es schwer zu erkennen, aber es sah aus, als würde sie ein wenig lächeln.

»Ich bin dabei.« Yu-Jin Park bildete das Schlusslicht, aber

nur knapp. Selbst mit seinem gebrochenen Arm konnte er noch mithalten. »Ich war noch nie in meinem Leben so hungrig.«

»Wir müssen leise sein«, ermahnte Logan sie.

Dakota widmete sich wieder ihrer Aufgabe. Selbst nachts war die Hitze drückend. Sie atmete den feuchten, vertrauten Geruch von Moos, Torf und nassen Blättern ein. Jede verstreichende Minute fühlte sich wie eine Stunde an.

*Bitte, bitte lass es mich finden ...*

Schließlich blieb ihr Blick an etwas Vertrautem hängen.

Sie stürzte nach vorne, fiel auf die Knie und schob den Stapel mit den drei Steinen zur Seite. Einer der Steine war lang und flach und hatte drei kurze Linien eingekerbt. Er war perfekt zum Graben geeignet und war von Ezra speziell für diesen Zweck ausgewählt worden.

Die anderen drängten sich hinter ihr, als sie Eden die Taschenlampe reichte. Eden hielt das Licht auf den Boden gerichtet, wo Dakota arbeiten musste. Sie grub ein paar Minuten lang konzentriert weiter, bis der Stein an etwas kratzte.

Sie bürstete den Schmutz, die Zweige und die Blätter beiseite und drehte den Deckel des Fünf-Gallonen-Eimers ab – einer von mehreren, die Ezra im Umkreis von ein paar Kilometern um die Hütte vergraben hatte. Dieser war der nächstgelegene auf der Südwestseite des Grundstücks.

Ezra hatte immer gesagt, dass man nicht seinen gesamten Vorrat an einem Ort aufbewahren sollte. Man könnte auf dem Heimweg von einem Eindringling überrascht werden. Vielleicht wäre man dann gezwungen, ohne seine Waffen zu fliehen.

Ezra Burrows hatte immer einen Notfallplan.

Dakota griff hinein und holte eine Springfield-XD-S-Pistole heraus, die in einen Ziplock-Beutel mit Korrosionsschutzfutter eingewickelt war, der speziell für die langfristige Aufbewahrung von Schusswaffen hergestellt wurde.

Sie hätte vor Freude weinen können. Es war fast das gleiche

Modell wie ihre alte Waffe, die sie zusammen mit ihrer Notfalltasche verloren hatte, kurz nachdem die Atomexplosion die Hölle über Miami gebracht hatte.

Das war fast drei Wochen her, aber jeder Tag kam ihr wie eine Ewigkeit vor.

In dem Beutel befanden sich zwei Ersatzmagazine für die Pistole – beide vorgeladen und in eine Schutzhülle eingewickelt – sowie eine Schachtel mit Neun-Millimeter-Munition. Sie reichte Logan die Schachtel, der sie in seine Hosentasche steckte.

Sie schob einige verpackte Proteinriegel, Wasserflaschen, einen kleinen Erste-Hilfe-Kasten und eine Blechdose, von der sie wusste, dass sie Feueranzünder enthielt, zur Seite. Dann zog sie ein zusammenklappbares taktisches Messer heraus und hielt es Eden hin. »Nimm es, nur für den Notfall. Behalte es in deiner Tasche.«

Eden gehorchte ohne Protest.

Dakota reichte Park ein zweites, kleineres Taschenmesser. Er steckte es mit seiner guten Hand in seine Tasche. Als Letztes nahm sie ein Fernglas an sich.

Sie schloss den Deckel, vergrub den Eimer aber nicht wieder. Das würde Ezra verärgern – er war bei solchen Dingen sehr pingelig –, aber dafür war keine Zeit. Sie würde später zurückkommen und sich darum kümmern.

Plötzlich fiel es ihr schwer zu atmen. Es fühlte sich an, als würde eine riesige Hand ihr Herz zusammenpressen. Sie hoffte, dass er wütend auf sie sein würde. Es würde bedeuten, dass der störrische alte Bär noch am Leben war.

Dakota stand auf, wischte sich den Schmutz von den Knien und schlang sich den Riemen des Fernglases um den Hals. Sie reichte Park die SIG, der die Glock an Logan zurückgab. Dakota behielt die XD-S.

»Zielen und schießen, nicht vergessen«, sagte sie zu Park.

Park nahm sie behutsam. »Okay, ja. Kapiert.«

»Jetzt hast du eine Waffe und ein Messer. Man soll kein Messer zu einer Schießerei mitbringen, heißt es, aber wenn man jemanden auf engstem Raum überraschen muss, funktioniert es trotzdem.«

Park nickte nüchtern, sein Gesicht rund und blass im Schatten.

Sie hielt ihren Finger an die Lippen. Nicht mehr reden. Sie waren ganz in der Nähe.

Innerhalb von zehn Minuten hatte sie sie sicher durch den Wald und an einem Stolperdraht vorbeigeführt.

Der dünne Draht war in der Dunkelheit unsichtbar. Aber sie wusste, dass er da war.

Ezra benutzte keine Angelschnur. Vielmehr war es eine dünne, widerstandsfähige Schnur, die er zuvor mit einer matten, graugrünen Sprühfarbe besprüht hatte, um den Glanz zu dämpfen und mit dem Laub zu verschmelzen.

Sie unterdrückte ein angespanntes Lächeln. Alles war wie früher. So, als wäre sie nie gegangen.

Ihr Herz war von einer Hoffnung beflügelt, die sie kaum zu spüren wagte. Vielleicht war Ezra in Sicherheit. Vielleicht würde alles gut werden.

Als sie das Glänzen des Zauns vor sich sah, suchte sie die Gegend nach einem Baum ab, auf den sie klettern konnte. Sie gab Logan und den anderen ein Zeichen zu bleiben, wo sie waren, und schwang sich dann auf den niedrigen Ast einer Stieleiche.

Schwaden von Spanischem Moos kitzelten ihre Haut. Winzige Käfer krabbelten ihren Arm hinauf, aber sie konnte sie nicht wegbürsten. Sie stöhnte, ihre Muskeln spannten sich an, die Rinde kratzte an ihrem Bauch und ihren Armen, als sie sich in eine sitzende Position hob. Dann stand sie vorsichtig auf und lehnte sich an den Stamm, um das Gleichgewicht zu halten.

Ihr Puls hämmerte in ihren Ohren und sie schaute durch das Fernglas. Ezras Hütte thronte in der Mitte der großen Lichtung.

Da waren der große Schuppen, der Hühnerstall, der Garten, der Brunnen und die Nebengebäude, in der Ferne der Steg und das Fischerboot.

Zehn Meter vor der Hütte stand Ezras vertrauter, makelloser 2004er Dodge Ram SRT-10 Pick-up in der unbefestigten Einfahrt. Aber in der Einfahrt waren noch zwei andere Fahrzeuge geparkt. Fremde Autos, die sie nicht erkannte.

Das Eingangstor war verbeult und stand halb offen.

Ihr Herz hörte auf zu schlagen und ihr Mund wurde trocken. Ihre Hände zitterten, aber sie zwang sich, weiter zu schauen. Um alles zu sehen, egal wie schrecklich es war. Drei tote Körper lagen auf der Auffahrt. Dunkle, unbewegliche Flecken im Mondlicht. Keiner davon er – da war sie sich sicher.

Zwei Autos bedeuteten mehr Menschen. Mehr Feinde, mehr Gefahr. Sie waren drinnen. Mit Ezra.

Ihre schlimmsten Befürchtungen waren wahr geworden. Die Hirten waren bereits hier.

# KAPITEL 2
## DAKOTA

»Wie lautet der Plan?«, fragte Logan.

Sie hatten ihre Taschenlampen ausgeschaltet und sich im Schutz mehrerer großer, dicht belaubter Bäume versammelt. Er musterte die Bäume um sie herum, seine Augen waren hart und wachsam. Sein strubbeliges schwarzes Haar kräuselte sich um seine Schläfen, seine bronzefarbene Haut wurde durch die Tätowierungen, die sich spiralförmig über beide muskulösen Unterarme zogen, verdunkelt.

Er blickte auf sie herab. »Wir gehen nicht unvorbereitet hinein.«

Dakota nickte heftig. Natürlich hatte er recht – obwohl jede Zelle ihres Körpers von dem verzweifelten Wunsch durchdrungen war, genau das zu tun, sich umzudrehen und direkt zu Ezra zu rennen und auf alles und jeden zu schießen, der sich ihr in den Weg stellte.

»Es scheint, dass unsere beste Option darin besteht, sie zu überrumpeln«, sagte Julio. »Wir wissen nicht, wie viele da drinnen sind.«

»Wie kommen wir an sie heran?«, fragte Park nervös. »Was ist mit dem Elektrozaun?«

Er deutete auf die Zaunlinie vor ihnen, auf das verrostete Metallschild mit der Aufschrift »Warnung: Elektroschock«.

Dakota schüttelte den Kopf. »Es braucht zu viel Strom, um das Ding zu betreiben. Der Zaun hält die meisten Viecher vom Hühnerstall und den Gärten fern, und das Schild selbst schreckt die meisten potenziellen Eindringlinge ab.«

Park schaute zweifelnd. »Du meinst also, dass wir keinen tödlichen Stromschlag erleiden werden. Bist du dir da hundertprozentig sicher?«

»Das bin ich.« Sie erinnerte sich an das erste Mal, als sie Ezras Grundstück betreten hatte. Mit der verwundeten Eden im Schlepptau, mit klopfendem Herzen, verzweifelt vor Angst und blinder Entschlossenheit, bereit, alles zu riskieren, um jemanden zu retten, den sie liebte.

Genau wie jetzt.

»Park?«, fragte Julio. »Was ist los?«

Park schüttelte den Kopf, seine Augen waren weit aufgerissen und panisch. Er starrte auf die SIG in seiner Hand, als könnte sie ihn beißen. »Das ist real. Die Waffen, die Leichen. Das hier ist keine Achterbahnfahrt, bei der ich mir die Seele aus dem Leib schreie, obwohl ich weiß, dass ich wirklich in Sicherheit bin. Alles Mögliche könnte passieren. In zehn Minuten könnte ich tot sein.«

Er ballte und lockerte seine gute Hand an seiner Seite, sichtlich erschüttert. »Ich dachte, ich sei furchtlos. Das dachte ich wirklich. Aber ich bin es nicht.«

»Niemand ist das«, sagte Dakota. »Wir tun es trotzdem.«

»Die ganze Zeit über habe ich nur gespielt. Ich hatte keine Ahnung. Keinen blassen Schimmer.«

Dakota unterdrückte ihre Ungeduld. Seine falsche Tapferkeit ließ nach. Für ihn war es endlich real. All das Fallschirmspringen und Bungee-Jumping auf der Welt zählte nichts, wenn man plötzlich in die Mündung einer Waffe blickte. Nun, *willkommen im Club*.

»Harlow war der erste Mensch ...« Er schluckte schwer. »Die erste Leiche, die ich gesehen habe ...«

»Du wirst gleich noch mehr sehen. Aber wenn du dich zusammenreißt, werden es ihre Leichen sein, nicht deine.«

Julio warf ihr einen tadelnden Blick zu. Sie dachte, er würde Park mit irgendwelchem »Es wird alles gut«-Gequatsche beschwichtigen, aber das tat er nicht. Er legte eine sanfte, aber feste Hand auf Parks Schulter. »Denke nicht zu viel darüber nach. Du machst dich nur selbst verrückt.«

Park nickte zittrig, seine Augen waren noch immer vor Schreck geweitet.

Dakota biss die Zähne zusammen. Er wäre bei einer Schießerei absolut nutzlos. Vielleicht sogar schlimmer als das.

»Der Plan«, sagte Logan und lenkte die Aufmerksamkeit auf das Wesentliche zurück: Wie zum Teufel können wir Ezra retten und die Kontrolle über die Hütte wiedererlangen?

Dakotas Gedanken rasten. »Wir kommen im rechten Winkel zum Grundstück auf der Westseite an. Die Hütte ist nach Süden ausgerichtet, das Wasser liegt im Norden dahinter. Auf dieser Seite gibt es außer dem Schuppen und den Zisternen keine Bäume oder andere Deckung in der Nähe, aber selbst die sind hundert Meter von uns entfernt und noch etwa fünfzig Meter von der Hütte.«

Sie kaute auf ihrer Unterlippe. »Wir können nicht mit Waffengewalt reingehen, nicht, wenn Ezra drinnen ist. Die Wände sind aus dickem Beton, aber wir könnten ihn trotzdem treffen.«

»Also schleichen wir uns rein«, sagte Julio. »Wir gehen ganz nah ran und zielen durch die Fenster, sobald wir das Innere sehen können?«

»Wir können es versuchen«, sagte Logan, »aber das ist eine

Menge offenes Gelände, das wir überqueren müssen, ohne dass uns jemand sieht. Vor allem, wenn sie eine Wache aufgestellt haben.«

Sie sah keine Wache, aber das bedeutete nicht, dass es keine gab. Sie musterte das Grundstück erneut, suchte die Dunkelheit ab und peilte die Hütte an. Das Fenster leuchtete in einem schwachen Licht. Drinnen bewegten sich Gestalten. Sie sah einen Kopf, dann einen zweiten.

»Ich sehe zwei Feinde, aber es könnten mehr sein.«

Jede Sekunde, die verging, kam ihr wie eine tickende Bombe vor. Die Hirten waren da drin und taten wer-weiß-was mit Ezra. Wahrscheinlich folterten sie ihn. Und wenn sie nicht bekamen, was sie wollten, würden sie ihm eine Kugel ins Gehirn jagen.

Das konnte sie nicht zulassen.

Dakota reichte das Fernglas an Logan weiter. »Es gibt eine Falltür, die unter der kleinen Palme versteckt ist, etwa fünf Meter von der Westwand vom Schuppen entfernt. Sie führt zu einem flachen Tunnel, durch den ich in das Badezimmer kriechen kann. Unter den Kacheln und dem Badteppich befindet sich eine weitere Luke.«

Julio zog die Brauen hoch.

»Ich sagte doch, er ist vorbereitet.«

»Oder paranoid«, murmelte Park.

»Jetzt wirkt es aber nicht mehr so paranoid, oder?« Ihre Nerven waren angespannt. Es fiel ihr schwer, richtig zu atmen. »Wenn ich mich anschleichen und sie überraschen kann, kann ich sie ausschalten, bevor sie merken, was vor sich geht.«

»Vielleicht«, sagte Logan. »Vor allem, wenn wir anfangen zu schießen, sobald du drinnen bist. Das wird sie ablenken, und du kannst ihnen in den Rücken schießen, so wie sie es verdienen.«

Dakota schenkte ihm ein Lächeln. »Der Plan gefällt mir.«

»Kannst du uns Feuerschutz geben?«, fragte Logan Julio.

Julio straffte die Schultern. »Ich bin kein Scharfschütze, aber ich habe schon mal geschossen. Ich werde mein Bestes geben.«

»Gut. Ich gebe Dakota Deckung, bis sie den Schuppen erreicht. Dann folge ich ihr. Wenn ich ebenfalls im Schuppen bin, kann ich ihr Deckung geben, während sie zur Falltür geht. Wenn jemand von der Hütte aus auf uns schießt, ziele und feuere. Pass nur auf, dass du uns nicht in den Rücken schießt.«

Park übergab die SIG an Julio. »Du wirst das besser können als ich.«

Sie wünschte, sie hätten mehr als die beiden AR-15. Sie wünschte, sie hätten Granaten und Nachtsichtbrillen. Verdammt, sie wünschte, sie hätten einen Panzer.

»Eden, du und Park bleibt hier hinten.«

Eden schüttelte den Kopf und begann, eine wütende Erwiderung mit den Händen zu gebärden.

»Ich muss wissen, dass du in Sicherheit bist, verstanden?« Sie zog Eden in eine schnelle, heftige Umarmung und murmelte in ihr Haar: »Vergiss nicht, ich werde dich nie verlassen. Nie und nimmer.«

Edens Schultern sackten zusammen, aber sie erwiderte Dakotas Umarmung.

»Wir schaffen das«, sagte Julio und hielt die SIG fest in der Hand. »Mach dir keine Sorgen um uns.«

Logan drehte sich zu Dakota um, seine Augen waren weiß im Schatten. Er kratzte sich an seinem struppigen Kinn und runzelte die Stirn. »Unsere Kleidung ist dunkel, aber du bist zu blass. Wir brauchen eine Tarnung.«

Eden zupfte an ihrem Arm. »Was?«, fragte Dakota.

Doch Eden griff bereits nach Dakotas Rucksack. Sie zog die Wasserflasche heraus, ging in die Hocke und schob eine dicke Schicht aus verrottenden Blättern, Zweigen und feuchter Erde beiseite. Mit dem Wasser stellte sie eine schlammige Paste her, mit der sie ihre Gesichter und Hände einschmierte.

Torf und kalkhaltiger Schlamm – oder Mergel – wären besser gewesen, aber dafür mussten sie näher an den Sümpfen sein. Wie Ezra immer sagte: *Sieh dich um. Nutze, was du hast.*

»Gute Idee, Eden«, sagte Julio. Eden grinste ihn an.

»Wenigstens haben wir die Dunkelheit auf unserer Seite«, sagte Julio. »In der Hütte brennt Licht. Unsere Augen sind an das Mondlicht gewöhnt – ihre nicht.« Dakota fluchte leise. »Oh, verdammt.«

»Was?«, fragte Park.

»Die Sicherheitsbeleuchtung. Sie schaltet sich bei jeder Bewegung im Umkreis von zwanzig Metern ein. Sie ist an der Hütte und dem Schuppen angebracht.«

Logan grunzte. »Wir können sie ausschießen, aber das würde den Zweck der Tarnung zunichtemachen.«

»Es sind 360 Grad …«, sie biss sich auf die Lippe und konzentrierte sich auf die schwachen Erinnerungen, an die sie seit Jahren nicht mehr gedacht hatte. »Aber es gibt einen toten Winkel in der südwestlichen Ecke.«

»Bist du sicher?«

»Ja. An der südwestlichen Ecke. Aber sobald du aus diesem toten Winkel herauskommst, wirst du beleuchtet wie ein Weihnachtsbaum.«

»So können wir den Schuppen wenigstens im Dunkeln erreichen«, sagte Logan. »Sobald die Lichter angehen, muss ich sie nur noch beschäftigen und ablenken. Oder vielleicht haben wir Glück und töten sie alle auf der Stelle.«

Ein Geräusch kam aus der Hütte – jemand schrie vor Schmerzen. *Ezra.* Dakota hörte auf zu atmen. Sie mussten sich jetzt bewegen.

# KAPITEL 3
# LOGAN

Logan bewegte sich südlich des Schuppens aus der Baumgrenze heraus, flink, halb gebückt und kauernd, das Gewehr schlug ihm gegen die Schulter. Die einzigen Geräusche waren das Zirpen der Grillen und seine eigenen keuchenden Atemzüge.

Er gab Dakota Deckung, eine dunkle Gestalt, die vor ihm herlief, inmitten eines Meeres von dunklen Schatten. Das Mondlicht, das durch die Wolken fiel, reichte gerade aus, um etwas zu erkennen.

Fast geschafft.

*Komm schon, komm schon.*

Sie hatte es fast bis zum Schuppen geschafft, als die Nacht in helles, gleißendes Licht getaucht wurde. Logans Herz schlug bis zum Hals. Ezra hatte den toten Winkel repariert. Verflucht sei er.

So schnell ging ihr ganzer Plan in die Hose.

Männer strömten aus der Hütte und schrien alarmiert. Die Bewegungsmelder der Hütte schalteten sich ein und tauchten den Hof in noch helleres Licht. Drei Feinde stürzten von der Veranda und schwangen ihre halbautomatischen Gewehre in Richtung des Lichts – und des Schuppens.

Dakota stand im Scheinwerferlicht und war noch fünfzehn Meter von der Deckung des Schuppens entfernt.

Logans Adrenalin schoss in die Höhe, sein Herz schlug wie wild in seiner Brust. Wenn er nicht sofort etwas unternahm, war sie tot.

Immer noch im Schatten ließ er sich auf ein Knie fallen, zielte mit dem Gewehr und eröffnete das Feuer. Sie schossen auf Dakota, aber die Schüsse verfehlten ihr Ziel deutlich. Logan hatte die Männer überrascht, sie blinzelten noch immer gegen das grelle weiße Licht und die schweren schwarzen Schatten an, als sie sich hinter die sichere Wand der Hütte zurückzogen.

Dakota sprintete auf den Schuppen zu, die Kugeln schlugen ein paar Meter hinter ihr in den Boden ein. Sie schaffte es und drückte sich mit einem dumpfen Fluch gegen die Westwand des Schuppens.

Sie spähte hinaus und lieferte sich einen Schusswechsel mit den drei Hirten, die hinter der Vorderwand der Hütte kauerten. Dakota versuchte, darauf zu achten, keinen verirrten Schuss abzugeben, der die westlichen Fenster der Hütte durchdringen könnte, aber die Hirten hatten keine solchen Bedenken.

Einer von ihnen schob seinen gesamten Kopf und seine Schulter hinter der Wand hervor. Der Hirte war so sehr darauf bedacht, Dakota zu erwischen, dass er seine eigene Verwundbarkeit nicht beachtete. Oder vielleicht hatte er gesehen, dass sein Angreifer ein Mädchen war, und wurde selbstgefällig.

Wie auch immer, Logan wollte ihn ausschalten.

Gerade als er den Drecksack im Visier hatte, zuckte der Kopf des Kerls in einer roten Gischt zurück. Er sackte auf die Veranda, den Hals in einem unnatürlichen Winkel gekrümmt.

Dakota hatte ihn erwischt.

Die beiden verbliebenen Feinde verschwanden hinter der vorderen Ecke der Hütte, außer Sichtweite. Diesmal waren sie viel vorsichtiger, nur die Mündungen ihrer Gewehre waren zu sehen. Sie hatten ihre Lektion gelernt.

Logan lächelte grimmig vor sich hin und nutzte die Gelegenheit, um sich wieder tiefer in die Schatten zu schleichen. Sie wussten immer noch nicht, dass er da war. Das musste er ausnutzen. In der Hocke suchte er den Hof ab.

Der Mond verschwand hinter einer Wolke. Die Lichter der Bewegungssensoren am Schuppen und in der Hütte brannten, aber außerhalb ihres hellen Lichtscheins war es stockdunkel – für sie, nicht für Logan.

Außerhalb der Reichweite der Lichter konnte er gerade noch die dunklen Umrisse der beiden in der Einfahrt geparkten Fahrzeuge der Hirten erkennen.

Der Schuppen befand sich fünfzig Meter südwestlich der Hütte. Die beiden Autos, die auf der unbefestigten Zufahrt standen, befanden sich genau links von der Vorderseite der Hütte, sodass Logan sowohl Dakota als auch die Hirten im Blick hatte.

Er könnte die Vorderseite der Hütte umrunden, sich niedrig halten und die Fahrzeuge erreichen. Von dort aus könnte er die Typen leichter ausschalten. So hätte er freie Schussbahn, vor allem, wenn sie sich auf Dakota konzentrierten.

Es war ein Risiko – es könnte jemand da draußen eine Runde drehen oder auf der Lauer liegen, aber irgendwie bezweifelte er das. Sie schienen schlampig zu sein, reagierten, anstatt proaktiv anzugreifen oder als koordinierte Einheit zu arbeiten.

Es war ein kalkuliertes Risiko, aber eines, das er bereit war einzugehen.

Dakota hatte ihn gewarnt, wo sich die Sprengfallen befanden, aber das beruhigte ihn kaum. Eine falsche Bewegung und er würde von genau dem Kerl ausgeschaltet werden, den er zu retten versuchte. Es war das Beste, nicht zu viel darüber nachzudenken und einfach loszugehen.

Er duckte sich und huschte über den offenen Hof, fühlte sich ungeschützt und verletzlich, sein Puls rauschte in den Ohren.

Er ging an der Hütte vorbei und machte einen großen Bogen um die Lichter.

Der Schusswechsel zwischen Dakota und den beiden Hirten war sehr laut. Keiner hörte ihn. Keiner sah ihn.

Er machte sich nicht die Mühe, zu schießen, während er rannte. Er würde bestenfalls schlecht zielen. Und jedes Mal, wenn er schoss, riskierte er, seinen Standort durch sein eigenes Mündungsfeuer zu verraten.

Er würde es nicht riskieren, wenn es nicht nötig war.

Er erreichte den ersten Wagen, der seitlich mit geöffneter Beifahrertür geparkt war, und sank hinter dem Schutz des Motorblocks auf die Knie. Sein Herz pochte, sein Mund war trocken, aber sein Kopf war klar.

Das Rattern der Schüsse verstummte für einen Moment. Logan bewegte sich vorwärts, blieb geduckt und geschützt, wobei sich der Kies in seine Knie grub, und spähte um den Kühlergrill herum.

Er hatte einen guten Blick auf die Rücken der beiden Männer. Sie konzentrierten sich auf Dakota; sie hatten keine Ahnung, dass er da war.

Langsam und vorsichtig erhob er sich ein wenig, richtete das Gewehr an seiner Schulter aus und stützte es auf die Motorhaube.

Plötzlich stellten sich die Haare in seinem Nacken auf. Es war schwer, etwas zu hören, während die Kugeln flogen, aber er spürte es. Jemand war hier draußen und beobachtete ihn.

Er wirbelte herum und spähte in die Nacht. Er konnte gerade noch eine Silhouette erkennen, die aus vierzig Metern Entfernung über das Gras auf ihn zulief – groß und dick. Nicht Dakota.

Mündungsfeuer blitzte auf. Die Kugel schlug in das hintere Beifahrerfenster des Wagens ein und durchschlug das Sicherheitsglas. Ein weiteres Geschoss sauste über den Boden. Versprengte Schüsse klirrten und prallten gegen das Auto.

Er zielte und drückte den Abzug. Es war zu dunkel, um zu erkennen, ob er sein Ziel getroffen hatte.

Er richtete sich leicht nach rechts aus und drückte den Abzug erneut.

Ein Grunzen ertönte in der Dunkelheit. Das Geräusch von etwas Großem, das ins Unterholz fiel.

Er feuerte erneut, zielte etwas tiefer.

Ein Schrei und ein Heulen. Kein Mündungsfeuer mehr. Er hatte sein Ziel getroffen.

Zwei weniger. Wahrscheinlich waren nur noch zwei übrig.

Er wandte sich wieder der Hütte zu. Er beruhigte sich selbst, stabilisierte seine Atmung. Mücken summten in seinen Ohren. Der trocknende Schlamm, den er sich ins Gesicht geschmiert hatte, juckte.

Er zielte, atmete aus und drückte den Abzug in zwei schnellen Doppeldurchgängen ab. Er bewegte sich leicht und tat es noch einmal.

Der erste Hirte brach zusammen. Der zweite begann, sich zu drehen, um auf den plötzlichen Sturz seines Partners zu reagieren, aber es war zu spät. Logans Kugeln durchschlugen seine Brust. Der Mann ließ seine Waffe fallen und rutschte die Wand hinunter, wobei er sich wild an die Brust fasste und den Mund zu einem erschrockenen O formte.

Ein dritter Schuss, der sich durch seinen Schädel bohrte, beendete sein Leiden, aber das war Logan eigentlich egal. Er wollte nur, dass der Drecksack tot war. Jetzt war er es.

Alles wurde still.

Das Klingeln in seinen Ohren ließ allmählich nach, als die nächtlichen Geräusche zurückkehrten – der Ruf einer Eule, das gelegentliche Plätschern des Wassers, das Summen und Zirpen von Grillen, Fröschen und Zikaden.

»Logan?« Dakotas Stimme kam aus der Dunkelheit, tief und angestrengt. »Geht es dir gut?«

Er stand langsam auf, das Gewehr immer noch schussbereit, und nahm den Finger vom Abzug. »Alles in Ordnung.«

# KAPITEL 4
## DAKOTA

»**D**ie Leichen«, sagte Dakota.

Logan nickte steif. Er blieb in höchster Alarmbereitschaft und suchte den Wald und die Lichtung auf eine weitere potenzielle Bedrohung ab. Aber da war nichts.

Schnell überprüfte Dakota jede Leiche, um sicherzugehen, dass sie auch wirklich alle tot waren. Sie untersuchte ihre Gesichter mit einer Taschenlampe, und ihre Angst wuchs mit jedem Gesicht, das nicht ihm gehörte. Sie erkannte ein paar von ihnen, aber keiner von ihnen war Maddox Cage.

Er war nicht da.

War er nun doch tot? Hatte er es zurück zur Kommune geschafft und seinem Vater von Ezra erzählt, nur um dann an der Strahlung zu sterben?

Nein. Das konnte sie nicht glauben. Nicht Maddox. Er war zu hartnäckig, um so einfach zu sterben, er war unverwüstlich wie eine Kakerlake.

Wenn er tot wäre, würde sie es wissen, würde es irgendwo tief in ihren Knochen spüren, wie eine Befreiung, das Ausatmen eines jahrelang angehaltenen Atems.

Irgendetwas hatte ihn daran gehindert, zu kommen. Sie wusste mit absoluter Sicherheit, dass er, wenn er die Wahl hätte, hier wäre und die Drecksarbeit selbst erledigen würde. Er war vieles, aber ein Feigling war er nicht.

Vielleicht hatte Logan recht. Vielleicht war Maddox durch die Strahlung kränker als sie dachte. Oder vielleicht hatte Solomon Cage ihn aus einem Grund, den sie noch nicht kannte, daran gehindert hierherzukommen.

Sie zählte sieben tote Hirten: Die drei, die Ezra in der Einfahrt getötet hatte, und die vier, die sie gerade erlegt hatten. Sie waren definitiv die »Auserwählten« des Propheten, aber sie waren so verdammt jung, ihre Gesichter waren noch mit Pickeln übersät.

Sie beugte sich neben den letzten Hirten, einen mageren schwarzen Jungen mit einem schlaffen, blutverschmierten Gesicht und weit aufgerissenen Augen, die in den Himmel starrten. Er konnte keinen Tag älter als siebzehn sein. Der Prophet hatte seine jungen, unerfahrenen Soldaten geschickt, weil er dachte, sie könnten sich an einer einfachen Mission die Hörner abstoßen – einen harmlosen alten Mann fangen und foltern, um Informationen zu bekommen, und ihn dann töten.

Der Prophet hatte sie unterschätzt. Die Arroganz des Mannes ließ sie die Zähne zusammenbeißen. Jedes dieser Kinder glaubte, seine Pflicht sei eine göttliche Berufung – aber für den Propheten waren sie einfach entbehrlich.

Doch jetzt würde er wütend werden. Maddox würde kommen, und dann war die Hölle los.

Ein Stöhnen kam aus dem Inneren der Hütte.

*Ezra.*

# KAPITEL 5
## DAKOTA

Die Hütte war noch genau so, wie sie sie in Erinnerung hatte: Trockenbauwände über Betonblöcken, ein vernarbter Holzboden, eine kleine Küche mit weißen Schränken, der runde, selbst gebaute Tisch, die braune Ledercouch und der bunte Strickteppich, die Schwarz-Weiß-Aufnahmen von Naturmotiven an den Wänden. Die Einrichtung war einfach, aber sauber, alles war an seinem Platz, ordentlich, präzise und bis auf den letzten Zentimeter entstaubt.

Der einzige Unterschied war, dass er mitten im Wohnzimmer an einen Stuhl gefesselt saß, blutig und stöhnend.

»Ist die Luft rein?«, fragte sie ihn, das Gewehr im Anschlag, die Muskeln angespannt, den Blick auf Bewegungen gerichtet, auf alles, was nicht an seinem Platz war. »Ist noch jemand hier?«

Ezra wehrte sich gegen die Kabelbinder an seinen Hand- und Fußgelenken, die seine Arme und Beine an den Stuhl fesselten. »Es ist sonst niemand hier.«

Obwohl alles in ihr danach schrie, sofort zu Ezra zu gehen und ihn zu befreien, musste sie sicher sein. Keine Überraschungen. Ezra selbst hatte sie das gelehrt.

Sie stellte sich an den Rand des Flurs, das Gewehr über die Schulter gehängt, die Pistole im Anschlag, bewegte sich zügig und wich zur Seite, sodass der Flur langsam in Sicht kam.

Sie schlich eine Seite des Flurs hinunter und stieß die Badezimmertür auf. Leer – ging dann in das erste Schlafzimmer, den Radioraum, in dem sie und Eden geschlafen hatten, und stieß auch diese Tür auf.

Sie durchsuchte den Schrank, hinter dem gepolsterten Stuhl und unter dem Schreibtisch.

Leer. Sie ging zur Tür am Ende des Flurs – dem Hauptschlafzimmer. Leer. Nachdem sie sich vergewissert hatte, dass die Hütte leer war, steckte sie ihre Pistole ein, wischte sich mit dem Armrücken über das immer noch schlammige Gesicht und eilte zu Ezra.

Sein griesgrämiges Gesicht war blutverschmiert von mehreren tiefen Schnitten an den Wangen und an der Stirn. Sein rechter Kiefer und sein linkes Auge waren durch hässliche violette Blutergüsse so angeschwollen, dass das Auge fast verschlossen war. Seine Oberlippe war aufgeplatzt. Sein graues T-Shirt, seine abgenutzten Jeans und seine Stiefel waren mit roten Flecken übersät.

Dakotas Herz schmerzte, ihn so zu sehen – geprügelt, verletzlich und schwach. Ihr ganzer Körper pulsierte vor Wut. Sie wollte die Hirten wiederbeleben und sie alle noch einmal töten, dieses Mal viel langsamer und schmerzhafter.

Sie zog ihr Messer heraus und sägte verzweifelt an den Kabelbindern. Die Hirten hatten sie so fest verschnürt, dass Ezras Handgelenke wund waren und bluteten. Seine linke Hand war geschwollen, die Fingernägel von drei seiner Finger waren abgerissen. Einer seiner Finger war bereits schwarz und in einem schrecklichen, unnatürlichen Winkel gekrümmt. Ebenso wie sein linker kleiner Finger.

Ein Hammer lag einen Meter von ihren Füßen entfernt auf dem Boden. Sie hatten ihm die Finger zertrümmert.

Er starrte mit seinem einen guten Auge zu ihr auf. »Dakota«, sagte er heiser. »Ich bin hier, ich bin jetzt hier«, murmelte sie entsetzt und schluckte die aufsteigende Säure in ihrer Kehle hinunter. »Du bist in Sicherheit.«

Sie hatten ihn gefoltert. Sie hatten einen unschuldigen alten Mann ihretwegen gefoltert, weil er sie beschützt hatte, weil sie noch am Leben war und sie ihre Wut an jemandem, an irgendjemandem auslassen wollten.

Aber sie hassten alles, was sie nicht kontrollieren oder verstehen konnten.

Das wusste sie nur zu gut.

Ihre eigenen Brandnarben juckten und kribbelten. Sie hatten sie auch gequält. Sie schnitt den letzten Kabelbinder durch und reichte ihm die Hand, um ihm auf die Beine zu helfen. Er schlug ihre Hand weg und stand unsicher auf. Er spuckte einen Blutklumpen auf den Boden. »Was zum Teufel machst du hier?«

»Es tut mir so leid. Sie sind meinetwegen gekommen. Es ist meine Schuld. Wir haben versucht, rechtzeitig hier zu sein, aber ...«

»Wir?« Seine scharfen blauen Augen verengten sich. »Was meinst du?«

Die Tür öffnete sich, und Logan trat ein. Julio und Park drängten sich hinter ihm mit gesenkten, aber gezogenen Waffen. Sie hatten den Schlamm von ihren Händen und Gesichtern abgewischt, es waren aber noch Flecken und Schmierereien zu erkennen. Sie sahen alle grimmig und gefährlich aus, besonders Logan.

Ezras geschwollenes Gesicht verzerrte sich ungläubig – und wütend. »Du hast andere hierhergebracht? An diesen Ort?«

Das *Wie konntest du nur?* blieb unausgesprochen, aber sie empfand es trotzdem wie einen Schlag ins Gesicht. »Ich kann es erklären ...«

»Bemühe dich nicht.« Er humpelte in die Küche, die gebrochene Hand an die Brust gepresst, und griff mit der unverletzten linken Hand nach einem sauberen Handtuch.

Er wischte sich das Blut aus dem Gesicht und von der gespaltenen Lippe, warf das fleckige Handtuch ins Waschbecken und drehte den Wasserhahn auf, mit dem Rücken zu Dakota. »Mir scheint, du hast dich vor zwei Jahren entschieden, nicht mehr hier sein zu wollen. Ich verstehe nicht, was sich geändert hat.«

»Es tut mir leid, Ezra«, stieß sie hervor, »aber wir brauchten einen sicheren Ort, an den wir gehen konnten. Und als ich dann hörte, dass die Hirten hierherkommen würden ...«

»Du gehörst nicht hierher.«

»Sie hat dir das Leben gerettet«, schaltete sich Logan ein.

Mit einem Grunzen hielt Ezra seine verletzte Hand unter das fließende Wasser. Seine breiten Schultern versteiften sich. Dakota konnte sich nur vorstellen, welche Schmerzen er empfinden musste.

»Ich musste nicht gerettet werden«, murmelte er, »und ich kann mich auch nicht erinnern, darum gebeten zu haben.«

Logan schnaubte. »Von hier aus sah es aber so aus.«

Ezra wirbelte herum, dass die Wassertropfen nur so flogen, und starrte ihn an. »Ich habe dir nicht die Erlaubnis gegeben, in meinem Haus zu sprechen. Verschwinde.«

Logan blickte von Ezra zu Dakota, Verwirrung in seinem Gesicht. Sie verstand, warum. Sie hatte ihm einen freudigen Empfang versprochen, nicht einen alten Mann, der Bitterkeit und Groll verbreitet.

Sie hatte gewusst, dass die Möglichkeit bestand, hatte befürchtet, dass Ezra sie alle wegschicken würde. Sie war nicht dumm. Sie kannte Ezras Sturheit besser als jeder andere.

Außerdem hatte er recht. Er hatte jedes Recht, wütend zu sein. Sie war zuerst gegangen. Sie hatte Eden mitgenommen und war geflohen, ohne einen Blick zurückzuwerfen. Sie hatte ihm nie geschrieben oder versucht, ihn zu kontaktieren. Für ihn waren sie und Eden ohne eine Spur verschwunden.

»Es tut uns sehr leid, dass wir eingedrungen sind«, sagte Julio schnell und spielte wie immer den Friedensstifter. »Wir wollen niemandem zur Last fallen.«

»Nun, das tut ihr bereits.«

»Lass mich den Erste-Hilfe-Kasten holen«, sagte Dakota und flehte ihn geradezu an. »Du bist verletzt. Lass mich wenigstens helfen, deine Hand zu versorgen.«

»Ich brauche deine Hilfe nicht«, knurrte Ezra.

»Sie haben dir zwei Finger gebrochen!« Und sie hätten so lange weitergemacht, bis sie ihn komplett gebrochen hätten – Finger, Hände, Arme, Beine – und seinen Geist.

Erst nach stundenlanger Folter hätten sie ihm schließlich eine Kugel ins Gehirn gejagt. Oder sie hätten ihn auf dem Boden seines eigenen Wohnzimmers verbluten lassen.

Ezra zuckte unwirsch mit den Schultern. »Nicht meinen Abzugsfinger. Das ist alles, was zählt.«

»Willst du, dass ich ...«

»Ich will, dass du gehst.«

Ihr war nach Weinen zumute, danach, sich erschöpft zusammenzurollen und zu heulen, bis nichts mehr in ihr war – kein Schmerz und keine Trauer und kein Bedauern, einfach nichts mehr.

Nach all dem Leid und den Opfern, um hierherzukommen, um nach Hause zu kommen, war sie nicht willkommen. Sie war heimatlos. Ohne Ezra, ohne diesen Ort als ihren Anker, war sie wieder eine Waise: Elternlos, ohne Halt in einer chaotischen Welt, in der Gefahr und Tod hinter jeder Ecke lauerten.

»Ezra ...« Sie wusste nicht, was sie sagen sollte. Sie hatte nichts zu ihrer eigenen Verteidigung zu sagen.

»Geht einfach!«

Ein schlurfendes Geräusch kam von hinten, als jemand anderes die Hütte betrat. Ezras Augen weiteten sich, als er über ihre Schulter blickte. »Eden.« Dakota drehte sich halb um, um ihre kleine Schwester zu betrachten. Ihre goldenen Locken fielen ihr um die Schultern, ihre Kleidung war schmutzig, ihr Gesicht noch immer mit Schlamm verschmiert, den sie nicht ganz abgewischt hatte, und ein paar Kratzer von Dornen zierten ihre Arme.

Aber all das spielte keine Rolle. Sie war so schön wie immer, mit einem runden, vollen Gesicht, einer Stupsnase, rosigen Lippen und großen blauen Augen.

Sie lächelte schüchtern, hielt ihr neues Notizbuch hoch und zeigte Ezra eine ihrer Zeichnungen – eine lebhafte Skizze eines Reihers, der mitten im Flug über einem Meer von Schneidried gezeichnet war, während die Sonne hinter ihm unterging. Ezra hatte ihre Zeichnungen schon immer geliebt; er hatte Dakota einmal erzählt, wie sehr sie ihn an die Tierfotografien seiner verstorbenen Frau erinnerten, die jede Wand in seinem Haus schmückten.

Sein steinerner Gesichtsausdruck veränderte sich, er wurde fast unmerklich weicher. Sie kannte diesen Blick. Er mochte streitlustig und verbittert genug sein, um Dakota und ihre Freunde rauszuschmeißen, aber er würde niemals Eden zwingen zu gehen.

»Wir können nirgendwo anders hin.« Sie hasste sich dafür, dass sie bettelte, dass sie Schwäche zeigte, obwohl sie es beide verachteten, aber sie hatte keine andere Wahl. Die Welt brach um sie herum zusammen – dies war die einzige Zuflucht, die sie kannte.

»Warum unterhaltet ihr euch nicht ein wenig unter vier Augen«, sagte Julio energisch. »Ihr habt eine Menge nachzuholen. Wir warten einfach draußen.«

Logan warf ihr einen scharfen Blick zu, offensichtlich zögerte er, sie hier allein zu lassen, aber sie schüttelte den Kopf. Julio hatte gute Instinkte. Ihre beste Chance, Ezra zu erreichen, bestand darin, mit ihm alleine zu sprechen. Er würde niemals seine Wachsamkeit ablegen, solange Fremde in seinem Haus waren.

Logan biss die Zähne zusammen, aber er drehte sich um und

folgte Julio, Eden und Park aus der Hütte. »Bleibt auf der Einfahrt«, rief sie ihnen nach. »Lauft nicht herum.«

Die Tür schloss sich hinter ihnen mit einer furchtbaren Endgültigkeit. Ein einsamer Ventilator drehte sich an der Decke. In der Ecke surrte und ratterte ein elektrischer Ventilator. Es gab keine Klimaanlage, aber die dicke Betonblockkonstruktion verhinderte, dass die Hitze überwältigend wurde.

Der Raum fühlte sich immer noch bedrückend an. Sie wartete, ihre Nerven lagen blank.

Zögernd öffnete Ezra den Kühlschrank, kippte Eis in eine Plastiktüte und wickelte sie in einen Streifen Mull ein. Am liebsten hätte sie eingegriffen und ihm geholfen, aber das würde er nicht zulassen. Es würde ihn nur noch mehr verärgern.

Er hielt das Eis behutsam an seine gebrochenen Finger und drehte sich zu ihr um. »Du hast zehn Minuten. Rede.«

# KAPITEL 6

# DAKOTA

»Wir haben dir gerade das Leben gerettet«, sagte Dakota erneut.

Sie stand in der Mitte der Hütte, die Hände zu Fäusten geballt und in die Hüften gestemmt, während sie Ezra mit ebenso viel Feuer und Biss anstarrte, wie er auf sie zurückwarf. Sie konnte genauso stur sein wie er.

»Ich bin durchaus in der Lage, auf mich selbst aufzupassen«, knurrte er.

»Du warst gefesselt! Sie haben dich gefoltert. Sie hätten dich getötet.« Ezra zog eine Grimasse. »Ich hatte es im Griff. Sie ... haben mich nur überrumpelt, das ist alles.«

Vor zwei Jahren wäre Ezra Burrows von niemandem überrumpelt worden.

In ihrer Erinnerung war Ezra ein knurriger Berg von einem Mann, dem das Alter nichts anhaben konnte. Hier vor ihr wirkte er zerbrechlich – und alt. Er war immer noch breitschultrig, aber seine Schultern waren gekrümmt, sein schrumpeliges, ledriges Gesicht war von einem Netz von Falten gezeichnet, und in seinem borstigen Bart war mehr Weiß als Grau zu erkennen.

Er musste weit über siebzig sein, vielleicht näher an achtzig. Sie wusste es nicht genau. War es nur die Zeit, die ihn seiner Vitalität beraubt hatte, oder etwas anderes?

*Du hast etwas Unwiederbringliches kaputt gemacht, als du ihn verlassen hast,* flüsterte ihr eine Stimme im Hinterkopf zu.

Schuldgefühle durchzuckten sie. Sie schob sie beiseite.

»Das spielt jetzt keine Rolle«, sagte sie. »Du bist am Leben. Aber Ezra, sie werden zurückkommen. Du weißt das so gut wie ich. Wir haben gerade sieben Hirten getötet. Der Prophet wird das nicht auf sich beruhen lassen. Du kannst diesen Ort nicht gegen ein Dutzend bewaffneter Kämpfer verteidigen. Lass uns helfen.«

Er schnaubte, als er sich in einen der harten Holzstühle am Küchentisch sinken ließ. »Glaube nicht, dass ich nicht sehe, was du da machst. Du tust so, als würdest du mir einen Gefallen tun, obwohl du eigentlich auf Knien um Vergebung betteln solltest.«

Sie konnte sich nicht neben ihn an den Tisch setzen. Sie war zu nervös. Sie ballte ihre Fäuste und streckte ihre Hände flehend aus. »Du willst, dass ich bettle? Ich werde es tun. Für Eden werde ich es tun.«

Bei der Erwähnung von Eden fiel sein Blick zu Boden.

»Du hast recht. Wir sind hierhergekommen, um Hilfe zu suchen. In Miami herrscht Chaos. Und es breitet sich aus. Nirgendwo ist es sicher. Nirgendwo außer hier.«

»Wie kommst du darauf, dass das hier noch dein Zuhause ist?«

Sie zuckte zusammen. »Das habe ich verdient. Ich verdiene all die Wut und den Groll, die du mir entgegenschleudern willst, alter Mann. Aber Eden tut das nicht. Diese Leute da draußen auch nicht. Ich weiß, du kennst sie nicht, aber sie sind gute Menschen. Logan hat mein Leben gerettet und ich seins. Julio hat Eden vor dem Tod bewahrt und uns allen den Arsch gerettet. Park hilft, wo er kann.«

»Wenn du gehen wolltest, Mädchen, hättest du das jederzeit sagen können. Ich habe dich nicht gegen deinen Willen hierbehalten.«

Dakota sog den Atem ein. Da war es. »Du bist wütend, weil wir weggelaufen sind.«

Er starrte sie einfach an, mit stählernen Augen. Ganz gleich, wie sich sein Körper verändert hatte, sein Blick war so intelligent wie immer, immer noch so scharf und durchdringend.

»Wir wollten nicht gehen«, sagte sie und bewegte sich unbehaglich. »Wir hatten keine andere Wahl. An dem Tag, an dem wir Kleidung für Eden besorgt haben, hast du im Traktor- und Futtermittelladen eingekauft. Als wir aus dem Laden kamen, stand er direkt auf der Straße, Ezra. Maddox Cage. Er wollte gerade in eine Bank gehen, aber aus irgendeinem Grund drehte er sich um und starrte mich direkt an.

Ich hatte schreckliche Angst. Ich wusste, was sie tun würden, wenn sie Eden zurückbekommen, was sie mir antun würden ...« Sie zitterte unwillkürlich, die Narben auf ihrem Rücken brannten. »Wenn sie dich gesehen hätten, hätten sie Bescheid gewusst. Sie wären auch hinter dir her gewesen. Ich wusste nicht, was ich sonst hätte tun sollen. Ich nahm Edens Hand und wir rannten.

Wir sind einfach gerannt und gerannt. Vielleicht stundenlang. Ich weiß es nicht. Wir fuhren per Anhalter nach Miami mit einem Fernfahrer, der nicht wie ein Perverser aussah. Ich hatte noch das Messer, das du mir gegeben hast. Ich wusste, ich würde uns verteidigen können.

Als wir in Miami ankamen, war alles anders. Da waren so viele Leute. Alles war so laut und verrückt, nachdem wir so lange in den Glades gewesen waren; es war überwältigend. Ich wusste nicht, wie ich uns etwas zu essen oder einen sicheren Ort zum Übernachten besorgen sollte.

Ich habe uns eine dieser Notunterkünfte für Jugendliche gesucht, aber die waren so oft überfüllt, dass wir manchmal auf der Straße schlafen mussten. Eden schlief, und ich blieb die ganze Nacht wach und hielt mein Messer so fest, dass meine Hand am Morgen schmerzte. Meine Augen waren so trüb und müde. Aber ich konnte nicht eine Sekunde unachtsam sein.«

Sie holte tief Luft, starrte angestrengt auf die Kerben im alten Tisch, um der Verurteilung in seinen Augen nicht begegnen zu müssen. »Ich wollte dich so oft kontaktieren. Ich ... ich habe mich geschämt. Weil wir einfach abgehauen sind, ohne uns zu verabschieden, nach allem, was du für uns getan hast ... Ich hasste Miami und hasste es, dass wir Angst hatten und obdachlos waren, und ich wollte nicht, dass du uns so siehst. Und weil ich wusste, dass wir nicht zu dir zurückkehren konnten, egal wie sehr ich es wollte.«

Sie winkte mit der Hand, ohne ihn anzuschauen. »Darum. Sie hätten irgendwann herausgefunden, dass du uns beherbergt hast. Dann hätten sie dich getötet. Es war egoistisch von mir, so lange zu bleiben. Ich habe dich in Gefahr gebracht.«

Es herrschte eine lange Stille. Die Uhr an der Wand tickte, tickte und tickte. Sie konnte das Summen der Zikaden draußen hören, die nächtlichen Geräusche der Kreaturen und Insekten, die die Glades ihr Zuhause nannten.

»Du hättest es mir sagen müssen«, sagte er schließlich.

»Ich weiß.«

Er seufzte, stieß einen Fluch aus und schlug mit seiner guten Faust auf den Tisch. »Ich habe keinen Platz für fünf weitere Personen.«

»Eden und ich können im Radiozimmer schlafen, wie wir es gewohnt sind. Die anderen können auf der Couch und auf dem Boden schlafen ...«

»Sie schlafen nicht in diesem Haus.«

»Doch, das werden sie. Sie können auf der Couch schlafen und ein paar Schlafsäcke ausrollen. Sie werden uns nicht im Weg sein.«

Er rieb sich das ergraute Kinn und seufzte. »Eine Nacht. Mehr nicht.« Etwas in ihr lockerte sich. Sie spürte, wie sich ihr Brustkorb ausdehnte. Sie nahm ihren ersten vollen Atemzug seit gefühlten Wochen.

Er hatte ihr nicht verziehen, da war sie sich sicher. Aber er ließ sie über Nacht bleiben. Das war ein Anfang. Von da an konnte sie ihn weiter erweichen.

»Ich kümmere mich um die zusätzlichen Decken und Schlafsäcke«, sagte sie.

»Nein, ich mache das.«

Sie rollte mit den Augen. »Mit dieser Hand? Ich hole den Erste-Hilfe-Kasten. Wir müssen sie schienen.«

Er starrte sie an. »Weißt du noch, was du tun musst?«

»Du hast es mir doch beigebracht, nicht wahr?«

Er lächelte zwar nicht, aber wenigstens war er nicht finster gestimmt. »Du musst eigentlich in ein Krankenhaus, aber das kommt im Moment nicht in Frage.«

»Das habe ich schon über den Funk gehört. Ist es so schlimm, wie sie sagen?«

»Schlimmer. Ganze Städte stehen in Flammen. Alles bricht zusammen. Miami war ... die Hölle. Anders kann man es nicht beschreiben.«

Er nickte vor sich hin, als hätte er die ganze Zeit mit dem Ende der Welt gerechnet.

Natürlich hatte er das. Er war auf genau das hier vorbereitet.

»Ich werde dein Gesicht und deine Hand verarzten. Und besorge dir ein paar Antibiotika. Du hast doch noch dieses Fisch-Amoxicillin, oder? Dann werden wir herausfinden, was wir wegen der Hirten tun müssen. Sei so wütend auf mich, wie du willst, aber sie sind eine Bedrohung, die wir nicht ignorieren können. Sie wollen Eden. Und sie wollen uns beide töten.«

Ezra nahm den Eisbeutel ab und blickte mit gerunzelten Brauen auf seine ruinierten Finger hinunter. Er stieß einen schweren, resignierten Seufzer aus. »Ich nehme an, du hast recht. Solomon ist kein Mann, der Niederlagen akzeptiert.«

Ein Schauer des Entsetzens lief ihr über den Rücken. »Und sein Sohn auch nicht.«

# KAPITEL 7

# LOGAN

»Was glaubst du, was da drinnen passiert?«, fragte Park.

»Wer weiß?« Logan kickte einen verirrten Steinbrocken auf die kieselige Straße und rieb sich den Nacken. Der Riemen der AR-15 grub sich in seine Schulter.

Ein dumpfer Schmerz strahlte von seinem Schädel die Wirbelsäule hinunter: ein Schleudertrauma von der wahnsinnigen Verfolgungsjagd in der Nacht zuvor. Seine Muskeln waren schwach und zitterten. Sein ganzer Körper war ein einziger großer Bluterguss. Er war ausgelaugt und erschöpft, und die Nacht war noch nicht zu Ende.

Die Symptome der Strahlenkrankheit waren größtenteils abgeklungen, aber in ein paar Wochen würden sie mit aller Macht zurückkehren. Es war eine seltsame und beunruhigende Sache, zu wissen, dass man krank war, es aber nicht spüren konnte. Wie ein Krebsgeschwür, eine Fäulnis direkt unter der Oberfläche. Als sie weitergingen, leuchteten Eden und Julio mit ihren Lampen ein paar Meter vor der Gruppe. Nachdem sie einige Minuten gewartet hatten, bis Ezra und Dakota über ihr Schicksal entschieden hatten, beschlossen sie alle, die etwa drei Kilometer zurück zum Pick-up zu gehen.

Dieses Mal konnten sie einfach die Straße benutzen, anstatt den langen Weg durch das dichte Gestrüpp zu nehmen.

Sie hatten diesen Verrückten gerade gerettet, und er war nicht nur undankbar – er strahlte Groll und Empörung aus, als wären *sie* die Eindringlinge.

Logan konnte ihn schon jetzt nicht ausstehen.

Dakota hatte es ihm als sichere Hütte verkauft und er war voll darauf reingefallen. Er hatte nicht darüber nachgedacht, ob der alte Einsiedler sie akzeptieren würde. Wenn Dakota eines war, dann überzeugend.

Er wollte wütend auf sie sein, aber er konnte es nicht. Jeder von ihnen hätte heute Nacht sterben können. Er war nur dankbar, dass sie beide noch am Leben waren.

Irgendwie hatte er in ihrem Überlebenskampf, bei dem sie von einer Beinahe-Katastrophe in die nächste stolperten, eine Verbindung zu diesem zähen, vorlauten Mädchen aufgebaut. Es war eine zerbrechliche wackelige Angelegenheit, etwas, das jeden Moment kaputtgehen könnte, wenn er es direkt anging.

Also tat er das, was er am besten konnte: Er ignorierte es völlig. »Dakota wird das schon hinkriegen«, sagte Julio.

Logan grunzte nur. Seiner Meinung nach sah es nicht besonders gut aus.

»Wir können immer noch hinten im Pick-up schlafen, schätze ich.«

Park schlug nach mehreren Moskitos, die um sein Gesicht herumschwirrten.

»Und bei lebendigem Leib von Mücken aufgefressen werden? Nein danke.«

»Wie geht es dir?«, fragte Julio Eden. »Kommst du zurecht?«

Sie zuckte ein wenig mit den Schultern, hielt aber den Kopf gesenkt und konzentrierte sich auf die Straße vor ihr. Sie sah so klein, jung und verletzlich aus. Ihre Augen waren groß und ängstlich, wie die eines Kaninchens. Eines Beutetiers.

Manche Menschen waren immer die Opfer. Gut und freundlich, aber zu vertrauensselig, zu leicht zu manipulieren, zu schwach, um die harten Dinge zu tun.

Sie hatte verdammtes Glück, dass sie Dakota hatte.

»Es ist fast geschafft«, versprach Julio dem Mädchen. Er gab ihr einen beruhigenden Klaps auf den Arm. »Du wirst heute Nacht in einem gemütlichen Bett schlafen.«

Logan hatte seine Zweifel, aber er behielt sie für sich.

Obwohl es mitten in der Nacht war, musste die Temperatur über dreißig Grad betragen. Die schwüle Luft war wie ein Ofen. Logan wischte sich den Schweiß von der Stirn und verscheuchte einen Schwarm von Mücken.

Er hasste den Sumpf.

Auf beiden Seiten der Straße ragten Schatten spendende Bäume in die Höhe. Er hasste es, nicht klar sehen zu können, hasste die ganze Dunkelheit. Die seltsamen, unheimlichen Waldgeräusche machten ihn nervös und unruhig.

Jedes Rascheln, jedes Scharren, jedes Kratzen und jeder brechende Zweig ließ sein Herz rasen.

Seine Hand griff nach seinem Gewehr. Er spürte den beruhigenden Druck des verdeckten Holsters der Glock an seinem Rücken. Wenigstens war er bewaffnet.

»Warst du schon einmal hier draußen?«, fragte Park ihn.

Logan war ein Stadtkind durch und durch. Zuerst in Richmond, Virginia, wo er aufgewachsen war, dann nach seinem Gefängnisaufenthalt in Miami. Die Everglades waren ein geschütztes nationales Kulturgut, aber für ihn war es eine Verschwendung von Raum – nichts als ein endloser feuchter Sumpf, in dem man sich verirren konnte, ein verherrlichter Sumpf voller giftiger Schlangen, riesiger Eidechsen und anderer Kreaturen, die einen fressen wollten.

Logan schüttelte den Kopf. »Wozu?«

Park schnaubte. »Ich selbst bevorzuge die Strände.«

Etwas knirschte im Wald. Ein Dutzend Meter weiter rechts raschelte das Laub und bewegte sich.

Logan wirbelte herum, sein Herz klopfte im doppelten Takt, und spähte in die Dunkelheit. »Was war das?«

Seine Augen konnten nur schemenhafte, undeutliche Umrisse erkennen, ein paar zitternde Blätter. Die Schatten waren tief und dicht, und sein Gehirn stellte sich automatisch die lauernden Formen von Raubtieren und Feinden vor.

»Nur ein Tier«, sagte Park, aber in seiner Stimme lag ein nervöses Zittern. »Wahrscheinlich ein Waschbär«, sagte Julio.

Logan hielt seinen Blick auf die Lücken zwischen den Bäumen gerichtet. »Es war etwas Großes.«

»Ein Wildschwein vielleicht? Ich glaube, es gibt hier draußen welche in freier Wildbahn.«

Logan nahm das Gewehr von seiner Schulter, entsicherte es und nahm es in beide Hände.

Auf keinen Fall würde er von etwas so Dämlichem wie einem übergroßen Schwein erledigt werden.

Nicht, nachdem er eine Atombombe überlebt hat. »Geht schneller«, sagte er schroff.

Park gluckste. »Ich schätze, es ist schön zu wissen, dass du genauso fähig bist, Angst zu haben, wie der Rest von uns.«

»Ich habe keine Angst«, betonte er.

»Aha. Na klar, Kumpel.«

»Nenn mich nicht Kumpel.«

Eden zerrte an Julios Arm. Sie richtete die Taschenlampe auf eine undeutliche Gestalt, die fünfzehn Meter vor ihnen aus der Dunkelheit an der Straße auftauchte.

»Ist das ein Auto?« Julio leuchtete mit der Stabtaschenlampe nach vorne, als langsam ein schwarzer Mitsubishi, der am Straßenrand geparkt war, erkennbar wurde.

»Ich vermute, dass sie aus der Stadt geflohen sind und auf dieser Straße Hilfe suchten«, sagte Park. »Vielleicht ging ihnen das Benzin aus, wie all den anderen Autos, an denen wir vorbeikamen.«

Eden schüttelte den Kopf und zog fester an Julios Arm. Sie schnaufte laut, um ihre Aufmerksamkeit zu erregen, und stupste mit der Lampe in die Luft.

Logan hielt inne und blickte sie an. »Was ist los?« Sie deutete wieder mit Nachdruck auf das Auto.

»Warte«, sagte Julio, »ist da jemand auf dem Fahrersitz?«

Park machte einen zögernden Schritt zurück und stieß dabei fast mit Julio zusammen. »Was, wenn es ein anderer Hirte ist? Ein Wächter oder so etwas?« Logan war angespannt. »Bleibt alle hier. Ich werde es herausfinden.«

# KAPITEL 8
## LOGAN

Mit dem Gewehr im Anschlag schlich Logan um das Heck des Wagens herum, vorbei an der Hecktür zur Fahrertür. »Keine Bewegung!«

Die Gestalt bewegte sich nicht.

Logan wartete, sein Mund war trocken, der Puls raste in seiner Kehle.

Doch die Gestalt bewegte sich nicht. Logan nahm einen Hauch von etwas Ranzigem wahr. Er erkannte die schemenhafte Gestalt mit hängenden Schultern und einem Kopf, der gegen den Sitz lehnte.

Logan senkte seine Waffe nicht, nur für den Fall. »Julio, komm mit der Taschenlampe. Alle anderen bleiben zurück.«

Mit der Taschenlampe sahen sie, was Logan vermutet hatte. Die Gestalt bewegte sich nicht, weil sie bereits tot war. Das grelle weiße Licht enthüllte ein auffälliges Gesicht, das von riesigen Blasen übersät war. Das Fleisch war verbrannt, gekocht und geschmolzen, als hätte sich Säure von innen heraus in ihn hineingefressen.

Keine Säure. Strahlung.

»Er hat es aus der Stadt geschafft, aber das ist egal«, sagte Julio leise und hielt sich die Hand vor Mund und Nase, um den beißenden Gestank zu überdecken.

Logan schloss kurz die Augen. Das Grauen, das die Strahlung im Körper des Mannes angerichtet hatte, war zu schrecklich, um es anzusehen.

Er und Julio kehrten zu der Gruppe zurück und erklärten, was sie gefunden hatten.

Julio schürzte seine Lippen. »Ich hasse den Gedanken, ihn einfach so verrotten zu lassen. Wer auch immer er war, er war der Sohn von jemandem, der Ehemann von jemandem, der Vater von jemandem.«

»Heute Abend können wir nichts mehr tun. Komm mit.« Logan wandte sich an Eden. »Gute Augen, Kleines.«

Ihr Gesicht lag im Schatten, aber sie hob den Kopf zu ihm, als ob sie vielleicht vor Stolz strahlte. Das war gut. Sie musste etwas können, um das Gefühl zu haben, etwas beizutragen.

Sie liefen weiter. Wo war dieser verdammte Pick-up? Drei Kilometer mitten in der Nacht mitten im Nirgendwo zu laufen und dabei bei lebendigem Leibe von Insekten aufgefressen zu werden, war nicht gerade ein Vergnügen.

Etwa zwanzig Minuten und fünfzig Mückenstiche später blieb Eden stehen und zeigte erneut, dieses Mal in den Wald.

»Was gibt es?«, fragte Julio.

Sie gebärdete etwas. Alle starrten sie ausdruckslos an.

Sie trat an den Rand des Schotters und richtete das Licht auf den Boden.

Logan konnte die schwachen Spuren von Reifenprofilen erkennen, die von der Straße abbogen, bevor sie im Unterholz verschwanden.

Sie hatten das Versteck des F-150 erreicht.

»Gut gemacht, Eden«, sagte Julio. »Ich wäre direkt daran vorbeigelaufen.« Logan auch.

Ein weiteres Geräusch zerriss die Nachtluft, dieses Mal von hinten. Zweige knackten. Blätter zitterten.

Logan wirbelte erneut herum und suchte den Wald auf der anderen Straßenseite ab. Die Haare auf seinen Armen und in seinem Nacken standen ihm zu Berge. »Mach das Licht aus.«

»Es ist nichts«, wandte Park ein.

»Es ist nicht nichts«, sagte Logan mit leiser Stimme. »Diesmal nicht.«

Sein Körper pulsierte vor lauter Adrenalin. Er hatte wieder dieses Gefühl, als ob irgendjemand oder irgendetwas sie beobachten würde.

Vielleicht ein Raubtier. Oder vielleicht etwas anderes.

Wie auch immer, er war in höchster Alarmbereitschaft.

Eden sah ihn mit großen Augen an. Julio legte tröstend einen Arm um ihre Schulter. »Was sollen wir tun, Logan?«

»Schnell, aber leise bewegen. Steigt in den Wagen. Ich gebe euch Deckung. Was auch immer es ist, ich bezweifle, dass es freundlich ist.« Sie eilten in den Wald und machten dabei viel mehr Lärm als sie sollten. Logan bildete die Nachhut, blickte auf die Straße und lauschte über ihre rasenden Bewegungen hinweg auf irgendwelche Geräusche, die nicht dorthin gehörten.

Der Mond brach aus den Wolken hervor und beleuchtete die Dunkelheit in silbernen Schattierungen.

Etwas krachte durch das Gestrüpp auf der anderen Straßenseite. Die dunklen Umrisse kleiner Bäume erbebten, als Zweige und Äste unter den Füßen knackten.

Logan hob seine Waffe, bewegte sich hin und her und scannte wild die Bäume. Er hatte keine Ahnung, wohin er zielen sollte.

Ein großer Hirsch pflügte durch die Bäume und sprang auf die Straße. Er drehte sich um und raste in den Wald, keine sieben Meter von ihnen entfernt, den weißen Schwanz hoch in der Luft, als er durch das Unterholz stürzte und schnell wieder verschwand.

Die Geräusche seiner Flucht verklangen in der Stille.

Logan atmete mehrmals tief ein und wünschte, dass sich sein Herzschlag wieder normalisierte.

»Ich sagte doch, es ist nichts«, sagte Park, und seine Stimme quietschte. »Nur die Natur. Völlig harmlos.«

Mit der freien Hand schlug Logan nach einer Mücke, die sich an seinem Unterarm festgesetzt hatte, und tötete sie mit einem zufriedenstellenden *Platsch*. Er wischte die Blutspur an seiner Hose ab. »Die Natur ist *nicht* harmlos.«

Ein Zweig knackte. Dann noch einer. Logan drehte sich in Richtung des Geräusches. Park seufzte. »Nur ein weiteres Reh ...«

Eine laute, dröhnende Stimme durchbrach die schwüle Luft. »Sofort stehenbleiben!«

# KAPITEL 9
## LOGAN

»**K**eine Bewegung!«

Logan erstarrte, die AR-15 halb erhoben.

Keine fünf Meter entfernt trat ein hellhäutiger Mann aus den Bäumen auf der anderen Straßenseite hervor. Seine Gesichtszüge lagen im Mondlicht im Schatten, aber Logan konnte seine Gestalt deutlich erkennen – er war riesig, mit Schultern, die so breit waren wie eine Eingangstür, einer fassförmigen Brust und Armen mit Muskeln, die so groß waren wie Fußbälle.

Er hielt ein Jagdgewehr in seinen massigen Händen, die Mündung auf Logans Brust gerichtet.

»Heilige Scheiße«, flüsterte Park neben Logan.

Der Mann gestikulierte mit seinem Gewehr. »Legt eure Waffen nieder und kommt auf die Straße, bevor ich euch erschieße.«

Logan fluchte. Aber er ließ die Waffe nicht fallen.

Er sollte einfach zuerst schießen. Es spielte keine Rolle, ob der andere derjenige war, der ihn bedrohte; derjenige, der zuerst schoss, gewann immer. Fast immer.

Er könnte diesem Verbrecher mit einer 5,56-Kugel mitten durch seine riesige Stirn bohren, bevor er blinzeln konnte …

Ein zweiter, kleinerer Mann trat hinter dem Riesen hervor. Er sah aus wie der erste, war aber schlanker und kleiner und trug ein grünes Tarnhemd, eine dunkle Cargohose und eine Lederweste mit einem in der Dunkelheit nicht lesbaren Abzeichen. Sein langes braunes Haar war im Nacken zu einem Pferdeschwanz gebunden.

Er richtete seine Schrotflinte auf Julios Kopf.

Wenn Logan alleine gewesen wäre, hätte er es riskiert. Vielleicht konnte er zwei Kopfschüsse abgeben, bevor einer von ihnen schnell genug reagieren konnte, um selbst abzudrücken.

Aber er war nicht allein. Er musste an die anderen denken, um sie am Leben zu erhalten.

Hilfloser Zorn durchzuckte ihn. Er hatte *gewusst*, dass sie beobachtet wurden. Und jetzt konnte er nichts mehr dagegen tun.

»Na los. Mein Bruder wird sich nicht zweimal bitten lassen«, sagte der Mann mit dem Pferdeschwanz.

Logan fluchte erneut, dieses Mal leise. Verbitterung mischte sich mit dem Adrenalin, das durch seine Adern floss, aber er gehorchte.

Das taten die anderen auch. Logan, Park, Julio und Eden stellten sich am Rande der Straße auf. Sie ließen ihre Waffen sinken und hoben ihre Hände. Logan legte die Glock, die immer noch in ihrem verdeckten Holster auf seinem Rücken steckte, nicht ab.

Es war ein Risiko, aber eines, das es wert war, eingegangen zu werden. »Auf die Knie«, befahl der Riese.

Sie knieten nieder. Der Kies grub sich schmerzhaft in Logans Kniescheiben. Er atmete den Duft von nassem Laub, feuchter Erde und den scharfen Geruch seines eigenen Angstschweißes ein.

Er starrte seine Kidnapper wütend an.

Die beiden Männer standen weniger als drei Meter entfernt. Es wäre schwer für sie, sie zu verfehlen, wenn sie sich entschlossen, zu schießen. Wenigstens machten sie sich nicht die Mühe, ihre neuen Geiseln zu filzen. Amateure.

Wenn sich die Gelegenheit ergab, wäre Logan bereit.

»Wir haben nichts von Wert.« Julio verlagerte seinen Körper so, dass er Eden teilweise verdeckte. »Wir wollen keinen Ärger.«

Der riesige Mann ließ seine weißen Zähne unter einem dicken, struppigen Bart, der ihm bis zur Brust reichte, hervorblitzen. »Und doch seid ihr hier und schleicht herum wie Diebe.«

»Ich versichere Ihnen, dass wir keine Diebe sind«, sagte Julio ruhig.

Er war der natürliche Verhandlungspartner, also überließ Logan ihm das Reden. Wenn Logan etwas sagte, dann waren es Flüche und Beleidigungen, die er zähneknirschend von sich gab.

Oder vielleicht sollte er es einfach riskieren und sich auf beide stürzen, sie überrumpeln, den Kleineren angreifen und ihm die Schrotflinte entreißen ...

Pferdeschwanz hielt die Schrotflinte in der Beuge seines Unterarms und hob ein Walkie-Talkie an seinen Mund. »Wir haben sie. Kommt her.«

Das ferne Dröhnen von Motoren erfüllte die Luft.

Logan spürte, wie Julio sich umdrehte, um die Straße hinunterzusehen, aber Logan behielt seinen Blick auf den Riesen gerichtet. Der Riese starrte ihn an, grinste, als könnte er jeden Gedanken, der Logan durch den Kopf schoss, lesen und wartete nur auf eine Gelegenheit, ihm den Kopf wegzublasen, falls er eine falsche Bewegung machte.

Drei Motorräder rasten auf sie zu. Sie kamen sieben Meter entfernt zum Stehen. Drei Männer sprangen ab und schritten auf den Riesen und Pferdeschwanz zu.

Sie waren ein rauer Haufen, alle in den Dreißigern oder Vierzigern, mit Falten in den harten, bärtigen Gesichtern und einem grimmigen Gesichtsausdruck. Sie trugen Lederwesten mit Baseballkappen oder roten Kopftüchern, und hatten Gewehre über die Schultern gehängt.

Eine Biker-Gang, die gekommen war, um sie auszurauben, oder Schlimmeres. Wahrscheinlich fuhren sie auf dem Tamiami Trail auf und ab und überfielen ahnungslose Flüchtlinge, die dem Chaos des radioaktiven Miami entkommen wollten.

»Tut nichts Unüberlegtes«, sagte Julio leise. »Wir können das ausdiskutieren.«

Logan verdrehte die Augen. »Du denkst wohl an Dakota, nicht an mich«, murmelte er. »Ich handle nie unüberlegt.«

»Mhm-hm.«

»Was ist los, Archer?«, fragte ein breiter, schwerfälliger Mann mit Spitzbart, groben, finsteren Gesichtszügen und verschlagenen Augen. Aggression strömte in Wellen von ihm aus. Logan kannte diese Sorte – gefährlich und hinterlistig, die Art von Mann, die einem nur so zum Spaß die Kehle aufschlitzen würde.

»Noch mehr Verbrecher«, sagte der Riese Archer zu den anderen und betrachtete Logans Tätowierungen. Er hatte kein Recht, darüber zu urteilen; seine Gruppe hatte genug eigene Tattoos. Aber sie sahen noch bösartiger aus als Logans Gruppe. Julio konnte sich behaupten, aber Park sah ungefähr so bedrohlich aus wie ein Zwergpudel.

»Ihr seid die Verbrecher«, sagte Logan. »Ihr seid diejenigen, die uns die Waffen an den Kopf halten.«

»Wir sind nur auf der Durchreise«, sagte Julio zu ihm. »Wir fliehen vor der Strahlung und versuchen, Naples zu erreichen. Wir geben Ihnen, was Sie wollen und was wir haben, auch wenn es nicht viel ist. Sie können uns gehen lassen.«

Julio erwähnte die Hütte von Ezra Burrows nicht, was ein kluger Schachzug war. Diese Möchtegern-Biker-Gangster brauchten nichts über den Vorrat zu wissen, den der alte Knacker gehortet hatte.

»Heutzutage hat jeder eine rührselige Geschichte«, sagte Pferdeschwanz. »Das interessiert uns nicht.«

»Sie haben ein Kind dabei«, sagte Archer.

»Und?«, fragte der mit den verschlagenen Augen. »Das macht sie nicht weniger zu einer Bedrohung. Die letzten waren genauso.«

Die letzten beiden Männer standen ein paar Meter weiter hinten, beide trugen Schrotflinten mit Pistolen im Holster an der Hüfte. Logan erkannte mit Schrecken, dass es sich um Zwillinge handelte – die gleiche stämmige Statur und die kantigen, gedrungenen Gesichtszüge, wilde rötliche Bärte und Vorderarme, die so behaart waren, dass sie pelzig wirkten.

Der Erste spuckte auf den Asphalt. Der Zweite tippte mit den Fingern auf seine Schrotflinte. »Du willst uns also erzählen, dass ihr den ganzen Weg nach Naples lauft?«

»Es sind weniger als hundertfünfzig Kilometer«, sagte Park.

»Netter Versuch«, schnauzte Pferdeschwanz. »Wir haben eure Sorte schon mindestens ein Dutzend Mal gesehen. Diebe und Ganoven, die das Chaos ausnutzen, um einem Mann das Haus unter den Füßen wegzuklauen. Das passiert hier nicht, habt ihr verstanden?«

»Das würden wir nie tun«, sagte Julio.

Er schnaubte abfällig. »Habt ihr euer Auto hier irgendwo versteckt, um euch mit fremden Waren zu beladen?«

»Nein, haben wir nicht«, warf Logan ein, bevor Julios Gewissen ihn zu plagen begann und er die Wahrheit gestand. »Wir haben weder ein verstecktes Auto noch sonst etwas.«

Er hatte sich in ihnen geirrt, wie er feststellte. Sie waren nicht diejenigen, die andere ausplünderten – sie waren eine Art örtliche Patrouille, die die Gegend vor Kriminellen auf der Jagd schützte.

Nicht, dass das ihnen helfen würde. Nicht, solange sie Logan und die anderen für die Bösen hielten. Diese Biker sahen nicht so aus, als würden sie vor Gewalt zurückschrecken, vor allem, wenn es darum ging, ihre eigenen Leute zu schützen.

»Wir sind nicht die, für die ihr uns haltet«, begann Park.

»Ich hab' ihn!«, rief eine weibliche Stimme ein paar Dutzend Meter hinter ihnen. »Ein grauer, völlig zerschossener Ford F-150.«

Logans Herz wurde schwer. *Verdammt noch mal.*

# KAPITEL 10
## LOGAN

»Sieh an, sieh an, sieh an.« Der Verschlagene schenkte ihnen ein fieses, triumphierendes Grinsen. »Diebe *und* Lügner. Wahrscheinlich auch Mörder.«

Logans Gedanken rasten, er suchte verzweifelt nach einem Ausweg aus diesem Schlamassel. Wenn sie jetzt ihre Geschichte änderten und versuchten, die Wahrheit zu sagen, würde das nicht gut ankommen.

Eine Frau schlenderte aus dem Wald, wo sie den Pick-up abgestellt hatten. Sie schien mehr über die Straße zu gleiten als zu gehen. Obwohl sie sich mit der fließenden Anmut von jemandem bewegte, der viel jünger war, ließen die feinen Linien in der bronzefarbenen Haut um Augen und Mund darauf schließen, dass sie Anfang fünfzig war.

Sie trug einen Revolver an der Hüfte, eine Tarn-Wanderhose, feste Stiefel und ein lockeres, langärmeliges schwarzes T-Shirt. Ihr langes, rabenschwarzes Haar war zu einem Pferdeschwanz gebunden.

Logan konnte sich nicht erinnern, welche Indianerstämme

laut Dakota in den Everglades lebten, aber diese Frau war eindeutig eine amerikanische Ureinwohnerin.

Sie betrachtete sie, eine Hand in die Hüfte gestemmt, ihr Gesicht ausdruckslos. »Danke, Maki«, sagte Pferdeschwanz. »Gute Arbeit. Du hast sie auf frischer Tat ertappt.«

Sie nickte stumm, sagte aber nichts. Sie war diejenige, die er im Wald gehört hatte, stellte Logan erschrocken fest. Sie war ihnen gefolgt, hatte sich an sie herangeschlichen.

»Es tut uns leid«, sagte Julio schnell, und seine Worte überschlugen sich. »Wir haben gelogen. Wir dachten, ihr wärt die Räuber. Wir haben den Pick-up versteckt. Wir bleiben hier bei einem Freund, um den Sturm zu überstehen. Das ist alles.«

Archer hob seine dicken Brauen. »Ach ja? Wer ist euer Freund?« Julio schaute Logan um Erlaubnis an.

Logan zuckte mit den Schultern. Welchen Unterschied machte das schon?

Viel schlimmer konnte es nicht werden.

»Ezra Burrows.«

Archer schnaubte. Pferdeschwanz stieß ein schallendes Gelächter aus. Die anderen Männer glucksten höhnisch.

»Ezra Burrows, ein Freund?«, brüllte Archer. »Dieser störrische alte Kauz hatte noch nie einen Freund. Jetzt wissen wir wirklich, dass ihr nur Mist erzählt.«

»Warum verschwenden wir Zeit?« Der Verschlagene schwenkte seine Schrotflinte zwischen Julio und Logan hin und her. »Erschieß sie einfach.«

Das Geräusch eines kleinen Fahrzeugs kam auf sie zugerast. Mehrere der Biker blickten auf, darunter auch Archer und der Verschlagene.

Logan musterte sie, suchte nach einer Schwäche, einer Lücke. Der Riese war eine Bestie – einen ganzen Kopf und eine Schulter größer als Logan, der einen Meter achtzig groß war – und zu groß, um ihn schnell auszuschalten. Pferdeschwanz war Logan am nächsten, aber seine Schrotflinte war immer noch auf Julio gerichtet. Die Zwillinge und der Verschlagene waren zu weit weg, um sich auf sie zu stürzen.

Ein Quad verließ eine unbefestigte Einfahrt zehn Meter weiter links. Die Einfahrt war so dicht mit Unkraut und Gestrüpp bewachsen, dass Logan sie bis dahin nicht bemerkt hatte.

Der Fahrer parkte ein paar Meter entfernt und stieg ab, wobei er den Motor laufen ließ. Der Scheinwerferstrahl beleuchtete eine ältere Frau mit bronzefarbener Haut und kohlschwarzen Augen, die in ein geblümtes Nachthemd gekleidet war und deren langes graues Haar ihr um die Schultern fiel.

Sie schritt auf sie zu, eine Armbrust in den Händen. »Was zum Teufel macht ihr da? Ich konnte den Krach bis zu mir nach Hause hören.«

»Wir kümmern uns darum, Haasi«, sagte Pferdeschwanz und drehte sich leicht zu der Frau um, während sie sprach. Die Mündung seiner Waffe drehte sich mit ihm.

»Offensichtlich nicht gut genug, *Jake Collier*«, schnauzte sie zurück und betonte den Namen des Mannes wie eine Beleidigung.

Logan wartete nicht darauf, dass die Nachbarin diese Sache klärte. Dies war seine Chance, vielleicht die einzige, die er bekommen würde. Er setzte sich in Bewegung.

Er sprang auf und stürzte sich auf den Typen mit dem Pferdeschwanz, den die Frau Jake genannt hatte. Logan war es egal, wie er hieß. Er war eine Bedrohung und Logan musste ihn ausschalten.

Mit dem linken Arm schlug er dem erschrockenen Mann die Schrotflinte aus den Händen, während er mit der rechten Hand hinter seinen Rücken langte und die Glock ergriff. Er fummelte einen Moment an seinem Shirt herum, die Pistole verfing sich im Stoff, als er sie herauszog, aber er hatte immer noch das Überraschungsmoment auf seiner Seite.

Die Gehirne der Biker registrierten noch, dass ihre Beute nicht mehr kniete, als Logan Jake herumwirbelte, seinen Arm um die Kehle des Bikers legte und ihm die Glock an die Schläfe drückte.

Fünf Männer und zwei Frauen richteten ihre gesamte Feuerkraft in Logans Richtung.

»Lass ihn gehen!«, rief Archer.

»Lass sie zuerst gehen«, sagte Logan. »Dann werde ich darüber nachdenken, ob er es verdient zu leben oder nicht.«

»Niemand muss heute Nacht sterben«, sagte Julio flehend. »Wir sind keine Feinde. Es gibt keinen Grund für all das.«

»Ihr habt gerade einen Grund geschaffen«, sagte die alte Frau, die sie Haasi nannten, wütend und richtete ihren Blick auf Logan.

Eden, die neben Julio gekauert hatte, kam auf die Beine. Sie zitterte, aber ihr Kinn war angehoben, und ihre Augen blickten geradeaus.

»Eden!« Julio griff nach ihrem Arm, aber sie war schon einen Schritt nach vorne gegangen, dann noch einen.

Haasi bemerkte die Bewegung und schwang die Armbrust in Richtung Eden. »Nein!«, schrie Julio. »Tun Sie ihr nicht weh!«

Park starrte nur mit großen Augen, zu schockiert, um zu sprechen.

Logans Mund wurde trocken. Er war zu weit weg, um zu verhindern, was auch immer als Nächstes geschehen würde. Wenn er von Pferdeschwanz abließ, war er tot. Sie würden alle sterben. Seine Waffe gegen Pferdeschwanz' Schädel war ihr einziges Druckmittel.

Er sah hilflos zu, wie das Mädchen direkt in die Schusslinie lief.

# KAPITEL 11
## LOGAN

Eden stand da, die Arme an den Seiten, das Kinn erhoben, ein Kind inmitten einer Gruppe von bewaffneten Feinden.

Haasis Blick verengte sich. Die Armbrust zitterte ganz leicht in ihren Händen. Logan erwartete halb, dass sie den Abzug betätigen und Eden erschießen würde, aber sie tat es nicht. »Eden ist nur ein Kind«, sagte Julio. »Tun Sie ihr nicht weh.«

»Eden?«, fragte Haasi misstrauisch. »Dakotas Schwester?« Eden nickte.

»Du kennst sie?«, fragte Archer.

Haasi nickte nur leicht, mit einem verblüfften Blick auf ihrem Gesicht. »Das Kind, das eine Zeit lang bei Ezra Burrows gelebt hat. Diejenige, die nicht sprechen konnte. Sie ist gewachsen, aber ... ich weiß, dass sie es ist. Sie hat die gleiche Narbe.«

»Wir haben die Wahrheit gesagt«, sagte Julio. »Wir sind hier, um Ezra Burrows zu besuchen. Wir sind keine Diebe oder Plünderer. Wir stellen keine Gefahr dar. Bitte, wenn wir alle unsere Waffen niederlegen und wie zivilisierte Menschen diskutieren könnten.«

»Sie zuerst«, knurrte Logan. Er würde gar nichts ablegen.

Haasi senkte den Bogen nicht. Stattdessen richtete sie ihn auf Logan.

Ein Großteil seines Körpers war hinter Pferdeschwanz verborgen, aber Logan war größer, breiter und höher. Außerdem stand die alte Frau schräg zu den anderen Bikern, sodass sie eine weitaus bessere Chance hatte.

Wenn sie einen verwundbaren Teil von ihm treffen wollte, konnte sie das tun.

»Warum habt ihr den Pick-up dann versteckt?«, fragte der Verschlagene misstrauisch.

»Weil ...« Julio warf einen Blick auf Logan. »Wegen der Hirten. Wir wollten nicht gesehen werden.«

Archer runzelte die Stirn. »Hirten? Du meinst die Hirten der Barmherzigkeit? Diese religiösen Freaks in ihrer Kommune? Die haben hier nichts zu suchen.«

»Sie waren heute Abend hier. Sie haben Ezra Burrows' Haus angegriffen.«

»Verdammt noch mal!«, fluchte der Verschlagene. »Wir patrouillieren schon seit Sonnenuntergang, aber wir hätten sie übersehen können, als wir unten am Monument-Lake-Campingplatz waren. Wir hatten eine kleine Auseinandersetzung mit ein paar aggressiven Zahnärzten, die dachten, das Kantor-Haus wäre ein guter Unterschlupf – das Problem war nur, dass es nicht ihnen gehörte.«

»Ihr habt sie verpasst«, sagte Logan. »Sie haben den alten Mann fast zu Tode gefoltert, bevor wir sie aufhalten konnten.«

Archer fluchte leise vor sich hin.

»Warum zum Teufel?«, fragte einer der haarigen Zwillinge.

Jake versuchte, sich zu bewegen, und Logan drückte ihm den Lauf fester gegen die Schläfe. Er ließ seine Deckung nicht fallen. Er konnte das Aftershave des Mannes riechen, seinen sauren Schweiß, den Geruch seiner Angst.

»Stelle mich nicht auf die Probe«, raunte er in sein Ohr. Der Biker verstummte.

»Lass unseren Bruder gehen«, sagte Archer und hob die Hände, als wolle er ein wildes Pferd beruhigen. »Lasst uns ein paar Schritte zurückgehen, wie wäre das?«

»Gute Idee«, sagte Julio. »Alle stecken ihre Waffen weg und wir können reden. Bitte.« Logan bewegte sich nicht. Er wollte ganz sicher nicht den ersten Schritt machen.

Die Biker sahen Archer an, der zu Haasi blickte. Obwohl sie nur halb so groß war wie sie, schienen sie alle die Frau zu respektieren. Sie nickte mit dem Kopf.

Die Biker ließen ihre Waffen zögernd sinken. Die andere Frau, Maki, rührte ihre Hand nicht von ihrem Revolver, aber er war im Holster. Logan hatte das Gefühl, dass sie ihre Waffe genauso schnell ziehen konnte wie er, wenn nicht sogar schneller.

Haasi begegnete Logans Blick mit ihrem eigenen durchdringenden Blick, ihre Armbrust immer noch gerade und fest auf Logans Kopf gerichtet. »Wie sieht's aus, Cowboy? Ich zähle bis drei.«

Logan presste den Kiefer zusammen. Er traute diesen Leuten nicht über den Weg. Er würde sie lieber erschießen und sicher sein, dass seine Leute in Sicherheit waren, als das Risiko einzugehen, Fremden mit geladenen Waffen zu vertrauen.

»Logan«, sagte Julio leise. »Es ist in Ordnung. Du kannst die Waffe runternehmen.«

Eden stand in seinem Blickfeld. Sie wirkte angespannt und nervös, aber nicht verängstigt, nicht wie zuvor. »Du und Dakota kennt diese Leute?«, fragte er sie. »Sind sie in Ordnung?«

Eden gebärdete etwas. Dann nickte sie.

»Ich zähle«, sagte Haasi. »Eins, zwei, drei.«

Bei drei senkte sie wie versprochen die Armbrust.

Wenn Eden ihnen vertraute, war das zumindest etwas.

Weiteres Blutvergießen war das Letzte, was er wollte. Logan ließ den Hals seiner Geisel los, zog die Glock zurück und schubste ihn nach vorne. Jake stolperte, kam aber schnell wieder auf die Beine. Er wirbelte herum, seine Augen blitzten gefährlich. Ohne ein Wort zu sagen, hob er die Faust und schlug Logan ins Gesicht.

# KAPITEL 12

# LOGAN

Es war ein unsauberer Schlag, zu dem er hoch und weit ausholte. Logan sah ihn schon aus einer Meile Entfernung kommen. Er war bereit, ein paar Zugeständnisse zu machen, um Frieden mit diesen Menschen zu wahren, aber einen Schlag einzustecken, gehörte nicht dazu.

Er wich mit Leichtigkeit aus, packte das dicke Handgelenk des Mannes, drehte es kräftig und zwang ihn auf die Knie. Er bog den Arm des Mannes hinter seinem Rücken in eine unnatürliche, äußerst schmerzhafte Position.

Jake stieß einen gequälten Schrei aus. Vielleicht war er es gewohnt, sein Gewicht in die Waagschale zu werfen und seinen Willen durch Einschüchterung durchzusetzen, aber er war eindeutig nicht an eine Schlägerei mit jemandem gewöhnt, der wusste, wie man kämpft.

Die fünf Biker knurrten überrascht und empört. Sie hoben ihre Waffen. »Nein!«, befahl Haasi.

Die Männer zögerten.

»Jake hat die Beherrschung verloren«, sagte sie. »Das war

sein Fehler. Ich bin sicher, wenn dieser Herr ihn freilassen würde, würden seine Brüder ihn unter Kontrolle halten.«

»Das würden wir.« Archers Blick wanderte von Logan zu seinem Bruder, der immer noch auf seinen Knien kauerte.

»Okay, dann.« Die alte Frau seufzte und wandte sich an Logan. »Ich möchte dich bitten, es Jake in diesem Fall durchgehen zu lassen. Die fünf Collier-Brüder, die ihr hier seht, waren einmal sechs. Vor einer Woche stolperte eine Gruppe hungriger, halb toter Flüchtlinge aus Miami über diese Straße und fand das Haus der Colliers.

Sie versuchten, einzubrechen. Sie waren bewaffnet. Die Colliers auch, wie ihr hier sehen könnt. Bei der anschließenden Schießerei kamen alle Diebe ums Leben. Aber sie schafften es vorher noch, Ford zu töten, eine schmuddelige Nervensäge, die wir alle sehr vermissen werden.«

»Mein Beileid.« Julio erhob sich und wischte sich den Kies von den Knien. Er half auch Park auf.

»Danke.« Archers Augen waren rot umrandet und geschwollen. Seine Stimme war heiser.

Alle Männer wirkten ausgemergelt, als hätten sie seit ein paar Tagen nicht mehr geschlafen. Das macht Kummer mit einem Mann.

»Missverständnisse kommen vor«, sagte Julio freundlich. »Ich bin froh, dass wir herausgefunden haben, dass wir auf der gleichen Seite stehen, bevor Blut vergossen wurde.«

Logan fühlte sich alles andere als umgänglich, aber Julio warf ihm einen warnenden Blick zu. Mit einem Grunzen ließ er den Arm von Jake Collier los.

Der Mann taumelte zu seinen Brüdern, hielt sich das geprellte Handgelenk und fluchte. Er starrte Logan trotzig an, aber Archer legte ihm eine schwere Hand auf die Schulter, um ihn an seinem Platz zu halten.

»Du hättest uns fast umgebracht«, murmelte Park Logan zu,

der sich wieder gefasst hatte, nachdem die Bedrohung verschwunden war. »Wir waren zwei Sekunden davon entfernt, dass uns der Kopf weggeblasen wird.«

»Ich hatte es unter Kontrolle«, sagte Logan. Park rollte mit den Augen.

»Einen Dreck hattest du.«

»Das hatte ich.«

»Fangen wir noch einmal mit der Vorstellung an, ja?«, sagte die alte Frau.

»Mein Name ist Haasi Long Creek, das ist Mikasuki für ‚Sonne‘. Meine Familie und ich gehören dem Mikasuki-Stamm an.«

Sie wies mit einer Geste auf die Frau, die ihren versteckten Pick-up entdeckt hatte und die sie immer noch grimmig und einschüchternd ansah. »Das ist Maki Osceola. Sie gehört zu den Seminolen.«

Haasi wies auf die Biker. »Und das sind die Collier-Brüder. Jake habt ihr schon kennengelernt. Der Große ist Archer. Er ist eine riesige Nervensäge, aber eine, die man dabeihaben will, wenn es hart auf hart kommt. Der mit dem Ziegenbart ist Boyd.«

Boyd war der Verschlagene, der Logan immer noch mit Argwohn und Abneigung anstarrte. Er erinnerte Logan an einen fetten Fuchs – faul, aber dennoch schlau und unberechenbar.

»Und die beiden Haarigen, die wie Bären aussehen, sind die Zwillinge Zander und Zane. Sie sind vielleicht nicht die hellsten Lämpchen im Kronleuchter, aber sie arbeiten hart und sind loyal bis auf die Knochen. Frag mich nur nicht, wer wer ist.«

»Das ist nicht wahr«, sagte einer von ihnen entrüstet.

»Zanes Bart ist dünner und kürzer«, sagte der andere, Zander. Archer schnaubte.

»Die Colliers haben ein paar Kilometer von hier sechzig Hektar Land, eine ganze Reihe von Frauen und zu viele Kinder, als dass diese alte Dame den Überblick behalten könnte«, sagte Haasi.

Zane ließ unter seinem Bart weiße Zähne aufblitzen. »Sie lügt. Sie kennt jedes einzelne von ihnen.«

»Tut mir leid, dass wir uns unter diesen Umständen treffen«, sagte Archer. »Aber wir können nicht vorsichtig genug sein. Nicht nach dem, was passiert ist.«

Er schien der Anführer der Brüder zu sein, oder zumindest der Älteste. Um seine Augen herum kräuselten sich Krähenfüße, und sein Bart war mit grau durchzogen. Er schien einen soliden Kopf auf seinen Schultern zu tragen. Zumindest war er kein Hitzkopf wie Jake oder der Verschlagene – Boyd. Vielleicht war er gar nicht so schlecht.

Haasi übergab ihre Armbrust an Maki und streckte Eden die Arme entgegen.

Das Mädchen stieß einen Atemzug aus, als hätte sie ihn die ganze Zeit über angehalten. Sie stürzte in die Arme der alten Frau.

Haasi drückte Eden fest an sich. »Kind, du musst dich zu Tode erschreckt haben. Ich weiß nicht, wo du in den letzten Jahren gewesen bist, aber ich wette, du hast uns später eine fantastische Geschichte zu erzählen.«

Über Edens Kopf hinweg wurde Haasis Gesichtsausdruck ernst und hart. »Kommt morgen vorbei. Wir müssen reden.«

# KAPITEL 13
## SHAY

Shay Harris rückte ihre violette Brille mit dem Armrücken zurecht, wobei sie darauf achtete, nichts mit ihren behandschuhten Händen zu berühren, und seufzte. Ihre Augen brannten. Sie schwankte vor Erschöpfung.

Reihen von Sanitätszelten waren mit Hunderten von Verletzten und Sterbenden vollgestopft. Stöhnen und Weinen erfüllten die heiße, abgestandene Luft. Der stechende Geruch von Antiseptika mischte sich mit dem Gestank von verbranntem Fleisch, Erbrochenem und menschlichen Fäkalien.

Die Arten von Verletzungen waren vielfältig – stumpfe Gewalteinwirkung, Knochenbrüche und Amputationen, Penetrationsverletzungen, Lungenschäden und Trommelfellrisse durch die Schockwelle, Verbrennungen dritten Grades, Strahlenvergiftungen ... Es ging endlos so weiter.

Inmitten von so viel Chaos, Schmerz und Tod überkam den Menschen eine Art Taubheit. Die Ungeheuerlichkeit des Geschehens war zu viel für den Verstand, um es zu verarbeiten. Aber es lag nicht in der Natur des Menschen, einfach abzuschalten.

Die Trauer, das Leid, der Schmerz und der Verlust, den sie

überall um sich herum sah, machten ihr zu schaffen. Jeder Mensch hatte ein Leben, eine Familie, ein Haus, Haustiere, einen Beruf und Freunde ... Hoffnungen, Träume und Enttäuschungen ... So viele Zukünfte, die zu früh ausgelöscht worden waren, so viele Möglichkeiten, die in Tragödien und Trauer endeten.

Die einzigen Lichtblicke inmitten dieser Hölle waren die gestohlenen Momente mit Trey Hawthorne, als er mit einem schüchternen Lächeln und einer Schachtel mit Essen zum Mitnehmen aus einem der noch in Betrieb befindlichen Flughafenrestaurants auftauchte. Manchmal brachte er ihr ein Päckchen Kaugummi, eine Tasse Kaffee oder beides.

Für ein paar Augenblicke konnte sie sich daran erinnern, dass es außerhalb der Mauern des Zeltkrankenhauses noch Leben gab, dass es Menschen gab, die noch lebten, die noch überlebten, die noch darum kämpften, das, was die Terroristen ihnen so sehr zu stehlen versucht hatten, wieder aufzubauen.

Dakota, Logan, Julio und die anderen waren vor weniger als zwei Tagen aufgebrochen. Trotzdem kam es ihr wie eine Ewigkeit vor. Sie vermisste sie, aber die Vorstellung, dass sie weit weg von all dem Wahnsinn waren, hielt sie bei Verstand. Sie waren sicher und glücklich in den Glades.

»Shay, Sie haben frei«, sagte ihre Vorgesetzte, eine forsche, aber unermüdliche Chirurgin namens Dr. Webster. Die Frau war Anfang fünfzig und sah aus, als wäre sie in einer Woche um ein Jahrzehnt gealtert. »Essen Sie etwas und kommen Sie in sechs Stunden zu Ihrer nächsten Schicht zurück.«

»Natürlich, Dr. Webster«, sagte Shay. »Wurden noch weitere Menschen gerettet?«

»Nicht seit zwei Tagen«, entgegnete Dr. Webster mit einem entmutigten Kopfschütteln.

Dutzende von Rettungskräften wateten unter Einsatz ihrer eigenen Gesundheit durch die Trümmer in der Innenstadt von Miami, um nach Überlebenden zu suchen. Selbst die beste

Schutzausrüstung, die die Regierung zu bieten hatte, reichte nicht aus.

In der ersten Woche brachten die Rettungskräfte Hunderte von Verletzten, die sie in halb eingestürzten Gebäuden gefunden hatten. Die Nachrichtensender berichteten über jeden einzelnen Fall. Die Nation klammerte sich an jeden Funken Hoffnung angesichts der sich entfaltenden Katastrophe, die von Tag zu Tag schlimmer wurde.

Im Laufe der Tage war die Flut der Rettungsaktionen auf ein Rinnsal zusammengeschrumpft.

»Dr. Webster ...«, begann Shay, aber ein anderer Arzt eilte zu der Chirurgin, gestikulierte nachdrücklich und forderte ihre Aufmerksamkeit.

Shay gab auf und machte sich auf den Weg zur Kontaminationsstation. Ihre Beine fühlten sich an wie Blei, und ihr Kopf pochte wieder. Sie hatte es so lange wie möglich ignoriert, aber sie würde mehr Schmerzmittel nehmen müssen. Die Schusswunde heilte zwar gut, tat aber immer noch weh.

Sie hasste es, Tabletten zu nehmen, wenn es Hunderte oder Tausende von Patienten gab, denen es weitaus schlechter ging als ihr.

»Du wirst niemandem helfen können, wenn du zusammenbrichst«, hatte Hawthorne ermahnt. Er hatte natürlich recht.

Sie zwang sich, an mehreren Betten mit vor Schmerzen schreienden Patienten vorbeizugehen. Einer davon war ein Kind von sechs oder sieben Jahren – vielleicht ein Mädchen, aber es war schwer zu sagen. Das Haar auf der rechten Seite ihres Kopfes war völlig verbrannt. Die Haut in ihrem Gesicht und an ihren Armen sah aus wie geschmolzen.

Jemand rempelte sie an. »Oh, Entschuldigung.«

Nicole Williams lächelte sie müde an. Sie war eine freundliche, mollige Krankenschwester, mit der Shay sich an ihrem ersten Tag angefreundet hatte. Sie hatte sich die Zeit genommen, Shay alles beizubringen, und ihr mehr Verantwortung übertragen, als Shay bewiesen hatte, dass sie der anstrengenden Aufgabe gewachsen war – sowohl körperlich als auch geistig.

Nicole umklammerte einen Behälter mit gebrauchten, eitergetränkten Verbänden, die darauf warteten, entsorgt zu werden. Tiefe Schatten umrahmten ihre gequälten Augen.

»Geht es dir gut?«, fragte Shay.

»Ich war nur ... ich war ...« Ihr Gesicht verzog sich. »Ich kann nicht ... Ich kann das nicht mehr ...«

Shay nahm sie sanft am Arm und führte sie durch eine Reihe von Zelten in die Dekontaminationszone. Sie setzte die Frau auf eine Metallbank in einer Ecke, abseits des Trubels und der herzzerreißenden Schreie.

Sie hatten bereits Dutzende von Krankenschwestern, Ärzten und Assistenten verloren, die unter dem Druck und der extremen Belastung bei der Versorgung von Tausenden von Sterbenden und Toten zusammengebrochen waren.

Shay widerstand dem Drang, zu sagen, dass alles in Ordnung war, dass die Dinge besser waren, als sie schienen. Es lag in ihrer Natur, positiv zu denken, sich auf die Lösung zu konzentrieren, wenn alle anderen nur die Probleme sahen, an die Hoffnung zu glauben, wenn die Dinge am hoffnungslosesten erschienen.

»Es ist einfach so viel Tod.« Nicole wippte hin und her und starrte wie betäubt auf ihre Hände. »Wir könnten so viele von ihnen retten, wenn wir nur die Vorräte hätten ... Uns geht alles aus. Die Armee fliegt immer mehr ein, aber es ist nicht genug. Wir haben nicht die Einrichtungen, um diese Brandopfer zu behandeln. Was sollen wir denn tun? Es gibt etwa einhundertzwanzig Verbrennungszentren? Vielleicht etwas über 1800 Betten für Verbrennungsopfer im ganzen Land? So viele Patienten haben wir hier, plus all die anderen Krankenhäuser im Großraum Miami, in Florida, in den anderen zwölf angegriffenen Städten ...«

Shay spürte die gleiche lähmende Verzweiflung, die Grube der erdrückenden Hoffnungslosigkeit, die zu ihren Füßen gähnte. Die schiere Anzahl war überwältigend. Sie waren völlig bezwungen. Überall, wo sie hinsah, starben Menschen, obwohl ihnen mit den richtigen Mitteln geholfen werden könnte.

Sie zog Nicole die Handschuhe aus, dann ihre eigenen, und warf sie in den Behälter für biologischen Abfall. Sie nahm Nicoles Hände in die ihren und hockte sich vor sie.

Sie sagte die Worte sowohl zu sich selbst als auch zu ihrer Freundin. »Wir tun alles, was wir können. Wir geben nicht auf. Wir *retten* Leben, auch wenn es sich nicht so anfühlt. Du machst einen Unterschied.«

Nicole antwortete nicht.

»Wann hast du das letzte Mal geschlafen?«

»Ich ... ich erinnere mich nicht. Vor ein paar Tagen, vielleicht. Und davor? Ich weiß es nicht.«

»Wie lange noch bis zum Ende deiner Schicht?«

»Zwei Stunden.« Nicole hob ihren müden Kopf und sah Shay an, aber ihre Augen starrten direkt durch sie hindurch, sahen nicht Shay, sondern einen anderen Schrecken. »Mein Mann ist tot. Wusstest du das?«

Shay lehnte sich fassungslos auf ihren Fersen zurück. »Nein, das wusste ich nicht.«

»Er arbeitete im Finanzwesen des Miami Tower. Ground Zero. Ich habe gehofft, dass sie ihn finden würden, dass er einer der Überlebenden wäre ... Aber das ist jetzt eine törichte Hoffnung, nicht wahr? Es ist fast zwei Wochen her.« Sie atmete röchelnd ein. »Bei jedem Leben, das ich rette, stelle ich mir vor, dass er es ist. Vielleicht ist das schrecklich.«

»Nein, nein, ist es nicht.«

»Es ist verrückt, das weiß ich, aber ich denke immer wieder, wenn ich fünfzig Leben rette, reicht das aus, um die Waage des Schicksals auszugleichen, verstehst du? Wenn ich hundert Leben rette, dann habe ich ihn zurückgewonnen, dann könnte ich ihn retten ...«

»Es tut mir leid«, sagte Shay. »Es tut mir so leid.«

Tränen flossen über Nicoles Gesicht. Sie umklammerte Shays Hände so fest, dass sich ihre Nägel in Shays Haut bohrten. Aber Shay zog sich nicht zurück. Ihre Freundin brauchte das.

Shays Mutter hatte nie getrauert, nachdem ihr Vater sich das Leben genommen hatte. Sie hatte weitergemacht, als sei alles in Ordnung, genau wie vor seinem Tod.

Als er aufgehört hatte, seine Medikamente zu nehmen. Als er fröhlich sein signiertes Lieblingstrikot der Dolphins weggegeben hatte, zusammen mit seiner Angelausrüstung und den hochwertigen Bose-Lautsprechern, die er geliebt hatte. Als er sich in die dunkle, säuerlich riechende Höhle seines Schlafzimmers zurückgezogen und einfach aufgegeben hatte.

Trauern war gut. Trauern war ein Teil des Prozesses. Sich zu verstellen, wenn die Wahrheit einem direkt ins Gesicht starrt, war die Definition von Wahnsinn.

Mit dem Satellitentelefon, das Hawthorne ihr gegeben hatte, war es Shay gelungen, ihre Mutter zu erreichen, die vor ein paar Tagen in Tallahassee gestrandet war.

Ihre Mutter war gesund und munter, wohnte in einem überfüllten Hotel, in dem es bald kein Shampoo, keine Seife und keine frischen Handtücher mehr gab und das zeitweise Stromausfälle hatte. Ihre Mutter tat immer noch so, als wäre alles in Ordnung.

»Es ist sehr tragisch, was passiert ist«, hatte ihre Mutter mit ihrer nasalen Stimme gesagt, »aber Gott sei Dank ist es nicht hier passiert. Uns geht es gut. Mir geht's gut. Die Lage ist ein bisschen ... angespannt, aber Gouverneur Blake sagt, dass bald alles wieder in Ordnung sein wird. Der Strom wird zurückkommen. Die Lebensmittelläden wären voll, wenn nicht all diese verrückten, paranoiden Freaks sich mit allem Möglichen eindecken würden, als wäre es Armageddon oder so. Ich musste gestern zwölf Dollar in bar für eine Packung Müsliriegel bezahlen. Kannst du dir das vorstellen?«

»Mama, ich glaube ...«

»Du solltest hierherkommen, Mishayla. Hier ist es gut. Es wird alles gut. Es herrscht Kriegsrecht. Die Soldaten sorgen für Ordnung. Ich möchte, dass du in Sicherheit bist. Du musst hier sein.«

Sie hatte versucht zu erklären, warum sie das nicht konnte, warum sie sich berufen fühlte, in irgendeiner Weise zu helfen, aber wie immer hatte ihre Mutter aufgehört zuzuhören. Es war vergeblich.

Wenigstens war ihre Mutter noch am Leben, was mehr war, als die meisten dieser Menschen von sich behaupten konnten.

»Geh dich ausruhen«, sagte Shay sanft. »Ich übernehme den Rest deiner Schicht.« Nicole blinzelte. Ihre Augen waren stumpf vor Kummer. »Bist du sicher?«

Shay brachte ein müdes Lächeln zustande. Sie sollte Hawthorne nach dem Ende ihrer eigenen Schicht treffen, aber er würde warten müssen. Sie hatte das Gefühl, dass er die Art von Mann war, die es verstehen würde. »Keine Sorge, ich habe das im Griff.«

Haasi schlug die herunterhängende Fliegengittertür mit der Hüfte auf. Sie trug Sandalen, einen langen weißen Rock und eine bunte Bluse, die wie ein Patchwork-Quilt aussah.

Mehrere Schichten von Tonperlen hingen um ihren Hals und klirrten um ihre Handgelenke. Ihr langes graues Haar fiel ihr locker um die Schultern.

Ihr Blick war fest und sicher, ebenso wie die Armbrust, die sie auf ihre Köpfe richtete.

»Halt!«, murmelte Park, machte ein paar unbeholfene Schritte zurück und wäre beinahe gestolpert. Julio hob beide Hände. »Wir kommen in Frieden.«

Dakota unterdrückte ein Lächeln. Es war zwei Jahre her, seit sie die Frau das letzte Mal gesehen hatte, aber Haasi war noch genauso temperamentvoll wie in ihrer Erinnerung.

»Du hast gesagt, wir sollen vorbeikommen, erinnerst du dich?«, sagte Zander.

»Ihr hättet mich mit euren Walkie-Talkies warnen können, *bevor* ihr kommt«, knurrte sie die Zwillinge an.

Sie zuckten mit ihren kräftigen Schultern. »Vergessen«, sagte Zander gutmütig.

»Sind Archer und Jake auf Patrouille?«, fragte sie.

Zander nickte. »Boyd musste sich um ein paar Dinge auf dem Anwesen kümmern, aber er wird später wiederkommen.«

»Ich nehme an, ihr wollt etwas essen. Deshalb seid ihr ja zur Mittagszeit gekommen.«

»Wir erwarten keine Almosen«, sagte Dakota schnell.

»Gut, denn ich biete keine an.« Haasi hängte die Armbrust an einen Haken in der Tür und wischte sich die Hände an ihrem Rock ab. »Aber ihr könnt dafür arbeiten.«

»Wir haben nichts anderes erwartet, Haasi«, sagte Zander. Haasi ließ ihren scharfen Blick über die Gruppe wandern.

»Kein Ezra?« Dakota schüttelte den Kopf.

Zane und Zander waren um die Mittagszeit bei der Hütte vorbeigekommen und von Ezra mit vorgehaltener Waffe begrüßt worden, als sie sie baten, mit zu Haasi zu kommen. Ezra hatte das Angebot kategorisch abgelehnt, aber der Rest von ihnen hatte sich in den Pick-up gesetzt und war den Harleys der Zwillinge die Straße hinunter gefolgt, während Ezra Wache hielt.

Bevor sie losgefahren waren, hatte Ezra Dakota ein Funkgerät mitgegeben, damit sie sich verständigen konnten, falls es Probleme gab.

Sie waren immer noch erschöpft von dem gestrigen Angriff – und davon, dass sie die Leichen der sieben toten Hirten tief in den Sumpf geschleppt und als Alligatorfutter zurückgelassen hatten –, aber sie hatten sich trotzdem auf den Weg zu Haasi gemacht.

Jetzt standen sie auf einer großen, von Eichen und Zypressen umgebenen Lichtung. Vor ihnen stand ein Bretterhaus mit verblasster Farbe, einer schmucken kleinen Veranda, Sonnenkollektoren auf dem schlaffen Dach und einer mit einem Stein aufgehaltenen Gittertür.

Zwanzig Meter links vom Haus hockte ein Chiki, ein offenes

Pfahlhaus mit einem Strohdach aus Palmetto-Palmwedeln, das auf einer hölzernen Plattform auf Stelzen gebaut war. In der Mitte brannte ein kleines Feuer, und aus einem Loch im Strohdach drang Rauch nach oben.

Ein alter Chevy-Pick-up war im Schatten einer moosbewachsenen Eiche geparkt. Ziegen und Hühner tummelten sich frei auf dem Grundstück. Eine zottelige, schwarz-weiß gefleckte Ziege trottete heran, stieß gegen Dakotas Beine und schnupperte an ihrer Tasche, auf der Suche nach etwas zu fressen.

»Hey!« Parks Augen leuchteten auf. »Sohn einer mutterlosen Ziege. Buchstäblich.«

Dakota verdrehte die Augen und schob die Ziege weg. »Geh und belästige Park. Er will, dass du es tust.«

»Husch!« Haasi winkte mit den Händen. »Weg mit dir, Dot.«

Die Ziege gab ein entrüstetes Blöken von sich, bevor sie in Richtung eines Büschels überwucherten Unkrauts davontrottete.

Zwei ältere Kinder mit langen, rabenschwarzen Haaren, bronzefarbener Haut und großen dunklen Augen kamen um das Haus herumgerannt, gefolgt von einem riesigen Hund, der wie eine Kreuzung aus einem Deutschen Schäferhund und einem Rottweiler aussah.

Das Mädchen war etwa zwölf, der Junge vielleicht zehn. Dakota erinnerte sich nur vage an Haasis Enkelkinder, aber Eden stieß einen aufgeregten Schrei aus und rannte über den Hof, um sie zu begrüßen.

Die Kinder umarmten Eden und plapperten unaufhörlich, während der Hund sie schwanzwedelnd umkreiste und übermütig bellte.

Dakotas Brust zog sich zusammen, als sie sie so glücklich sah.

Vor langer Zeit, einer besseren und glücklicheren Zeit, hatte Eden hier viele Sommernachmittage verbracht. Nachdem die ersten drei Monate der Mädchen bei Ezra ohne Zwischenfälle verlaufen waren, hatten sie alle ihre Wachsamkeit ein wenig fallen lassen.

*Ein Mädchen braucht ein anderes Mädchen, mit dem es reden kann,* hatte Ezra unwirsch gesagt. Ein oder zwei Mal im Monat verabredete er, dass sie mit ihren Fahrrädern die paar Kilometer die Straße hinunter zu Haasis Haus fuhren, um ein paar Aufgaben zu erledigen, Kontakte zu knüpfen und etwas Ziegenmilch mitzubringen. Dakota hatte nichts dagegen, es war gut für Eden gewesen.

Haasi deutete auf die Kinder. »Du erinnerst dich an Peter und Tessa.«

»Hallo«, sagte Julio.

»Du bist voller Mückenstiche«, sagte der kleine Junge zu Julio und grinste breit.

Er hatte große Ohren, helle, neugierige Augen und einen schelmischen Ausdruck. Julio kratzte sich an einigen roten, geschwollenen Beulen auf seiner Wange, aber er lächelte gutmütig. »Ich glaube, sie mögen mich ein bisschen zu sehr. Ich habe doppelt so viele Bisse wie alle anderen.«

»Dein Blut muss süß sein«, sagte Tessa. Sie war groß und schlaksig, mit ausgeprägten Wangenknochen und glattem schwarzem Haar, das zu einem Zopf gebunden war, der ihr bis auf den Rücken reichte.

Julio zog die Augenbrauen hoch. »Ist das der Grund? Ich werde es meiner Frau erzählen. Sie wird sich darüber freuen.«

»Du kannst keine Sekunde ohne Schutz rumlaufen«, warnte Tessa. »Hier gibt es Mücken, die groß genug sind, um einen Sattel darauf zu legen.«

»Glaube mir, ich habe meine Lektion gelernt.«

Park kratzte sich mit seiner guten Hand an einigen Stichen. »Ich auch.«

Maki kam an die Fliegengittertür. Sie sagte wenig, beobachtete aber alles mit einem scharfen, analytischen Blick. Dakota erinnerte sich an diese Eigenschaft von ihr. Sie war eine dieser Frauen, auf die das Sprichwort *Stille Wasser sind tief* zutraf.

»Bevor du gehst, geben wir dir noch eine Paste gegen die Stiche mit«, sagte Maki.

»Danke«, sagte Julio mit einem schiefen, dankbaren Lächeln. Er legte seine Hand auf sein Herz. Einige weitere Bisse schwollen an seiner Hand und seinem Arm an. »Ihr rettet mir das Leben.«

Peter kicherte.

»Früher hielten die Schnapsbrenner und Wilderer die Schwärme mit Räuchertöpfen und Netzen aus Mulltuchsäcken in Schach«, sagte Haasi. »Unsere Leute schmierten sich ranziges Alligatorfett auf die Haut, um die Insekten fernzuhalten.«

Peter und Tessa quiekten angewidert auf. Eden verzog das Gesicht und tat so, als würde sie würgen.

»Und anscheinend auch alle anderen«, sagte Park mit einer Grimasse. »Bitte sag mir, dass es eine bessere Möglichkeit gibt. Mir geht das DEET aus.«

»Die alten Praktiken sind größtenteils verschwunden«, sagte Haasi. »Als ich ein Mädchen war, zerkleinerten wir die Blätter der Schönfrucht in unseren Händen und rieben sie über unsere Haut. Das funktioniert immer noch, aber jetzt lege ich die zerkleinerten Blätter in Alkohol ein, füge ein paar Tropfen Zitroneneukalyptus hinzu und gebe es in eine Sprühflasche. Die Insekten hassen es. Es ist natürlich und genauso wirksam wie all diese teuren, giftigen Chemikalien. Ich gebe euch etwas zum Mitnehmen mit.«

»Danke«, sagten Park und Julio gleichzeitig.

Haasi stellte früher ihre Kräuterheilmittel, Umschläge und Tinkturen her und verkaufte sie auf dem Bauernmarkt von Little Cypress. Vielleicht tat sie das immer noch.

Little Cypress war nicht wirklich eine Stadt, sondern eher eine kleine Siedlung wie in den alten Tagen des Wilden Westens, bestehend aus einer Tankstelle, einem Lebensmittelgeschäft in Familienbesitz, einem winzigen Postamt und einer Ansammlung von gedrungenen Häusern und Wohnwagen auf Zementblöcken.

»Ich gebe dir ein paar gemahlene Mangrovenblätter für Ezra«, sagte Haasi. »Mangrovenbäume haben entzündungshemmende und antibiotische Eigenschaften.«

»Das kann er gebrauchen«, sagte Dakota. »Danke.«

Haasi wandte sich an die Kinder. »Kinder, jätet Unkraut im Garten und füttert die Hühner. Wenn ihr dann noch Zeit habt, könnt ihr losziehen und ein paar wilde Weintrauben sammeln, um das Gelee zu machen, das Tessa so gerne mag, bevor der Sturm kommt.«

Sie deutete zum Himmel hinauf. Am Horizont, über den weiten Schneidriedebenen, verdichteten sich die dunklen Wolken. Die Bäume raschelten in der aufkommenden Brise. Die Temperatur war in den letzten Minuten um einige Grad gesunken.

Tessa verdrehte die Augen und ergriff Edens Arm. »Komm schon, wir können das schnell erledigen. Dann können wir Musik hören und du kannst ein neues Porträt von mir malen, wenn du willst. Ich habe noch den Zeichenblock und die Stifte, die du hier aufbewahrt hast.«

Eden nickte eifrig und eilte ihr hinterher, gefolgt von Peter und dem Hund, die alle glücklich grinsten.

»Eden ...«, sagte Dakota, wobei sich ihr Magen bereits vor Sorge zusammenzog.

Eden drehte sich mit einem verlegenen Stirnrunzeln zu ihr um. *Es geht mir gut!*, gebärdete sie. *Ich komme schon klar.*

»Typisch Teenager«, sagte Haasi.

Eden war kein typischer Teenager. Sie war unterdrückt, eingeschränkt und missbraucht aufgewachsen und ihre Stimme war ihr auf mehr als nur eine Weise gestohlen worden.

Haasi legte ihr eine beruhigende Hand auf den Arm. »Es geht ihnen gut. Allen von ihnen. Sie wissen, dass sie in der Nähe bleiben müssen. Der Hund sieht vielleicht aus wie ein Streuner, aber er ist schlau wie ein Fuchs. Nokosi ist darauf trainiert, diese Kinder mit seinem Leben zu schützen, und das wird er auch. ‚Nokosi‘ ist Seminole für Bär. Er ist auch so wild wie ein Bär.«

»Okay.« Dakota holte tief Luft. »Okay. Du hast recht.« Sie nickte Eden knapp zu und spürte einen Schmerz in ihrer Brust.

Eden winkte, während sie gleichzeitig mit den Augen rollte, und verschwand durch die Tür.

»Ich weiß.« Haasi war geradlinig bis zum Gehtnichtmehr, eine knallharte, sachliche Frau. Jeder, der sich für ein Leben in der unbarmherzigen Wildnis der Everglades entschied, musste das sein. Sie ließ sich von niemandem unterkriegen, aber hinter ihrer Ungeduld und der scharfen Zunge verbarg sie ein großes Herz.

Dakota hatte es an der Art gesehen, wie sie Eden unter ihre Fittiche genommen hatte – keine Fragen, kein Urteil.

*Gute Menschen müssen aufeinander aufpassen,* hatte sie immer gesagt.

Aber da nun wirkliche Leben auf dem Spiel standen, fragte sich Dakota, ob das noch immer stimmte. Großzügigkeit und nette Plattitüden waren in Ordnung, wenn alles normal war, wenn die eigenen Kinder in Sicherheit und versorgt waren.

Als die Welt den Bach hinunterging, galt für die meisten Menschen die Regel, dass man sich in jeder Lebenslage zuerst um seine eigenen Leute kümmerte.

Wie lange würde Haasi freundlich und großzügig bleiben? Wie lange würde irgendjemand das tun?

Nicht lange, vermutete Dakota. Überhaupt nicht lange.

# KAPITEL 15
## DAKOTA

Haasi wandte sich an den Rest der Gruppe. »Jungs, eine der Solarzellen ist kaputt. Warum holt ihr nicht die Leiter und den Werkzeugkasten aus dem Schuppen? Maki macht das Mittagessen fertig. Wildschweineintopf, frischer Tomaten- und Spinatsalat aus dem Garten und Röstbrot.«

»Klingt köstlich«, sagte Julio. »Ich liebe gut frittiertes Brot. Ich helfe gerne in der Küche, aber ich bin auch nicht schlecht darin, Dinge zu reparieren, die kaputt sind.«

»Ein Mann mit vielen Talenten«, sagte Haasi. »Nützliche Fähigkeiten sind hier immer willkommen.«

Park hob seine gute Hand. »Ich werde Maki helfen. Mit dem gebrochenen Arm kann ich nicht viel tun.«

»Gut. An die Arbeit.« Haasi wandte sich an Dakota, während Park Maki ins Haus folgte. Die Zwillinge führten Logan und Julio zu einem alten, verwitterten Schuppen hinterm Haus. »Ich werde einen Umschlag machen, um Ezras Schmerzen zu lindern. Komm mit mir.«

Dakota folgte Haasi in den hinteren Teil des Hauses. Haasi

sprach ununterbrochen, wies auf das Wasserfiltersystem und die Bienenstöcke hin, in denen es von Honigbienen wimmelte, und überbrückte so mühelos die peinlichen Pausen, in denen Dakota nach etwas Sinnvollem suchte.

Haasi deutete stolz auf die Ziegen. »Die Mädchen geben die meiste Zeit des Jahres etwa zehn Pfund Milch pro Tag, und sie sind viel pflegeleichter als Kühe. Ziegen haben einen schlechten Ruf, aber sie sind Lebensretter.«

»Verkaufst du immer noch Ziegenmilch auf dem Bauernmarkt?«, fragte sie abwesend.

Haasis Gesicht verfinsterte sich. »Nicht in den letzten paar Wochen. Wir haben gehört, dass es Unruhen gab, verzweifelte Menschen, die sich gegenseitig beklauten. Es ist wohl das Beste, sich eine Weile von der Zivilisation fernzuhalten, selbst auf dem Land.«

»Gute Idee.«

Dakota hielt neben einer stark durchlöcherten Zypresse inne. Sie berührte eines der Hunderte von Löchern und warf Haasi einen fragenden Blick zu.

»Hier übe ich meine Treffsicherheit, wenn ich wütend bin.« Die Frau grinste stolz. »Das passiert sehr oft. Das Gute an der Armbrust ist, dass ich die Bolzen wiederverwenden kann. Ich hänge eine Zielscheibe auf und höre nicht auf, bis sie in Stücke gerissen ist.«

»Ich kenne das Gefühl.«

Die schwüle Hitze brannte auf ihren nackten Schultern. Schweiß nässte ihren Haaransatz unter der Krempe der Baseballkappe, die sie sich von Ezra geliehen hatte. Die nachmittäglichen Gewitter konnten nicht früh genug kommen.

Haasi folgte ihrem Blick von den Wolken, die sich über dem riesigen Fluss auftürmten, zu dem Kapillarnetz aus Mangrovenbächen und -kanälen, zu den Schneidriedinseln und zu einem Wäldchen mit spindeldürren Sumpfkiefern. In der Ferne glitt ein großer blauer Reiher über den dunkelnden Himmel.

»Es ist wunderschön«, sagte Dakota.

»Jetzt noch. Die Winterscheuen und die verdammten Touristen kommen mit ihren Wohnmobilen, Wohnwagen und Schnellbooten hierher. Sie kennen Südflorida nicht. Sie kennen es überhaupt nicht.«

Haasi drehte ihren Kopf und spuckte auf den Boden. »Und all diese Bauunternehmer, die Teile der Glades abholzen, ausbaggern und erschließen, um ihre Stahl- und Betonmonstrositäten zu bauen, die die besten Teile des Landes für nichts anderes als Geld ruinieren. Schon bald wird von all dem nichts mehr übrig sein. Ich bin hier geboren, und wenn ich sterbe, ist vielleicht schon alles zerstört.«

»Ich hoffe nicht.«

Haasi warf ihr einen Seitenblick zu, ihr Blick war scharf. »Vermisst du die Stadt?«

»Nein. Überhaupt nicht. Ich ... ich wollte nie von hier weg.«

Sie folgte Haasi in die Chiki-Hütte. Der Rauch der Feuerstelle in der Mitte hielt die Moskitos fern. Haasi nahm einen steinernen Stößel und Mörser aus einem niedrigen Regal und stellte ihn zusammen mit einem kleinen Fläschchen mit natürlichen Ölen auf einen schmalen Holztisch ein paar Meter von der Feuerstelle entfernt.

Sie kramte in einem stabilen Holzschrank herum und holte ein paar frische grüne Blätter und ein weiteres Fläschchen mit einem bräunlichen Schlamm, das sie Dakota reichte. »Ein Extrakt aus der Mangrovenwurzel, zur Schmerzlinderung. Ich muss einen frischen Brei aus den Blättern machen.«

»Danke.«

»Wenn möglich, sollte man immer die frischen Blätter verwenden – sie sind wirksamer als getrocknete. Sowohl die Rinde als auch die Blätter helfen bei allen Arten von Hautkrankheiten,

Geschwüren, Schnitten und Wunden. Die Seminolen verwenden sie schon seit Hunderten von Jahren. Es wird Ezra schnell heilen.«

Dakotas Kehle schnürte sich zu. »Ich danke dir, Haasi. Ehrlich.«

Haasi beugte sich über den Wassertopf, der über dem Feuer kochte, und schöpfte mit einer Schöpfkelle eine Tasse voll Wasser aus. Mit einem großen Löffel gab sie gerade so viel kochendes Wasser in den Mörser, dass die Blätter bedeckt waren. Sie zerdrückte sie mit dem Stößel, während Dakota zusah.

»Wie ist es da draußen?«, fragte Haasi. »Wir haben einiges im Radio gehört. Wir haben die Flüchtlinge auf der Flucht gesehen, sogar einige der wirklich Kranken. Archer sagt, dass es überall entlang der US 41 Leichen gibt – die meisten von ihnen haben Blasen und Verbrennungen, sind mit schrecklichen Wunden übersät, ihnen fehlen die Haare ... Wir mussten schon gegen einige kämpfen, denen es noch gut genug ging, dass sie uns bestehlen wollten.«

»Was immer du dir vorstellen kannst, es ist schlimmer.« Dakota schloss die Augen und durchlebte noch einmal den ersten Schrecken der Schockwelle. Das blendende Licht, das so hell war, dass es ihre Augäpfel wie Fingernägel durchbohrt hatte. Den giftigen Pilz, der über der verwüsteten Stadt aufstieg. Die Schreie und die Panik. Die zerstörten Gebäude und verbrannten Leichen. Die Kinder, die um ihre toten Eltern weinten.

Zum ersten Mal seit Tagen dachte sie an die Überlebenden, die sie im Kino zurückgelassen hatten: Die sanftmütige Rasha und ihr Mann Miles, die grimmige Zamira und ihre lustlose Enkelin Isabel und die kleine Piper, die Dakota kurz vor dem tödlichen Fallout von der Straße geholt hatte.

Sie sollten das Kino schon längst verlassen haben. Ging es ihnen gut? Waren sie wieder bei ihren Familien? Hatten sie Schutz und Sicherheit gefunden? Sie hoffte, dass es der Fall war, besonders für Piper.

»Was auch immer die Leute über das harte Leben hier draußen sagen, zumindest haben wir alles, was wir brauchen«, sagte Haasi. »Mein Volk hat schon vor langer, langer Zeit gelernt, der Regierung nicht zu vertrauen. Hier draußen stellen wir unser eigenes Essen, Wasser, Unterkunft und Strom her. Wir haben uns nie darauf verlassen, dass uns jemand etwas gibt. Wir haben das alles selbst gemacht. Und das können wir auch für den Rest unseres Lebens tun.«

»Solange die Außenwelt nicht hereinkommt und einem das nimmt, was man hat.«

»Richtig.« Haasis Züge verhärteten sich. »Wir werden auf sie vorbereitet sein. Wir sind vorbereitet.«

Dakota war sich nicht sicher, ob man auf das, was kommen würde, ausreichend vorbereitet sein konnte.

# KAPITEL 16

# DAKOTA

Dakota leckte sich über ihre trockenen Lippen und war plötzlich nervös. Haasi hatte sie nie gefragt, wie es in der Kommune war, obwohl Dakota sicher war, dass Ezra ihr erzählt hatte, woher sie kamen. »Ich sollte dir von den Hirten und dem Angriff auf Ezras Haus erzählen.«

Haasi warf ihr einen scharfen, abschätzenden Blick zu. Obwohl Alter und Sonne die braun gebrannte, erdige Haut um ihre Augen herum zerknittert hatten, war sie mit ihren hohen Wangenknochen und dem stolzen Kiefer immer noch eine unglaublich gut aussehende Frau. »Ja«, sagte sie. »Das solltest du.«

Dakota erklärte die Fakten. Haasi zermalmte weiter die Mangrovenblätter und schwieg bis auf ein paar gelegentliche Grunzlaute.

Dakota zögerte und überlegte, ob sie mehr sagen sollte. Vertrauen war ein zu großes Wort, um es zu benutzen, aber sie mochte Haasi; das hatte sie schon immer getan.

Vielleicht *war* Vertrauen genau das richtige Wort.

»Ezra ist wütend auf mich«, sagte sie zögernd. »Er will nicht, dass meine Freunde bleiben. Er will, dass wir alle gehen – auch ich. Aber die Hirten werden zurückkommen. Garantiert.«

»Für jemanden, der so schlau ist, kann er ganz schön stur sein, oder? Einige von uns treffen sich schon seit mehreren Jahren und haben eine Gemeinschaftsgruppe gebildet, um einander zu schützen. Wir brauchen sie jetzt mehr denn je. Wir haben noch nie jemanden abgewiesen, der Hilfe brauchte, wenn er bereit war, sich selbst zu helfen. Aber diese Leute sind nur an dem interessiert, was sie nehmen können.«

Auf der anderen Seite des Hofes brach einer der Collier-Zwillinge in schallendes Gelächter aus. Dakota blickte hinüber.

Julio hockte auf dem Dach und beugte sich mit einem Schraubenschlüssel in einer Hand über eines der Solarmodule. Zander stand zu drei Vierteln auf der Leiter, lehnte sich an das Haus, hielt den Werkzeugkasten in der Hand und gab jede Menge ungebetene Ratschläge.

Logan und Zane saßen an einem Picknicktisch im Schatten von mehreren Eichen. Zane hatte drei Krüge auf den Tisch gestellt und reichte Logan einen davon. Ein paar Gesprächsfetzen drangen zu ihr durch: Zane beschrieb die Vorzüge von Selbstgebranntem gegenüber herkömmlichen alkoholischen Getränken.

Gestern Abend hatte Archer erklärt, wie ihr Urgroßvater während der Prohibition in die Glades geflohen war, um dort in aller Ruhe Schwarzbrand herzustellen und zu verkaufen. Die Zwillinge – Zane und Zander – stellten immer noch Maiswhiskey mit einer alten, aber funktionierenden Brennerei auf ihrem Grundstück her.

Alle fünf Collier-Brüder arbeiteten auf dem Bau und fuhren oft mehr als eine Stunde pro Strecke zu verschiedenen Baustellen in Everglades City, Chokoloskee, Immokalee, Orangetree und East Naples. Zumindest hatten sie das getan, bis die Bomben fielen.

Sie hielten sich jetzt von den Städten fern. Vielleicht für eine lange Zeit. Aber Archer bestand darauf, dass es ihnen gut gehen würde. Sie waren die robusten Typen, die stolz auf ihre Fähigkeit waren, netzunabhängig zu leben.

»75 % Alkohol – davon kriegt man Haare auf der Brust, so viel ist sicher!«, brüllte Zane und lachte über seinen eigenen Witz, während er Schnaps in Logans Flachmann schüttete.

Sie runzelte die Stirn. Sie hatte nicht bemerkt, dass er den Flachmann während der Dekontaminationsuntersuchung behalten hatte. Die meisten Menschen verloren dabei ihr gesamtes Hab und Gut, vor allem weil die FEMA, das Rote Kreuz und die Nationalgarde keine Zeit hatten, Millionen von Gegenständen zu dekontaminieren. Ihr einziges Ziel war es, Leben zu retten.

Weil ihre Gruppe Trey Hawthorne und seine Männer gerettet hatte, hatten sie besondere Privilegien erhalten. Nicht poröse Gegenstände ließen sich viel leichter dekontaminieren. Deshalb hatte Dakota noch ihr Messer, und sie hatten ihre Waffen zurück.

Zane füllte Logans Flachmann und hielt ihn ihm hin. Logan schüttelte den Kopf und sagte etwas, aber Zane ignorierte ihn. Zane gestikulierte lachend, und Logan willigte schließlich ein und nahm einen Schluck.

Dakota wandte sich angewidert und enttäuscht ab. So wie alles lief, war das Letzte, was sie gebrauchen konnte, dass Logan zu betrunken war, um nützlich zu sein. War es richtig, dass sie sich auf ihn verließ? Oder machte sie gerade einen großen Fehler?

Haasi räusperte sich und lenkte damit Dakotas Aufmerksamkeit wieder auf ihr Gespräch. Haasi runzelte die Stirn und starrte auf ihren Stößel und Mörser hinunter. Die Blätter sahen gut zerkleinert aus, aber sie arbeitete weiter an ihnen. »Weißt du, Ezra war untröstlich, als er euch verloren hat.«

Dakotas Kehle schnürte sich zu. Seine breiten Schultern *hatten* eine Neigung, an die sie sich nicht erinnern konnte. Er ging, als würden ihm die Gelenke wehtun, presste eine Hand auf den Rücken, wenn er dachte, dass niemand hinsah, verzog das

Gesicht, wenn er saß oder stand, und kämpfte mit einem ständigen finsteren Gesichtsausdruck gegen den Verrat seines alternden Körpers.

Ihre Kehle schnürte sich zu. Das Alter kann jeden treffen, aber das war etwas anderes. Sie hasste es, ihn in diesem Zustand zu sehen. Noch mehr hasste sie die Erkenntnis, dass sie etwas damit zu tun hatte.

Sie schniefte und versuchte, den plötzlichen Gefühlsausbruch zu überspielen, der ihr in die Augen stieg. »Hat Ezra überhaupt ein Herz?«

»Du weißt, dass er das tut, Mädchen.« Haasi arbeitete einige Augenblicke schweigend. »Als Izzy, seine Frau, noch lebte, brachte sie alle zwei Wochen ihr Gemüse auf den Bauernmarkt. Sie machte das beste Gelee aus wilden Trauben in ganz Südflorida. Er begleitete sie, lächelte und plauderte mit den Kunden. Sie kamen zu den Barbecues der Colliers, und Ezra half meinem Mann Minco, unseren Brunnen zu installieren, bevor er starb.

Ezra war ein anderer Mensch, bevor sie starb. Ohne sie zerbrach etwas in ihm. Er konnte nicht glauben, dass es am Ende der Krebs war, der sie umbrachte. All die Planung, all die Jahre der Mühe und Arbeit, die in den Aufbau seiner sicheren kleinen, sich selbst erhaltenden Welt geflossen waren, konnten die eine Person, die ihm wichtig war, nicht retten.«

Haasis Augen leuchteten und glitzerten, als ob sie Tränen zurückhalten würde. »Und dann sind du und das Mädchen aufgetaucht. Ihr habt das Leben dieses Mannes verändert.«

Dakota wurde schlagartig klar, dass diese Frau sich sehr um Ezra sorgte. Wahrscheinlich hatte sie das schon seit Jahren getan. Aber Ezras Herz war zu verhärtet gewesen, um jemanden hereinzulassen – bis Dakota und Eden kamen.

Sie hatten sich für seine Freundlichkeit revanchiert, indem sie ihn ohne ein Wort im Stich gelassen hatten. Das war der letzte Tropfen. Er hatte es nie wieder riskiert, sich jemandem zu öffnen, nicht in Freundschaft und nicht in Liebe. Es war nur logisch, dass seine Gefühle gegenüber Dakota – und allen anderen – von Bitterkeit, Groll und Wut erfüllt waren.

Eine neue Welle der Scham durchflutete sie. Zum Teil war das ihre Schuld. Zu viel davon.

»Er hat uns das Leben gerettet«, sagte sie leise. »Aber jetzt will er nicht, dass wir seins retten.«

Mit einem Löffel füllte Haasi den Breiumschlag in ein kleines Glasgefäß und verschloss den Deckel. Sie reichte es Dakota. »Die Paste kann direkt auf die Haut aufgetragen und mit einem sauberen Tuch bedeckt werden, am besten mit etwas Dünnem und Leichtem wie Mull. Bedecke das Tuch mit Frischhaltefolie, um die Feuchtigkeit zu halten, und wechsle den Umschlag alle drei oder vier Stunden oder immer dann, wenn er ausgetrocknet ist.«

»Danke.«

Haasi wischte ihre Hände zügig an ihrem Rock ab. »Habe ich dir jemals erzählt, was mit meiner Familie passiert ist?«

»Nein.«

»Tessa war zwei, Peter fast ein Jahr alt, als es passierte. Ihr Vater war kurz nach Peters Geburt von der Bildfläche verschwunden. Ich passte auf sie auf, während mein Mann und Hachi – meine Tochter – nach Everglades City zu einem Gebrauchtwagenhändler fuhren, um ihr ein zuverlässigeres Auto zu besorgen. Sie wurden von einem Idioten angefahren, der mit über hundert Kilometern pro Stunde eine SMS auf seinem Handy schrieb. Meine Tochter war auf der Stelle tot. Minco litt zwei Wochen lang, bevor er starb.«

»Es tut mir wirklich leid, Haasi.«

Sie wies das Mitgefühl zurück. »So ein großer Verlust hätte mich umbringen können. Aber so wie ich es sah, hatte ich zwei Enkelkinder, die mich brauchten, also musste ich mich irgendwie durchkämpfen, auf irgendeine Weise. Und das habe ich getan. Ein paar Jahre später kam Maki dazu. Sie ist eine Seminolin, keine Mikasuki, aber das habe ich ihr verziehen.«

»Du hast dir hier draußen ein gutes Leben aufgebaut.«

»Das habe ich. Aber täusche dich nicht, das alles war nicht einfach. Es war das Mutigste, was ich je getan habe. Ich vermisse meinen Mann und meine Tochter jeden einzelnen Tag. Aber das heißt nicht, dass ich mir nicht auch ein bisschen Frieden und Glück erarbeitet habe.«

Haasi presste die Lippen aufeinander und schüttelte reumütig den Kopf. »Ezra konnte sich dem Schmerz seiner Vergangenheit nicht stellen. Stattdessen ließ er zu, dass er von ihm aufgefressen wurde. So wie er jetzt ist, wird er allein sterben.«

»Ich hoffe nicht«, sagte Dakota.

»Er hat seine eigenen Entscheidungen getroffen, das darf man nicht vergessen. Das tun wir alle.«

Haasi hatte recht. Ezra, sosehr sie ihn auch liebte, war ein unglücklicher Mann. Anstatt sein Herz für die Möglichkeit von etwas mehr, etwas Besserem zu riskieren, hatte er ein sicheres, abgeschiedenes Leben voller Verlust und Einsamkeit gewählt.

Dakota drehte schnell ihren Kopf und blinzelte gegen das plötzliche Brennen in ihren Augen an. Schuldgefühle und Reue durchbohrten sie – gegenüber Ezra, aber nicht nur das.

Vielleicht konnte sie nichts daran ändern, wie Ezra sein Leben lebte – oder nicht lebte –, aber sie konnte sich mit ihrem eigenen Mist auseinandersetzen.

Im Stillen schwor sie sich, Eden bei der ersten Gelegenheit die Wahrheit zu sagen. Ihr Geheimnis hatte schon viel zu lange zwischen ihnen geschwelt. Sie fürchtete sich davor, es zu gestehen, aber das gab ihr keinen Freibrief, ihre eigene Verantwortung zu verdrängen.

Sie hatte aus erster Hand erfahren, was das mit einem Menschen machte.

Sie wollte nicht wie Ezra werden. Sie wollte nicht die Menschen verletzen, die ihr auf der Welt am wichtigsten waren.

Wenn sie in den letzten Wochen eines gelernt hatte, dann, dass die nächste Minute niemandem versprochen war. Die Terroranschläge hatten Hunderttausende von Menschen ausgelöscht, jeder Einzelne voller Pläne, Träume, Ziele – alle zu Asche geworden, ihre Geheimnisse mit ihnen begraben.

Aber zuerst musste sie Ezra davon überzeugen, sie bleiben zu lassen.

»Ezra ist ein harter, starrköpfiger Mann, der nicht zugeben kann, wenn er sich irrt«, sagte Haasi. »Man muss nur noch sturer sein als er.«

Dakota wiegte das Glas in ihren Händen und lächelte leicht. »Das kriege ich hin.«

# KAPITEL 17
## DAKOTA

»Ich gehe nicht.« Dakota stieß die Tür auf und marschierte zurück in die Hütte.

Sie pflanzte sich in die Mitte der abgenutzten, aber penibel gepflegten Küche und starrte Ezra mit den Händen in den Hüften an. »Und meine Freunde auch nicht.«

Ezra schob seinen Stuhl zurück und stand auf, um sie anzustarren. Auf dem Küchentisch lagen alte Zeitungen ausgebreitet, darauf eine Handvoll Pistolen in ordentlich geordneten Reihen und ein gut organisiertes Reinigungsset. »Wenn du denkst ...«

Sie unterbrach ihn. »Ich weiß, dass es mehr Mäuler zu stopfen gibt, aber es gibt auch mehr Hände zum Helfen. Und falls du es vergessen haben solltest, du kannst dich nicht mit einer Hand um den ganzen Laden kümmern. Wir werden alle mithelfen. Wir können den Garten pflegen, mit dem Boot rausfahren und fischen, uns um die Kaninchen und die Hühner kümmern.«

Ezra grunzte nur.

»Und wir beide wissen, dass die Hirten noch nicht mit uns fertig sind. Wir lassen dich nicht alleine alles verteidigen. Wir werden es zu Ende bringen. Ich werde es zu Ende bringen.«

Ezra starrte sie an.

»Danach, wenn wir uns unseren Platz hier nicht verdient haben, sag es und wir gehen. Bis dahin bleiben wir hier.«

Er drehte ihr den Rücken zu und hantierte mit seinen Waffen, wobei er mit seiner einen guten Hand herumfuchtelte, denn die geschienten Finger seiner linken Hand machten ihn ungeschickt und langsam. Er bewegte sich steif, als würden ihm seine Gelenke Schmerzen bereiten. Oder vielleicht lag es an den Schlägen, die er gerade eingesteckt hatte.

Sie hat ihn mit seinen eigenen Waffen geschlagen. Ezra Burrows war unglaublich hartnäckig, aber das war sie auch. Es vergingen einige lange Minuten voller Anspannung.

Sie bewegte sich ungeduldig, ballte die Fäuste auf ihren Oberschenkeln, biss die Zähne zusammen und starrte auf das Weiß in seinem schütteren Haar, auf seine breiten, gebeugten Schultern, auf einen runden Leberfleck in seinem Nacken.

Ihre Frustration löste sich auf und wurde durch etwas ersetzt, das sich wie Kummer anfühlte. Er war alt geworden. Sie hasste diesen Gedanken mit einer Abscheu, die ihr Bauchschmerzen bereitete.

Alles, was sie liebte, fiel auseinander.

Aber das nicht. Noch nicht.

Sie würde es nicht zulassen.

Sie war stark genug, um diesen Ort zusammenzuhalten, stark genug, um die Menschen, die ihr wichtig waren, am Leben zu erhalten und sie hier so lange wie nötig in Sicherheit zu wissen.

Es gab noch so viel mehr, was sie sagen wollte, aber die Worte blieben ihr im Hals stecken. Sie sprach nicht. Sie wartete.

Wenn sie ihn jetzt verlor, könnte sie ihn für immer verlieren. Schließlich lenkte er ein. Seine Schultern hingen durch. »Du bist herrischer, als ich es in Erinnerung habe.«

»Ich hab von dem Besten gelernt.«

Er gab ein leises Schnauben von sich.

Als er sich zu ihr umdrehte, glitzerten seine Augen, aber sie tat so, als würde sie es nicht bemerken. Er hielt seine geschiente linke Hand dicht vor die Brust. Geschwollene, violette Blutergüsse verzerrten seine Gesichtszüge. »Jeder arbeitet sich den Arsch ab.«

»Das werden sie«, versprach Dakota, die ihren Gesichtsausdruck gleichmäßig hielt und das triumphierende Grinsen unterdrückte, das sich auf ihrem Gesicht breitmachte.

Jemand klopfte an die Vordertür. Logan trat ein. Er blickte von Dakota zu Ezra. »Wir haben eine Menge zu tun, um uns auf die Hirten vorzubereiten.«

Ezra deutete mit seiner guten Hand auf den Küchentisch. »Bringt alle her. Ich habe einen Plan.«

# KAPITEL 18
## MADDOX

Solomon Cage stürmte in die Krankenstation. Der Prophet folgte ihm, die Hände vor der Taille gefaltet, das Gesicht ernst.

»Sie sind alle tot!«, knurrte Salomon.

Maddox setzte sich schnell auf, sein Herz hämmerte. Er hatte sich im Bett ausgeruht, während Schwester Rosemarie die Verbände der Wunden auf seiner Brust und seinen Oberarmen wechselte, Wunden, die von der Strahlenkrankheit herrührten. Er war immer noch schwach und lethargisch, aber wenigstens musste er sich nicht übergeben.

Die Krankenstation war einfach eingerichtet, mit einem Holzboden, Bretterwänden und einer niedrigen Decke. Eine Reihe von Schränken stand an der vierten Wand neben einem Wagen aus rostfreiem Stahl, der Skalpelle, Scheren, Mullrollen und anderes medizinisches Material enthielt.

Sein Vater stieß ihn mit dem Finger an. »Sieben unserer besten Männer! Wir haben sie gestern losgeschickt, um sich um deinen Schlamassel zu kümmern. Keiner von ihnen kam zurück.

Wir haben den ganzen Tag nichts gehört. Kein Kontakt. Sie sind tot.«

Maddox wusste ganz genau, dass sie nicht ihre besten Männer geschickt hatten. Sein Vater hatte neue Hirten geschickt, jung und relativ unerfahren, die noch nie auf etwas Bedrohlicheres als eine an einen Baum geheftete Zielscheibe geschossen hatten.

Er schürzte seine Lippen, sagte aber nichts. Das würde nur weiteren Zorn hervorrufen, und sein Vater kochte bereits vor Wut.

»Das ist *deine* Schuld.« Salomons Gesichtsausdruck war steinern, als ob seine Züge in Granit gemeißelt wären, die Augen des Mannes waren von einem kalten, grausamen Gletscherblau. Obwohl sein sandblondes Haar und sein Bart von Grau durchsetzt waren, war er immer noch ein fitter, kräftiger Mann. Ein harter Mann.

»Bist du wirklich mein Sohn«, knurrte er, »oder hat sich deine Mutter einem kauernden Hund hingegeben? Bist du wirklich so wertlos?«

»Nein!«, schrie Maddox, sein eigener Zorn flammte auf. »Ich war gar nicht da!«

Empörung durchzuckte ihn. Es war ihre Schuld. Dakota hatte ihm das angetan. Ohne sie wäre Eden noch hier.

Maddox sollte einer der Auserwählten an der Seite seines Bruders Jacob sein und die Welt in Ordnung bringen, ohne dass etwas sie aufhalten könnte. Niemand sollte je wieder auf sie herabsehen. Sie sollten über alles und jeden herrschen.

Maddox würde die Macht haben. Er würde die Kontrolle haben.

»Und warum warst du nicht dabei?« Solomon spuckte auf den Boden. »Weil du schwach bist.«

Maddox biss sich auf die Zunge. Ausreden würden nichts bringen. Sich zu verteidigen ließ ihn nur noch schwächer erscheinen, als er ohnehin schon war.

Der Wille Gottes – der Wille des Propheten – musste keinen Sinn ergeben. Ihre Pflicht war es, sich ihm zu beugen, ohne ihn in Frage zu stellen. Den Propheten in Frage zu stellen, bedeutete, Gott in Frage zu stellen, eine Blasphemie der schlimmsten Art.

Neben dem Bett versteifte sich Schwester Rosemarie. Sie ließ die Kühlkompresse, die sie in der Hand hielt, in die Schale auf dem Rollwagen neben ihr fallen. »Ihr Sohn erholt sich noch. Er braucht Ruhe und Frieden ...«

»Ich entscheide, was er braucht!«, brüllte sein Vater. Er richtete seinen verächtlichen Blick wieder auf Maddox. »Weißt du, wer nie gezögert hat? Jacob hat nie gezweifelt. *Jacob* hat mich nie enttäuscht.«

Maddox zuckte bei den Worten seines Vaters zurück, die ihm einen Stich versetzten. *Er hat versagt, als er zuließ, dass ein Mädchen ihn tötete.* Aber er wagte nicht, die Worte laut auszusprechen. Der Gedanke an seinen perfekten, toten Bruder verursachte einen Stich aus Liebe und Groll, Bitterkeit und Schmerz.

»Ich habe Vertrauen«, sagte er stattdessen.

»Salomon«, sagte der Prophet mit dem leisesten Tadel in der Stimme. Bis jetzt hatte er geschwiegen und geduldig gewartet, während Salomon seine Wut auslebte.

In dem Moment, in dem er sprach, wurde Salomon steif und still, als hätte der Prophet an einer unsichtbaren Leine gezogen.

Der Prophet war Mitte fünfzig, ein schlanker, großer Mann mit einem langen, schmalen Gesicht und gewelltem blonden Haar, das ihm bis zu den Schultern reichte. Auf den ersten Blick ein unscheinbarer Mann. Seine Macht lag in seinen weltgewandten Worten, seinem Charisma und dem unnatürlichen Einfluss, den er über jeden einzelnen seiner treuen Anhänger ausübte.

»Du weißt, was du tun musst«, sagte der Prophet ruhig zu seinem Vater. »Die Rute zu scheuen, ist eine Todsünde.«

Er beobachtete, wie sich der Kiefer seines Vaters schweigend bewegte und seine Augen vor Wut glühten. Er sprach, als würden ihm die Worte im Halse stecken bleiben. »Der Herr könnte dich hart bestrafen. Stattdessen hat er seine Hände der Barmherzigkeit über dich ausgebreitet. Komm, *mein Sohn*, in den Raum der Barmherzigkeit.«

»Sein Körper kann das nicht verkraften!« Schwester Rosemarie stand schnell auf und trat näher an die Bettkante von Maddox heran. »Er erholt sich noch! Er war der Strahlung ausgesetzt ...«

»Gott wird ihm die Kraft geben«, sagte der Prophet. Seine Stimme war ruhig, aber so befehlend, als würde er schreien. »In unserer Schwäche sind wir stark.«

»Aber ...«

Sein Vater warf ihr einen verächtlichen Blick zu. »Vorsichtig, Schwester, wir wollen doch Gottes Willen nicht in Frage stellen.«

Schwester Rosemarie trat einen Schritt zurück und senkte den Kopf. »Verzeih mir, Prophet.«

Der Prophet klopfte ihr auf die Schulter. »Sei gesegnet, liebe Schwester, für dein barmherziges Herz. Lass dich davon nicht in die Irre führen.«

»Natürlich nicht«, murmelte sie. Sie streckte ihm ihre Hand entgegen, den Kopf immer noch demütig gesenkt. »Sei gesegnet.«

»Natürlich.« Der Prophet streckte nachsichtig seine Hand aus und ließ sie sie küssen. »Ich segne dich, meine Seele.«

Sie blickte Maddox an, ihre Augen waren voller Sorge und Entschuldigung.

Es war nicht ihre Schuld, aber er fühlte trotzdem einen Stich der Verärgerung. Sie war hier und wurde Zeuge seiner Erniedrigung. Er hasste sie dafür.

Der Prophet wies auf Maddox. »Geh voran.«

Maddox biss die Zähne zusammen, seine Beine waren wie Blei, und Angst durchströmte ihn. Aber er hielt seinen Kopf hoch erhoben und schritt zum Raum der Barmherzigkeit, ignorierte das Lachen und die Rufe der Kinder, den sanften Gesang von jemandem, der ein Lied auf der Geige übte.

Salven von Gewehrschüssen hallten durch den Wald. Die Hirten trainierten hart für etwas Großes. Die Hirten waren immer zusammen, immer geheimnisvoll, kamen und gingen immer häufiger, ihre Mienen angespannt wie Krieger, die sich auf eine Schlacht vorbereiten.

Die letzte Mission, so flüsterten die Menschen, würde das Ende einleiten, das Armageddon, die endgültige Säuberung eines korrupten und bösen Landes.

Bald würde Maddox zu ihnen stoßen. Er musste nur noch ein wenig länger durchhalten.

Als sie sich näherten, kam ein Mann aus dem Raum der Barmherzigkeit gestürmt und schob seinen kleinen, vielleicht neunjährigen Sohn vor sich her. Der Kopf des Jungen war in Todesangst gesenkt. Sein Gesicht war nass, sein Hemd klebte an seinem Rücken, rote Schlieren befleckten den rauen Baumwollstoff.

Maddox erkannte das schüttere, gelbliche Haar und die verkniffenen Gesichtszüge des Jungen. Er war ein schelmisches Kind, das in der Kirche immer unpassende Witze erzählte oder kicherte. Seine Eltern waren die steifen, frommen Typen, die die Peinlichkeit eines widerspenstigen Kindes nicht ertragen konnten.

»Beschäme mich nicht noch mehr vor dem Propheten, Junge«, schnauzte der Vater. Er wandte sich dem Propheten zu, und sein verärgerter Gesichtsausdruck wandelte sich augenblicklich in einen Ausdruck der Verehrung und Anbetung.

Der Junge zitterte vor Schmerzen und schaffte es, sich hinzuknien und die Hand des Propheten zu ergreifen, um sie zu küssen.

»Sei gesegnet, Philip«, sagte der Prophet, seine Stimme war freundlich und mitfühlend, als wäre er nicht derjenige, der die

Auspeitschung angeordnet hatte. »Auch dies wird vorübergehen.«

Er lächelte – väterlich, wohlwollend –, aber da war auch dieser leichte Zug auf seinen Lippen, der sich irgendwie ebenso bedrohlich wie großmütig anfühlte.

»Ich schwöre, dass dies nie wieder geschehen wird«, sagte der Vater inbrünstig. Er griff ebenfalls nach der Hand des Propheten und küsste sie, den Kopf in Ehrfurcht gesenkt.

»Sieh zu, dass es nicht passiert«, sagte der Prophet weniger freundlich.

Maddox versuchte, den Blick des Jungen zu erhaschen, ihm ein Lächeln zu schenken und ihn wissen zu lassen, dass er nicht allein war, aber der Junge blickte nicht auf. Er war zu aufgebracht.

Der Vater schob ihn vor sich her, und seine donnernde Miene versprach, dass die Strafe, die der Junge sich eingehandelt hatte, noch nicht vorbei war.

Maddox wusste genau, wie manche Menschen die Religion benutzten, um ihre Aggressionen und Grausamkeiten zu verschleiern. Es war wirklich gerissen und clever. Kein noch so großes Maß an Schuldgefühlen oder Selbsterkenntnis konnte jemals den Ballast der selbstgerechten Frömmigkeit durchdringen.

Als der Mann und der Junge weg waren, betrat Maddox den Raum der Barmherzigkeit aus eigenem Antrieb, gefolgt von seinem Vater und dem Propheten. Maddox kniete nieder, zog sein Hemd aus und erhielt hoch erhobenen Hauptes die Peitschenhiebe, die er nicht verdient hatte.

Mehr als einmal war er wegen Jacob oder Dakota bestraft worden. Er erinnerte sich daran, erinnerte sich an jeden quälenden Schlag. Hielt an seiner Wut, seinem Hass und seiner Abneigung fest und genoss jeden bitteren Schmerz.

»Nur fünf Peitschenhiebe«, sagte der Prophet. »Schwester Rosemaries vorsichtige Art zeigt Weisheit.«

Mit jedem Peitschenhieb durchfuhr ihn ein brennender

Schmerz und strahlte durch seine Wirbelsäule, seine Rippen, bis sich sein ganzer Rücken anfühlte, als würde er in Flammen stehen.

Er zuckte zurück, hielt sich aber ruhig. Er stöhnte nicht und schrie nicht. Er gab keinen Laut von sich. Er kniff die Augen zusammen und zählte jeden Schlag, während er sich auf sein Ziel konzentrierte: Den Moment, in dem er Dakota fand, und sich all das hier auszahlte.

Als die Bestrafung vorbei war, schwitzte sein Vater und war außer Atem. Er wischte die Peitsche mit einem Handtuch sauber, wickelte sie auf und hängte sie an den Haken an der Wand.

Maddox wollte auf dem kühlen Beton zusammenbrechen und sich den Schmerz auf seinem Rücken von der Bewusstlosigkeit nehmen lassen. Aber er tat es nicht.

Er kam wackelig auf die Beine und richtete sich mit einem Zucken der Schultern auf. »Ich werde die nächste Mission leiten. Das hier ist mein Problem. Ich werde mich selbst darum kümmern.«

»Offensichtlich kann man dir nicht trauen mit ...«

»Ich kenne Dakota Sloane. Ich kenne die Kanäle im Hinterland wie kein anderer. Ich habe mehr Zeit dort draußen verbracht ...«, er zeigte auf den Wald, meinte aber die Außenwelt, »als jeder andere hier. Ich bin der richtige Mann für diesen Job.«

Solomon schnaubte spöttisch.

»Wir haben dringendere Sorgen«, sagte der Prophet leise.

Salomons Augen funkelten. Nichts lag ihm mehr am Herzen als Rache.

»Du musst dich konzentrieren, Solomon. Wir verfolgen ein größeres Ziel, erinnerst du dich? Wir haben viel zu tun. Der Physiker kommt heute Abend an. Ich brauche dich hier.« Er winkte Maddox mit der Hand zu. »Der Junge hat sich als fähig erwiesen. Übertrag ihm die Aufgabe.«

Sein Vater würde ihn als den Krieger sehen, der er war. Dafür würde Maddox sorgen. Er würde endlich den Respekt bekommen, den er verdiente. Den Respekt, den sein Vater ihm nicht gönnte.

Sobald der Prophet sah, wozu er fähig war, würde sein Vater gezwungen sein, ihn zu ehren.

Maddox zwang sich zu einem Lächeln. »Gebt mir die Männer meiner Wahl. Ich kümmere mich um diese Leute und bringe meine Schwester zurück, wo sie hingehört.«

»Du hast sie«, sagte der Prophet. »Ich will Eden spätestens am nächsten Sonntag an meiner Seite haben. Dann ändert sich alles. Der Zeitpunkt ist entscheidend. Verstehst du?«

Das war in sieben Tagen. Eine ganze Woche. Genug Zeit für das, was er geplant hatte.

Er fuhr sich mit der Hand durch die Haare. Einige Strähnen lösten sich zwischen seinen Fingern.

Er starrte einen Moment lang erschrocken auf das blonde Haarbüschel hinunter. Es spielte keine Rolle. Die Qualen, die seinen Rücken verbrannten, spielten keine Rolle. Die Wunden, die seine Haut verletzten, spielten keine Rolle. Nichts davon spielte eine Rolle.

Er war stärker als alles, was sie ihm entgegenschleudern konnten. Er war besser als Jacob, sein Vater, Dakota – sie alle.

Er würde es ihnen allen zeigen.

»So soll es geschehen«, sagte Maddox.

# KAPITEL 19

# DAKOTA

Nachdem alle bei der Arbeit auf dem Grundstück geholfen und ein herzhaftes Abendessen bestehend aus Fisch, Kartoffeln und Gurkensalat gegessen hatten, rief Ezra sie zu einem Treffen zusammen.

Als sie alle am Tisch saßen, holte er eine gerahmte, vierundzwanzig mal dreißig Zentimeter große Karte des Grundstücks hervor, die Eden vor drei Jahren zu seinem Geburtstag nach genauen Vorgaben gezeichnet hatte.

Die Zeichnung war dreidimensional, kompliziert und maßstabsgetreu – die Hütte in der Mitte der Lichtung, die große Antenne daneben, der Lagerschuppen, der Hühnerstall, der Garten, der Brunnen und die Zisternen, der Schießstand aus Heuballen in der Nähe der Anlegestelle und das kleine Fischerboot, das im Wasser zu schwimmen schien.

Eden grinste, als er sie auf den Tisch legte und sorgfältig ausrichtete, damit beide Seiten gerade waren. Ihr Grinsen verblasste, als er es aus dem Rahmen nahm und das Glas entfernte. Er zog einen dicken Bleistift hervor und machte ein X über die skizzierte Einfahrt und ein weiteres in der Nähe der Hütte und ruinierte damit ihr makelloses Kunstwerk.

Wut flammte in Dakotas Bauch auf, verflog aber schnell wieder. Ezra war durch und durch praktisch veranlagt; er hatte keinerlei sentimentalen Neigungen. Na ja, vielleicht ein paar, aber die ignorierte er die meiste Zeit.

Ihre Aufgabe war es, sich selbst am Leben zu erhalten, nicht, die Kunst zu bewahren.

Außerdem war Eden hier bei ihnen; sie konnte immer noch eine zeichnen. Draußen verdunkelte ein frühabendliches Gewitter die Fenster. Erste Regenspritzer prasselten auf das Dach. Mit dem Regen kam die kühlende Erleichterung von der schwülen Hitze – für ein paar Stunden. Im Inneren der gut isolierten Hütte war die Luft zumindest kühler.

»Wir müssen einen Wachplan aufstellen.« Logan stützte seine Ellbogen auf den Tisch und lehnte sich vor. »Wir können uns in wechselnde Schichten aufteilen, jeweils vier Stunden.«

»Stolperdrähte umgeben das Gelände bereits«, sagte Ezra, »mit Bewegungsmelder-Sicherheitsbeleuchtung und Kameras in alle Richtungen.«

»Wir sollten uns der Nachbarschaftspatrouille anschließen«, sagte Dakota. »Den Collier-Brüdern und Haasi. Gemeinsam können wir alle Eindringlinge überwachen, ob es nun verzweifelte Flüchtlinge sind, die versuchen uns zu bestehlen, oder die Hirten.«

Ezras Lippen verzogen sich zu einer dünnen Linie, seine Augen blitzten. »Nein.«

»Warum nicht?«

»Hast du gehört, was ich dir beigebracht habe, Mädchen?«

Dakota ärgerte sich über seinen herablassenden Ton. »Natürlich, habe ich das. Du kannst dich auf niemanden verlassen, außer auf dich selbst. Das weiß ich besser als jeder andere.« Sie warf einen

Blick auf Logan. Ohne ihn hätte sie es nicht bis hierher geschafft, da war sie sich sicher. »Aber wir sind in der Unterzahl. Es scheint, je mehr Augen und Hände wir haben, desto besser sind wir dran.«

»Sie sind zu weich«, knurrte Ezra. »Zu schwach. Sie wissen nicht, was da draußen vor sich geht. Sie glauben, weil sie einen Waschbären häuten und ohne moderne Hilfsmittel leben können, seien sie stark genug, um alles zu überleben.«

»Ezra ...«

»Sie irren sich. Männer, die nicht wissen, was sie nicht wissen, sind die gefährlichste Sorte. Ich traue ihnen nicht. Wenn ich es mir recht überlege, traue ich auch keinem von euch.«

»Hey«, sagte Park abwehrend, »wir sind hier nicht die Bösen.«

Seine Augen verengten sich. »Bist du dir da sicher?«

Dieses Gespräch würde nur in eine Richtung führen: bergab. Sie musste ihn dazu bringen, sich wieder auf eine Aufgabe zu konzentrieren. »Was ist mit dem Eingangstor? Muss es repariert werden?«

Ezra starrte auf seine gebrochene Hand, die auf dem Tisch lag. »Sie überfielen mich, als ich in die Stadt fahren wollte, um Vorräte zu holen. Ich öffnete das Tor, und da standen sie schon auf der anderen Straßenseite und warteten. Sie haben mich überrascht, das ist alles.«

»Wir können die Autos der Hirten benutzen, um den Eingang zur Einfahrt zu verbarrikadieren, bevor jemand das Tor erreicht, sodass er hinauflaufen muss«, sagte Logan. »Der dichte Baumbestand auf beiden Seiten des Grundstücks wird ein Fahrzeug abhalten.«

Dakota nickte. »Wir können unseren Pick-up und den von Ezra östlich und westlich entlang der Straße außerhalb der Barrikade verstecken, mit Notfalltaschen und Kanistern mit Diesel, nur für den Fall, dass wir schnell fliehen müssen.«

Ezra grunzte. »Wir werden nicht fliehen müssen. Nirgendwo sonst ist es so sicher wie hier. Wir stehen unseren Mann.«

Logan blickte von Ezra zu Dakota und zog die Augenbrauen hoch als wollte er fragen: *Wer ist dieser Typ?*

Dakota schüttelte heftig den Kopf. Das war nicht der richtige Zeitpunkt. »Wir müssen immer noch für alle Möglichkeiten planen. Das hast du mir beigebracht.« Sie dachte über alle Möglichkeiten nach und erinnerte sich an ihre und Edens Ankunft mit dem Boot und den verzweifelten Treck durch die Wälder vor drei Jahren. »Wir dürfen den Sumpf als möglichen Einstiegspunkt nicht vergessen.«

»Gut. Wir werden auch im Norden patrouillieren«, sagte Ezra mit abweisender Stimme. »Aber ich bezweifle, dass sie versuchen werden, durch das Labyrinth der Nebenflüsse zu navigieren.«

»Wir haben es geschafft«, sagte Dakota.

Ezra blickte sie an, ein Aufflackern von Stolz in seinen blauen Augen. »Niemand sonst kennt das Gewässer so gut wie du.«

»Maddox schon«, sagte Dakota entschieden. »Unterschätze ihn nicht.«

Ezra ballte seine unverletzte Hand und machte eine Faust. »Ich unterschätze nichts.«

»Sollte die Kleine hier sein?«, fragte Park und schielte zu Eden hinüber.

»Es geht auch um ihr Leben«, sagte Julio. »Wenn sie dabei sein will, sollte sie dabei sein.«

Dakota beobachtete ihre Schwester aufmerksam, halb in der Erwartung, dass sie erleichtert aufseufzen und so schnell wie möglich abhauen würde. Eden war nicht die Beste darin, sich der Realität zu stellen.

Doch anstatt zurückzuweichen, setzte sich Eden in ihrem Stuhl auf und straffte die Schultern. Sie machte das Zeichen für *Mir geht es gut* und nickte entschlossen.

»Bist du sicher?«, fragte Dakota überrascht und beeindruckt.

Eden deutete auf ihre Schläfe und ballte die Hände vor dem Bauch, wobei sie die Worte mit den Lippen formte, sodass Dakota sie verstand. *Vertrau mir.*

»Das tun wir«, sagte Julio, bevor Dakota etwas erwidern konnte. »Wir wissen, dass du dein Bestes geben wirst.«

Eden schenkte ihm ein dankbares Lächeln und gebärdete *Danke.*

»Wir werden Eden in den Wachdienst einschließen«, sagte Logan. Eden strahlte ihn an. Er zwinkerte ihr zu.

Seufzend beugte sich Ezra hinunter, schnappte sich eine schwarze Tasche vom Boden und stellte sie auf den Tisch, direkt auf Edens Kunstwerk. Er reichte jedem von ihnen eine Pfeife, die sie um den Hals tragen sollten. »Ein langer Ton, wenn ihr Hilfe braucht. Zwei kurze Töne, wenn ihr Eindringlinge entdeckt oder wir angegriffen werden.«

Er reichte Dakota, Julio und Eden ein Handfunkgerät. »Ich habe nur noch drei. Sie haben eine ausgezeichnete Reichweite.«

Dakota schnallte das Funkgerät an ihren Gürtel. Bevor sie Haasis Anwesen verlassen hatten, hatte Haasi ihr die Frequenz und die Rufzeichen gegeben, die sie und die Collier-Brüder für die Notfallkommunikation verwendeten, nur für den Fall.

Julio deutete auf Eden. »Was ist mit ihr? Wenn es ein Problem gibt, kann sie nicht verbal mit uns kommunizieren.«

Ezra kratzte sich am weißen Flaum an seinem Kinn und runzelte die Stirn. Er hob das Funkgerät auf und drehte es in seinen Händen um. »Sie könnte CW benutzen, also Morsecode, nehme ich an, wenn sie bereit ist, es zu lernen.«

Eden strahlte. Sie nickte eifrig.

Er lächelte – ein echtes Lächeln, nicht sarkastisch oder spöttisch. »Ich bringe es dir bei. Und ich zeige dir, wie du ihn im Notfall mit einem Handfunkgerät benutzen kannst. Aber du brauchst ein Rufzeichen – einen Codenamen –, damit wir wissen, dass du es bist.«

Sie runzelte die Nase und dachte nach.

»Wir können uns später Codenamen ausdenken«, sagte Dakota ungeduldig. »Was kommt als Nächstes?«

Ezra zeigte auf den Schuppen auf der Karte. »Wenn ihr nicht in der Hütte seid, wenn wir angegriffen werden, geht in den Lagerschuppen. Ich habe ihn selbst gebaut – mit den gleichen Eigenschaften wie die Hütte: Solide, zwölf Zoll dicke Betonblockwände, gefüllt mit Gussbeton und Bewehrungsstahl und verstärkt mit ballistischen Armortex-Glasfaserplatten. Feuerfestes Dach. Kann nicht ausgebrannt werden. Der Sauerstoff kommt aus ein paar hohen Schlitzfenstern und einem Rohr auf dem Dach. Ein paar Sauerstoffmasken sind auch im Lager, zusammen mit genug Essen und Wasser, um jeden zu überleben, der hinter dir her ist. Man wird in einen Eimer kacken müssen, aber es gibt Holzspäne, um den Gestank zu dämpfen.«

Er beäugte die Neuankömmlinge misstrauisch, als würde er sie am liebsten auf der Stelle rausschmeißen, aber als er sich Eden zuwandte, wurde sein Blick weicher. »Erinnert ihr euch an den Tunnel?«

Sowohl Eden als auch Dakota nickten. Ezra hatte einen kleinen Fluchttunnel durch den Kriechgang unter dem Fußboden gebaut, für den Fall, dass die Vorder- und Hintertür jemals aufgebrochen würden. Das Graben von Löchern in Floridas flachem, porösem Boden war eine heikle Angelegenheit.

Der Weg führte nur etwa fünf Meter über die Hauswand hinaus und endete unter dem einzigen Gebüsch, das Ezra in der Nähe der Hütte stehen ließ.

»Die Falltür ist unter dem Teppich im Badezimmer neben der Küche«, sagte Dakota. »Man kann in den Schuppen fliehen oder daran vorbei in den Wald, wo es mehrere Verstecke mit weiteren Waffen und Vorräten gibt, falls sie noch da sind.«

»Sie sind noch da.« Ezra zeigte den zu verteidigenden Bereich auf, sowie die schwächsten Punkte, an denen Eindringlinge wahrscheinlich versuchen würden einzubrechen. Er zeichnete mehrere Stolperdrähte mit einem X ein und zog dann gerade Linien zwischen der Hütte und den Schuppen und verschiedenen Nebengebäuden.

»Das Grundstück ist mit Sprengfallen versehen, wie ich euch gesagt habe. Wir werden auch noch mehr aufstellen. Lauft nicht außerhalb dieser Linien herum, es sei denn, ihr wollt für immer verkrüppelt sein.«

Park und Julio sahen sich mit hochgezogenen Augenbrauen an.

Ezra ignorierte sie und fuhr fort. »Wenn jemand vor dem Tor in die Einfahrt einbiegt, nimmt ein Alarm das Magnetfeld des Fahrzeugs auf und sendet eine Warnung.« Er erklärte, wie der Alarm ein Funksignal an einen kleinen Empfänger sendete. Der Sensor war in einem Stück PVC-Rohr unter der Kiesauffahrt vergraben, das zu einem Senderkasten führte, der auf der anderen Seite einer großen Eiche befestigt war, sodass er von der Straße aus nicht zu sehen war.

»All diese Sicherheitsmaßnahmen reichen vielleicht aus, um gelegentliche Eindringlinge fernzuhalten«, sagte Logan langsam. »Sie werden aufgeben und sich eine leichtere Beute suchen. Für diese verrückten Fanatiker, die es auf Eden abgesehen haben, wird es aber nicht ausreichen.«

Ezra warf Logan einen scharfen Blick zu. Er mochte Logan nicht, stellte Dakota fest. Sie waren beide starke, zähe, unabhängige Männer. Sie hatte gehofft, sie würden sich mögen – oder wenn schon nicht mögen, dann zumindest respektieren. Aber vielleicht war das zu viel verlangt.

»Dessen bin ich mir bewusst.« Ezra markierte kleine X auf allen vier Seiten der Hütte an der Dachlinie. »Auf dem Dachboden über uns befindet sich ein Scharfschützennest. Ich habe im

Norden, Süden, Osten und Westen Schießstände eingerichtet, die mit Sandsäcken verstärkt sind. Automatischer Beschuss wird sich irgendwann durch den Beton fressen, also bieten die Sandsäcke einen zusätzlichen Schutz.

Ich habe eine Ladung Sand und Erde hinter dem Schuppen und Dutzende von Leinensäcken, die wir füllen können, um unter jedem Fenster hier unten eine Schussposition einzurichten. Und Stacheldraht, den wir um die Innenseite der Fensterrahmen legen, um jedem, der versucht, hineinzukommen, die Hände zu zerfetzen.« Logan nickte. »Gut.«

»Sollen wir Bretter vor die Fenster nageln?«, fragte Park.

Ezra warf Park einen spöttischen Blick zu. »Sperrholz hält keine Kugeln auf.« Park zog den Kopf ein wie ein gezüchtigtes Hündchen.

»Was ist mit der Eingangstür?«, fragte Julio.

»Es ist solider Stahl in einem Stahlrahmen«, sagte Ezra. »Fünf Ein-Zylinder-Riegel mit einem Zoll Durchmesser und Schließblechen. Keiner tritt sich den Weg hinein, soviel ist sicher.«

»Wenn jemand reinwill, kommt er rein.« Logan tippte mit dem Finger auf die Hütte in der Mitte der Zeichnung. »Man kann die Eingangstür mit Stahl verstärken, aber was passiert, wenn sie mit einem gepanzerten Humvee durch die Wohnzimmerwand fahren? Ich meine, sie kommen vielleicht nicht durch diese Wand, aber es gibt immer noch Fenster.«

Ezra nickte widerwillig. »Tut, was ihr könnt, um sie abzuschrecken, aber bereitet euch auf das Unvermeidliche vor. Also, lenkt sie dorthin, wo ihr sie haben wollt. Wählt euren schwächsten Punkt und bereitet euch dort auf sie vor, in einer Tötungszone eurer Wahl.«

Logan strich sich mit der Hand durch sein zerzaustes schwarzes Haar. »Das könnte klappen.«

»Wo wollen wir sie haben?«, fragte Park. »Ich meine, wo ist diese Tötungszone?«

»Die Hintertür ist so konzipiert, dass sie der schwächste Punkt für einen Einbruch ist. Der schmale, vier Meter lange Flur zwingt die Eindringlinge dazu, im Gänsemarsch einzutreten, sodass sie an einem Engpass hängen bleiben. Der Dachbodeneingang befindet sich am Ende des Flurs vor der Küche. Ich werde eine defensive Scharfschützenposition mit Sandsäcken einrichten und sie von oben ausschalten. Jeder Drecksack, der dumm genug ist, in mein Haus einzudringen, wird genau das bekommen, was er verdient.«

»Im Idealfall töten wir sie alle, bevor sie die Hütte erreichen«, sagte Julio. »Richtig?«

»Sie werden nicht in die Nähe der Hütte kommen«, sagte Ezra. »Sie werden mir nicht noch einmal zuvorkommen. Vertraut mir.«

Dakota schüttelte den Kopf. Ezra war viel zu zuversichtlich. »Wir unterschätzen sie. Sie werden wütend sein, dass wir ihre Männer getötet haben. Sie werden mit dem Feuer und Zorn der Hölle im Nacken zurückkommen.«

Ezra rieb sich abwesend die Handfläche seiner verletzten Hand, ein finsterer Blick vertiefte die Falten, die sein Gesicht durchzogen. »Und wir werden sie mit mehr begrüßen.«

»Wir müssen bereit sein«, sagte Dakota und verachtete die Angst, die in ihrer Stimme mitschwang.

Logan begegnete ihrem Blick mit finsterem Ausdruck »Das werden wir.«

# KAPITEL 20
## EDEN

»Wir müssen reden«, sagte Dakota. Sie wischte sich mit der Rückseite ihres Unterarms den Schweiß von der Stirn und drehte sich zu Eden um. »Es ist keine gute Zeit. Es wird nie einen guten Zeitpunkt geben. Aber du verdienst es, die Wahrheit zu erfahren.«

Eden nickte langsam. Sie wusste, was das bedeutete. Seit drei Jahren hatte sie auf dieses Gespräch gewartet.

Heute Morgen waren alle früh aufgestanden und bereit, ihre Verteidigung zu verstärken. Dakota, Ezra, Julio und Eden waren damit beschäftigt, die Hütte zu sichern, während Logan und Park die Umgebung patrouillierten. Julio und Ezra arbeiteten an der Ostseite, während Dakota und Eden die Westseite übernahmen.

Eden kniete auf dem Boden und schwitzte schon um neun Uhr morgens, während sie lange Sechs-Zoll-Nägel in dünne Sperrholzplatten hämmerte, um Nagelbretter herzustellen. Ezra hatte es eine Punji-Falle genannt, eine Sprengfalle, die vom Vietcong während des Vietnamkriegs häufig verwendet wurde.

An sorgfältig ausgewählten Stellen gruben Ezra und Julio etwa einen halben Meter tiefe Löcher, breit genug für den Fuß eines Mannes. Sie hatten bereits ein paar Löcher unter den Fenstern auf Edens Seite gegraben.

»Das ist das Gegenteil von einem babysicheren Haus, das weißt du doch, oder?«, hatte Park mit einem Augenrollen gesagt, bevor er auf Patrouille gegangen war. Sie konnte sich nicht zurückhalten und lachte leise.

Jetzt war ihr nicht zum Lachen zumute. Als ihr nun der Schweiß in die Augen tropfte und die Hitze ihr die Energie raubte. Sie wollte nur noch fertig werden. Die Luft im späten Juli war heiß und klebrig. Wolken von winzigen Insekten schwirrten um sie herum, egal wie oft sie sie wegpustete.

Dakota sah noch unglücklicher aus. Sie trug dicke, stichfeste Handschuhe, um den Stacheldraht zu handhaben. Sie arbeitete daran, ihn entlang der Innenrahmen aller Fenster zu verlegen und befestigte den Draht mit einer schweren Klammerpistole.

Dakota legte die Klammerpistole auf die Fensterbank. »Wenn ich es jetzt nicht tue, werde ich es immer wieder aufschieben.«

Eden schlug den letzten Nagel für das Brett ein, an dem sie arbeitete, und prüfte, ob die bösartig aussehenden Nägel auch wirklich gerade und tödlich waren. Das waren sie.

In jedes Brett hämmerte sie fünf oder sechs Stacheln ein, drehte das Brett dann um, sodass die Nägel zum Himmel zeigten, setzte es in den Boden des Lochs und deckte es mit einem hauchdünnen Bambusbrett ab. Sie legte die oberste Schicht aus grasbewachsener Erde auf und streute kleine Zweige und Laubstreu darüber, bis das Loch vollständig getarnt war.

Niemand würde vermuten, dass wilde Stacheln darauf warteten, den Fuß eines ahnungslosen Eindringlings aufzuspießen. Stacheln, die selbst die robustesten Stiefelsohlen durchbohrten und tief in Fleisch und Knochen eindrangen. Es würde die Hirten nicht töten, aber es würde sie lange genug außer Gefecht setzen und verlangsamen, damit Ezra oder Dakota sie erschießen konnten.

Sie zwang sich, bei dem Gedanken nicht zu erschaudern.

Ihre Sicht verschwamm für einen Moment, als sie auf jeden geschliffenen Nagel starrte. Ein Teil von ihr wünschte sich, sie könnte etwas anderes tun, irgendetwas anderes. Sie wäre lieber wieder drinnen und würde verschlüsselte Sätze am Radio üben.

Nach ihrem Treffen gestern Abend hatte Ezra ihr gezeigt, wie man die CW-Taste benutzt und ihr das Morsealphabet beigebracht. Sie hatte das Alphabet auf ihrem Zeichenblock skizziert, so wie sie es mit der Gebärdensprache gemacht hatte. Die Punkte und Striche waren nicht annähernd so schwer auswendig zu lernen, wie sie gedacht hatte. Er hatte ihr versprochen, ihr die Q-Schlüssel in Kurzschrift beizubringen, sobald sie dazu bereit war.

Sie hatte einen Codenamen gewählt – Rose. Es war der zweite Vorname ihrer Pflegemutter. Sie vermisste Gabriella und Jorge so sehr, dass sie manchmal von ihnen träumte. Aber die Träume endeten immer mit einem blendenden weißen Blitz und einem schwarzen Pilz aus Zerstörung und Tod.

Wochenlang wurde sie von Albträumen geplagt. Lebendige, intensive Nachtängste, die sie zurück in das Grauen, in den Schmerz, die Angst und die Verwirrung zogen. Manchmal war es die Explosion. Und manchmal waren die Albträume von vorher ...

Stück für Stück kam ihr diese schreckliche Nacht vor drei Jahren wieder in den Sinn, in zerklüfteten Stücken wie ein grausiges Puzzle. Sie erinnerte sich, ob sie es wollte oder nicht.

»Ich habe es getan«, sagte Dakota so schnell, dass Eden sie fast nicht hörte. »In dieser Nacht war es meine Schuld, was mit dir passiert ist ...«

*Du musst das nicht tun*, gebärdete Eden. Dakota starrte sie nur an.

Frustriert sah sie sich nach ihrem Notizbuch um, um es aufzuschreiben.

Sie hatte sich daran gewöhnt, dass sie nicht sprechen konnte, aber manchmal war es trotzdem ätzend. Sie hatte so viel zu sagen, aber alles aufzuschreiben oder jemandem zu gebärden, der die Gebärdensprache kaum verstand, gab ihr ein überwältigendes Gefühl der Unzulänglichkeit.

Schließlich schüttelte Dakota den Kopf, als hätte sie verstanden. »Doch, das tue ich. Ich muss das tun.«

Eden ließ sich wieder auf die Knie sinken. Die Wahrheit war, dass sie es unbedingt wissen wollte und gleichzeitig verzweifelte Angst hatte. Es lag eine Einfachheit im Nichtwissen. Ein Frieden. Aber es war kein wahrer Frieden. Das wusste sie.

*Erzähl es mir*, deutete sie, berührte mit dem Zeigefinger ihr Kinn und hielt ihn ihrer Schwester entgegen. *Erzähle mir alles.*

# KAPITEL 21
## EDEN

Eden beobachtete Dakota, wie sie tief durchatmete. »In dieser Nacht schleppte Jacob mich in den Raum der Barmherzigkeit. Auf eigene Faust, ohne den Befehl seines Vaters oder des Propheten. Das war vorher noch nie passiert. Es war gegen die Regeln, aber er war wütend auf mich – rasend.

An diesem Tag arbeitete ich in der Küche und räumte nach den Männern ab. Er und Maddox und ein paar andere waren noch dabei, ihr Abendessen zu beenden. Manchmal ließen sie sich gerne Zeit, um mit den Mädchen zu flirten, wenn sonst niemand da war. Sie mochten zwar heilige Krieger sein, die von Gott auserwählt worden waren, um die neue Erde wiederaufzubauen, aber sie waren auch nur Männer, heißblütig und geil wie alle anderen auch. Sie mussten es nur besser verstecken.

Ich wischte gerade den Boden ein paar Tische weiter, als ich hörte, wie Jacob etwas über dich sagte. Die Art, wie er es sagte, als würde er ein pikantes Geheimnis ausplaudern, das er nicht verraten sollte, ließ mich aufhorchen. Ich trat näher heran, hielt meinen Kopf gesenkt und tat so, als würde ich mich auf meine

Arbeit konzentrieren. Die Jungs waren auf Jacob konzentriert. Sie waren von Geburt an darauf trainiert, Frauen zu ignorieren. Sie merkten nicht einmal, dass ich da war.

Jacob fing an zu erzählen, dass seine Familie für eine große Ehre ausgewählt worden war. Er war ganz geheimnisvoll, aber die Jungs holten es aus ihm heraus. Natürlich war das die ganze Zeit sein Plan gewesen, ihnen das Gefühl zu geben, etwas Besonderes zu sein und etwas erreicht zu haben, damit er das Geheimnis mit ihnen teilte. Es vertiefte ihre Verbindung zu ihm, ihre bedingungslose Loyalität. Nur eine weitere Art, wie Jacob ständig alle um sich herum manipulierte.«

Eden schüttelte fast unmerklich den Kopf. Das war nicht der Jacob, an den sie sich erinnerte – der lachende, helläugige, goldhaarige Bruder, der sie anhimmelte, der ihr märchenhafte Geschichten erzählte und ihr immer welche der verbotenen Süßigkeiten mitbrachte, eine besondere Leckerei, die nur sie beide teilten.

Als ob sie Edens Gedanken lesen könnte, runzelte Dakota die Stirn. »Er war aus einem bestimmten Grund charmant, Eden. Und Jacob Cage hat nie etwas ohne Grund getan.«

Eden presste die Lippen zusammen und wollte widersprechen, aber sie war entschlossen, sich alles anzuhören, auch die verrückten, unglaublichen und hässlichen Stellen.

»Schließlich beugte er sich vor, ganz aufgeregt und geheimnisvoll, und erzählte ihnen, dass der Prophet dich zu seiner siebten Braut erwählt habe. Dass die Heirat ein großes, von Gott selbst verliehenes Symbol sei, das den Beginn der Herrschaft der Hirten der Barmherzigkeit in den Vereinigten Staaten repräsentieren würde – aber noch wichtiger sei, dass sie die Macht der Familie Cage als rechte Hand des Propheten festigen würde.«

Sie lachte bitter auf. »Die Politik wird in ihrer neuen Welt genauso existieren wie in der alten. Sie glauben, dass diese himmlische Utopie perfekt sein wird, aber sie sind korrupte Menschen, wie könnten sie also etwas anderes tun, als sie zu korrumpieren?«

Darauf hatte Eden keine Antwort. Sie war im Glauben an die Macht des Propheten aufgewachsen, im Glauben, dass der Prophet das neue Jerusalem schaffen würde, einen Garten Eden hier in Amerika, der die neue Erde der biblischen Prophezeiung hervorbringen würde.

Sie hatte es von ganzem Herzen geglaubt. Und warum auch nicht? Niemand hatte ihr jemals etwas anderes erzählt.

Bis sie mit zwölf Jahren die Kommune verließ, hatte sie noch nie einen Fernseher oder eine Zeitschrift gesehen oder einen Fuß in eine richtige Schule, ein Einkaufszentrum, einen Spielplatz oder eine Stadt gesetzt. Man hatte ihr beigebracht, dass die Welt da draußen das pure Böse war, voller Dämonen besessener böser Seelen, deren einziger Zweck es war, sie bis in die Abgründe der Hölle zu verderben – die Verdorbenen, die Entarteten, die Lüstlinge und Abartigen.

Monatelang, nachdem sie weggelaufen war, hörte sie den Propheten in ihrem Kopf, der seine schrecklichen Verkündigungen und Prophezeiungen predigte, seine düsteren Warnungen vor Feuer und Schwefel, vor den Abgründen der Hölle, die sich auftaten, um jeden zu verschlingen, der auch nur ein bisschen vom Weg abwich.

Zuerst hatte sie Angst, irgendetwas zu glauben, was irgendjemand außerhalb der Kommune sagte. Heiden und Ketzer logen mit jedem Atemzug. Sie hatte Ezra gefürchtet, dachte, er würde sie im Schlaf töten.

Später, während der Wochen auf der Straße, hatte die Angst sie fast überwältigt.

Erst nachdem Dakota ihr monatelang erklärt hatte, dass die Menschen außerhalb der Kommune nicht böse waren, begann Eden zuzuhören, und erst als sie bei ihren Pflegeeltern Gabriella und Jorge war, schenkte sie dem wirklich Glauben.

Dennoch dauerte es fast ein Jahr, bis sie ihre Angst überwunden hatte, ein Buch aufzuschlagen oder eine Sendung im Fernsehen anzuschauen, weil sie sich sicher war, dass jeden Moment der Zorn Gottes in einem blutigen Feuerregen über sie hereinbrechen würde.

Sie konnte immer noch die glühende, fiebrige Leidenschaft im Gesicht des Propheten sehen, wie er sich an die Kanzel klammerte, die Gesichtszüge starr und schweißgebadet, die Augen hervorquellend, als er sie mit einer schrecklichen Warnung nach der anderen überschüttete, was mit ihnen geschehen würde, wenn sie den Sünden der Blasphemie, des Stolzes, der Arroganz und der Selbstsucht nachgäben.

*Sie werden deinen Geist zerstören und deinen Körper zerreißen, und deine Seele wird im ewigen Höllenfeuer brennen ...*

Sie fröstelte trotz der Hitze. Es spielte keine Rolle, dass sie ihn seit fast drei Jahren nicht mehr gesehen oder gehört hatte. Es war, als stünde er direkt vor ihr und würde sie in Angst und Schrecken versetzen. Seine Augen durchdrangen ihre Seele, beurteilten ihre Eignung für die ewige Erlösung und befanden sie für unzulänglich.

# KAPITEL 22
## EDEN

Eden beobachtete, wie Dakota auf einen fernen Punkt am Horizont starrte, gefangen in ihren eigenen schrecklichen Erinnerungen.

»Als ich hörte, was Jacob sagte ... als mir klar wurde, du würdest dem Propheten übergeben werden. Dass dein Vater und deine Brüder dich einfach gehen lassen würden ...« Dakota schüttelte den Kopf. »Ich verlor die Fassung. Diese ... Wut überkam mich. Ich vergaß meine ganze Erziehung, all die Bestrafungen, all die Besuche im Raum der Barmherzigkeit, die mich brechen und zu etwas Sanftmütigem und Nachgiebigem machen sollten – all das verpuffte. Ich war wütend. Rasend. So zornig, wie ich es noch nie in meinem Leben gewesen war.

Ich marschierte auf sie zu und stellte Jacob zur Rede. ‚Wie konntest du nur?‘, schrie ich. ‚Wie konntest du das deiner eigenen Schwester antun?‘ Die anderen Jungs saßen nur da und waren schockiert.

Maddox – ich erinnere mich an sein Gesicht. Wie seine Augen leuchteten, aber sein Mund war zu einer schmalen Linie verkniffen. Er hatte diesen angespannten, gefangenen Gesichtsausdruck, den er manchmal bekam, wenn sein Vater ihn belehrte oder er öffentlich getadelt wurde – er war auch nicht glücklich über dein Schicksal, aber er war hilflos und konnte nichts tun. Und er hasste es, dass er hilflos war. Es gibt nichts, was Maddox mehr hasst, als sich ohnmächtig zu fühlen.

Aber Jacob ... Er stand auf, warf seinen Stuhl um, wütend – und beschämt – darüber, dass ich es gewagt hatte, ihn anzusprechen. Die anderen sahen zu, um zu sehen, was er tun würde. Er packte mich am Arm und gab mir eine Ohrfeige. Aber das war nicht genug. Nicht für jemanden wie Jacob.

Nach außen hin war er charmant und nett – der auserwählte Sohn seines Vaters, der Erstgeborene, wie ein Engel, der auf die Erde geschickt wurde, um uns alle zu retten. So haben ihn alle behandelt. Die Schwestern bewunderten ihn, weil er immer stehen blieb, um mit ihnen zu plaudern und in Erinnerungen zu schwelgen. Er trug ein paar Minuten lang eine Wäscheladung oder wusch eine Bratpfanne, während er ihnen beim Kochen schmeichelte.

Die Kinder verehrten ihn, weil er sie nicht ignorierte wie die anderen älteren Jungen, denen sie nacheifern wollten. Er erzählte ihnen einen Witz und lachte mit ihnen, nahm die kleinen Mädchen auf den Arm und wirbelte sie herum, bis sie an ihrem eigenen Kichern erstickten. Erinnerst du dich daran?«

Wie könnte sie das jemals vergessen? Dakota lag mit ihrer Einschätzung nicht weit daneben. An all diese Dinge erinnerte sich Eden auch gerne, wenn sie an ihren ältesten Bruder dachte.

»Maddox liebte ihn. Er liebte ihn und verachtete ihn gleichzeitig. Aber Jacob behandelte ihn wie Dreck, wie etwas, das er von seinem Schuh abkratzen wollte. Allerdings nur, wenn niemand anderes in der Nähe war.

Diese Jungs, diese Söhne von Solomon Cage, sie trugen

Masken, alle beide. Maddox, um diesen hasserfüllten Ort zu überleben. Jacob, um sich die Bewunderung zu sichern, nach der er sich sehnte, während er gleichzeitig seinen Hang zur Grausamkeit ausleben konnte. Sie entwickelten beide eine grausame Ader. Sie wurde ihnen wohl eingebläut.«

Es stimmte, dass Maddox gerissen war, oft abfällig und hinterlistig, dass er zu Wutanfällen neigte, die ihn gefährlich machten. Er hatte sie mehr als einmal geschlagen, als sie jung waren.

Aber auf seine Weise kam er immer wieder zurück, um sich zu entschuldigen, und bot ihr Süßigkeiten an, die er aus Schwester Rosemaries Vorrat gestohlen hatte, um es wiedergutzumachen.

*Jacob, allerdings ...*

Eden schüttelte den Kopf, wollte Dakota widersprechen, ihr sagen, dass sie sich in ihm irrte, aber hektische Bilder füllten ihren Kopf – Jacob, wie er ihren Arm packte, blaue Flecken in Form von Fingern hinterließ. Jacob, wie er sich dicht an sie heran lehnte und zischte: *Schau, wozu du mich gezwungen hast.*

Einmal hatte Jacob eine Waffe draußen gelassen, anstatt sie zu reinigen und wegzulegen; Eden hatte beobachtet, wie er ohne sie ins Haus kam. Als sie eine Woche später im Wald gefunden wurde, verdreckt und bedeckt mit Schmutz, Blättern und Ungeziefer, hatte Jacob sofort Maddox die Schuld gegeben.

Maddox' Empörungsschreie hatten nichts bewirkt; er wurde in den Raum der Barmherzigkeit geschleppt und erhielt anstelle seines Bruders die Peitsche.

Eine andere Erinnerung kam ihr in den Sinn: Sie und Jacob waren allein im Wald unterwegs, um Jacobs Fallen zu überprüfen. Sie musste acht oder neun gewesen sein, denn sie erinnerte sich an das weiche, narzissengelbe Kleid, das ihre Knöchel kitzelte, ein Geschenk des Propheten zu ihrem achten Geburtstag.

Sie stießen auf einen jungen Graufuchs, der sich mit einer blutigen Pfote in der Metallfalle verfangen hatte. Seine Schnauze war blutverschmiert; in seiner Verzweiflung zu entkommen, hatte er versucht, sich selbst die Pfote abzubeißen.

Eden wollte Jacob bitten, ihn gehen zu lassen, aber sie wusste es besser. Gott gab ihnen die Geschöpfe der Erde, damit sie über sie herrschten, und zwar aus genau diesem Grund – zum Vergnügen, zur Ernährung und zur Vorherrschaft.

»Töte ihn schnell«, flehte sie.

Jacob lächelte nur. Er hockte an einer freien Stelle zwischen zwei stämmigen Kiefern und beobachtete fasziniert, wie der Fuchs sich quälte.

Die Art und Weise, wie Jacob aussah – seine Augen so hell, sein Blick so eindringlich, das angenehme Lächeln immer noch auf seinem Gesicht, als würde er es genießen – versetzte ihr einen unangenehmen Schock, ließ ihren Magen unruhig werden und ihre Haut kribbeln.

Eden wandte ihren Blick ab. Sie weinte und flehte ihn an, dem Ganzen ein Ende zu setzen. Er ignorierte sie. Nach dreißig Minuten der Qualen für Eden und den Fuchs zog Jacob schließlich das Jagdmesser, das er an seiner Hüfte trug, und schnitt dem Tier die Kehle durch.

»Danke ...« Bevor sie die Worte herausbringen konnte, drehte er sich um und verpasste ihr eine so harte Ohrfeige, dass ihr die Ohren klingelten.

»Sieh nur, wozu du mich gezwungen hast!«, knurrte er.

Als sie nach Hause zurückkehrten, war er strahlend, fröhlich und lachend, der Bruder, den sie kannte und wieder liebte. Sie erzählte weder ihrem Vater noch ihrer Stiefmutter noch Maddox von dem Fuchs. Sie hatte es niemandem erzählt.

Sie hatte nicht gewusst, wie sie es ihnen sagen sollte. Sie wusste, dass sie ermahnt werden würde, wenn sie es auch nur erwähnte. Sie tat das Einzige, was sie konnte – sie vergrub die schreckliche Erinnerung ganz tief und dachte nie wieder daran.

Sie hat nie wieder darum gebeten, mit Jacob zu gehen, um seine Fallen zu überprüfen.

Eden sah auf. Dakota beobachtete sie. »Du erinnerst dich an etwas.«

Sie erinnerte sich an alles.

Die Hitze, die Käfer, die Bäume und die Hütte verschwanden. Alles verblasste unter einem Ansturm von Erinnerungen.

## KAPITEL 23
# EDEN

In ihrer Erinnerung trug Eden einen Korb mit sauberer, frisch gewaschener und getrockneter Wäsche von der Wäscheleine zu den Schlafsälen der ledigen Männer, um ihre Laken zu wechseln – als sie sie entdeckte.

Die Dämmerung setzte ein. Fledermäuse flogen über den Bäumen am indigoblauen Himmel und verschlangen die Moskitos, die sie plagten. Im Süden lag das Wasser still und ruhig, nur das gelegentliche Plätschern eines Fisches war zu hören. Das Quaken der Ochsenfrösche und das Zirpen der Zikaden erfüllten die heiße Abendluft.

Sie schwitzte unter ihrem langen Rock und der hochgeknöpften Bluse, aber wenigstens hielt ihre einschränkende Kleidung einige der Mücken fern. Sie hielt inne und drückte den Korb an ihre Seite, damit sie eine Hand frei hatte, um sich den schmerzenden Kopf zu reiben.

Ihre Stiefmutter, Schwester Hannah, hatte ihr hüftlanges Haar wie üblich zu einem französischen Zopf geflochten. Wenn sie wütend oder frustriert war, was oft vorkam, band sie es so fest zusammen, dass Edens Kopfhaut den ganzen Tag über brannte. Heute war einer dieser Tage.

Bevor sie ihre Arbeit fortsetzen konnte, erregte etwas ihre Aufmerksamkeit. Auf der anderen Seite der weiten Lichtung mit der Feuerstelle, den Adirondack-Gartenstühlen und den Picknicktischen sah sie das vertraute blonde Haar und die breiten Schultern aufblitzen. Ihr Bruder, Jacob.

Er schritt auf den Raum der Barmherzigkeit zu, einem schlichten Zementblockbau neben der Krankenstation. Er zog jemanden mit sich, hielt sie an den Haaren fest. Das Mädchen stolperte hinter ihm.

Eden richtete ihren Griff um den Wäschekorb, wischte die Mücken beiseite und sah sich um. Die Lichtung war leer. Alle Erwachsenen waren in der Kapelle zum Mittwochabendgebet, abgesehen von den Patrouillen entlang des Zauns und den Wachen auf den Plattformen am Eingangstor.

Jacob sollte in der Kapelle sein, aber das war er nicht.

Sie hatte schon viele Menschen gesehen, die zur Bestrafung in den Raum der Barmherzigkeit gebracht wurden, aber immer unter der Aufsicht ihres Vaters oder des Propheten. Nicht so wie hier.

Die Haare in ihrem Nacken sträubten sich. Irgendetwas war nicht in Ordnung.

Eden machte einen zaghaften Schritt auf ihn zu, blinzelte in der zunehmenden Dunkelheit, um die Gestalten zu erkennen, und holte scharf Luft.

Sie erkannte Dakotas rötliches, kastanienbraunes Haar. Sie zog sich zurück, zappelte und griff nach Jacobs Händen, als wollte sie fliehen.

Eden drehte sich um und suchte wieder nach jemandem, der ihr den Weg wies, der ihr sagte, was sie tun sollte, der das Ganze entweder stoppte oder seinen Segen gab, damit es weitergehen konnte.

Hundert Meter entfernt drang Licht aus dem geöffneten Eingang der Cafeteria.

Sie erkannte die hagere, drahtige Gestalt ihres anderen Bruders, der in der Tür stand. Das Licht leuchtete um ihn herum wie ein Heiligenschein. Seine Hände hingen schlaff an seinen Seiten.

Maddox stand einfach da und starrte in die Nacht hinaus.

Sie richtete ihren Blick wieder auf Jacob und Dakota. Jacob fischte seine Schlüssel aus der Tasche – Eden hörte das Klimpern, hörte Dakotas leises Stöhnen, das ihr einen Schauer über den Rücken jagte.

Jacob schloss die Tür auf, zog Dakota in den Raum der Barmherzigkeit und schloss die Tür leise, aber fest hinter sich.

Eden umklammerte den Korb fester. Mehrere lange, endlose Minuten lang stand sie unschlüssig da, ohne sich zu bewegen. Sie sollte direkt zu der Unterkunft der Männer gehen. Sie sollte ihre Arbeit schnell beenden und in die Kapelle eilen, wo sie erwartet wurde.

Das war es, was sie tun sollte, was von ihr erwartet wurde. Es ging sie nichts an, war nicht ihre Sache.

Ihr Bruder war ein Hirte, der Auserwählte unter den Auserwählten, auserwählt vom Propheten und Gott selbst. Wer war sie, sein Handeln in Frage zu stellen?

Aber das Geräusch, das Dakota gemacht hatte …

Sie sehnte sich danach, es zu ignorieren, einfach wegzugehen. Es aus ihrem Gedächtnis zu verdrängen, wie tausend andere Dinge, die sie vergessen oder ignorieren wollte.

Sie könnte sich nähern, einfach vorbeigehen. Das würde gegen keine Regeln verstoßen. Sie täte damit nichts Falsches.

Ihre Füße bewegten sich fast gegen ihren Willen und huschten durch das Gras, das noch immer nass war von dem großen Sturm, der früher am Tag über die Glades hinweggefegt war. Eine Eule schrie aus den Zypressen.

Die Frösche quakten aus voller Kehle. Das Trillern der Vögel und Insekten folgte ihr, als sie näher kam.

Die sauberen Laken in ihren Armen rochen nach der Zitronenseife, mit der sie sie geschrubbt hatte. Dakota hatte ihr geholfen, obwohl sie ihre eigenen Aufgaben zu erledigen hatte. Dakota war ihre Freundin. Dakota kümmerte sich um sie, wenn es sonst niemand tat.

Eden schlurfte näher, und das niedrige Betongebäude wurde immer größer, bedrohlicher und gefährlicher.

Sie stand vor der Tür und hörte auf ihren eigenen schnellen Atem. Wie oft hatte sie gesehen, wie Menschen gebeugt und gebrochen durch diese Tür gingen und zusammengesunken und schwach, zitternd und weinend, manchmal bewusstlos, wieder herauskamen?

Sie hatte es nie in Frage gestellt.

Niemals, nicht bis jetzt. Die Art und Weise, wie Jacob sich bewegt hatte – er pirschte sich wütend heran, aber auch verstohlen, als ob er nicht wollte, dass ihn jemand sah. Als würde er etwas Falsches tun.

Sie konnte sich immer noch abwenden. Sie konnte immer noch vergessen, dass sie etwas gesehen hatte.

Langsam ließ sie den Wäschekorb hinunter. Sie streckte die Hand aus und berührte den Türgriff, halb in der Erwartung, dass die Tür verschlossen war.

Das war sie nicht. In seiner Eile hatte Jacob es vergessen. Eden drehte den Griff und öffnete die Tür.

# KAPITEL 24
## EDEN

Eden ging leise in den Raum der Barmherzigkeit und schloss die Tür hinter sich. Die abgestandene Luft stank nach Schweiß und verbrannten Kohlen, Bleiche und etwas anderem, etwas scharf Metallischem, das sie fast auf der Zunge schmecken konnte.

Ihr gefror das Blut in den Adern, als ihr Blick von der kahlen Wand zum Boden wanderte, zum angezündeten Kamin, zur Laterne, die von der Decke hing – ihre Gedanken schweiften ab von den braunen Flecken auf dem Zement, von den Dingen, vor denen sie zu viel Angst hatte, um sie wirklich zu sehen.

Aber sie wusste es.

Natürlich wusste sie es.

Hatte sie Dakota nicht ein Dutzend Mal an der Seite von Schwester Rosemarie gepflegt? Hatte sie nicht die Narben auf Maddox' Rücken gesehen? Sie wusste es, aber sie wollte es nicht wissen.

Ihr Gehirn konnte das Wissen nicht verarbeiten.

Jemand stöhnte in der Mitte des Raumes. Jacob beugte sich über das Mädchen – Dakota. Dies geschah mit Dakota. Ihre Bluse war zerrissen, das Tank-Top darunter zerfetzt, ihre Schultern und ihr Rücken nackt.

Jacob hielt sie mit einer Hand mit dem Gesicht nach unten gegen den hohen Tisch und drückte seinen Körper gegen sie, um sie in Position zu halten. Mit der anderen Hand drückte er etwas gegen die nackte Haut ihres Rückens über ihrem linken Schulterblatt.

Eine angezündete, rot glühende Zigarre.

Eden schrie.

Erschrocken stürzte Jacob auf sie zu. Sein schönes, engelsgleiches Gesicht verzerrte sich vor Wut. »Raus hier!«

»Hör auf!«, flehte sie ihn an. »Bitte hör auf!«

»Du hast hier nichts zu suchen. Verschwinde!«

Eden hielt den Blick auf ihren Bruder geheftet. Furcht, Schrecken und Verwirrung mischten sich in ihrem Bauch. Sie konnte es nicht erklären, aber sie wusste es. Sie wusste in ihrem tiefsten Inneren, dass dies nicht passieren sollte.

Aus dem Augenwinkel sah sie, wie Dakota sich aus Jacobs abgelenktem Griff befreite. Sie rollte vom Tisch und stolperte auf den Boden. Sie hockte sich hin, keuchte und zitterte.

»Ich werde es Vater sagen«, sagte Eden, aber ihre Stimme war schwach und zögerlich. Sie hatte Angst, und Jacob wusste das. Ihre Drohung war nichts als leere Worte.

»Sei vorsichtig, was du sagst, Schwester.« Er machte einen Schritt auf sie zu und strotzte vor Feindseligkeit. »Gotteslästerung ist eine schwere Sünde.«

»Ich bin ... ich bin nicht ...«, stammelte Eden.

Hinter ihm richtete sich Dakota auf. »Das kannst du nicht machen.« Jacob grinste. »Ich kann tun, was immer ich will.«

Dakota stürzte sich auf Jacob. Einen Moment lang dachte Eden, sie würde ihn von hinten schubsen, aber stattdessen griff sie das Jagdmesser aus der Scheide an seinem Gürtel und sprang nach hinten, aus seiner Reichweite.

Sie richtete das Messer auf ihn. »Bleib zurück!«

Jacob beachtete sie kaum. »Leg das Messer weg, kleines Mädchen.«

»Du gibst Eden nicht an den Propheten. Das werde ich nicht zulassen.«

Er lachte nur. »Und was willst du dagegen tun?«

»Ich werde ...« Dakotas wilder Blick huschte durch den Raum, auf der Suche nach einem Ausweg. Es gab keinen, nicht mit Jacob zwischen ihr und der Tür. Ihr Augenmerk kehrte zu Jacob zurück. Ihr Blick hatte etwas Verzweifeltes, aber auch Entschlossenes an sich. »Ich werde sie selbst mitnehmen. Wir werden gehen.«

»Und wie kommst du darauf, dass wir sie jemals gehen lassen werden?« Er drehte sich wieder zu Eden um und deutete auf die Tür. Ein Schatten huschte über seine Augen, ein Aufblitzen von etwas Kaltem und Gefährlichem. »Verschwinde von hier. Du willst nicht sehen, was als Nächstes passiert. Um dich kümmere ich mich später, nachdem ich Vater und dem Propheten gesagt habe, was du getan hast.«

Seine Worte sollten sie mit Scham und Schrecken erfüllen. Das taten sie auch.

»Beweg dich nicht, Eden«, sagte Dakota, das riesige Messer in beiden Händen haltend. »Wir werden gehen. Wir beide. Heute Nacht.«

Jacob schenkte ihr wenig Beachtung. Sie war nur ein Mädchen, das dazu erzogen wurde, sich zu unterwerfen und zu dienen.

Jacob sah sie nicht einmal. Nicht wirklich. Genauso wie er Eden kaum gesehen hatte.

»Geh, oder du wirst die Konsequenzen deines Ungehorsams tragen, Schwester«, fauchte Jacob, wütender als sie ihn je gesehen hatte, sein Gesicht rot, die Augen geweitet. »Oder weißt du was? Vielleicht müsst ihr beide lernen, wo euer Platz ist.«

Eden erstarrte vor Unentschlossenheit. Ihr Blick schweifte zwischen ihrem Bruder und ihrer Freundin hin und her. Sie verstand nicht, was da vor sich ging. Die Worte, die sie sprachen, waren ein wirres Durcheinander in ihrem Kopf. Sie war erst zwölf. Sie verstand es nicht.

Aber sie verstand die Angst. Sie verstand Befehle. Sie ging auf die Tür zu.

»Lass uns beide gehen«, sagte Dakota. »Niemand muss davon erfahren.«

»Niemals.«

»Ich würde lieber sterben, als hierzubleiben.«

»Das lässt sich einrichten.« Jacob machte einen bedrohlichen Schritt auf Dakota zu und ballte seine Hände zu Fäusten. Er hatte keine Waffe, aber er brauchte auch keine. Er überragte Eden und Dakota – stark, mächtig und tödlich.

Er hatte recht. Er konnte tun, was immer er wollte. Ein erwartungsvoller, fast schwärmerischer Blick verwandelte sein Gesicht, eine harte Vorfreude blitzte in seinen Augen auf – er hatte vor, jede Sekunde davon zu genießen.

Die Zeit lief plötzlich langsamer. Alles geschah in schrecklicher Zeitlupe.

Dakota stieß einen Schrei aus wie ein verwundetes Tier und griff Jacob an. Er hob seine Hände in einer abwehrenden Geste, und die Überraschung stand ihm ins Gesicht geschrieben, als er zu spät erkannte, dass sie ihn angriff.

Sie hob das Messer, stieß es ihm in den Bauch und riss es wieder heraus.

Jacob stöhnte und taumelte zurück. Er sah fassungslos an sich herunter und presste seine Hände auf die Wunde. Dunkelrotes Blut sickerte zwischen seinen Fingern hindurch.

»Nein!«, schrie Eden.

Jacob war ihr Bruder. Sie liebte ihn. Sie war von Geburt an dazu erzogen worden, jeden Mann in ihrer Familie anzubeten und ihm zu gehorchen. Instinktiv rannte sie los, um ihn zu beschützen.

Dakotas Gesichtsausdruck verzerrte sich zu einer Fratze aus Panik, Angst und Verzweiflung. Vielleicht sah sie Eden, vielleicht auch nicht. Vielleicht ging es ihr in diesem Moment um nichts anderes, als die Bedrohung auszuschalten, die zwischen ihr und der Tür lauerte.

Ohne einen Laut stürzte sie sich wieder auf ihn, die Klinge blitzte auf, als sie nach ihm ausholte, die rasiermesserscharfe Spitze schnitt quer durch seine Brust, bohrte sich ins Fleisch. Sie riss ihren Arm zurück und holte aus, um erneut zuzustechen.

Eden hörte nur noch das Donnern ihres Pulses in den Ohren, spürte nur noch das eiskalte Rauschen der Angst durch jede Zelle ihres Körpers, hatte keine Gedanken mehr im Kopf außer *Stopp, Stopp, Stopp.*

Sie warf sich ihrem Bruder vor die Füße.

Ein unerträglicher Schmerz brannte in ihrer Kehle. Sie fiel gegen Jacob. Seine Brust klebte feucht an ihrem Rücken.

Dakota erstarrte mit halb erhobener Waffe. Sie ließ das Messer los. Es fiel klappernd auf den Boden.

Jacob brach zusammen und lag still.

Eden brach auf ihm zusammen und rutschte zur Seite, beide Hände umklammerten ihren Hals. Es war so glitschig. Das war ihr erster Gedanke. So glitschig. Ihre Finger rutschen auf dem glitschigen Blut ab.

Sie konnte sich nicht festhalten, konnte nicht verhindern, dass es auslief. Eine pochende, pulsierende Qual erfüllte ihren ganzen Körper.

»Eden!«, schrie Dakota aus der Ferne. »Eden!«

Dakota fiel neben ihr auf die Knie. Sie riss sich die bereits aufgeknöpfte Bluse vom Leib und wickelte den Stoff fest um Edens Hals. Sie verknotete ihn unbeholfen. »Halt das fest, okay? Nicht loslassen.«

Sterne tanzten vor ihren Augen. Eden öffnete den Mund. Ein nasses, gurgelndes Geräusch kam heraus. *Hilf mir!*, wollte sie sagen. *Lass mich nicht sterben. Ich will nicht sterben.*

»Ich bringe dich hier raus! Halte durch!« Die Tür zum Raum der Barmherzigkeit wurde aufgerissen.

# KAPITEL 25
## EDEN

Mit tränenblinden Augen beobachtete Eden, wie Maddox die Tür öffnete und den Raum der Barmherzigkeit betrat.

Sein Gesicht erstarrte, als er das Blut auf dem Boden, das Messer und die zusammengesunkene Gestalt seines Bruders betrachtete.

»Was hast du getan?«, fragte er entsetzt.

Dakota kniete neben Eden auf dem Boden und drückte den Stoff an ihren Hals. Ihr Blick wanderte zu dem blutigen Messer, das ein paar Meter entfernt lag. Sie schloss ihre eigenen Finger um die von Eden und vergewisserte sich, dass Eden den Stoff festhielt. »Was ich tun musste.«

Sie stand auf wackeligen Beinen und sah Maddox an. Ihre Arme und ihre Brust waren mit Blut besprenkelt, sowohl mit dem von Jacob als auch mit dem von Eden.

»Ist ... ist er ... tot?« Maddox' Stimme war voller Verzweiflung.

Dakota blickte auf Jacobs Körper hinunter und verzog das

Gesicht. Sie richtete ihren Blick auf Maddox und hob trotzig ihr Kinn, ihre Augen blitzten auf, grimmig und entschlossen. »Ja.«

»Du ... du hast ihn getötet.«

»Ja.«

»Warum?«

»Du weißt, was sie mit ihr machen werden. Du warst dort. Der ganze Mist, der hier abläuft, all die schrecklichen Dinge, die sie mir angetan haben, ... dir ... was sie uns angetan haben ...« Sie holte tief Luft. »Sie werden das nicht auch mit ihr machen, verstehst du? Ich werde nicht zulassen, dass ihr das passiert.«

Edens Sicht verschwamm und wurde unscharf. Geräusche verblassten, dann kehrten sie zurück. Sie spürte den harten Zement in ihrem Rücken, roch den metallischen Geruch ihres eigenen Blutes, schmeckte das Kupfer auf ihrer Zunge.

Maddox machte einen Schritt auf Dakota zu.

Dakota stürzte sich auf das Messer. Sie packte es und ging in die Hocke, ihre Augen waren wild. »Zwing mich nicht dazu! Ich will das nicht tun.«

»Ich habe dir vertraut!«

Sie stand über Jacobs Leiche wie ein blutiger Racheengel. Eden blinzelte. Ihr Verstand füllte sich mit Nebel, ihre Sicht verschwamm. Es war immer noch Dakota. Aber vielleicht würden die Engel sie bald holen, um sie beide in den Himmel zu bringen ...

»Dreh dich einfach um und geh weg, Maddox«, sagte sie. »Geh weg. Das ist alles, was du tun musst.«

Er starrte sie an – Gefahr, Trauer und Verrat überschatteten seine Augen. Verwirrt ballten sich seine Hände an seinen Seiten zu Fäusten. Einen Moment lang dachte Eden, Maddox würde sie vielleicht beide töten. Vielleicht wäre es ein Segen, ein Ende des Schmerzes.

Maddox trat aus dem Weg. »Wenn ich dich jemals wiedersehe, bringe ich dich um.«

Dakota ließ das Messer fallen. Sie hockte sich neben Eden und hob sie auf die Beine. »Ich weiß.«

Und dann verschwand alles für immer – der Raum der Barmherzigkeit, Jacobs Leiche, Maddox' gequältes Gesicht, das ganze Blut.

Eden konnte sich nur bruchstückhaft an ihre verzweifelte Flucht erinnern: die Fahrt mit dem Luftkissenboot, der Kampf durch die Wälder, das Auffinden von Ezras Haus und das Zusammenbrechen auf dem Boden des Schuppens. Das Nächste, woran Eden sich erinnerte, war, wie sie aus tiefer Bewusstlosigkeit auftauchte und auf Ezras Ledersofa erwachte, mit einem brennenden Schmerz im Hals und unfähig zu sprechen.

Jetzt war sie wieder bei Ezra, mitten in den Everglades, kniete im Gras, das ihre Knie kitzelte, den Hammer in der einen Hand, einen Stapel Nagelbretter zu ihren Füßen, und die unerbittliche Hitze der Sonne brannte auf ihren Kopf und ihre Schultern.

Dakota sah sie an, Schuld und Reue zeichneten sich auf ihren Zügen ab. »Ich hätte aufhören können. Jacob war nach dem ersten Angriff keine Bedrohung mehr für uns. Ich hätte dich packen und weglaufen können. Aber ich tat es nicht. Ich war so wütend. So viele Jahre des Missbrauchs und des Schmerzes und der Demütigung ...

Ich ... ich wollte ihn töten, Eden«, sagte Dakota düster. »Ich habe die Kontrolle verloren. Ich war so sehr darauf konzentriert, ihn zu töten, dass ich weder an die Konsequenzen oder Auswirkungen dachte noch an irgendjemand oder irgendetwas außer dem, was ich wollte. Ich habe nicht an dich gedacht. Ich habe mich nicht daran erinnert, dass du da warst, bis du vor ihn getreten bist.

Mein Arm bewegte sich bereits, ich konnte mich nicht zurückhalten ... ich konnte es nicht aufhalten ...« Sie atmete tief und röchelnd ein. »Ich habe dich getroffen, Eden. Und du kannst nicht sagen, dass es ein Unfall war, denn ich habe mich entschieden, weiterzumachen. Ich entschied mich, Jacob zu ermorden, obwohl ich es nicht hätte tun müssen. Ich hätte dich fast umgebracht. Du hast diese Narbe meinetwegen. Du hast deine Stimme meinetwegen verloren.«

Instinktiv wanderten Edens Finger zu dem Narbengewebe an ihrer Kehle. Alles, was Dakota sagte, stimmte.

Aber gleichzeitig war es auch nicht so.

Früher hätte sie Dakota für das, was sie getan hatte, gehasst. Dafür, dass sie ihr wehgetan hatte, dafür, dass sie Jacob getötet hatte, dafür, dass sie ihr das genommen hatte, was von ihrer Familie übrig geblieben war und das einzige Leben, das sie je gekannt hatte.

Aber das war nicht fair. Die Dinge waren nicht schwarz und weiß. Es gab noch eine andere Seite der Geschichte.

Sie hatte drei Jahre lang außerhalb der Kommune gelebt. Zuerst mit Ezra, dann mit ihren Pflegeeltern Jorge und Gabriella. Zwei Menschen, die ihr gezeigt hatten, wie das Leben sein konnte. Die sie wirklich liebten.

Sie hatte genug vom Leben erfahren, um die Wahrheit von den Lügen zu unterscheiden.

Sie konnte nicht länger ein verwirrtes, verängstigtes Kind sein. Sie musste erwachsen werden und die Realität als das sehen, was sie war. Sie konnte sich nicht an das rosige, idealisierte Bild ihrer Kindheit und ihrer Familie klammern – von dem sie im Grunde ihres Herzens wusste, dass es gar nicht real war.

Jacob, der goldhaarige Charmeur, war ein heimlicher Sadist. Etwas Hässliches hatte in ihm gelebt, etwas Schlechtes und Verrottetes.

Es war auch in Maddox. Und es lauerte in ihrem Vater, in dem Propheten und in jedem, der sich von der Welt abkapselte, sich von Hass und Verachtung nährte, sie aber anders nannte.

Es spielte keine Rolle, wie gut es seine wahre Natur verbarg –

das Böse war böse. Und manchmal war das Böse nicht das, wofür man es hielt.

Manchmal mussten die Menschen schlechte Dinge tun, um zu überleben. Das machte sie nicht schlecht oder böse. Diejenigen, die andere verletzen und kontrollieren wollten, weil sie es konnten, weil es ihnen Macht über die Machtlosen gab – die waren böse.

Vielleicht konnte Eden aufgrund von Dakotas Handlungen nicht sprechen, aber sie war am Leben und frei dank ihr. In der Kommune konnte sie zwar sprechen, aber sie hatte keine Stimme gehabt.

Jetzt schon.

»Ich würde dir nie absichtlich wehtun«, flüsterte Dakota mit Tränen in den Augen. »Nie und nimmer.«

Eden stand auf. Sie ließ den Hammer ins Gras fallen und lief zu Dakota. Sie schlang ihre Arme um sie, vergrub ihren Kopf an Dakotas Brust und genoss den starken, gleichmäßigen Herzschlag ihrer Schwester.

# KAPITEL 26
## SHAY

»**W**ie geht es dir?«, fragte Hawthorne.

»Gut«, antwortete Shay automatisch und zwang eine Fröhlichkeit in ihre Stimme, die sie nicht spürte.

»Komm mir nicht mit diesem Blödsinn. Nicht einer einzigen Person im ganzen Land geht es im Moment ‚gut‘.« Hawthorne lehnte sich vor und schüttelte leicht den Kopf. »Wie geht es dir wirklich?«

Sie schwenkte ihre Pommes frites in einem Klecks Ketchup, konnte sich aber nicht dazu durchringen, sie zu essen. Normalerweise liebte sie Essen, aber seit Wochen hatte sie keinen großen Appetit mehr. Sie war erschöpft und müde bis auf die Knochen.

Umgeben von so viel Leid und Tod war es fast unmöglich, die positive Energie aufzubringen, von der sie normalerweise lebte. Anstatt Menschen zu heilen, arbeitete sie in einem riesigen Leichenschauhaus, klebte Pflaster auf klaffende Wunden und wartete auf den Tod.

Sie hatte achtzehn Stunden am Stück gearbeitet, kaum gegessen oder geschlafen, bis Hawthorne sie gewaltsam weggezogen hatte, um sich eine kleine Pause zu gönnen und eine warme Mahlzeit im Chili's in Halle G des internationalen Flughafens von Miami zu sich zu nehmen.

Sie ließ die Pommes fallen und schob ihren Teller beiseite, auf dem ein halbes Hähnchensandwich zurückblieb. Sie war dankbar, dass sie überhaupt etwas zu essen hatte – sie hatte die Berichte aus den Städten gesehen, in denen die Lebensmittelgeschäfte nur noch leere Regale hatten. Und zu Hunger, Trauer und Verzweiflung gesellten sich nun auch Ausgangssperren und Kriegsrecht.

»Es tut mir leid, dass ich dich gestern nicht besucht habe«, sagte sie noch einmal.

»Das spielt keine Rolle.« Hawthorne sah sie aufmerksam an. Auch wenn er müde war, sah Trey Hawthorne immer noch unglaublich gut aus. Er war einen Meter neunzig groß, hatte einen schlanken, athletischen Körper und warme, braune Haut, die zu seinen markanten Wangenknochen, seinen intelligenten dunklen Augen und seinem breiten, entwaffnenden Lächeln passte. »Dir geht es nicht gut.«

Shay seufzte resigniert, strich sich die dicken, federnden Locken hinter die Ohren und rückte ihre Brille zurecht. »Heute Morgen saß ich neben einem vierjährigen Jungen, dessen Mutter gerade einen grausamen Tod durch akute Strahlenkrankheit erlitten hatte. Sein Vater hat es nicht bis zur Notfalleinsatzzentrale geschafft. Der Junge kann nirgendwo hin. Keine Familie, die sich um ihn kümmert.«

»Es tut mir so leid. Was wird mit ihm geschehen?«

»Ich weiß es nicht. Das DCF – Department of Children and Families – hat vor ein paar Stunden jemanden geschickt, um ihn abzuholen. Der Sozialarbeiter sagte, sie seien überfordert mit all den Waisenkindern. Sie haben nicht genug funktionierende Pflegefamilien oder Gruppenheime ...«

Sie atmete scharf ein, um ihre Emotionen im Zaum zu halten. Wenn sie erst zusammenbrach, würde es umso schwieriger sein, sich wieder zusammenzureißen. »Er wird wahrscheinlich in die FEMA-Lager kommen, wie alle anderen auch. Er wird dort hilflos, völlig allein und für immer traumatisiert sein.«

Manchmal wurden das Leiden und der Herzschmerz einfach zu viel. »Es tut mir wirklich leid, Shay«, sagte Hawthorne leise.

»Und ich habe eine Freundin, Nicole. Ich mache mir wirklich Sorgen um sie.« Nach der Schicht, die Shay gestern für sie beendet hatte, war Nicole zur Arbeit zurückgekehrt, aber sie hatte kaum mit Shay gesprochen. Die Frau erledigte ihre Arbeit mechanisch, mit einem betäubten, leeren Gesichtsausdruck, ihre Augen waren stumpf.

»Was ist los mit ihr?«

Shay hatte diesen Blick schon einmal gesehen, bei ihrem Vater in seinen dunklen Zeiten. Es war ein Blick der Hoffnungslosigkeit, der Verzweiflung. Verzagtheit. »Sie ist depressiv. Ehrlich gesagt, sehe ich das öfter. Die Leute haben diesen Blick ... als wären sie nicht mehr wirklich da. Sie sind noch am Leben, aber sie haben schon aufgegeben, verstehst du?«

»Der psychologische Tribut. Darüber wird nicht viel gesprochen, aber die psychischen Folgen werden horrend sein.«

Shay nickte. Erinnerungen an ihren Vater wurden wach, schmerzhafte Erinnerungen, an die sie jetzt nicht denken wollte.

»Wie geht es deinen Freunden in den Everglades?«, fragte Hawthorne, um sie abzulenken.

»Wenigstens denen geht es gut. Ich habe gestern Abend mit Julio gesprochen. Sie sind in der Hütte, aber sie mussten mit ein paar üblen Typen kämpfen, um dorthin zu gelangen.«

Hawthorne lächelte. »Ich wette, sie haben sich gut geschlagen. Logan und Dakota wissen, wie sie sich zu verhalten haben.«

»Sie sind Überlebenskünstler. Und gute Menschen.« Sie vermisste sie schon jetzt, vor allem Julios ruhige, ausgeglichene Art. Und sie würde Dakota für immer lieben, weil sie ihr das Leben gerettet hatte.

Sie war dankbar, dass sie das Satellitentelefon hatten, um zu kommunizieren, vor allem, weil normale Mobiltelefone im Moment nutzlos waren.

Dutzende von Mobilfunkmasten waren beschädigt worden. Websites brauchten ewig, um zu laden, wenn sie es überhaupt taten. Die Server befanden sich in großen Metropolen, viele von ihnen waren Trümmerfelder oder evakuierte Geisterstädte.

Wenigstens gab es noch ein paar Nachrichtensender, die weiterhin berichteten. Auf dem Fernsehbildschirm über der Bar liefen ständig schreckliche Bilder – Bilder von Massengräbern, von Autobahnen, die vollgestopft waren mit liegengebliebenen Autos und dem Müll Tausender gestrandeter Flüchtlinge, von Helfern, die Trümmer durchkämmten, von Krankenhäusern, die vollgestopft waren mit sterbenden Strahlenpatienten, und von bewaffneten Soldaten und Militärfahrzeugen, die durch amerikanische Straßen rollten und das Kriegsrecht verhängten.

Hawthorne sah, dass sie ihn beobachtete und räusperte sich. »Ich habe eine Kleinigkeit für dich.« Er zog eine Packung Kaugummi aus seiner Tasche und reichte sie ihr über den Tisch. »Ich kann dir nicht sagen, wie ich es bekommen habe. Es ist ein Staatsgeheimnis.«

Sie konnte nicht anders; sie lächelte. Hawthorne konnte sie immer zum Lächeln bringen. Sie steckte sich ein Stück in den Mund und genoss den scharfen, minzigen Geschmack, bevor sie Hawthorne eins reichte. »Pfefferminz. Gute Wahl. Danke.«

Hawthorne nahm ein Stück und zerknüllte die Verpackung zu einer kleinen Kugel. Er rollte es unter seinem Finger auf dem Tisch hin und her. »Also, wo wärst du, wenn du nicht hier wärst?«

»Was meinst du?«

»Wenn es die Bomben nicht gegeben hätte. Was würdest du tun? Wie sähe dein Leben aus?«

Ein schwaches Lächeln zerrte an ihren Lippenwinkeln. »Ich

bin – ich war – Krankenpflegestudentin im dritten Jahr an der Uni. Ich habe ehrlich gesagt die meiste Zeit mit Lernen verbracht. Ich hatte das Glück, ein Stipendium zu bekommen, obwohl ich noch zwanzig Stunden pro Woche in der Verwaltung gearbeitet habe. Was ist mit dir?«

»Ich hatte damals ein Sportstipendium für die Florida State. Ich hatte sogar die Chance, Profi zu werden. Dann hat mich ein kaputtes Knie für immer aus dem Spiel geworfen.«

»Basketball?«

Er grinste. »Das könnte man meinen, oder? Nein, es war Tischtennis.«

Sie lachte schnaubend um ihren Kaugummi herum. »Was? Das ist doch nicht mal ein Sport.«

»Doch, ist es. Es ist bei der Olympiade dabei und so.«

»Ich nehme dich beim Wort.«

Er zuckte mit den Schultern. »Es hat sich zum Besten gewendet. Ich habe mein Studium der Strafjustiz abgeschlossen und wurde in meinem Heimatstaat stationiert. Ich liebe meinen Job. Ermittlungen, Überwachung, Türen eintreten. Jedes Mal, wenn ich einen Drogen- oder Waffendealer festnehme, ist ein weiterer Drecksack von der Straße.«

»Viel besser als die Olympischen Spiele.«

Er gluckste. »Okay, zurück zu dir. Wie steht es mit Musik?«

»Natürlich.« Sie errötete. »Ich mag tatsächlich, ähm, Country.«

»Ist nicht dein Ernst.«

»Doch. Schuldig im Sinne der Anklage. Ich liebe Tina Turner, Shania Twain, Charley Pride und Garth Brooks. All die Klassiker.«

»Nun, hey, ich mag Shania auch. Da hast du es. Jetzt muss ich dich zu einem Konzert mitnehmen.« Das Licht in seinen Augen verdunkelte sich ein wenig. »Wenn sich alles wieder normalisiert hat, meine ich.«

Ein kalter Schauer durchfuhr sie. Ihr Kaugummi verlor seinen Geschmack. »Werden die Dinge wieder normal werden? Ich meine, können sie das?«

»Ich weiß es nicht«, sagte er und wurde wieder ernst. »Ich weiß es wirklich nicht.«

Sie schaute aus dem Fenster auf die vielen Flugzeuge, die auf dem Rollfeld standen. Dutzende von Flugzeugen, die einfach nur da standen, ohne etwas zu tun und ohne irgendwohin zu fliegen. Tränen brannten ihr in den Augen. Es wurde immer schwieriger, auch nur für einen Moment zu vergessen, wie es jetzt war.

»Wie kann es so schnell so schlimm werden?«, fragte sie.

»Der Warentransport ist das Lebenselixier dieses Landes«, sagte er. »Ohne ihn kommt alles zum Stillstand. Unsere großen Häfen sind lahmgelegt. Die meisten unserer Autobahnen sind immer noch mit Millionen von liegengebliebenen Autos verstopft. Schon in der ersten Woche gingen den Krankenhäusern die Grundversorgungsgüter aus. Den Tankstellen ging der Treibstoff aus. Geldautomaten und Banken haben kein Bargeld mehr oder weigern sich, Transaktionen zu bearbeiten. Hast du die Nachrichtenbilder von den Müllbergen gesehen, die sich in einigen Städten auftürmen? In nur drei Wochen. Es ist verrückt.«

»Was ist mit der Hilfe aus anderen Ländern?«

»Alles geht direkt an die FEMA-Lager, die mit Millionen von Flüchtlingen gefüllt sind. Aber die Millionen, die noch in den Städten in den USA leben, sind die, die in ernsten Schwierigkeiten stecken. Hunderte von Produktionsstätten sind bei den Explosionen niedergebrannt oder verseucht worden. Ohne Produktionsmittel oder eine funktionierende Methode zur Lieferung von Waren, auf die Hunderte von Millionen Menschen angewiesen sind, wird Amerika in eine mittelalterliche Realität abgleiten.«

»Aber das scheint so ... unmöglich.«

Hawthorne zuckte hilflos mit den Schultern. »Frag Venezuela, wie unmöglich das ist.«

Sie presste ihre Finger gegen die geschlossenen Augenlider, zwang sich, tief durchzuatmen und diese schreckliche neue Realität zu akzeptieren. »Ich weiß. Du hast recht.«

»Mein Onkel sagte immer, die Amerikaner wären zu weich geworden. Wir sind selbstgefällig geworden und zu abhängig von unseren Annehmlichkeiten. Die meisten Menschen hatten nie mit so etwas zu tun. Sie sind daran gewöhnt, dass alles auf Abruf zur Verfügung steht, wenn man es braucht. Ich fürchte, wir haben weder das Wissen noch die Kraft, uns an diese harte neue Welt anzupassen.«

Sie schluckte schwer und verschluckte dabei versehentlich auch ihren Kaugummi. Die Ungeheuerlichkeit der Situation war verblüffend. Ihr Gehirn wollte immer wieder vor den Tatsachen zurückschrecken, glauben, dass Hawthorne übertrieb, sich in eine Blase des Vergessens hüllen.

So hatte es ihre Mutter ihr ganzes Leben lang getan. Shay konnte nicht dasselbe tun. Verleugnung richtete am Ende nur noch mehr Schaden an. Wenn sie das durchstehen wollte, musste sie sich dem Problem stellen.

Aber das bedeutete auch nicht, dass sie aufgeben würde.

»Dann werden wir es eben lernen müssen.« Sie hob ihr Kinn an, und ihre Brust schwoll mit neuer Entschlossenheit an. »Wir werden stärker und härter werden.«

Hawthorne schenkte ihr ein strahlendes Lächeln. »Ich mag es, wie dein Verstand arbeitet.«

»Wir werden es schaffen«, sagte Shay. »Es gibt keine andere Möglichkeit.«

# KAPITEL 27

# MADDOX

»**H**ier, bitte sehr«, sagte Schwester Rosemarie.

Maddox saß steif seitlich angewinkelt auf der Kante des Bettes und lehnte sich nach vorne. Seine Finger krallten sich in die Laken, während er sich ein schmerzhaftes Knurren verkniff.

Schwester Rosemarie stand hinter ihm und verteilte mit einem Antibiotikum getränkte Stoffstreifen auf den frischen Schürfwunden auf seinem nackten Rücken. Ihre kleine Auszubildende, ein stilles schwarzes Mädchen namens Ruth, half beim Einweichen der Tücher.

»Endlich fertig?«, zischte er.

»Geduld, Maddox«, ermahnte ihn Schwester Rosemarie. »Habe ich dich das nicht immer gelehrt?«

»Ich habe eine Aufgabe zu erfüllen. Hast du das nicht gehört?« Ihre Hände ruhten auf seinem Rücken.

»Ich habe ... Gerüchte gehört.«

»Sie sind wahr. Ich habe meine Befehle vom Propheten selbst erhalten.«

»Es sind erst zwei Tage seit dem Raum der Barmherzigkeit

vergangen, Maddox. Und außerdem hast du die Strahlenkrankheit. Es ist doch sicher zu früh ...«

Maddox riss sich ruckartig von ihr los. Er biss die Zähne gegen den Schmerz zusammen, der seinen Rücken durchbohrte, und zwang sich aufzustehen. Er würde es ertragen, wie er alles andere auch ertragen hatte. Sein Körper mochte ramponiert und zerschrammt sein, aber er stand immer noch, was mehr war, als halb Miami von sich behaupten konnte. Sein Schmerz machte ihn stärker als jeden sonst, sogar die Auserwählten unter den Hirten.

Er richtete sich zu seiner vollen Größe auf und überragte Schwester Rosemarie und die kleine Ruth, die ihm nur bis zu den Ellbogen reichte. Ruth zog sich an die Seite der Schwester zurück.

Sie fürchtete ihn. Das war gut. Sie hatte Angst. Das sollte sie auch.

Die Hirten der Barmherzigkeit waren eine Kraft, mit der man rechnen musste. Sie hatten die Landschaft Amerikas unwiderruflich und für immer verändert. Und sie waren noch nicht fertig.

»Dies ist meine von Gott gewollte Mission«, sagte er. »Je eher ich Eden zurückbekomme, desto eher kann der Prophet sie heiraten und den Segen des Herrn für die nächste Etappe von Neu-Amerika erhalten.«

Die Frau sah aus, als hätte er ihr eine Ohrfeige verpasst. Sie starrte ihn an, blinzelte heftig, ihre Lippen waren geschürzt. Sie erholte sich schnell. »Du bist noch nicht so weit. Maddox, du bist noch schwach ...«

»Nenn mich nicht schwach!«, schrie er ihr ins Gesicht.

Sie zuckte nicht zurück. »Du musst deine Kräfte vollständig wiedererlangen.«

»Hast du nicht zugehört? Wir haben keine Zeit mehr.« Er hatte noch drei Tage Zeit, aber es gab keinen Grund, ihr das zu sagen. »Der nächste Schritt ist bereits in die Wege geleitet. Bring mir mein Hemd«, schnauzte er das Mädchen an. Sie huschte durch den Raum zum Tresen, holte sein ordentlich gefaltetes, armeegrünes Hemd heraus und brachte es ihm.

Er riss es ihr aus den Händen und zog es zuckend an. Als Ruth nach oben griff, um ihm zu helfen, es herunterzuziehen, streiften ihre Finger eine seiner Wunden. Ein neuer Schmerz durchzuckte ihn.

Maddox drehte sich und verpasste ihr einen Schlag ins Gesicht.

Sie stolperte zurück, fiel fast über ihren langen Rock, eine Hand an die Wange gepresst, den Mund zu einem runden, erschrockenen O geformt. Tränen standen in ihren Augen.

»Bist du blöd, Mädchen? Fass mich nicht an!«, zischte er durch zusammengebissene Zähne. »Verpiss dich!«

Schwester Rosemarie beruhigte Ruth und klopfte ihr sanft auf die Schulter. »Geh, Kind. Hol dir etwas zu essen und bring mir ein Stück von dem leckeren Weizenbrot deiner Mutter mit, ja?«

Das Mädchen nickte und verließ den Raum, ohne die Tür hinter sich zu schließen.

»Das hättest du nicht tun müssen«, sagte Schwester Rosemarie. »Sie hat nur versucht, zu helfen.«

»Sie hat Schlimmeres verdient.« Er zupfte sein Hemd herunter und glättete die Falten. »Du solltest deinen Lehrling besser ausbilden. Der nächste Hirte wird nicht so freundlich und zuvorkommend sein wie ich.«

Schwester Rosemarie biss sich auf die Lippe, als ob sie noch viel mehr zu sagen hätte, sich aber zurückhalten musste. Schließlich stieß sie einen resignierten Seufzer aus. »Wann gehst du?«

»Wann immer ich es möchte.«

»Maddox, bitte. Überlege es dir gut.«

Einen Moment lang wurde er weich. Als Kind hatte er diese Frau vergöttert.

Da seine eigene Mutter tot und seine Stiefmutter grausam

und gefühllos war, hatte er Zuneigung gesucht, wo immer er sie bekommen konnte.

Schwester Rosemarie war immer geduldig mit ihm gewesen, hatte ihm bei vielen Gelegenheiten Freundlichkeit und Barmherzigkeit – echte Barmherzigkeit – entgegengebracht. Sie hatte seine grausamen Züge, seine Wutanfälle und seinen rücksichtslosen Ungehorsam ertragen. Selbst wenn sie ihn disziplinierte, hatte sie ihm nie das Gefühl gegeben, weniger wert zu sein oder gar unwürdig.

»Zwinge mich nicht, etwas zu tun, das ich später bereuen werde«, sagte er leise.

Sie ballte die Hände vor ihrem langen, dunkelblauen Rock, bis ihre Knöchel weiß wurden. Aber sie sah nicht ängstlich aus – sie wirkte entschlossen. »*Das* wirst du bereuen, mein Sohn. Das kann ich dir versprechen.«

Wut durchströmte ihn und löschte jegliche Wärme und Zuneigung aus, die er gerade noch empfunden hatte. Sie war nur eine Frau. Sie hatte kein Recht, ihm Ratschläge zu erteilen, als ob sie es besser wüsste als er, als ob Gott und der Prophet nicht *ihn* für einen besonderen Zweck auserwählt hätten.

Plötzlich war der Raum zu klein. Die Wände schlossen sich um ihn herum. Er konnte nicht mehr richtig atmen. Es gab nicht genug Luft.

»Du musst das nicht tun, Maddox. Du kannst sie beide gehen lassen. Du kannst einen Weg finden, sie entkommen zu lassen und die Männer deines Vaters von ihrer Spur abbringen. Du bist klug genug. Ich weiß, dass du es bist.«

»Wage es nicht, mir zu sagen, was ich tun soll, Frau. Deine Worte sind die Worte einer Ketzerin.«

Sie schüttelte unnachgiebig den Kopf, graue Haarsträhnen rutschten aus ihrem Dutt und fielen um ihr gezeichnetes, verwittertes Gesicht. »Gott ist ein Gott der Liebe. Der Liebe! Er würde das nie von dir verlangen.«

Er warf ihr einen spöttischen Blick zu. »Eines Tages wird dich deine Blasphemie teuer zu stehen kommen.«

»Eines Tages wird *dich* deine Arroganz teuer zu stehen kommen, Maddox. Dein Stolz kommt dir in die Quere. Ich weiß, dass du die Wahrheit kennst.« Ihre Stimme wurde leiser, ihr eindringlicher Blick wild und verzweifelt. »Du bist schlauer, als du es zeigst. Du warst schon immer zu klug, um auf schöne Worte und große Versprechungen hereinzufallen. Du kennst die Wahrheit über deinen Vater, über den Propheten.«

Er sollte sie deswegen melden. Er hatte jedes Recht dazu. Mehr noch, es war seine heilige Pflicht.

Was würde der Prophet mit ihr machen? Wahrscheinlich würde er anordnen, dass sie ausgepeitscht oder verbrüht wurde, bis ihr Leben am seidenen Faden hing. Sie würde nie wieder aufrecht stehen können.

Ein Teil von ihm wollte sehen, wie sie ihre gerechte Strafe für all die Zweifel und die Verwirrung bekam, die sie in ihm auslöste, für die Schwäche seiner eigenen verräterischen Gefühle. »Halt den Mund! Halt einfach endlich den Mund.«

Aber sie tat es nicht. Sie machte einen weiteren Schritt auf ihn zu, entschlossen und unnachgiebig. »Ich habe dich mit aufgezogen. Ich kenne dich besser als jeder andere. Du trägst ein Gewissen in dir.«

»Du weißt gar nichts.«

»Ich weiß, dass es dir immer noch wichtig ist, was mit Eden geschieht.« Sie streckte ihre Hand aus und wagte es, sie auf seine Schulter zu legen. »Und mit Dakota.«

Er wich vor ihrer Berührung zurück. Ihre Finger brannten wie die Strahlung, aber auch die Schuldgefühle. Er dachte an seine Schwester – ihr sanftes, sehnsüchtiges Lächeln, die blonden Locken und die leuchtend blauen Augen, die Art und Weise, wie sie ihn angebetet hatte, egal was er ihr angetan hatte.

Und dann dachte er an Dakota. Er schluckte die Säure hinunter, die ihm in der Kehle brannte. Dakotas Schicksal war besiegelt. Die Worte einer dummen alten Frau spielten keine Rolle mehr. Selbst wenn er die Dinge ändern wollte, war der Weg von nun an vorgezeichnet.

Und doch ...

Nein. Es gab kein Hinterfragen, keinen Platz für Zweifel. Zweifel war ein Makel, ein Fehler, den er sich nicht erlauben konnte, zu tolerieren. Nicht als Auserwählter.

»Maddox«, sagte Schwester Rosemarie mit einem Flehen in der Stimme, wie er es noch nie gehört hatte. »Bitte. Du weißt, was richtig ist.«

Sie war nur eine Frau. Sie wusste gar nichts.

»Halt die Klappe!« Maddox machte einen schnellen Schritt zurück und riss die Hand der alten Frau von seiner Schulter.

Ein Schwindelgefühl überkam ihn. Sein Bauch zog sich mit Wellen saurer Übelkeit zusammen. Er sank zurück auf das Bett, errötet und schwach.

Heute würde er keine heiligen Missionen leiten. Aber es gab immer ein Morgen und ein Übermorgen.

Er stellte sich Dakota auf der anderen Seite dieses verdammten Sumpfes vor, wie sie darauf wartete, dass er sie holen würde – ruhelos, ängstlich und besorgt, ohne zu wissen, wann er zuschlagen würde. Sie dachte an ihn, jede Sekunde eines jeden Tages.

Ein oder zwei Tage mehr wären vielleicht gut. Er könnte sich Zeit lassen, sie leiden lassen. Je verängstigter und müder sie war, desto eher würde sie einen Fehler begehen. Er stellte sich vor, wie sie besiegt um ihr Leben bettelte, völlig seiner Kontrolle ausgesetzt.

Er schloss die Augen und blendete Schwester Rosemarie aus, blendete den Schmerz aus, blendete alles außer Dakota aus.

# KAPITEL 28
## EDEN

Am nächsten Tag verbrachte Eden den größten Teil des Vormittags damit, die Amateurfunkfrequenzen zu überprüfen und das Morsealphabet zu üben. Sie war schon ziemlich gut darin, und es machte ihr Spaß.

Wie die Gebärdensprache war es für sie eine weitere Möglichkeit, ohne Worte zu kommunizieren. Vielleicht fiel es einem leichter, Buchstaben durch Punkte und Striche und Zeiteinheiten zu ersetzen, wenn man daran gewöhnt war, alternative Methoden der Kommunikation zu suchen.

Nach einem späten Mittagessen machte Eden Limonade aus frisch gepressten Zitronen, Zucker und gefiltertem Wasser aus der Pumpe und brachte das Tablett nach draußen zu den anderen. Unter der ausladenden, mit Moos bewachsenen Eiche saßen Ezra, Logan und Park an einem Picknicktisch, etwa dreißig Meter von der Anlegestelle und dem Fischerboot entfernt.

Es war der einzige große Baum, den Ezra auf der Lichtung stehen ließ. Er mochte ihn zu sehr, um ihn zu fällen, hatte er Eden einmal verraten.

Ezra hatte den Picknicktisch mit Zeitungen abgedeckt und

das Waffenarsenal zur Reinigung, Inspektion und zum Abziehen der Waffen ausgelegt. Sein Sicherheitsmonitor lag neben ihm, der kleine Bildschirm war in Quadranten unterteilt, die verschiedene Teile des Grundstücks zeigten.

Dakota befand sich auf der anderen Seite der Lichtung an Ezras behelfsmäßigem Schießstand und übte mit der AR-15, indem sie auf verschiedene Papierscheiben zielte, die auf Heuballen in fünfzig, hundert und hundertfünfzig Metern Entfernung angebracht waren. Ihr Haar war zu einem Pferdeschwanz zusammengebunden, und sie hatte einen Kopfhörer mit Geräuschunterdrückung auf den Ohren.

Eden verteilte die kalten, beschlagenen Gläser.

»Danke.« Park nippte an seinem und gab ihr einen Daumen nach oben. »Schmeckt gut.« Logan schluckte sein Getränk in mehreren großen Schlucken hinunter.

Dakota machte eine Pause und schlenderte auf einen Drink herüber, die Kopfhörer um den Hals, der Schweiß glänzte auf ihrer Stirn.

Eden gab Julio ein Zeichen, ebenfalls herüberzukommen, was dieser mit einem müden Seufzer tat, das Satellitentelefon, das Hawthorne ihm gegeben hatte, in einer Hand. »Ich habe meine Frau und Shay erreicht. Es geht allen gut. Allerdings sieht es da draußen ziemlich schlimm aus. Und Shay strengt sich zu sehr an.«

»Das ist überhaupt nicht überraschend«, sagte Park mit einem Augenrollen.

Dakota nahm einen langen Schluck und stellte ihr Glas in der Mitte des Tisches ab. »Shay ist stärker, als die Leute ihr zutrauen.«

Eden nickte und gebärdete: *Ich stimme ihr zu.*

Julio bekreuzigte sich und schloss für einen Moment die Augen, als würde er ein Gebet für Shay sprechen. Eden hoffte, dass er das tat. Shay befand sich inmitten des Wahnsinns und versuchte ihr Bestes, um das Leben von Menschen zu retten. Das machte sie zu einer Heldin.

Eden wartete respektvoll, bis er fertig war, und reichte ihm dann ein Glas Limonade.

»Vielen Dank, Eden«, sagte Julio.

*Gern geschehen*, deutete sie.

Ezra starrte auf ihre kondensierten, leeren Gläser, die Ringe auf seinen Zeitungen hinterließen. Eden schnappte sich die Gläser und stapelte sie auf dem Tablett, das sie auf ihrer Hüfte balancierte.

Er schenkte ihr ein nachsichtiges Lächeln. In diesem Moment, als sich seine gerunzelte Stirn lichtete und seine Augen sanft wurden, wirkte er wie ein völlig anderer Mensch. Wie der Ezra, an den sie sich erinnerte.

Sie strahlte ihn an. Sie wollte sich nützlich machen, und sie wollte, dass er wieder glücklich wurde. Sie hasste diese Spannungen zwischen allen.

»Es ist so heiß hier draußen, ich möchte nur noch in den See springen und mich abkühlen«, sagte Park und blickte sehnsüchtig auf das ruhige, einladende Wasser.

»Das könntest du, aber dann würdest du mit der Mutter dieses Alligators schwimmen.« Dakota zeigte mit dem Daumen auf den zwei Meter großen Alligator, der sich faul am grasbewachsenen Ufer sonnte.

Park errötete. »Alligatoren sind nicht aggressiv, nicht wie Krokodile«, sagte er, aber er klang nicht überzeugt.

»Teste diese Theorie ruhig«, sagte Julio. »Wir beobachten dich von hier aus.«

»In den Glades gibt es amerikanische Krokodile«, sagte Dakota. »Sie sind selten, aber es gibt sie. Sie sind riesig und verdammt widerspenstig. Ein riesiges fünf Meter großes hat einmal fast mein Boot gekentert.«

Park erschauderte. »Vielleicht bleibe ich besser an Land.«

Ezra stieß ein spöttisches Schnauben aus. Er blickte zu Eden auf, und seine Miene wurde weicher. »Eden kann Alligatoren besser zeichnen als jeder andere, den ich je gesehen habe.«

»Komm denen nur nicht zu nahe«, murmelte Park.

Ihr Zeichenblock und ihre Bleistifte lagen an einem Ende des Tisches, jeder Bleistift ordentlich senkrecht in der Mitte des Umschlags aufgereiht, und warteten auf sie. Ezra hatte sie für sie herausgebracht. Nur Ezra würde sich um die Auslegung der Bleistifte kümmern.

Aber sie wollte heute nicht malen.

Sie ging um den Tisch herum und studierte die Mischung aus Schrotflinten, Gewehren und Handfeuerwaffen, zunächst zögernd, dann entschlossen. Sie sahen einschüchternd aus, aber sie war kein kleines Kind mehr. Es war an der Zeit, erwachsen zu werden.

Gestern Abend, nachdem sie und Park die Hühner und Kaninchen gefüttert hatten, hatte Ezra sie im Radioraum arbeiten lassen, um die Funkfrequenzen nach Neuigkeiten aus der Außenwelt zu durchsuchen.

Sie schrieb alles auf, was sie fand, und Ezra berichtete den anderen beim Abendessen davon:

*Weitere Unruhen in Chicago, Atlanta und Dutzenden anderen Städten, da Lebensmittel, Wasser und Strom weiterhin nicht verfügbar sind ... Neun Soldaten und sechsunddreißig Zivilisten wurden gestern Abend bei bewaffneten Auseinandersetzungen im Großraum Miami getötet ... Ein Hurrikan tobt im Atlantik ... Präsident Harrington ruft einhundertfünfzigtausend Soldaten zurück, von denen viele in Syrien stationiert sind, um den Wiederaufbau zu unterstützen und das Kriegsrecht aufrechtzuerhalten ...*

Nichts davon war gut. Sie hatten vier Tage lang in relativer Ruhe bei Ezra verlebt, aber sie wusste, dass es da draußen immer noch schlimm war und schlimmer wurde.

Und sie wusste, wer hinter ihr her war.

Sie wollte in der Lage sein, sich zu verteidigen. Sie zeigte auf eine der Schrotflinten und tat so, als würde sie damit auf die Zielscheibe schießen.

»Nein!«, sagte Dakota zur gleichen Zeit, wie Ezra »Ja« rief.

*Ich möchte meinen Teil dazu beitragen*, gebärdete Eden.

»Ich kann die Gebärdensprache nicht in einer Woche lernen, Eden«, sagte Dakota. »Es tut mir leid, aber ich kann nicht verstehen, was du sagst.«

Eden nahm ihr Notizbuch vom Tablett und schrieb: *Ich will helfen*, und unterstrich *helfen*.

»Es ist zu gefährlich.« Dakota schüttelte nachdrücklich den Kopf. »Auf keinen Fall.« Eden schluckte ihre Frustration hinunter. Dakota wollte, dass sie erwachsen wurde und mutig war, aber wenn sie es versuchte, hielt Dakota sie zurück.

Es war nicht fair. Es war nicht richtig.

Alle anderen riskierten ihr Leben, um diesen Ort zu schützen. Eden wollte ihren Beitrag leisten. Nein, sie *musste* ihren Beitrag leisten.

Julio musterte Dakota mit gerunzelter Stirn. »Sie ist nicht so zerbrechlich, wie du denkst«, sagte er sanft.

Dakota schaute finster drein. »Ich weiß das, okay?«

Ezra beendete die Entschärfung seiner Remington und legte sie vorsichtig auf den Tisch. Er richtete die Zeitung darunter so aus, dass sie perfekt quadratisch war. »Wenn ich mich recht erinnere, warst du nicht viel älter als sie jetzt, als ich dich das erste Mal habe üben lassen. Du hast dich sehr gut geschlagen.«

»Das war anders«, sagte Dakota ohne Überzeugung, als ob sie sich selbst nicht überzeugen wollte, aber zu stur war, um nachzugeben.

»Wir brauchen alle Hände an Deck«, sagte Logan. »Sie hat jedes Recht zu lernen, sich selbst zu verteidigen.«

Logan und Dakota tauschten einen Blick aus. Eden erwartete,

dass Dakota wütend auf ihn sein würde, weil er sich eingemischt hatte, aber sie war es nicht. Sie sah besorgt aus, ängstlich, vielleicht auch ein wenig traurig.

Eden gebärdete: *Ich schaffe das*. Diesmal würde sie nicht nachgeben. Sie konnte genauso stur sein wie Dakota. Vielleicht sogar noch mehr. Ohne auf die Erlaubnis von irgendjemandem zu warten, ließ sie den Notizblock auf den Tisch fallen, griff nach der AR-15 und hob sie in ihre Arme.

# KAPITEL 29
## EDEN

Park schnaubte. »Das Ding ist halb so groß wie du.«

Eden starrte ihn an. Sie hätte *Na und?* gebärdet. Aber ihre Hände waren voll.

»Eine 22er ist besser für sie«, sagte Ezra. »Leichter zu handhaben, weniger Rückstoß.« Dakota stieß einen resignierten Seufzer aus. »Gut.«

»Ich werde es ihr beibringen«, sagte Logan plötzlich und erhob sich von der Bank des Picknicktisches. Eden und Dakota sahen ihn überrascht an. Ezras finsterer Blick vertiefte sich.

Er zuckte selbstbewusst mit den breiten Schultern. »Irgendjemand muss es ja tun. Und Ezra ist beschäftigt. Komm schon.«

Er entschied sich für einen kleinen Revolver mit stumpfem Lauf und tauschte sie gegen die AR-15 in Edens Händen aus. »Ein Ruger LCR 22 Revolver. Sechs Schuss, kaum Rückstoß.«

Sie nahm die Waffe und folgte ihm zum Schießstand, wobei sie einen Schwarm winziger Käfer verscheuchte, nervöser als erwartet.

Logan war furchteinflößend. Er war ein erfahrener Schütze, ein trainierter Kämpfer. Sie war nur ein ungeschicktes Mädchen, das kaum eine Waffe in der Hand gehabt hatte, geschweige denn jemanden damit erschossen hatte.

Logan warf ihr ein reumütiges Grinsen zu, als ob er wüsste, wie unwohl sie sich beide fühlten. »Es ist gut, neue Dinge auszuprobieren, nicht wahr?«

*Ich denke schon*, antwortete sie achselzuckend.

Sein Lächeln wurde breiter. Er war nicht so einschüchternd, wenn er lächelte. Sie erinnerte sich an ihre peinlichen Gespräche im Krankenhaus, als er stundenlang an ihrem Bett saß.

Er muss sich auch daran erinnert haben, denn er sagte: »Stell dir vor, das Ziel ist ein Teller Spaghetti mit Sojasauce und Spitzpaprika.«

Sie rümpfte die Nase.

»Ganz genau. Schieß das Ding aus der Umlaufbahn.«

Geduldig wies er sie an, wie sie sich schulterbreit hinstellen und wie sie zielen sollte. »Achte darauf, dass die Waffe schön ruhig ist. Sie muss stabil sein. Vergewissere dich, dass du dein Ziel im Visier hast. Verlangsame deine Atmung, kontrolliere deinen Herzschlag – das hilft, die Nerven zu beruhigen. Wenn du bereit bist zu schießen, leg die Fingerkuppe auf den Abzug und baue langsam Druck auf. Drücken, nicht ziehen, okay? Du willst ja nicht ruckartig abdrücken und das Ziel verfehlen.«

Sie hing an jedem seiner Worte.

»Du bist dran«, sagte er mit einem schiefen halben Lächeln. »Leg los, Kleine.«

Sie umklammerte den Griff, wie Logan es ihr gezeigt hatte, mit dem Zeigefinger gerade und weit außerhalb des Abzugsbügels. Sie wusste, dass sie den Abzug erst berühren durfte, wenn sie bereit war, zu schießen. Sie zog die Arme hoch und führte die Hände in Position, die linke unter dem Griff, um ihr Ziel zu stabilisieren.

Der Revolver war klein und lag gut in ihrer Hand. Sie legte ihren Finger in die Kurve des Abzugs und drückte ab. Sie spürte den Rückstoß kaum. Sie traf das Ziel nicht, aber Logan hatte recht – es war eine gute Waffe für sie.

In der ersten Stunde traf Eden hauptsächlich die Heuballen. Am Ende der zweiten Stunde hatte sie mehrere Löcher in das Ziel gestanzt.

Mit jedem Druck auf den Abzug stellte sie sich vor, wie sie stärker und mutiger wurde und einen Albtraum nach dem anderen besiegte, bis es keine Ängste mehr zu überwinden gab und sie allein auf dem Schlachtfeld ihrer Fantasie stand.

Sie übten den Rest des Nachmittags, mit häufigen Pausen, um noch mehr Limonade zu trinken und Unmengen von Haasis Insektenschutzspray zu verwenden. Logan war nie so gereizt oder aufbrausend wie Dakota.

»Wenn wir eine Woche Zeit hätten, würden wir einen guten Schützen aus dir machen«, sagte Logan. Sie grinste voller Stolz. Es fühlte sich an wie ihr erstes richtiges Lächeln seit der Explosion.

Das Dröhnen von Motoren durchbrach die heiße Stille.

Logan versteifte sich.

Eden warf ihm einen fragenden Blick zu.

»Klingt nach Ärger.« Logan drehte sich zu dem Geräusch um, seine Hand wanderte bereits zu der Pistole auf seinem Rücken.

# KAPITEL 30
## LOGAN

Das Dröhnen wurde lauter.

Logan eilte zurück zum Picknicktisch, Eden folgte ihm. »Das muss die Patrouille der Colliers sein«, sagte Park.

»Sie sollten sich besser nicht mehr auf meinem Grundstück blicken lassen«, knurrte Ezra.

Logan zog seine Pistole heraus, entsicherte den Schlitten und vergewisserte sich, dass eine Patrone geladen war. Er steckte die Pistole ins Holster und griff nach seiner frisch geladenen AR-15. Das Gewehr wirkte viel einschüchternder. »Wir sollten es uns ansehen.«

Dakota sprang auf. »Ich komme mit!« Sie wandte sich an Eden. »Du bleibst hier bei Ezra. Übe weiter.«

»Wir werden sie gut im Auge behalten«, versicherte Julio und lächelte Eden freundlich an. »Lasst sie keinen Fuß auf mein Land setzen!«, rief Ezra ihnen hinterher.

Sie joggten den kurzen Weg bis zur Hütte und dann weiter bis zur unbefestigten Einfahrt.

Dakota verdrehte die Augen. »Er ist manchmal wie eine alte

Frau.« Sie erhob ihre Stimme und sagte mit einem weinerlichen Ton. »Ihr Kinder bleibt von meinem Rasen weg!«

Logan lachte schallend, aber seine Nerven waren angespannt, das ganze angesammelte Adrenalin floss durch seine Adern. Er war hellwach, hörte, wie die Motorräder näher kamen, nahm die Hitze wahr, die in der Luft flirrte, die stillen Bäume, die Hütte und die unbefestigte Straße.

Nichts bewegte sich, keine offensichtliche Bedrohung war zu erkennen.

Er war sich auch Dakotas bewusst, die nur einen Meter von ihm entfernt stand, ihr kastanienbraunes Haar zu einem hohen Pferdeschwanz gebunden, ihre Augen leuchteten, und das verschmitzte, leicht spöttische Lächeln, das sie ihm schenkte, versetzte ihm einen Stich ins Herz.

Er konnte nicht anders, er mochte das, er mochte sie. Er mochte ihre sture Hartnäckigkeit, ihren Mut, ihre Unverwüstlichkeit, ihre unermüdliche Hingabe, Menschen zu retten, selbst wenn sie sich dadurch in Gefahr brachte. Dieses Mädchen begegnete allem und jedem mit einem unverstellten Blick, mit Biss und Entschlossenheit.

Dakota war jemand, den man an seiner Seite haben wollte, der einem den Rücken freihielt.

Es spielte keine Rolle, dass sie sich erst seit ein paar Wochen kannten – sie waren durch die Hölle gegangen und hatten es auf die andere Seite geschafft. Er kannte weder ihre Lieblingsfarbe noch ihren zweiten Vornamen, aber er kannte *sie* und wusste, dass sie mutiger und zäher war als alle anderen, die er je getroffen hatte.

Das Chaos von Miami schien bereits eine ferne Erinnerung zu sein. Was, wenn sie das alles wirklich hinter sich lassen könnten? Sie könnten hier draußen für immer überleben, sich von der Natur ernähren, unter sich bleiben und sich selbst schützen – gemeinsam.

Der Gedanke war ebenso angenehm wie erschütternd. Er

hatte kein Recht, an eine Zukunft mit jemandem zu denken. Nicht mit dem Wissen, wer er wirklich war – das Monster, das abscheuliche Dinge getan hatte, das in ihm gefangen war.

Das Einzige, was man nie zurücklassen konnte, war man selbst. »Hey«, sagte Dakota. »Hörst du mir zu?«

Er schüttelte die Gedanken ab. Sie waren gefährlich. Dieses Leben war außerhalb seiner Reichweite und würde es immer sein. *Sie* war unerreichbar für ihn.

Je eher er diese Sehnsucht erstickte, desto besser würde es ihm gehen.

»Ich bin hier bei dir«, sagte er, wobei ihm die Ironie seiner Worte nicht entging.

Mit gezogenen Waffen joggten sie an dem Tor und der Truck-Barrikade vorbei. Einen halben Kilometer weiter, hinter einer Kurve, tauchten die Collier-Brüder auf. Die fünf stämmigen Männer saßen auf ihren Motorrädern und blockierten die Straße mit Schrotflinten und Gewehren in der Hand, mit dem Rücken zu Logan und Dakota.

Dreißig Meter entfernt kauerte eine Gruppe zerlumpter Menschen zusammen – drei Männer, zwei Frauen und zwei Jugendliche, ein Junge und ein Mädchen.

Archer sprang von seinem Motorrad ab, schritt vorwärts und gestikulierte mit der Schrotflinte. »Ihr seid weit weg von zu Hause.«

Ein dicker, klobiger Mann mit fettigen braunen Haaren, einem faden, pastellfarbenen Gesicht und einem stumpfen Schnurrbart trat zurück, eindeutig eingeschüchtert von Archers imposanter Gestalt. Schweißgetränkt, Schmutz und Staub verschmierten seine zerknitterten Khaki-Shorts, sein Hemd und seine einst glänzenden Anzugschuhe.

Er hielt eine Glock 17 in einer fetten, verschwitzten Hand, den Finger zu nah am Abzug. Nicht gut.

Die beiden anderen Männer hatten Jagdgewehre über die

Schultern gehängt, und eine der Frauen hatte eine Handfeuerwaffe vorne in ihrem Hosenbund stecken. Die beiden Kinder und die dunkelhaarige Asiatin, die etwas hinter den anderen stand, schienen unbewaffnet zu sein.

Logan und Dakota gingen vorsichtig auf die Collier-Brüder zu. Boyd nickte ihnen anerkennend zu. Logan nickte zurück. Er behielt seinen Blick auf die Eindringlinge und ihre Hände gerichtet, nur für den Fall.

»Wir sind auf dem Weg nach Naples, das ist alles«, sagte der Mann. »Kein Grund, uns dafür eine Waffe ins Gesicht zu halten.«

»Ihr seid vom Kurs abgekommen.« Archer ließ seine Waffe nicht sinken.

»Wir haben uns verlaufen«, sagte der dunkelhäutige Mann daneben. Er war Anfang dreißig, klein und drahtig und strahlte eine nervöse, sprunghafte Energie aus. Er wankte ständig von einem Fuß auf den anderen und sein Blick schweifte überallhin, nur nicht zu ihren Augen.

»Verlaufen?« Jake schnaubte. »Es ist verdammt schwer, sich auf einer geraden Straße zu verirren.«

Der Zappelige senkte seinen Blick. Der schwere, blasse Typ tat es nicht. Er starrte Archer direkt an, seine Augen waren trotzig, hart und wütend, als würde er sie persönlich für sein Unglück verantwortlich machen.

»Das kommt vor«, sagte er mürrisch.

»Wir haben Hunger«, sagte eine der Frauen. Sie hatte eine verblassende Bräune aus Miami und gefärbtes blondes Haar, das zu einem einst schlanken Bob geschnitten war, der zerzaust und ungepflegt aussah. Ihre dünnen Beine unter den abgeschnittenen Jeansshorts waren mit Kratzern und Striemen von Dutzenden von Insektenstichen übersät.

»Wir haben den ganzen Tag noch nichts gegessen«, jammerte sie. »Der Idiot, der unser Auto gestohlen hat, hat alles mitgenommen, außer den Kleidern, die wir am Leib tragen.«

Sie drückte die Schulter des Teenagers, der ihr am nächsten stand, ein pummeliger etwa fünfzehnjähriger Junge mit einem breiten Mondgesicht und einem stumpfen, fassungslosen Ausdruck. Er sah wie geschockt aus, als ob das Trauma, alles, was er je gekannt hatte, hinter sich gelassen zu haben, noch nicht abgeklungen war und vielleicht auch nie abklingen würde.

»Wir haben Kinder«, sagte sie. »Sie brauchen Essen.«

»Er sieht aus, als könnte er auf ein paar Big Macs verzichten, ohne dass es ihm schlecht ergeht«, scherzte Zander.

Zane stieß einen tiefen Lachanfall aus.

So lustig war das nicht. Die Gruppe von Flüchtlingen fand das auch nicht.

Die Augen der Frau verengten sich. »Euch scheint es hier draußen gut zu gehen.«

Logan erwartete, dass Dakota ihnen die Hälfte ihrer Vorräte anbieten würde.

Sie hatte eine Vorliebe dafür, Menschen wie verlorene Kätzchen zu retten. Aber sie sagte nichts. Ihre starre Haltung strahlte Anspannung aus.

Vielleicht hatte sie ihre Meinung geändert, oder vielleicht gab es etwas an diesen Leuten, das sie nicht mochte.

Ihm ging es genauso. Irgendetwas stimmte nicht mit ihnen, eine Warnung nagte unbehaglich in seinem Bauch.

Er kannte diesen Typ Mensch. Deppen aus der oberen Mittelschicht mit sicherem Vorstadtleben und bequemen Bürojobs; beständig, vorhersehbar, langweilig. Sie verbrachten ihr Leben damit, sich über belanglose Dinge wie Unkraut in ihrem gepflegten Rasen zu sorgen oder darüber, ob die Dolphins jemals wieder den Super Bowl gewinnen würden.

Wahrscheinlich hatten sie vorher nicht wie Kriminelle gelebt. Vielleicht haben sie ihre Steuern hinterzogen oder ihre Ehepartner betrogen, vielleicht haben sie das Spesenkonto im Büro bestohlen oder rote Ampeln überfahren, aber sie hielten sich nicht für schlecht oder unzivilisiert.

Aber jetzt waren sie verängstigt und hungrig. Sie waren müde und gereizt und hatten Schmerzen.

Das bedeutete, dass sie zu allem fähig waren – genau wie alle anderen in dieser neuen Welt, in der jeder auf sich selbst gestellt war.

# KAPITEL 31
## LOGAN

»Fangen wir noch einmal von vorne an«, sagte der kräftige Mann. »Wir sind hier nicht der Feind. Wir sind ganz normale Leute, das ist alles.« Er tippte mit einem dicken Finger auf seine Brust. »Mein Name ist Sal. Das sind meine Frau Brenda und unser Sohn. Das hier ist mein Bruder Vince, seine Frau Clarissa und ihre Tochter. Der Nervöse dahinten ist unser Nachbar Terrance.«

Terrance hob die Hand, halb winkend, halb sich den Schweiß aus dem Gesicht wischend. »Heya.«

»Wir brauchen nur etwas Hilfe, und dann sind wir schon unterwegs.« Die Frau – Brenda – starrte hungrig auf die Motorräder der Brüder Collier. »Es sind immer noch zwei Tage zu Fuß bis nach Naples, wenn wir Glück haben.«

»Was ist euch passiert?«, fragte Dakota.

»Wir hatten einen Geländewagen«, sagte Brenda. »Er wurde kurz hinter der International Mall von einer verrückten Soccer Mom geklaut. Die Leute wurden einfach wahnsinnig vor Angst. Selbst als die Radiosprecher sagten, dass unsere Gegend nicht verseucht sei. Keiner hörte zu.«

»Warum nicht?«, fragte Jake und klang dabei aufrichtig neugierig.

»Willst du mich verarschen?«, fragte Terrance spöttisch. »Die Wetterfrösche können das Wetter an vier von fünf Tagen nicht richtig vorhersagen. Glaubst du, wir können ihnen vertrauen, dass die unsichtbaren Strahlungswolken nicht direkt auf uns zukommen?«

»Wir haben uns aus dem Staub gemacht«, sagte Vince. »Die meisten Leute, die wir kannten, hatten die gleiche Idee.«

»Wir hatten kaum noch Benzin, aber alle Tankstellen waren geschlossen. Sie hatten kein Benzin mehr oder beschlossen, dass es schlauer war, es für sich selbst aufzuheben.« Brenda warf einen Blick auf ihren Mann Sal. »Als die Leute merkten, dass an den Tankstellen kein Benzin mehr zu bekommen war, wurden sie kreativ. Sie nahmen es von anderen Leuten ... oder nahmen ihre Fahrzeuge einfach direkt mit.«

Sal zuckte mit den Schultern. »Man musste sich ein Fahrzeug besorgen oder zurückbleiben und von der Strahlung aufgefressen werden. Die Leute hatten keine große Wahl.«

»Es war ein Chaos, Mann.« Terrance wackelte nervös mit den Füßen. »So etwas habe ich noch nie gesehen.«

»Und jetzt?«, fragte Logan. »Wie ist es?«

»Die Hölle«, sagte die andere Frau – Clarissa – mit leiser Stimme. Ihre Arme waren um ihren Brustkorb geschlungen. Sie atmete schnell und flach, als ob sie immer panisch wäre, genau wie der Junge. Ihre Tochter kauerte neben ihr, offensichtlich immer noch verängstigt.

Keiner von ihnen hatte sich gut angepasst. Ihr sanftes, bequemes Leben hatte sie nicht auf so etwas vorbereitet. Nichts, was sie je zuvor erlebt hatten, hatte sie darauf vorbereitet.

Schuldgefühle durchzuckten Logan. Um ehrlich zu sein, waren alle ein wenig weich geworden, sogar er. Vielleicht war das nicht ihre Schuld, aber ihre Handlungen und Entscheidungen waren es jetzt ganz sicher.

»Kämpfe auf den Straßen«, sagte Clarissa. »Verkehrsstaus, wie du sie noch nie gesehen hast. Menschen schreien sich an, schießen aufeinander. Die Leute streiten sich um Essen und Benzin wie in einem Dritte-Welt-Land ...«

Die Collier-Brüder tauschten heftige Blicke aus. Logan und Dakota waren nicht überrascht. Sie hatten nur wenige Tage nach den Anschlägen schon viel Chaos und Wahnsinn gesehen.

»Die Läden sind schon leer?«, fragte Zane mit hochgezogenen Augenbrauen.

»Ich habe einen Publix in Kendall geleitet«, sagte Clarissa mit einem Schaudern. »Keine Lieferungen, kein Inventar. In weniger als drei Tagen war alles leer geräumt worden. Ich hätte es nicht für möglich gehalten, vor allem, weil wir nur noch Bargeld akzeptieren. Die Leute stopften jeden Quadratzentimeter ihres Autos mit Dosen und Kisten voll und füllten die Kühlboxen mit Milchprodukten und Fleisch, bis das Eis ausging. Es war wie eine Szene aus einem Film. Ich habe die Regale noch nie so leer gesehen.«

»Die großen Läden und Vertriebszentren werden von Soldaten bewacht«, sagte Terrance. »Die, die nicht bewacht werden, sind bereits geplündert oder komplett ausgeräumt.«

»Wir haben gehört, dass es in Naples besser ist«, sagte Vince. »Wir werden die 75 bis Fort Myers nehmen und dann nach Orlando gehen, wo wir Familie haben. Dort ist es besser.«

»Wer hat das gesagt?«, fragte Dakota.

Der Mann zuckte mit den Schultern. »Es muss besser sein ...«

»Natürlich ist es das«, unterbrach ihn Sal. »Ihre Stadt wurde doch nicht in die Luft gesprengt, oder?«

»Mama?«, fragte das Teenager-Mädchen, ein kleines dunkelhaariges Ding, zitternd.

»Ich fühle mich nicht sehr gut. Ich glaube, ich werde ohnmächtig.«

Neben ihm zuckte Dakota zusammen. Sie ließ ihre rührselige Geschichte an sich heran – das war ihre Schwäche. Logan kaufte ihnen das immer noch nicht ab. »Es wird alles gut, Schatz.« Die Mutter legte ihren Arm um die Schultern ihrer Tochter und zog sie an sich.

»Helft ihr uns jetzt oder nicht?«, fragte Brenda konfrontativ und fast trotzig, als erwartete sie bereits, dass sie Nein sagen würden, und war bereit, sich ein Ja zu erzwingen.

Auch Jake gefiel ihr Ton nicht. Er richtete die Schrotflinte ein paar Grad höher. Sie war immer noch hauptsächlich nach unten gerichtet, aber er war vorbereitet.

Das war Logan auch. Sein Puls beschleunigte sich. Er verlagerte seine Füße, um seinen Stand zu verbreitern, und festigte seinen Griff um die AR-15.

»Eure Notlage tut uns leid«, sagte Archer. »Wir verstehen …«

»Aber wir können euch nicht helfen«, unterbrach Boyd mit strenger Stimme. »Ich bin sicher, ihr werdet in Naples etwas finden.«

»Fahrt zur Hölle!«, blaffte Sal. »Da gehört ihr doch sowieso hin.«

»Mama?«, fragte das Mädchen erneut und zitterte trotz der drückenden Hitze.

»Diese Leute könnten uns helfen, aber sie tun es nicht«, sagte Brenda verbittert. »Jeder ist auf sich allein gestellt, nicht wahr? Ihr seid genauso schlimm wie die Entführer, Diebe und Plünderer!«

Vince hob beide Hände in einer flehenden Geste. »Bitte verzeiht unsere Unhöflichkeit. Wir sind verzweifelt und hungrig. Bitte, wenn ihr etwas tun könnt …«

Archer stieß einen Seufzer aus und stapfte zurück zu seinem Motorrad. Die Schrotflinte auf den Boden gerichtet, griff er mit der freien Hand nach dem Rucksack, den er am Heck seines

Motorrads befestigt hatte, zog eine große Tasche heraus und warf sie Vince zu.

»Hier sind vier Sandwiches mit Wildschwein und Ziegenkäse, zwei geräucherte Wolfsbarsche, ein Glas Kartoffelsalat, Weintrauben, eine Gurke, drei Flaschen frisches Wasser und ein paar Karotten. Nur eine Gabel, aber ich bin sicher, dass ihr damit auskommt.«

»Bis heute Abend werden wir wieder hungrig sein«, sagte Sal.

»Wir brauchen ein Fahrzeug«, betonte Brenda. »Oder zumindest einen Benzinkanister, damit wir den Tank eines dieser Autos an der Straße füllen und es wieder zum Laufen bringen können.«

Archer, Jake und Boyd tauschten einen Blick aus. Es war kein angenehmer Blick.

Keinem von ihnen war entgangen, dass diese Leute sich nicht die Mühe gemacht hatten, ein wenig Dankbarkeit zu zeigen.

»Wir haben nichts anderes übrig«, sagte Jake. »Wir begleiten euch zurück zum Highway. Ihr solltet euch auf den Weg machen.«

»Danke für nichts«, sagte Sal.

Logan hob die AR-15. Die Brüder richteten ihre Schrotflinten und Gewehre auf die Füße der Flüchtlinge.

»Wie wir gesagt haben, ihr solltet euch auf den Weg machen«, sagte Archer ruhig, aber bestimmt.

## KAPITEL 32
## LOGAN

Brenda stieß einen leisen Fluch aus. Vinces Schultern sackten zusammen. Das Mädchen trat näher an Clarissa heran, die ihre immer noch zitternde Tochter festhielt.

»Gut«, sagte Terrance mürrisch. »Wir gehen jetzt.«

Zane und Zander blieben mit Logan und Dakota zurück. Archer, Jake und Boyd gaben ihnen eine persönliche Eskorte, um sicherzustellen, dass die Flüchtlinge es tatsächlich bis zum Highway schafften.

Die Anspannung löste sich erst von Logans Schultern, als sie außer Sichtweite waren und das Dröhnen der Harleys verklungen war.

Dakota stieß einen erleichterten Seufzer aus. »Es war nett von euch, dass ihr ihnen euer Mittagessen gegeben habt.«

Zander grinste. »Nee, das war nur das von Archer.«

»Er muss so viel essen, sonst verliert der Dummkopf an Gewicht.« Zane tätschelte seinen eigenen gut bestückten Bauch mit einem Augenzwinkern. »Ein tolles Problem, oder?«

Zander rollte mit den Augen. »Du hast das gegenteilige Problem, Bruder.«

»Als ob ich das nicht wüsste.« Zane setzte sich auf sein Motorrad, startete es aber nicht. Er verschränkte seine kräftigen Arme vor der breiten Brust. »Danke für eure Hilfe vorhin.«

»Wir haben nichts getan«, sagte Dakota. »Nicht wirklich.«

Zane schnappte sich eine Flasche Wasser aus dem Rucksack hinter seinem Motorrad und trank sie in einem Zug aus. »Sie hatten mehr Leute als wir. Manchmal denken sie, dass sie uns überrumpeln und unsere Waffen und Motorräder mitnehmen können. Sie haben natürlich nicht den Hauch einer Chance, aber es ist das Beste, eine unschöne Auseinandersetzung von vornherein zu vermeiden.«

»Allein der Anschein von Stärke macht einen Unterschied, glaubt mir«, sagte Zander, und das Lachen verschwand abrupt aus seiner Stimme. Er starrte eine Minute lang in die Ferne, bevor er weitersprach. »Wir haben in den letzten Tagen eine Menge Lektionen gelernt. Harte Lektionen.«

Dakota schob sich ein paar Strähnen ihres schweißnassen Haares hinter die Ohren und blickte auf ihre Waffe hinunter. »Ich wollte ihnen helfen, aber ...«

»Irgendetwas stimmte nicht«, beendete Logan den Satz für sie.

Ihr Blick huschte zu ihm, Besorgnis stand in ihren Augen. »Ja. Das waren ...«

»Undankbare Idioten«, sagte Zane. »Sie haben genug für eine volle Mahlzeit bekommen, aber sie wollten mehr. Egal, wie viel wir ihnen gegeben hätten, sie hätten das Gefühl gehabt, dass sie es verdient hätten, und wir nicht.«

»Du bietest ihnen einen Laib Brot an, und ehe du dich versiehst, sind sie in dein Haus eingedrungen und haben dich rausgeschmissen«, sagte Zander.

»Wir mussten sie wegschicken.« Ein Teil von Logan wollte Dakotas Schulter berühren oder ihre Hand nehmen – zum Trost? Aus Solidarität, oder aus einem anderen Grund? Er hielt sich zurück. Sie würde das nicht wollen, würde ihn nicht wollen.

»Ich weiß. Das heißt nicht, dass ich es mag, aber ich weiß es.« Dakota trat wütend gegen einen Kiesbrocken. »Diese Kinder können nichts dafür, dass sie Arschlöcher als Eltern haben.«

»Es wird noch mehr von ihnen geben«, sagte Zander. »Darauf kannst du deinen letzten Dollar verwetten.«

Er hatte recht. Das nächste Mal könnten die Bösewichte mehr Leute und mehr Waffen aufbieten. Haasi hatte die richtige Idee mit dem ‚Zusammenhalten‘. So sehr Logan es auch vorzog, ein Einzelgänger zu sein, er war nicht dumm – oder so stur, dass er gegen seine eigenen Interessen handeln würde. Bei einem Totalzusammenbruch brauchte man andere Menschen, auf die man sich verlassen konnte, die einem den Rücken stärkten. Es war dumm von Ezra, ihr Angebot der gegenseitigen Hilfe abzulehnen. Sie waren keine ausgebildeten Soldaten, aber Logan mochte sie schon irgendwie. Sie schienen alle gut mit ihren Waffen umgehen zu können. Haasi und Maki waren beide kämpferisch und intelligent, sanft und fähig. Wie Dakota.

Archer war eindeutig der Collier-Bruder, der das Sagen hatte. Er schien ein vernünftiger Kerl zu sein, umgänglich und ausgeglichen, aber vielleicht zu vertrauensselig. Zane und Zander waren groß und fröhlich, wie zwei haarige Hinterwäldler-Weihnachtsmänner, aber sie waren todernst im Umgang mit den Flüchtlingen gewesen.

Jake war eindeutig der Hitzkopf, wenn man von ihrem Streit zuvor ausging, obwohl er ruhiger wurde, als er merkte, dass Logan keine Bedrohung darstellte. Er und Boyd waren die misstrauischeren, distanzierteren Brüder, aber das war in Logans Augen kein Nachteil.

Er deutete auf das Ende der unbefestigten Straße. »Wir sollten Bäume fällen und Gestrüpp platzieren, um den Eingang zu versperren – es sollte nicht schwer sein, ihn überwuchert und verlassen aussehen zu lassen. Vom Highway aus wird jeder, der vorbeikommt, die Straße dann nicht mehr bemerken, und wenn doch, werden sie nicht erwarten, dass sie etwas finden, das sich zu plündern lohnt.«

Zander strahlte. »Hey, ja. Das könnte funktionieren. Aber wie kommen wir rein und raus?«

»Wir könnten eine kleinere ATV- oder Dirtbike-Strecke weiter im Wald anlegen«, schlug Dakota vor.

»Kumpel«, sagte Zane, »wir haben Pick-ups und Ketten. Es ist kein Problem, ein paar Bäume wegzuschleppen, wenn wir selbst Zugang brauchen.«

»Großartig«, sagte Logan. »Ich kann gleich morgen früh kommen und helfen.«

Zander grinste und schlug ihm so fest auf die Schulter, dass er fast zusammenzuckte. »Tolle Idee, Mann. Danke.«

Logan wandte sich den Zwillingen zu und holte tief Luft. Solange sie in der Hütte blieben, brauchten sie Hilfe, ob Ezra sie nun annehmen würde oder nicht. »Ich weiß, dass Ezra kein Interesse an einer gemeinsamen Straßenpatrouille hat, aber ich schon. Er hat keine Kontrolle über mich oder das, was ich tue. Ich bin froh, wenn ich helfen kann.«

»Ja, das wäre gut.« Zander grinste und zupfte an seinem Bart. »Ich werde das mit Archer besprechen.«

Dakota sah Logan mit einem kurzen, harten Lächeln an, bevor sie den Blick abwandte. »Ich bin dabei.«

Der Knall eines Schusses überraschte sie alle.

# KAPITEL 33
## DAKOTA

Dakota wartete, angespannt und steif, und spitzte die Ohren, um zu lauschen. Drei weitere Schüsse fielen. Sie kamen aus dem Westen – aus der Richtung der US 41.

Eines der Funkgeräte der Collier-Brüder knisterte. Zane holte seins aus dem Hosenbund. »Was zum Teufel ist da los?«

»Die verdammten Drecksäcke haben sich umgedreht und auf uns geschossen!«, ertönte Archers ungläubige Stimme aus dem Lautsprecher. »Jake wurde fast skalpiert. Er ist in Ordnung, aber wir stehen unter Beschuss. Schafft eure fetten Ärsche hierher.«

»Wir sind unterwegs«, sagte Zane.

Zander blickte finster durch seinen borstigen Bart. »Archer war zu vertrauensselig, wie immer. Verflucht sei er!«

»Sie wollen die Motorräder«, sagte Dakota.

»Diese Drecksäcke kriegen nichts von uns.« Zane rückte den Riemen seines Gewehrs zurecht und ging zu seinem Motorrad. »Ich hole mir diese verdammten Sandwiches auch zurück.«

Zander stand still. Seine Augen waren groß und rot umrandet. Er sah wütend aus – und ängstlich. »Wenn etwas passiert, so wahr mir Gott helfe ...«

Zane drehte sich um und klopfte ihm auf die Schulter. »Es wird nichts passieren. Komm schon!«

Dakota hatte ihre Springfield bereits entsichert. Sie zählte im Geiste ihre Kugeln – neun Patronen im Magazin, plus die eine im Patronenlager, plus die beiden Ersatzmagazine in ihrer Tasche. Achtundzwanzig. Wer wusste schon, ob das genug war.

Sie dachte an die Hunderte von Patronen, die Dutzende von geladenen Magazinen und die Gewehre, die einen halben Kilometer entfernt auf dem Picknicktisch lagen. Zu weit, um zurückzulaufen und sie zu holen, während die Schlacht bereits im Gange war.

Sie und Logan tauschten einen angespannten Blick aus. War er mit dem Plan einverstanden?

War er auf ihrer Seite? Er nickte.

Das war gut. In diesem Punkt waren sie sich einig. »Wir kommen mit«, sagte sie.

»Los geht's!« Zander wollte den Motor starten. Dakota hob ihre Hand. »Warte! Wir brauchen einen Plan.«

»Wir haben keine Zeit ...«

»Dreißig Sekunden«, sagte Logan. »Wir können nicht ohne Plan vorgehen.«

»Wir können durch den Wald gehen und sie überraschen«, sagte Dakota.

Zander nickte heftig. »Okay, ja. Wir fahren die Motorräder schnell rein. Die Motoren werden jedes Geräusch verdecken, das ihr macht, und ihre Aufmerksamkeit wird auf uns gerichtet sein.«

»Gut«, sagte Logan.

»Denkt nur daran, dass ihr schneller da sein werdet als wir«, warnte Dakota. »Ich hab's.« Zane drehte sich um und klopfte auf das Heck seiner Harley.

»Hier, fahrt mit uns, bis wir kurz vor dem Highway sind. Das sind noch ein paar Kilometer. Dann könnt ihr euch in den Wald schleichen und euer Ding machen.«

Logan war bereits auf dem Weg zu Zanes Motorrad. »Alles klar.«

Die Fahrt war kurz und holprig. Dakota klammerte sich an Zanders kräftige Körpermitte und drehte ihren Kopf zur Seite. Sie versuchte, die Strähnen seines drahtigen, schulterlangen Haars nicht einzuatmen, als der Wind ihr Gesicht umwehte.

Eine Minute später war sie vom Motorrad gestiegen und in den Wald geflitzt, Logan dicht auf den Fersen. Ihr Puls pochte in ihrer Kehle, ihre Hände waren feucht, ihr Mund trocken.

Sie bewegte sich mit Leichtigkeit durch die Bäume, wobei sie vorsichtig auftrat, um Wurzeln, Zweigen und Dornen auszuweichen. Sie war kein Ninja, aber sie wusste, wie man sich relativ leise verhielt.

Logan stürzte derweil wie ein überdimensionaler Elefant hinter ihr her.

»Hast du eine Ahnung, was der Ausdruck ‚leise gehen‘ bedeutet?«, fragte sie mit tiefer, angestrengter Stimme.

»Ich bin ein Stadtjunge, okay?«, zischte er zurück. »Ich gebe mein Bestes.«

Das tat er wirklich, also schluckte sie ihren sarkastischen Kommentar hinunter und schob einen großen Dornenbusch beiseite, damit er ihn nicht ins Gesicht traf. »Langsam. Versuche, leicht aufzutreten, setze die Ferse oder die Zehen deines Fußes zuerst ab und roll den Fuß langsam und sanft auf den Boden.«

Er versuchte es. Es war geringfügig besser.

»Wir müssen das nicht tun, weißt du«, sagte sie. »Wir können umkehren.«

»Ich weiß, dass du das willst. Und ich auch. Wir müssen diesen Ort beschützen. Und das bedeutet, dass wir zusammenarbeiten müssen.«

Sie verbarg ihr Lächeln. »Pass auf, wo du hintrittst. Hier draußen gibt es viele Klapperschlangen und Korallenottern.«

Logan stieß einen dumpfen Fluch aus. »Ich habe meine Meinung geändert. Bring mich zurück.« Bevor sie antworten konnte, hallte ein Schrei durch die Bäume.

Dakota hielt ihren Finger an die Lippen. »Nicht mehr reden.«

Sie schlichen sich näher heran. Die Rufe wurden lauter. Ein weiterer Schuss ertönte, diesmal der schallende Knall einer Schrotflinte.

Das Dröhnen der Motorräder von Zane und Zander kam näher.

Dakota hielt zwischen zwei Kiefern inne, eine große Eiche mit dem Stamm des Durchmessers eines Kinderfahrradreifens stand direkt vor ihr. Spanisches Moos baumelte von den Ästen. Etwa zwanzig Meter vor ihr war ein Stück Autobahn durch das Laub der Eiche zu erkennen.

Sie hielt ihre Hand hoch. Logan hielt inne. Vorsichtig schlichen sie vorwärts.

# KAPITEL 34
## DAKOTA

Dakota spähte um den massiven Baumstamm herum. Sie ging ein wenig in die Hocke, um durch die Äste einer buschigen Kiefer zu schauen, die ihr die Sicht versperrte.

Zu ihrer Linken lagen drei Harleys auf der Seite und zeigten in die Richtung, aus der sie gekommen waren. Dreißig Meter weiter nördlich lag der pummelige Teenager mitten auf der Straße.

Der Junge lag auf dem Rücken, die Beine gespreizt, die Arme ausgestreckt. Ein dunkler Fleck breitete sich auf seinem Shirt aus und sickerte auf das Pflaster unter ihm. Er bewegte sich nicht.

Sie holte scharf Luft, ihr Magen rumorte. Sie hasste es, ein totes Kind zu sehen. Aber diese Leute hatten sich entschieden, zuerst anzugreifen. Die Collier-Brüder hatten jedes Recht, sich zu verteidigen.

Sie wollte heute niemanden umbringen, aber das hieß nicht, dass sie es nicht tun würde.

Wenn sie sich jetzt nicht um dieses Problem kümmerten, würde die Gruppe direkt zur Mangrove Road zurückkehren und die Anwesen nach Beute durchsuchen, auch Ezras Haus. Ezra könnte seinen Besitz leicht gegen solche Leute verteidigen, aber warum sollte er das riskieren?

Fehler passieren. Durch Fehler wurden immer wieder Menschen getötet.

Sie konnte sich gut vorstellen, was wohl passiert war. Archer, Boyd und Jake fuhren auf ihren Harleys ein paar Dutzend Meter hinter den Möchtegern-Dieben, die sich angemessen sanftmütig und gezüchtigt verhielten, während Archer mit jeder Minute mehr und mehr an Selbstvertrauen gewann.

Nach ein paar Kilometern winkte Archer sie ab, wobei Boyd eine letzte Warnung aussprach: »*Kommt nicht zurück, sonst ...*« oder etwas ähnlich Lahmes. Dann machten sie sich auf den Rückweg, ohne darauf zu warten, dass die Gruppe zuerst außer Sichtweite war.

Die Drecksäcke hatten gewartet, bis die Biker umdrehten. Jemand, wahrscheinlich Sal, hatte sich umgedreht und auf die sich zurückziehenden Brüder geschossen. Sie wollten die Motorräder nicht beschädigen, weil sie sie stehlen mussten. Und da sie aus der Stadt kamen, konnten sie schlecht zielen.

Sobald der erste Schuss fiel und sie verfehlte, drehten sich die Biker um und erwiderten das Feuer, wodurch der Junge getötet wurde. Beide Seiten flüchteten in den Wald, was zu der darauffolgenden Auseinandersetzung führte.

Und dort blieben sie, Feinde und Verbündete, irgendwo zwischen den Bäumen versteckt.

Sie ließ ihren Blick schweifen und suchte die Baumgrenze ab. Ein paar weitere Schüsse ertönten, als sie eine Farbe erblickte, die nicht dazugehörte – gelb, blau-weiß kariert.

Auf der anderen Straßenseite und zwanzig Meter weiter südlich versteckten sich zwei Männer hinter einer großen Eiche, die etwa drei Meter tief im Wald stand. Terrance und Vince, beide mit Blick auf die Straße, lieferten sich einen Schusswechsel mit den Collier-Brüdern.

Als Zane und Zander die Straße hinaufbrausten, wechselten sie ihr Ziel und feuerten auf die Fahrer der Motorräder.

Sal und die Frauen waren nirgends zu sehen.

Sie und Logan hatten ein paar Sekunden der Überraschung, während sich die Eindringlinge auf die entgegenkommenden Motorräder konzentrierten. Sie mussten sie klug nutzen.

Wenn sie Glück hatten, würden die Motoren den Lärm der Schüsse oder zumindest ihre Richtung verdecken, damit Logan und Dakota mehr Zeit hatten, ihre Ziele zu treffen.

Es gab viele Bäume, hinter denen man Schutz suchen konnte, aber die andere Seite beanspruchte den gleichen Vorteil.

Logan machte eine stumme Geste. Sie nickte. Sie würde Terrance auf der linken Seite ausschalten. Er würde Vince erschießen, der weitgehend verdeckt war. Sie hielt sich für eine gute Schützin, aber Logan war besser.

Sie atmete langsam aus, kontrollierte ihre Atmung und richtete ihre Waffe aus. Terrances Kopf und Schultern lagen hinter dem Baum frei. Sie zielte auf seinen Hinterkopf.

Es war kein leichter Schuss. Aber vielleicht würde es ihn aufscheuchen, selbst wenn sie ihn verfehlte.

Sie drückte den Abzug. Rinde flog durch die Luft. Terrance duckte sich und verschwand aus dem Blickfeld. Auch Vince verschwand.

Moskitos schwirrten um ihr Gesicht. Sie konnte sie nicht wegklatschen.

Logan senkte die Mündung der AR-15 ein wenig und gab drei Schüsse ab.

*Peng, Peng, Peng.*

Ein Schrei durchbrach die schwüle Luft. Dann ein Krachen. Vince tauchte wieder auf und taumelte zwischen zwei Bäumen hindurch. Ein paar Schüsse kamen aus dem Süden und zerschmetterten die Baumstämme rechts und links von ihm.

Logan ging einen Schritt nach links und entblößte sich ein wenig, während er sein Ziel justierte und zwei weitere Schüsse kurz hintereinander abfeuerte.

Vinces Körper zuckte einmal, zweimal. Er sackte ins Unterholz und stand nicht mehr auf.

»Zwei sind tot«, murmelte Logan. »Das schließt den Jungen mit ein.«

Dakota suchte den Wald ab, bereit, bei der kleinsten Bewegung zu schießen, aber da war nichts. »Ich habe den anderen verloren. Es tut mir leid.«

»Wir werden ihn wiederfinden.«

Sie suchte die Straße ab. Ein hellbrauner Ford Escape stand etwa vierzig Meter von ihr entfernt am Straßenrand. Die Tür auf der Beifahrerseite stand offen.

Eine Gestalt lag zusammengesunken auf dem Reifen, der Dakota am nächsten war – eine schwere schwarze Frau mittleren Alters, die ein geblümtes Hauskleid und einen flauschigen Hausschuh an einem Fuß trug. Dutzende von roten, nässenden Blasen und Wunden blubberten auf der freigelegten Haut ihrer Arme, Beine und ihres Gesichts.

Kaltes Adrenalin schoss durch ihre Adern. Dakota atmete scharf ein und nahm den ranzigen Geruch der Verwesung wahr. Die Frau war tot, und das schon seit Tagen. Sie hatte versucht, vor der Zerstörung zu fliehen, wie so viele andere auch, aber die Strahlung war bereits in ihr und zerfraß ihr Fleisch von innen heraus.

Dakota wollte sich gerade mit rumorendem Magen abwenden, als sie eine Bewegung wahrnahm. Ein Schatten durch die Windschutzscheibe, dann ein weiterer. Mindestens zwei Personen hockten vor dem Ford Escape.

# KAPITEL 35
## DAKOTA

Logan tippte Dakota auf die Schulter und zeigte auf etwas.

Etwa fünfzehn Meter südlich von ihnen, auf ihrer Seite der Straße, hockte ein Mann hinter einem hüfthohen Büschel brasilianischer Pfefferbäume. Er stand mit dem Rücken zu ihnen, sein Gewehr gegen den Stamm einer Kiefer gelehnt. Schweiß tränkte den breiten Rücken seines Hemdes. Sal.

Ein Schrotflintenschuss durchbrach die Stille. Mehrere Vögel flohen aus den Bäumen um sie herum und krächzten aus Protest. Durch das dichte Laub konnte sie nicht erkennen, auf wen Sal zielte.

Zwei Gewehrschüsse ertönten. Ein Schuss schlug in einen Baumstamm ein, ein Dutzend Meter vor und links von Sal. Ein paar Blätter flogen zu Boden.

Sal duckte sich hinter den Büschen. Sie konnte seine massige Gestalt gerade noch im Schatten des Waldes ausmachen.

Logan zeigte auf den Pick-up und winkte dann nach Süden. Sie nickte und verstand. Sie würde zur Vorderseite des Fahrzeuges gehen, um denjenigen zu erledigen, der sich dort versteckte, während Logan in die entgegengesetzte Richtung ging und Sal ausschaltete.

Sie presste ihre Finger an ihre Lippen. Als ob eine Ermahnung Logan noch ruhiger machen könnte. Er rollte mit den Augen. Einen Moment später war er verschwunden.

Ihr Magen kribbelte vor Sorge. Es würde ihm gut gehen. Stampfender Elefant oder nicht, Logan konnte auf sich selbst aufpassen. Trotzdem gefiel ihr diese Situation nicht. Je schneller es vorbei war, desto besser.

Vorsichtig bahnte sie sich ihren Weg durch das Unterholz, umging Bäume, glitt geräuschlos an Sägepalmen und Farnen vorbei und schritt leise und vorsichtig, um ihre Position nicht zu verraten.

Hinter ihr krachten weitere Schüsse.

Das konnte in Sekundenschnelle in die Hose gehen. Es waren zu viele von ihnen – alle jagten sich gegenseitig im Wald, sprangen bei jedem Geräusch, jedem Schatten auf.

Einer der Brüder könnte sie genauso leicht versehentlich erschießen wie einen der Eindringlinge. Wer wusste schon, wie gut sie trainiert waren, ob sie schießwütige Idioten waren oder klug genug, um die Risiken des Beschusses durch eigene Truppen zu erkennen?

Ihr Herz schlug ihr bis zum Hals, aber sie zwang sich, langsam und methodisch vorzugehen, so wie Ezra es ihr beigebracht hatte. Sie kontrollierte ihre Atmung, während sie ihre Umgebung von links nach rechts und wieder zurück absuchte und jedes Geräusch, jede Bewegung genau wahrnahm.

Als sie etwa zehn Meter vom Heck des Escape entfernt war, erstarrte sie. Direkt auf der anderen Straßenseite, etwa drei oder vier Meter weiter, lugte der Saum eines roten Hemdes hinter einem Dickicht aus stacheligen Sägepalmen hervor.

Sie hob ihre Waffe.

Die Gestalt bewegte sich. Sie erblickte ein Stück Lederweste und eine Strähne langen dunklen Haares in einem Pferdeschwanz: Jake Collier.

Sie atmete leise aus. Ein Verbündeter. Sie konnte Archer oder Boyd immer noch nicht sehen. Waren sie auf der gegenüberliegenden Seite der Straße oder auf ihrer Seite?

Ein Zweig knackte zehn Meter hinter ihr. Sie wirbelte herum, hob das Gewehr und spähte angestrengt in die schummrigen Schatten, das Gewirr von Bäumen und Gestrüpp, Wurzeln und Ästen.

Ein Eichhörnchen huschte eine dünne Kiefer hinauf und schnatterte wütend auf sie ein.

Ihre Handflächen waren feucht. Sie konnte den Schweiß, der ihr die Schläfen hinunterlief, nicht wegwischen.

Eine Gewehrsalve brach durch den Wald südlich von ihr. Einige Augenblicke lang konnte sie die typischen Waldgeräusche nicht hören – und auch niemanden, der sich an sie heranschleichen wollte.

Instinktiv blieb sie stehen und drückte sich gegen den Stamm des nächstgelegenen Baumes, einer Kiefer, die halb so dick war wie ihr Oberkörper. Das würde sie nicht vor viel schützen.

Etwas prallte gegen den Stamm über ihrem Kopf. Der ganze Baum vibrierte gegen ihre Wirbelsäule.

Zu spät ging sie in die Hocke.

Eine blitzartige Bewegung zu ihrer Rechten, die auf sie zustürzte.

Sie wirbelte herum, ihre Pistole hob sich, um der Bedrohung zu begegnen, und ihr verschwitzter Finger glitt am Abzug ab.

Schmerz schoss durch ihre Hand. Die Waffe wurde ihr aus den Fingern gerissen und sie wurde aus dem Gleichgewicht gebracht. Sie stürzte, schlug mit dem Rücken gegen den Baumstamm und rutschte auf den mit Blättern übersäten Boden.

Was zum Teufel? War sie gerade angeschossen worden? Sie

hob die Hand zu ihrem Gesicht, in der Erwartung, Blut zu sehen, eine Schusswunde. Aber da war keine.

Der dünne, zittrige Kerl – Terrance – schwebte über ihr. Er atmete schwer, seine Augen waren wild und wütend.

Sie drehte sich auf dem Boden, ihre ganze Hand pulsierte vor Schmerz, und suchte verzweifelt nach der Waffe. Ein großer, faustgroßer Stein lag ein paar Zentimeter von Terrances Füßen entfernt. Der Trottel hatte es geschafft, sie mit einem dummen Stein zu entwaffnen.

Er trat sie, als sie versuchte, aufzustehen, und zwang sie auf den Rücken. Er zielte mit dem Lauf einer Pistole auf ihren Kopf. »Bleib genau da.«

# KAPITEL 36

# DAKOTA

Dakota starrte hinauf in die Mündung der Pistole. Wenn Terrance schoss, war sie tot. Es spielte keine Rolle, dass er noch nie eine Waffe in der Hand gehabt hatte; so nah war sie schwer zu verfehlen.

Sie musste etwas unternehmen, und zwar schnell.

Er war ein dünner Kerl, nicht sehr groß, vielleicht einen Meter siebzig groß und siebzig Kilo schwer, wenn überhaupt. Nicht viel größer als sie selbst. Wenn sie die Waffe woanders hinlenken und ihr Messer erreichen könnte …

»Warte!«, sagte sie atemlos und öffnete die Augen weit, um ängstlich zu wirken. Und verletzlich. »Ich weiß, was du willst. Ich weiß, wo das Versteck ist.« Er zögerte.

»Ich werde dir alles sagen! Bitte! Sie haben Lebensmittel für ein ganzes Jahr. Und Elektrizität und heißes Wasser. Und Gewehre. So viele Gewehre, wie du willst. Ich habe den Schlüssel. Ich kann es dir zeigen.«

Seine Augen verengten sich. »Und was willst du dafür?«

»Nur mein Leben. Meins und das meiner Schwester. Okay? Bring mich nur nicht um, bitte.«

»Okay, ja«, sagte er und wankte unruhig von einem Fuß auf den anderen. »Beeil dich.«

Sie streckte ihre linke Hand aus, die Handfläche geöffnet. Vielleicht war es ein Instinkt, einer Frau zu helfen, oder vielleicht setzte seine Gier sein besseres Urteilsvermögen außer Kraft. Auf jeden Fall unterschätzte er sie.

Er nahm die Pistole in die linke Hand und bückte sich, um ihr aufzuhelfen. Mit gebeugten Knien war er nicht mehr in der Lage, die Kraft aufzubringen.

Sie ergriff seine Hand, spannte sich an und zog ihn mit aller Wucht zu sich heran.

Er stolperte und fiel nach vorne. Sie griff nach ihrem Messer, riss es aus der Scheide an ihrem Gürtel und stach blindlings zu. Er stürzte über ihr auf die Knie, sein rechtes Knie stieß in ihren Bauch, während die Klinge in seinen rechten Oberschenkel eindrang.

Terrance heulte auf und zuckte zurück, kletterte von ihr herunter und taumelte auf die Beine. Er humpelte auf einem Fuß, klammerte sich an den Messergriff, der aus seinem Bein ragte, verzog das Gesicht und fluchte.

Anstatt sich wegzurollen, drehte sie sich zur Seite und versetzte ihm einen wilden Tritt gegen den Fuß. Ihr schwerer Stiefel traf ihn seitlich am Knöchel und riss ihn von den Füßen.

Er fiel hart und krachte seitlich in die Büsche.

Sie rappelte sich auf und stürzte sich auf ihn, bevor er wieder auf die Beine kommen konnte. Sie schubste ihn flach auf den Rücken und landete mit dem Ellbogen zuerst, wobei sie ihm die Spitze ihres Ellbogens in den Bauch rammte, mit all ihren fünfundfünfzig Kilo dahinter.

Mit einem Grunzen hörte er auf, das Messer aus seinem Oberschenkel zu ziehen und griff stattdessen nach ihrer Kehle. Seine blutigen Hände schlossen sich um ihren Hals. Ein Ring aus feurigem Schmerz umgab ihre Kehle und schnitt ihr den Atem ab.

Er drehte sie auf den Rücken, hielt sie mit seinem Körpergewicht am Boden und begann sie zu würgen. Sterne tanzten vor ihren Augen. *Dumm, dumm.* Er hatte sie überrumpelt. Sie hatte seine drahtige Kraft unterschätzt, genau wie er sie unterschätzt hatte.

Es kostete sie alles, sich nicht zu wehren und seine Hände von ihrem Hals zu lösen. Ihre Brust brannte. Sie hatte nur noch wenige Sekunden, bevor sie das Bewusstsein verlor.

*Eins, zwei, drei. Atmen.* Auf diese Weise ertrug sie den Schmerz. Nur konnte sie jetzt nicht atmen.

Sie griff verzweifelt nach unten, ihre Hand kroch unter dem Gewicht seines Oberkörpers zu seinen Beinen, bis sie den Griff des Messers fand.

Sie riss es mit einem Ruck aus seinem Oberschenkel. Es ließ sich leicht herausziehen, aber ihr Griff war verkehrt herum und zwang sie, es so zu halten, als würde sie Karotten schneiden, und nicht andersherum, was zum Zustechen besser wäre.

Sein Körper lag auf ihrem. Er würgte sie immer noch. Der Schmerz war unerträglich. Dunkelheit drohte ihre Sicht zu schwärzen. Ihr Puls war so laut in ihren Ohren, dass sie nichts anderes hörte. Der einzige Gedanke in ihrem Kopf schrie *Bleib am Leben!*, immer und immer wieder.

Noch eine Bewegung, bevor sie das Bewusstsein verlor. Ihr blieb noch ein Zug. Und den sollte sie jetzt besser machen.

Sie drehte ihr Handgelenk, holte mit dem Arm aus und rammte die Klinge in die Seite ihres Angreifers, direkt unter seine Rippen. Seine Augen weiteten sich, sein Mund öffnete sich zu einem gequälten Schrei.

Sie riss die Klinge heraus, während sie sich zur Seite drehte. Er verlor seinen Griff um ihren Hals und sackte auf ihre Beine.

Keuchend sog sie einen Mundvoll kostbarer Luft ein, dann

noch einen und noch einen, ihre Kehle war rau, sie atmete verzweifelt den süßen Duft von Kiefernholz ein, vermischt mit dem heißen, würzigen Geruch von frischem Blut.

Ihre Finger gruben sich in Blätter, Dreck und Zweige, als sie sich von ihm losriss und mit schwindender Kraft strampelte. Es fühlte sich an, als würde sie in Melasse schwimmen, jede Bewegung war langsam und erforderte unglaubliche Anstrengung.

Sie zwang sich auf Hände und Knie, drehte sich um und kroch zu ihm zurück.

Terrance lag flach auf dem Rücken, stöhnte und umklammerte seine blutige Seite. Er starrte zu ihr auf, mit weit aufgerissenen Augen voller Qual und Schrecken.

Wenn sie ihn verschonte und er überlebte, würde er nur jemand anderen angreifen. Sie musste es zu Ende bringen.

Sie drehte das Messer in ihrer Hand, packte den Griff fester und stieß es ihm in die Brust. Der metallische Geruch von Blut erfüllte ihre Nase, vermischt mit dem Gestank von Körperfunktionen, die die Kontrolle verloren.

Er wand sich unter ihr, seine glitschigen Hände schlugen schwach auf ihre Arme und verschmierten ihre Haut mit seinem Blut. Seine Augen rollten in seinem Kopf zurück. Ein rasselndes Gurgeln ertönte aus seiner Brust.

Schließlich kamen seine Bewegungen völlig zum Stillstand.

Erst dann erlaubte sie sich, vor Erleichterung zusammenzusacken. Sie stieß sich von dem Körper ab und lehnte sich schwer atmend gegen den nächsten Baum. Ihr Herz war immer noch ein wildes Chaos, das in ihrer Brust galoppierte. Sie konnte nicht genug Sauerstoff einatmen.

Ihr Magen krampfte sich zusammen. Sie starrte auf ihre zitternden Hände hinunter, auf das Blut, das nicht ihres war. Eine rosafarbene, geschwollene Schramme bedeckte ihre rechte Hand vom Handgelenk bis zu den Knöcheln, die von dem Stein herrührte. Sie fühlte ihren Hals – er war rau und schmerzhaft angeschwollen, und sie würde für eine Weile einen hässlichen Bluterguss haben, aber es ging ihr gut.

Es würde ihr gut gehen.

Es war nie leicht, einen anderen Menschen zu töten, egal wer er war. Ein Bild von Jacob, der auf dem Boden des Raums der Barmherzigkeit verblutete, schoss ihr durch den Kopf. Sie verdrängte es.

Sie wollte nicht töten. Sie hatte es nicht gewollt. Aber in einem Kampf ums Überleben, um sich selbst und die Menschen, die sie liebte, zu schützen, tat sie es, wenn sie es musste.

Jedes einzelne Mal.

Allmählich beruhigte sich ihre Atmung. Langsam kehrten die Geräusche zurück: das Summen der Insekten, das Knarren der Äste, das Krachen der Schüsse.

Der Kampf war noch nicht vorbei.

Logan war immer noch da draußen. Er brauchte ihre Hilfe.

Sie blinzelte schnell, klärte ihre Sicht und suchte nach ihrer Springfield.

Sie entdeckte sie ein paar Meter entfernt unter einer Gruppe von Farnen. Sie bog ihre brennende Hand, während sie sich von ihrem Hintern erhob und sich zwang, sich zu bewegen.

Etwas krachte durch den Wald auf sie zu. Sie stürzte sich auf die Waffe und erhob sich in einer einzigen fließenden Bewegung auf die Füße, um sich der neuen Bedrohung zu stellen.

Zane fuchtelte wild mit den Armen herum. »Hey, erschieß mich nicht!« Sie ließ die Waffe sinken.

»Was machst du denn hier?«

»Ich bin gekommen, um dich zu retten.« Er stellte sich neben sie und trat gegen den Körper zu ihren Füßen. »Offensichtlich brauchst du Hilfe.«

»Er hat mich überrumpelt. Sonst hätte er zwei Kugeln in die Stirn bekommen.«

»Wie auch immer, ich bin beeindruckt.«

»Wer ist noch da draußen?«, flüsterte sie.

»Wenn wir den hier mitzählen, haben wir die vier Männer. Alle tot.« Er kratzte sich an seinem Bart. »Es bleiben noch zwei Frauen und das Mädchen.«

Sie beugte sich hinunter, zog das Messer aus der Brust des toten Mannes und wischte es an einem sauberen Stück seines Hemdes ab. »Mindestens zwei von ihnen sind hinter dem weißen Geländewagen da vorne. Du nimmst die rechte Seite, ich die linke. Erschieße mich nicht aus Versehen.«

Zane starrte sie mit weit aufgerissenen Augen an. »Ja, okay. Verstanden.«

Dakota steckte das Messer in die Scheide, überprüfte ihre Pistole und ersetzte das Magazin durch ein Ersatzmagazin aus ihrer Tasche. »Worauf wartest du noch? Lass uns gehen.«

# KAPITEL 37
## LOGAN

Logan sah, wie ein Geschoss nur zwei Handbreit über Dakotas Kopf in die Kiefer einschlug. Sie duckte sich, als die Rindensplitter überall hinflogen. Sie hatte vielleicht nicht so viel Glück beim nächsten Mal.

Wut erfüllte ihn. Dies war nicht sein Zuhause. Er kannte weder Ezra noch diese Collier-Typen. Er war niemandem etwas schuldig.

Außer ihr. Für sie würde er jeden niedermähen, der sich ihm in den Weg stellte.

Er verstand Hunger und Verzweiflung, um zu überleben, und sogar das Stehlen von den Toten oder aus leeren Häusern. Aber nicht von den Lebenden.

Sie hatten diesen Drecksäcken bereits eine zweite Chance gegeben. Sie schossen auf Dakota. Genug war genug.

Die Welt wurde schärfer. Jedes Blatt, jeder Zweig. Die Geräusche verstummten, bis auf das Rauschen des Blutes in seinen Ohren. Er spannte sich an, die Zähne zusammengebissen, jeder Muskel angespannt und bereit.

Diese kalte, harte Ruhe kehrte ein. Sein Kopf war klar.

Er stürmte durch den Wald, bewegte sich schnell, suchte nach Zielen, gab ein paar Warnschüsse ab, damit sie in Deckung gingen, anstatt auf ihn zu schießen. Anlegen, ausatmen, abdrücken. Anlegen, ausatmen, abdrücken.

Er entschied sich für Sal.

Der dicke Mann wirbelte herum, sein Versteck hinter den Büschen war nutzlos. Er kraxelte in eine sitzende Position und schwenkte seine Schrotflinte, um auf Logan zu zielen, der wie ein wütendes Nashorn auf ihn zuraste.

Logan war aus der Bewegung heraus nicht so treffsicher wie aus dem Stand, aber das war auch nicht nötig. Er hatte das Überraschungsmoment, er war nah dran und Sal war ein großes Ziel.

Er gab zwei schnelle Schüsse ab, wich nach links aus, um ein paar Kiefern zu umgehen, und feuerte dann noch zweimal.

Der erste Schuss ging daneben. Der zweite bohrte sich in den Bauch des Mannes, der dritte streifte seine linke Schulter. Der vierte traf ihn genau in die Brust.

Die Schrotflinte glitt aus Sals schlaffen Fingern. Er stieß ein paar gurgelnde Atemzüge aus, als er auf die Seite kippte und mit dem Kopf gegen den Stamm einer Kiefer prallte. Er blieb so liegen, unbeholfen zusammengesackt, den dicken Hals in einem unnatürlichen Winkel gebogen, die Augen offen und starr.

Logan schnappte sich die Waffe des Mannes, schob den Gurt über seine Schulter und ging weiter. Nach seiner Zählung hatte er nur noch ein paar Patronen übrig. Es war ein guter Zeitpunkt, um seine eigene Waffe neu zu laden. Während er weiter durch das Unterholz hetzte, ließ er das fast verbrauchte Magazin fallen, tauschte es gegen ein neues aus seiner Tasche aus und steckte das neue Magazin ein.

Kurz vor dem Highway hielt er hinter einem dünnen Sichtschutz aus dürren Bäumen inne. Er hob die AR-15 und suchte die Gegend ab, um nach Bewegungen Ausschau zu halten.

Zane und Archer tauchten etwa vierzig Meter südlich aus der

gegenüberliegenden Baumreihe auf, die Waffen erhoben, angespannt und bereit.

Ein Schuss ertönte. Er duckte sich. Das taten auch Zane und Archer. Archer zeigte vor Logan in Richtung Norden.

Eine Bewegung hielt seinen Blick gefangen – jemand duckte sich, nachdem er einen Schuss abgegeben hatte. Er kam aus dem verlassenen Geländewagen weiter oben auf der Straße auf seiner Seite.

Dakota sollte sich darum kümmern. Es musste etwas passiert sein. Mit einem Adrenalinstoß umrundete er den weißen Ford Escape.

Drei Gestalten kauerten vor dem Kühlergrill.

»Nicht schießen!«, rief die blonde Frau, Brenda. Wimperntusche lief ihr über die Wangen.

Sie hob die zitternden Hände in die Luft, ihr verzweifelter Blick war flehend, beschwörend. »Wir sind Frauen! Wir haben ein Kind!«

Eine Handfeuerwaffe lag neben ihr auf dem Boden. Sie hatte versucht, sie hinter sich zu schieben, unter das Auto, aber er sah sie. Sie war die letzte Schützin.

Die dunkelhaarige Asiatin neben Brenda – Clarissa – legte den Kopf schief. Sie drehte sich zur Seite, schlang ihre Arme um ihre Tochter und versuchte, das Mädchen mit ihrem eigenen Körper zu schützen.

»Wir sind unbewaffnet!«, sagte Brenda erneut.

Logan dachte nicht nach. Er fühlte nicht. Aus drei Metern Entfernung richtete er das Gewehr auf die blonde Frau und drückte den Abzug.

Brendas Kopf zuckte zurück und schlug mit einem dumpfen Aufprall auf den Ford. Blut spritzte in einem feinen Nebel auf die beiden Gestalten neben ihr.

»Logan!«, rief Dakota von hinten.

Er hörte sie kaum. Er nahm nur das Blut wahr, den zusammengesunkenen Körper, seinen eigenen Puls, der in seinen Ohren rauschte.

Ein Ziel getroffen. Er schwenkte die Mündung zu Clarissa.

Die Frau wimmerte, bettelte aber nicht um ihr Leben. Sie drängte sich schützend vor das Mädchen. Das Mädchen kauerte und weinte, das Gesicht an die Brust der Mutter gepresst.

Er zielte und atmete aus. Sein Finger spannte sich am Abzug. »Logan!«

Mit klingelnden Ohren hörte er sie wie aus weiter Ferne. Aber er hörte sie. Er nahm den Finger vom Abzug.

Dakota riss sein Gewehr zur Seite und stellte sich direkt vor ihn, um ihm die Sicht auf die Frau und das Mädchen zu versperren.

Seine Sicht verschwamm, dann wurde sie wieder schärfer und konzentrierte sich langsam auf Dakota.

»Das reicht«, sagte sie mit heiserer, aber sanfter Stimme. Sie blickte zu ihm auf und zwang ihn, sie anzuschauen. Blutergüsse in Form von Fingerabdrücken kennzeichneten ihren Hals. Kratzer, Insektenstiche und Schlieren von getrocknetem Blut besprenkelten ihre Arme. »Es ist vorbei. Sie sind alle tot.«

Sie legte ihre Hand auf seine Brust. Er spürte die Wärme, den Druck ihrer Handfläche, ihre gespreizten Finger, ihren Daumen direkt über seinem pochenden, verräterischen Herzen.

Er stand da und zitterte, während er wieder zu sich fand.

Hinter Dakota hatte sich die Frau immer noch über ihre Tochter gebeugt, bewegte sich nicht und wartete auf den tödlichen Schuss. Sie hatte keine Waffe. Sie war keine Bedrohung.

Sie stellten für niemanden eine Bedrohung dar.

Er hätte sie fast umgebracht. Er hätte ihr fast in den Kopf geschossen und dann dem Mädchen. Es war einfaches Muskelgedächtnis, mechanisch. Er hätte es ohne einen einzigen zusammenhängenden Gedanken oder den Hauch eines Zögerns getan.

Vielleicht würden einige sagen, dass sie den Tod verdient

haben, einfach weil sie Teil der Gruppe waren, unabhängig davon, ob sie die Waffen selbst geführt haben oder nicht. Vielleicht sollte das keinen Unterschied machen.

Aber heute war es so.

Übelkeit machte sich in seinem Bauch breit. Er taumelte zurück und ließ das Gewehr sinken. Das vertraute, kranke Grauen breitete sich in ihm aus.

Die Verzweiflung krallte sich an seine Kehle. Verzweiflung und Durst.

Zander kam hinter Dakota aus dem Wald, die Waffe in der Hand. Archer und Zane schritten auf sie zu. Jake und Boyd schlurften von der anderen Seite der Straße heran.

»Was sollen wir mit ihnen machen?«, fragte Jake und neigte sein Kinn zu der kauernden Frau und dem Mädchen.

»Keine weiteren Toten.« Dakota drehte sich zu den Brüdern um, ihr Kiefer war trotzig. »Sieh sie dir an. Sie werden keinen Ärger machen.«

Archer seufzte. »Ich stimme ihr zu.«

»Dann schafft sie verdammt noch mal hier weg«, knurrte Boyd, »bevor ich etwas tue, was ich bereue.«

Dakota gestikulierte mit ihrer Pistole auf Clarissa. »Du hast ihn gehört. Lauft! Sofort!«

Clarissa sprach kein einziges Wort. Sie stand auf, zog das schluchzende Mädchen am Arm hoch, schulterte ihren Rucksack und rannte los. Sie flohen durch die Mitte der US 41, nur ihre knallenden Schritte und das Schluchzen des Mädchens waren zu hören.

Die beiden Gestalten wurden kleiner und kleiner. Keiner von ihnen blickte zurück.

Schwindelgefühl überkam Logan. Das säuerlich-schlechte Gefühl in seinem Bauch kribbelte, als weiße Sterne vor seinen Augen explodierten. Er konnte sich kaum noch am Gewehr festhalten.

Das *Bedürfnis* brannte in ihm, pochte durch ihn hindurch, dunkel und pulsierend und bösartig.

»Logan«, sagte Dakota mit Besorgnis in der Stimme. Sie griff nach seiner Hand. »Geht es dir gut?«

Aber er konnte ihren Trost nicht annehmen. Es war das Letzte, was er verdiente.

# KAPITEL 38
## SHAY

Shay nahm den letzten Schluck ihres Eiweiß-Bananen-Smoothies – nicht, weil sie hungrig war, sondern weil sie den Energieschub brauchte. Es war nach Mitternacht, aber keiner wurde langsamer.

Organisiertes Chaos rund um die Uhr – das war das Leben in der Notfalleinsatzzentrale.

Draußen vor dem Restaurant eilten wichtig aussehende Menschen am Terminal hin und her, alle konzentriert auf die anstehende Aufgabe. Schuldgefühle durchzuckten sie. Sie sollte im Krankenhaus sein und helfen, aber sie brauchte Ruhe, sonst war sie niemandem eine Hilfe.

Jeder Muskel in ihrem Körper schmerzte. Ihre Augen brannten vor Erschöpfung, aber sie hatte kein Interesse daran, noch ein paar Stunden unruhigen Schlaf zu bekommen, bevor sie zur Arbeit zurückkehrte. Sie wollte genau hier auf diesem zu harten Sitz bleiben, das Licht war so niedrig gedreht, um die Generatoren zu schonen, dass sie ihr Essen kaum sehen konnte, und Hawthorne quetschte sich auf den Platz ihr gegenüber.

Hawthornes Partnerin Kinsey hatte sich zu einem späten

Abendessen mit ihnen getroffen und sich dann schnell schlafen gelegt, bevor sie sich wieder ins Getümmel stürzte. Shay mochte Kinsey – sie war mutig, tapfer und lustig – aber sie schätzte diese gestohlenen Momente mit Hawthorne. Sie waren das, was sie am Laufen hielt, nicht der Schlaf.

»Shay, Erde an Shay«, scherzte Hawthorne.

Sie blinzelte ihn an, ihre Sicht verschwamm für eine Sekunde. Sie war erschöpfter, als sie gedacht hatte. Vielleicht hatte sie sich in der Sache mit dem Schlafmangel geirrt. »Ja, ähm, tut mir leid. Ich bin hier.«

Er warf ihr einen besorgten Blick zu. »Es ist mir noch nie passiert, dass mir mein Date eingeschlafen ist. Nicht, dass ich mir Sorgen um meine Bilanz mache oder so, aber vielleicht sollten wir das hier abkürzen.«

Sie errötete, als er das Wort ‚Date‘ benutzte. War es das, was es war? War es das, was sie wollte? Sie strich sich eine ihrer Korkenzieherlocken hinter die Ohren und rückte ihre Brille zurecht, um ihre Verlegenheit zu verbergen.

Sie räusperte sich. »Ich könnte nicht damit leben, wenn ich deine Bilanz ruinieren würde. Ich komme schon klar. Ich muss nur etwas Koffein tanken.«

Er zog die Augenbrauen hoch. »Bist du dir sicher? So spät?«

»Glaube mir, ich schlafe wie ein Baby, sobald mein Kopf das Kissen berührt. Ich könnte eine Zugkatastrophe verschlafen.«

»Zur Kenntnis genommen.« Hawthorne machte eine Geste, um die Aufmerksamkeit des Kellners zu erregen. »Besorgen wir dir einen Kaffee.«

Statt herüberzukommen, drehten die Kellner die Lautstärke des Fernsehers hinter ihnen auf. Sie ließen den Fernseher rund um die Uhr laufen, um die neuesten Nachrichten zu sehen, aber in der Regel waren es dieselben Informationen, die bis zum Überdruss wiederholt wurden. Diesmal war es anders.

Mehrere Leute an der Bar schnappten nach Luft. Andere

blieben in der Mitte des Terminals stehen und starrten mit besorgter Miene auf den Bildschirm.

»Was ist los?«, fragte Shay.

Hawthornes Mund verzog sich zu einer grimmigen Linie. »Du hast es noch nicht gesehen?«

Shay schüttelte den Kopf. »Ich habe den ganzen Tag nonstop gearbeitet.« Sie hatte nicht einmal Zeit gehabt, sich bei ihrer Mutter oder Julio und den anderen in den Glades zu melden. Sie drehte sich in ihrem Sitz um und sah zu.

Zwei Nachrichtenreporter und mehrere wichtig aussehende Experten und Beamte saßen um einen u-förmigen Tisch, während hinter ihnen ein körniges Video von zwei Männern aus dem Nahen Osten in einer Schleife lief.

Die Reporterin berührte ihren Kopfhörer und blickte aufmerksam in die Runde. »Das vor wenigen Stunden veröffentlichte Filmmaterial zeigt zwei Hisbollah-Terroristen, die sich zu den dreizehn Nuklearangriffen bekennen, denen mindestens eine Million Amerikaner zum Opfer gefallen sind. Sie haben auch behauptet, dass das hochangereicherte Uran, das auf amerikanischem Boden verwendet wurde, durch hochrangige iranische Regierungsbeamte beschafft wurde.

Der iranische Präsident Hassan Rouhani wies die Anschuldigungen in einer Pressekonferenz vor einer Stunde schnell und nachdrücklich ab. Die iranischen Spitzenbeamten behaupten, ihr Urananreicherungsprogramm diene ausschließlich friedlichen Zwecken. Rouhani weigert sich jedoch, UN-Beamten oder IAEO-Inspektoren zu erlauben, die iranischen Atomforschungsanlagen zu inspizieren.«

Die Reporterin wandte sich an eine grauhaarige Frau in einem schwarzen Anzug. »Wie schnell sollten die USA Vergeltung üben, Dr. Bradley?«

»Die Hisbollah, die vom Iran gesponserte militante Terrorgruppe, bleibt die feindlichste aller globalen Bedrohungen für

Amerika«, sagte die Frau. »Ob der Iran überhaupt über die nuklearen Fähigkeiten verfügt, ist jedoch ...«

»Wir haben unseren Beweis«, unterbrach der zweite Experte. »Bombardiert den Iran ins Jenseits! Amerika muss jetzt mehr denn je seine Stärke beweisen. China und Russland wittern bereits Blut. Es ist mir egal, wie viele Tonnen an humanitärer Hilfe Russland liefert. Sie werden uns in Stücke reißen, wenn wir nicht handeln, und zwar sofort ...«

Shay und Hawthorne sahen noch einige Minuten lang zu, wie alle anderen in der Bar auch, aber die Nachrichtensprecher hatten keine neuen Informationen zu berichten. Sie waren nur sprechende Köpfe, die sich über die Gültigkeit der Aufnahmen stritten und darüber, wer zuerst bombardiert werden sollte.

Shay drehte sich in ihrem Sitz herum und sah Hawthorne an. Sie war jetzt hellwach, auch ohne Kaffee. »Glaubst du, die Hisbollah hat es getan? Und dass der Iran dahintersteckt?«

Hawthorne zuckte nur mit den Schultern. »ISIS hat sich am Tag der Anschläge zu den Bomben bekannt, erinnerst du dich? Nordkorea hat im Grunde gesagt, sie wünschten, sie hätten es zuerst getan. Ich weiß, jeder will jemandem die Schuld geben, aber wir können nicht ein ganzes Land in die Luft jagen, nur weil wir uns auf das Wort von zwei verrückten Terroristen stützen.«

»Glaubst du, dass der Iran Atomwaffen hat? Das dürfen sie doch nicht, oder?«

»Da bin ich mir nicht sicher, aber sie haben definitiv angereichertes Nuklearmaterial. Es ist einfacher, einen improvisierten Nuklearsprengkörper, einen IND, herzustellen, als die meisten Leute denken.« Hawthorne setzte sich aufrechter hin, ein eifriges Glitzern in seinen braunen Augen, wann immer er die Gelegenheit bekam, über etwas zu sprechen, das ihn interessierte. »Ich meine, ich will dich ja nicht langweilen oder so.«

»Ich langweile mich nicht«, versicherte Shay und ihre Wangen wurden warm. Das gefiel ihr an ihm: Seine Begeisterung, seine Intelligenz. »Ich will es hören. Erzähle mir alles, was du weißt.«

»Zwischen Plutonium und hochangereichertem Uran – HEU – ist es viel einfacher, HEU in eine Massenvernichtungswaffe zu verwandeln. Es braucht nur fünfundfünfzig Pfund Uran, um eine einfache Atombombe zu bauen. Vergiss den Iran für eine Minute. Der weltweite Vorrat beträgt über drei Komma fünf Millionen Pfund. Das sind dreiundzwanzigtausend existierende Atomwaffen. Die USA, China, Russland, das Vereinigte Königreich, Frankreich, Israel, Indien und Pakistan haben alle Atomwaffen. Nordkorea, Syrien und natürlich der Iran vielleicht.«

Shay knabberte an ihrem Daumennagel, ihr wurde flau im Magen. »Dreiundzwanzigtausend Nuklearbomben? Der Gedanke daran ist Wahnsinn.«

»Es gibt buchstäblich Hunderte von Standorten, an denen Kernwaffen oder Kernmaterial lagern. Und es gibt keine verbindlichen globalen Standards dafür, wie gut diese Waffen und Materialien gesichert werden sollten. In über hundert Forschungsreaktoren zum Beispiel wird HEU verwendet. Und einige davon befinden sich in Entwicklungsländern, in denen die Sicherheit und die Sicherheitsvorkehrungen fragwürdig sind.«

»Woher weißt du das alles?«, fragte Shay.

»Wir wurden gerade von einem Beamten der Internationalen Atomenergiebehörde geschult, also ist alles noch frisch in meinem Gedächtnis.« Hawthorne spielte mit seiner Gabel, ein Stirnrunzeln breitete sich auf seiner Stirn aus. »In den letzten Jahrzehnten wurden Hunderte von Vorfällen gemeldet, bei denen radioaktives Material gestohlen oder ‚verloren‘ wurde. Im Jahr 2010 brachen Atomkraftgegner in eine belgische Militärbasis ein, in der mehrere US-Atomwaffen gelagert waren, und liefen eine Stunde lang umher, nur um zu beweisen, wie leicht es war, einzubrechen. Und vier russische U-Boote mit Atomsprengköpfen sind gesunken, aber die Sprengköpfe wurden nie geborgen.«

Shay zog die Augenbrauen hoch. »Zumindest hat die russische Regierung das so berichtet.«

»Genau. Aber es sind nicht nur ausländische Regierungen. Mindestens elf US-Atomwaffen sind ebenfalls verloren gegangen.«

Shay fiel die Kinnlade herunter. »Was? Wie kann jemand eine Atomwaffe verlieren?«

»Keine Ahnung. Die Regierungen aller Länder behaupten, dass hundert Prozent des verlorenen oder gestohlenen Kernmaterials wiedergefunden wurden, aber der IAEO-Vertreter sagte, dass es sehr gut möglich ist, dass diese Länder nur einen Teil wiedergefunden haben und nicht das gesamte Material, und dass sie gelogen haben, um dies zu vertuschen.«

»So wie die Sowjets über Tschernobyl gelogen haben«, sagte Shay. »Manche Länder fürchten Scham und Peinlichkeit so sehr, dass sie es um jeden Preis vertuschen, bevor sie es auf der Weltbühne zugeben.«

»Genau so ist es«, sagte Hawthorne.

»Okay, angenommen, die Terroristen haben etwas von diesem ‚verlorenen‘ Uran in die Hände bekommen, entweder durch Diebstahl oder über ihre Regierung – wie haben sie Kernmaterial durch die Sicherheitskontrolle am Hafen hier in den USA bekommen? Sollte das nicht unmöglich sein?«

»Ich wünschte, es wäre so. Das Personal der US-Küstenwache und die Zollbeamten können nur etwa fünf Prozent der neun Millionen Schiffscontainer, die jedes Jahr in den US-Häfen ankommen, gründlich kontrollieren. Sie haben natürlich Strahlungsdetektoren, aber die können versagen – oder sie können getäuscht werden.

Und viele Gegenstände haben eine Strahlungssignatur. Bananen, zum Beispiel. Ebenso wie Granit, Ziegelsteine, Katzenstreu und sogar Kartoffeln. Sie alle enthalten geringe Mengen an Mineralien, die auf natürliche Weise zerfallen. Einzeln betrachtet, löst ihre Radioaktivität keine Geigerzähler aus und schadet niemandem. Ein Container oder eine Lkw-Ladung Bananen oder Katzenstreu würde jedoch die Sensoren anschlagen lassen.«

»Ein mit Katzenstreu gefüllter Schiffscontainer, in dem auch kleine Mengen Nuklearmaterial versteckt sind, könnte also möglicherweise durchschlüpfen?«

»Möglicherweise. Jeder Behälter mit nachweisbarer Strahlung soll einzeln überprüft werden. Das heißt aber nicht, dass das auch geschieht, oder zumindest nicht so gründlich, wie es sein sollte.«

»Menschliches Versagen«, sagte Shay.

»Im Moment ist Homeland damit beschäftigt, die Berichte der letzten drei Jahre über Unregelmäßigkeiten an allen Einreisehäfen der USA zu sichten. Wenn sie nichts finden, werden sie noch weiter zurückgehen. Es besteht auch die Wahrscheinlichkeit, dass derjenige, der dahintersteckt, Leute in diesem Land hat, die ihm helfen, einschließlich Hafenpersonal.«

»Ich hoffe nicht.« Der Gedanke, dass die Amerikaner sich zusammentun, um ihr eigenes Land zu zerstören, war jenseits aller Vorstellungskraft. Aber sie konnten keine Möglichkeit ausschließen.

»Bedenke die Tatsache, dass weniger als fünfzehn Prozent des Heroins und dreißig Prozent des Kokains von den Behörden weltweit abgefangen werden«, sagte Hawthorne. »Fünfundsiebzig bis fünfundachtzig Prozent der illegalen Rauschmittel kommen durch. Keiner will das zugeben. Aber es ist die Wahrheit.«

Der Kellner schaltete von den sprechenden Köpfen, die sich nun fast gegenseitig anschrien, welche politische Partei mehr Schuld daran hatte, dass die katastrophalen Anschläge nicht verhindert worden waren, auf das Wetter um.

Er drehte die Lautstärke auf. Die Wettervorhersage sollte das

Letzte sein, worüber man sich Sorgen machen musste, aber sie waren in Florida – das Wetter war nie gutmütig.

Shay drehte sich wieder um, während sie beide zusahen. Auf dem Bildschirm sprach eine Meteorologin über den Hurrikan Helen, der sich immer noch mitten auf dem Atlantik abzeichnete. Sie zeigte auf einer digitalen Karte der Ostküste von der Dominikanischen Republik bis nach South Carolina mögliche Orte, wo er auf Land treffen könnte.

»Es sieht so aus, als ob er auf Kuba oder vielleicht auf den Bahamas auf Land treffen wird«, sagte Hawthorne. »Das ist nicht gut für sie, aber eine gute Nachricht für Miami.«

Shay war entschlossen, sich an jeden Funken Hoffnung zu klammern, den sie finden konnte. »Wir brauchen gute Nachrichten. Das Gute in all dem Grauen zu finden, ist das, was uns bei klarem Verstand hält. Das ist es, was uns Hoffnung gibt.«

»Glaubst du das wirklich?«

»Das tue ich, von ganzem Herzen.«

Hawthorne öffnete seinen Mund, schloss ihn und runzelte die Stirn. »Was ist los?«

Er murmelte etwas so leise, dass sie nicht sicher war, was er gerade gesagt hatte. Ihr Puls beschleunigte sich. »Was?«

Er räusperte sich und rutschte unbehaglich in seinem Sitz hin und her. »Ich mag dich, Shay. Da, ich habe es gesagt.« Er fuhr sich nervös mit der Hand über seine Glatze und schenkte ihr ein unbeholfenes, aber süßes Lächeln. »Ich habe mich bewaffneten Killern gestellt, ohne mit der Wimper zu zucken, aber ich muss sagen, das hier ist ein bisschen nervenaufreibend.«

Shays Müdigkeit verschwand. Ihr Magen kribbelte und erfüllte sie mit einer glücklichen, schwindelerregenden Wärme. Vielleicht sollte sie sich schuldig fühlen, weil sie inmitten von Leid und Tod ein wenig Freude empfand, aber das tat sie nicht. Sie nahm es mit jeder Faser ihres Wesens an.

Das war das Leben. Das war die Hoffnung. Das war das Licht, an dem man sich mitten in der dunkelsten Nacht festhielt.

Sie ertappte sich bei einem Grinsen. »Ich mag dich auch.«

»Ich meine, ähm, ich *mag* dich, weißt du?«

»Ja, den Teil habe ich verstanden.«

»Oh, gut. Ich, ähm, war mir nicht sicher …«

Sie stand auf und streckte ihre Hand aus. »Willst du eine Weile von hier verschwinden?«

Trey Hawthorne schob seinen Stuhl so schnell zurück, dass er umkippte.

Dakota schaufelte Erde in einen weiteren Sandsack. Mit dem Handrücken strich sie sich feuchte Haarsträhnen aus den Augen. Julio arbeitete hart an ihrer Seite, schwitzend und schmutzig, stöhnend vor Anstrengung.

Die Temperatur musste über fünfunddreißig Grad betragen, die schwüle Luft glich einem Ofen. Die Sonne brannte heiß und unerbittlich auf sie herab. Der Schweiß rann ihr den Rücken hinunter, sammelte sich unter ihren Achseln und durchnässte ihr Shirt.

Sie hatte sich mit Sonnencreme eingecremt, trug eine von Ezras alten Baseballkappen, um ihre Augen abzuschirmen, und hatte sich einen feuchten, kühlen, in Eiswasser getauchten Stoffstreifen in den Nacken gelegt, aber es fühlte sich immer noch an, als würde sie lebendig gebraten.

Sie wartete auf die sommerlichen Nachmittagsgewitter, aber bis jetzt war keine einzige Wolke am Himmel zu sehen. Die Funkantenne, die einige Meter von der Hütte entfernt stand, bot nur ein paar dünne Streifen Schatten.

Normalerweise war die Arbeit im Freien in Südflorida den

kühleren frühen Morgen- und späten Abendstunden vorbehalten, aber sie hatten nicht den Luxus, sich ihre Arbeitszeiten auszusuchen.

Falls irgendjemand Zweifel hatte, führten die gestrigen Ereignisse es allen vor Augen – sie waren nicht sicher. Nicht vor den verzweifelten Flüchtlingen, die aus Miami herausströmten, und nicht vor den Hirten.

Es war fünf Tage her, dass sie die Hirten getötet hatten, um die Hütte zu verteidigen. Fünf Tage ohne den Hauch einer Bedrohung oder Gefahr. Aber das spielte keine Rolle.

Der Stress und die Anspannung forderten von ihnen allen ihren Tribut. Aber auch das spielte keine Rolle. Sie durften nicht eine Sekunde unvorsichtig sein. Und sie mussten jederzeit auf alles vorbereitet sein.

Das Schlimmste stand ihnen noch bevor.

Sie nahm einen Schluck Wasser aus ihrer Thermosflasche und schaute Julio an. Seine Augen waren geschlossen, aber sein Mund bewegte sich.

»Du betest? Jetzt? Hier draußen in der Hitze?«

»Du hast mich erwischt.« Er öffnete die Augen. Er sah einen Moment lang verzweifelt aus, bevor sich seine Miene aufhellte. »Aber diesmal habe ich so getan, als würde ich mich mit Yoselyn unterhalten. Die Hitze macht mir wohl zu schaffen.«

Schuldgefühle durchzuckten sie. »Du vermisst deine Frau.«

»Jede Sekunde eines jeden Tages. Und meine Nichten.« Er hielt inne, atmete tief durch und starrte in die Ferne. »Ich war immer da, weißt du? Und jetzt, wo sie es am nötigsten brauchen, bin ich es nicht.«

»Es tut mir leid. Es ist meine Schuld.«

»Nein«, sagte er und schüttelte den Kopf. »Sag das nicht. Es ist nicht deine Schuld. Nichts von alledem ist es.«

»Aber ...«

»Hör zu, Dakota. Ich bitte dich. Ich bin so gesegnet und

dankbar zu wissen, dass sie in Sicherheit ist. Ich kann mit ihr über das Satellitentelefon sprechen, obwohl uns eine beträchtliche Entfernung trennt und obwohl die Mobilfunkmasten immer noch nicht funktionieren. Meine Schwägerin ist eine starke, gut vorbereitete Frau. Sie hat jede Menge Lebensmittel und Wasser eingelagert. Es wird ihnen gut gehen, bis ich zu ihnen komme und sie aus der Stadt bringen kann.«

Sie konnte die Sorge in seinem Gesicht lesen, auch wenn er versuchte, sie zu verbergen. Palm Beach war von der Explosion verschont geblieben, aber die Lebensmittelläden und Tankstellen waren leer. Die Regierung lag in Trümmern. Recht und Ordnung fielen in sich zusammen. Und die Menschen begannen, sehr, sehr hungrig zu werden.

Sie wusste, wie schwer es war, von der Person, die man am meisten liebte, getrennt zu sein, zu wissen, dass sie in Gefahr war, aber es nichts gab, was man dagegen tun konnte.

Julio schürzte seine Lippen. »Mach dir keine Sorgen um mich. Okay? Oder um sie. Wir haben unseren Glauben, egal was passiert. Außerdem weiß Yoselyn, wie man mit einer Waffe umgeht. Sie ist viel härter im Nehmen als ich.«

Es gab kein Zittern in seiner Stimme, keine Angst oder Reue. Er war standhaft wie ein Fels.

Nur weil Julio sanftmütig war, leise sprach und ein gutes Herz hatte, hieß das nicht, dass er nicht auch stark war. Hinter dem freundlichen Lächeln lauerte ein Rückgrat aus massivem Stahl.

Und wer war sie, um zu beurteilen, was ihm diese Kraft gab? Für Dakota war es ihre unermüdliche Liebe zu ihrer Schwester, die sie durch die schlimmsten Zeiten brachte. Für Julio war es sein Glaube.

Vielleicht war sein Gott wirklich anders als die hasserfüllte, rachsüchtige Gottheit, mit der sie aufgewachsen war.

»Ich werde dir helfen, deine Frau zu holen«, sagte sie, »wenn das hier vorbei ist.« Er begegnete ihrem Blick. »Ich verlasse mich darauf.«

Sie fuchtelte mit ihrer behandschuhten Hand herum und verteilte überall Schmutz. »Bist du sicher, *du* kommst mit all dem zurecht? Mit einer Waffe umzugehen?«

»Ich habe schon mal eine Waffe in der Hand gehabt. Erst vor ein paar Tagen, wenn du dich erinnerst.«

»Ich meine, ist das nicht gegen deinen Glauben?«

Julio schenkte ihr ein schiefes Grinsen. »Ich glaube zufällig, dass Gott ein Befürworter der Selbstverteidigung ist. In Esther wurde dem Volk Gottes erlaubt, sich gegen diejenigen zu verteidigen, die es vernichten wollten. Die Israeliten haben sich mit Sicherheit gegen alle potenziellen Angreifer verteidigt. Mach dir keine Sorgen um meine Seele.«

»Das ist gut.«

Julio füllte einen Sack aus Sackleinen und band ihn mit Schnur zu. Er hievte ihn in die nahe Schubkarre. »Heilige Mutter Maria, ist das schwer.«

Sie hatten den Vormittag damit verbracht, auf dem Schießplatz zu trainieren und ihre Waffen und Munition noch einmal zu überprüfen, um sicherzustellen, dass alles tadellos und in gutem Zustand war. Dann hatten sie Übungen für potenzielle Eindringlinge gemacht.

Ezra hatte darauf bestanden, dass jede Übung mindestens dreimal wiederholt werden musste, und so wurde es auch umgesetzt. *Wenn man es nur einmal macht, kann man es genauso gut bleiben lassen.*

Während sich der Nachmittag hinzog, füllten sie Dutzende von Sandsäcken, um die Wände unter den Fenstern der Hütte zu verstärken und geschützte Schusspositionen zu schaffen. Eden arbeitete mit Ezra auf der anderen Seite der Hütte, Logan arbeitete im Garten, und Park hielt Wache.

Alle waren angespannt, nervös, gereizt. Logan ganz besonders.

Sie machte sich Sorgen um ihn. Sie hatte seit gestern nicht mehr mit ihm gesprochen, seit er die blonde Frau, Brenda, erschossen und die dunkelhaarige Frau und ihre Tochter fast getötet hatte.

Sie wollte ihm seinen Freiraum lassen und darauf warten, dass er bereit war, von sich aus zu reden, aber sie war sich nicht sicher, ob er das jemals tun würde. Gerade als sie das Gefühl hatte, dass da etwas war, eine Verbindung zwischen ihnen, hatte er sich zurückgezogen, sich von ihr entfernt und sich irgendwo tief in sich selbst zurückgezogen.

Er versteckte sich vor etwas in seiner Vergangenheit. Sie wusste genau, wie das war.

Das tat sie auch. In ihrem Fall mehr als eine Sache.

# KAPITEL 40
## DAKOTA

Dakota holte tief Luft, als die alten Erinnerungen wieder hochkamen, scharf und schmerzhaft. Die Narben auf ihrem Rücken kribbelten. Sie hatte die letzten paar Tage nicht gut geschlafen. Die Rückkehr in die Glades und der Kampf gegen die Hirten hatten alles wieder in grellen, lebhaften Farben erscheinen lassen.

Sie mochte weggegangen sein, aber die Vergangenheit war immer noch da, wo sie immer war. Die Menschen aus der Kommune suchten sie wieder in ihren Träumen heim und flüsterten ihr mit verzweifelten Stimmen ins Ohr.

Nicht nur Maddox und der Prophet, sondern auch die anderen – die Frauen und die Kinder, die diesen Ort ihr Zuhause nannten und nicht wussten, dass ihr Zufluchtsort auch ihr Gefängnis war.

»Darf ich dir eine Frage stellen?«, fragte sie Julio. »Aber natürlich. Du kannst mich alles fragen.«

»Ich denke manchmal an sie.«

»An wen?«

»Die Kinder, die ich zurückgelassen habe. In der River-Grass-Kommune.«

Die Leute, die sie zurückgelassen hatte, waren immer noch genau dort, wo sie sie zurückgelassen hatte. Die Kommune hatte nicht aufgehört zu existieren. Die Menschen, die dort lebten, waren immer noch genauso gefangen, wie sie selbst es gewesen war, ob sie es nun merkten oder nicht.

»Es gab da eine Frau ... Sie war immer so nett zu mir«, sagte sie langsam.

»Nicht wie einige der anderen Schwestern. Schwester Rosemarie. Sie war vielleicht das, was mir einer Mutter am nächsten kam. Aber das heißt nicht viel.«

Julio hielt inne, kauerte über seinem Sandsack und wartete. Er sagte nichts, aber das war auch nicht nötig. Er hörte zu.

»Ich erinnere mich an ein kleines Mädchen, Ruth. Sie war nicht viel jünger als ich, aber sie war so winzig. Sie trug ihr Haar immer zu Zöpfen geflochten. Sie war so klug, so wissbegierig. Sie wollte alles lernen. Sie folgte Schwester Rosemarie immer wie ein Schatten und stellte Fragen über medizinische Dinge.«

Dakota schloss für einen Moment die Augen, verdrängte die brütende Hitze und die Insekten, das Zirpen der Zikaden, den Schmutz unter ihren Fingernägeln. »Hier draußen in der realen Welt würde sie Ärztin oder Wissenschaftlerin werden. Aber da drinnen ... Einmal erwischten sie sie dabei, wie sie die Bibel las – die echte Bibel, nicht die Teile über Unterwerfung, Gehorsam und harte Arbeit, die sie fotokopierten und den Mädchen zu lesen erlaubten. Sie brachten sie in den Raum der Barmherzigkeit ... Sie konnte wochenlang nicht aufrecht stehen, nachdem sie mit ihr fertig waren.«

Julios rundes, gleichmütiges Gesicht wurde aschfahl. Er bekreuzigte sich. »Habe Erbarmen.«

Dakota nahm die Schaufel in die Hand und stieß sie in die Erde. Sie schleuderte den Dreck praktisch in den Sack, sodass die

Klumpen überall hinflogen. Die alte Wut stieg wieder in ihr auf, bitter und hilflos und hässlich.

»Das ist wahrscheinlich eine weitere Sünde, nicht wahr? So wütend zu sein, dass ich etwas töten könnte? Setz es einfach auf die Liste.«

»Ich bin kein Priester«, sagte Julio. »Du hast mir nichts zu beichten. Das ist eine Sache zwischen dir und Gott. Aber zwischen dir und mir ist gerechtfertigte Empörung keine Sünde.«

Sie schaufelte wie wild, und ihre Handflächen brannten von den unablässigen, sich wiederholenden Bewegungen. Sie füllte den Sack, schleppte ihn in die Schubkarre und machte sich an den nächsten. »Ich habe sie zurückgelassen. Sie alle. Ich habe Eden mitgenommen und bin weggelaufen.«

Julio machte einen Schritt auf sie zu und blieb dann zögernd stehen. Er kratzte sich an dem neuen, grauen Bart, der seine Wangen bedeckte. »Dakota ...«

»Bin ich deshalb genauso schlecht? Ich habe mich gerettet und sie verlassen. All diese Kinder.«

»Du warst selbst ein Kind. Das darfst du nicht vergessen.«

»Ich glaube nicht, dass das für die Kinder einen Unterschied macht.«

»Du bist nicht dafür verantwortlich, sie zu retten.«

Sie wollte seinen Worten Glauben schenken, aber sie konnte es nicht. Sie gab ein unverbindliches Geräusch von sich.

»Oh, Dakota.« Julio hielt inne und musterte sie, seine dunklen Augen waren sanft und voller Mitgefühl. »Du kannst nicht die ganze Welt retten.«

Dakota schnaubte. »Das weiß ich. Ich ... ich wollte nur Eden retten. Aber der Rest von ihnen ... Diese Kinder sind auch gefangen, genau wie wir es waren.«

»Ich würde sie auch rausholen wollen, wenn es möglich wäre. Aber wir können nicht alles Unrecht in der Welt wiedergutmachen. Das kannst du dir nicht alles aufbürden. Sosehr du auch glauben magst, dass du alles unter Kontrolle hast, das hast du nicht.«

Sie starrte auf das Wasser, beobachtete das entfernte Fischerboot, das neben dem Steg trieb. »Das hat Logan auch gesagt.«

»Er hat nicht unrecht.« Julio zögerte. »Hör zu. Was dir an diesem Ort widerfahren ist, war böse. Was auch immer du denkst, es war nicht deine Schuld – was sie dir angetan haben, was du tun musstest, um zu überleben.«

Sie schaute ihn scharf an. Er beobachtete sie mit einem seltsamen, angespannten Ausdruck, als wüsste er alles. So wie Ezra sie immer ansah – mit einer Mischung aus Mitleid, Zärtlichkeit und kaum unterdrückter Wut.

»Du musst es mir nicht sagen«, sagte er leise. »Ich kann viel erraten. Im Laufe der Geschichte ist im Namen Gottes viel Böses getan worden. Glaub mir, Gott hasst es mehr als du.«

»Vielleicht«, sagte sie, nicht überzeugt.

»Diese Leute sind nicht Gott und sie sprechen nicht für ihn. Gott, der wahre Gott, liebt dich mehr, als du dir je vorstellen könntest. Es gibt nichts, womit du so etwas verdienen könntest. Und es gibt auch nichts, was du tun könntest, damit er aufhört, dich zu lieben.«

Ein Teil von ihr wollte die Augen verdrehen, ein anderer Teil wünschte sich, es wäre wahr. »Kein Priester, hm? Bist du dir da sicher?«

»Ich bin mir ziemlich sicher, dass ein Barkeeper kein Priester sein kann«, sagte Julio trocken, aber er lächelte.

Sie ertappte sich dabei, dass sie lächelte.

Julio lag ihr am Herzen, mehr als ihr bewusst war. Die Stärke ihrer Gefühle hatte sie überrumpelt, sie überrascht. Aber sie waren dadurch nicht weniger real. Sie sorgte sich um ihn, seine Sicherheit und seine Familie, und sie wollte, dass er glücklich war.

Sie hatte nicht viel Erfahrung mit Freundschaften. Überhaupt, mit Beziehungen jeglicher Art. Nicht, wenn man so aufwuchs, wie sie es getan hatte, ausgehungert nach Zuneigung und menschlicher Nähe. Das machte einen so hungrig, so voller Sehnsucht, dass es einfacher war, sich abzuschotten und zu betäuben, als immer wieder Zurückweisungen zu ertragen.

Der Gedanke daran erfüllte sie immer noch mit einem leisen, brummenden Schrecken. Je mehr man wollte, desto mehr Angst hatte man, es nicht zu bekommen. Je mehr man hatte, desto mehr konnte einem entrissen werden.

Ihre Brust spannte sich an. Erinnerungen an den Propheten und Solomon Cage flackerten in ihrem Kopf auf, an Maddox mit seinem Messer an Edens Kehle, mit diesem tödlichen, manischen Schimmer in seinen Augen. *Wenn ich dich das nächste Mal sehe, werde ich dich töten …*

»Wir könnten hier draußen sterben«, sagte sie abrupt und ihr Mund wurde trocken. »Ich habe dich da mit hineingezogen. All das – alles, was wir hier tun – ist meinetwegen. Ich bringe dich in Gefahr.«

»Da draußen ist es genauso gefährlich. Vielleicht sogar noch gefährlicher. Logan, Eden, Park und ich sind nur deinetwegen am Leben, Dakota. Und Shay auch. Vergiss das nicht. Und tu es nicht so leicht ab.«

Sie füllte den Sack, band ihn zu und schleppte ihn in die fast volle Schubkarrenreihe. Sie schnappte sich einen weiteren Sack vom Stapel und arbeitete weiter. »Das werde ich nicht.«

Aber ihre Schuldgefühle, ihre Verantwortung für sie alle, zogen sich immer noch wie ein Schraubstock um ihr Herz. Die Hirten waren ihretwegen gekommen. Es spielte keine Rolle, was irgendjemand sagte, das war die Wahrheit.

Wenn Julio etwas zustoßen würde, könnte sie sich das nie verzeihen …

»Du kannst immer noch gehen«, sagte sie. »Das ist nicht dein Kampf, Julio. Niemand würde weniger von dir halten, wenn du von hier verschwindest und deine eigene Familie rettest.«

Julio griff nach ihrer Hand und ließ sie mitten im Schaufeln innehalten. »Mädchen, du bist ganz schön stur, nicht wahr? Hast du nicht zugehört, als es darum ging, dass du mein Leben gerettet hast?«

»Du bist mir nichts schuldig«, betonte sie.

Sie hasste den Gedanken, dass irgendjemand bei ihr blieb, weil er meinte, er *müsse* es. Sie hatte schon genug mit Pflegeeltern und Heimleitern zu tun, die ihr ein falsches Lächeln schenkten und falsche Versprechungen machten, aber das war alles nur gespielt.

Sicher, es gab viele Pflegeeltern, die sich wirklich kümmerten, und Eden hatte Glück mit guten Eltern gehabt. Dakotas Erfahrungen waren ganz anders.

Sie schüttelte den Kopf und versuchte, sich loszureißen, aber er zog seinen Griff fester an.

Er wollte, dass sie ihm Aufmerksamkeit schenkte, dass sie ihm wirklich zuhörte. »Ich bin hier, weil ich es will. Ich bin hier, um diesen Ort und die Menschen, die mir etwas bedeuten, zu schützen. Das schließt dich ein.«

Dakotas Brust füllte sich mit einer plötzlichen Wärme. Sie sah weg und blinzelte schnell. Sie legte ihre behandschuhte Hand auf seine. »Ich ... Es tut mir leid. Alles.«

»Du musst dich für nichts entschuldigen. Für gar nichts.« Er drückte ihre Hand. »Ich habe mich entschieden, hier zu sein. Ich bin dazu bestimmt, hier zu sein. Ich habe Vertrauen, Dakota. All das hat einen Sinn. Du siehst ihn vielleicht noch nicht, aber es gibt ihn.«

»Glaubst du das wirklich?«

»Das tue ich. Gott hat auch für dich eine Bestimmung, Dakota. Vielleicht ist es, Eden zu retten. Vielleicht ist es mehr. Es liegt an dir, das herauszufinden. Aber du wirst das durchstehen. Das wirst du. Und du hast deine Freunde an deiner Seite. Vergiss das nie.«

Sie hatte geglaubt, dass sie und Eden allein sicherer wären. Sie hatte sich geirrt.

Jetzt hatte sie Eden, aber auch Julio. Sie hatte Ezra und Logan. Menschen, die ihr etwas bedeuteten und die sich wirklich um sie sorgten. Vielleicht fühlte es sich so an, wenn man eine richtige Familie hatte. Zu wissen, dass die Menschen hinter einem standen und einen unterstützten, egal was passierte. Es erfüllte sie mit Wärme, Freude und Entschlossenheit.

Sie hatte mehr, das es wert war, dafür zu kämpfen als je zuvor.

Und mehr zu verlieren.

Sie befreite ihre Hände aus seinem Griff, ließ ihre Handschuhe in die Schubkarre fallen und straffte ihre Schultern.

Julio schirmte seine Augen gegen die Sonne ab und sah sie an. »Wohin gehst du?«

»Es gibt da etwas, das ich tun muss.«

# KAPITEL 41
## LOGAN

Logan hielt inne und rieb sich den schmerzenden Rücken. Sein Körper war nicht für dieses ganze Knien gemacht. Er sollte Unkraut jäten, und zwar innerhalb des Gartens des Gewächshauses, aber er machte einen ziemlich miesen Job.

Das ganze Grünzeug sah gleich aus. Er konnte eine reife Tomate nicht von einer Melone unterscheiden. Eden hatte mit ihm gearbeitet und ihm gezeigt, welche Grünpflanzen Unkraut waren und aus welchen Grünpflanzen Karotten, Zuckererbsen, Salat und so weiter wuchsen.

Sie hatte eine Pause eingelegt und war zurück zur Hütte gelaufen, um ihre Wasserflaschen an der Pumpe aufzufüllen.

Er war allein. Er leckte sich über die rissigen Lippen, sein Mund war so trocken wie die Wüste. Er war durstig, aber nicht nach Wasser.

Zum hundertsten Mal an diesem Tag spürte er das Bedürfnis. Das *Verlangen*. Die vertraute, wohltuende Wärme durch seine Adern schwirren zu spüren. Um endlich das ständige, quälende

Geflüster des Monsters zu betäuben, das in seinem eigenen Kopf lauerte.

Instinktiv griff er nach seinem Flachmann.

Er zögerte, seine Hand schwebte nur Zentimeter von seiner Tasche entfernt, während er gegen seine eigenen schlimmsten Instinkte ankämpfte. Es war sowieso sinnlos, sich zu wehren. Was hatte es ihm genützt? Was war der Sinn von all dem, von irgendetwas? Es hatte alles keinen Sinn, es gab nur Tod und Zerstörung und noch mehr Tod.

»Hey«, sagte eine Stimme hinter ihm.

Er wirbelte herum, das Adrenalin schoss in die Höhe, der Flachmann war vergessen, und er griff nach seiner Pistole. Dakota grinste ihn mit einem langsamen, trägen Winken an.

Er wischte sich den Schweiß von der Stirn und versuchte, sein pochendes Herz zu beruhigen. Sie war gut darin, sich an Leute heranzuschleichen. Es war, gelinde gesagt, beunruhigend. »Du bist es.«

Sie neigte den Kopf und musterte ihn, aber ihr ruhiger, rätselhafter Blick verriet nichts. Dass sie überhaupt bereit war, mit ihm zu sprechen, war das eigentlich Überraschende.

Sie musste ihn hassen. Er hasste sich selbst.

»Ich möchte dir etwas zeigen«, sagte sie.

Er musste dem verdammenden Flüstern in seinem eigenen turbulenten Kopf entkommen. Und sein Magen war immer noch aufgewühlt von den gestrigen Ereignissen. Im Moment war es überall besser als hier.

Er ließ seine Handschuhe in den Schmutz fallen. »Ja, sicher.«

»Ezra wird dich umbringen, wenn du sie so liegen lässt. Leg sie in den Plastikbehälter neben der Tür, nachdem du sie abgewischt hast.«

Er gehorchte, wischte die Erde von seinen Knien und dann von den Handschuhen und legte sie ordentlich weg. Er brauchte Ezra nicht noch mehr zu verärgern, als er es ohnehin schon tat.

Im Zickzack, um den Sprengfallen auf dem Grundstück auszuweichen, folgte Logan ihr bis zum Rand des Sumpfes. Das überwucherte Gras und Unkraut zerrte an seinen Knöcheln und Schienbeinen, der Boden war nass und schwammig. Grashüpfer hüpften vor ihnen her. Die Luft roch erdig, nach feuchtem Gras und verrottender Vegetation.

Seine Hände hingen in lockeren Fäusten an seinen Seiten. Seine Handflächen waren wund und voller Blasen. Letzte Nacht hatte er stundenlang gearbeitet, um die Leichen der Eindringlinge zu vergraben, die sie getötet hatten.

Er hätte sie in den Wäldern zurücklassen können, dort wo sie gefallen waren – entlang der US 41 lagen bereits viele Tote verstreut. Oder er hätte sie in den Sumpf bringen und den Alligatoren überlassen können, wie sie es mit den sieben Hirten getan hatten.

Aber die Collier-Brüder wollten sie nicht wie einen Haufen Müll zurücklassen. Dakota auch nicht. Also hatte Logan angeboten, sie selbst zu begraben, allein.

Er musste es tun. Nicht für die toten Drecksäcke, sondern für sich selbst. Er musste sich bis auf die Knochen abrackern, bis seine Hände Blasen bekamen und bluteten, seine Muskeln schmerzten und brannten. Er brauchte anstrengende Arbeit, um sich abzulenken, um die Dinge zu übertönen, die er sich nicht erlauben konnte zu fühlen.

Das Graben war hart und schmerzhaft, der Boden feucht und von Wurzeln durchzogen.

Aber es erfüllte seinen Zweck. Der Alkohol war immer noch in der Flasche, immer noch voll, bereit und wartete auf einen Moment der Schwäche.

Er hatte bis tief in die Nacht gearbeitet. Um die blonde Frau hatte er sich als Letztes gekümmert und sie am tiefsten vergraben – so nah am Sumpf war das trotzdem nicht sehr tief. Er schaufelte noch mehr Erde darauf und formte etwas, das ein wenig an einen dieser alten indianischen Grabhügel erinnerte.

Es hatte ihn vielleicht vom Trinken abgehalten, aber durch das Graben hatte er sich auch nicht besser gefühlt. Es hatte nicht das Geringste dazu beigetragen, die ekelerregenden Wellen der Scham, den bitteren Selbsthass zu stoppen.

Nur eine Sache half dabei.

Er spürte die Anziehungskraft, fühlte das Verlangen, die ganze Welt auszublenden und zu betäuben, giftig und unwiderstehlich aufkeimen. Wenn er dorthin zurückkehrte, würde er etwas Entscheidendes verlieren. Dessen war er sich sicher.

Er würde in der Versenkung verschwinden und nie wieder auftauchen. »Hey!« Dakota berührte seinen Arm. »Logan?«

Er spürte die Hitze ihrer Finger wie einen elektrischen Schlag. Er zog sich zurück. »Ich bin hier.«

Dakota spannte ihren Kiefer an und musterte ihn erneut. Dann klärte sich ihre Miene. Was auch immer sie gedacht hatte, sie hatte sich entschlossen. Sie drehte sich abrupt um und gab ihm ein Zeichen, ihr zu folgen.

Ein Teil von ihm flüsterte, dass er nicht mitgehen sollte. Wo auch immer das hinführte, es würde nur zu einer Katastrophe und Herzschmerz für sie beide führen. Aber er schüttelte diesen Gedanken ab.

Ein anderer, stärkerer Teil von ihm wollte mit ihr gehen. Trotz allem, trotz der ganzen Welt, die über ihm zusammenbrach, wollte er, was er wollte.

Sie führte ihn hinaus zu dem alten, aber solide gebauten Steg. Die stabilen Bretter knarrten, als sie zu dem kleinen Fischerboot gingen, das an einem Pfosten am Ende des Stegs befestigt war.

Sie stieg in das Boot und gab ihm ein Zeichen, es ihr gleichzutun. Er zögerte. »Wir sollten nicht weit fahren ...«

»Werden wir nicht.« Sie tippte auf das Funkgerät, das neben der Springfield an ihrem Gürtel hing. »Ich habe Ezra schon gesagt, wo wir sein werden. Beim ersten Anzeichen von Ärger sind wir sofort wieder zurück.«

Logan stolperte unbeholfen in das Boot und ließ sich mit einem dumpfen Aufprall auf die Aluminiumbank fallen. Das war der Vordersitz, erklärte sie ihm, als sie den Motor anschaltete und sie hinaus auf die endlosen Weiten von Wasserflächen lenkte, die mit ausgedehnten Wellen von Schneidried bedeckt waren.

Er saß steif da, während sie sich hinter ihm auf dem Hecksitz niederließ. Sie fuhren auf einen Kanal zu – eine deutliche Unterbrechung des Graslabyrinths. Überall gab es kleine Pfade, aber Dakota schien genau zu wissen, wohin sie fuhren.

Kilometerweites, kopfhohes Schneidried durchbrach ein Meer aus ruhigem, dunklem Wasser. Wirbel aus braunem Schaum bedeckten die Oberfläche. Hier und da sammelten sich Baumgruppen wie kleine Inseln, deren Äste mit langen, struppigen Ranken behangen waren.

Überall wimmelte es von Moskitos, die mit diesem hochfrequenten Zischen summten und stachen. Dakota zog eine kleine, grünliche Sprühflasche aus ihrer Tasche und reichte sie ihm. »Haasis Insektenschutzmittel aus zerstoßener Schönfrucht. Das reicht für ein paar Stunden.«

Das Zeug half ungemein. Die wimmelnden Mücken und Spinnentiere blieben ihnen damit größtenteils vom Hals, zumindest eine Zeit lang.

Nach ein paar Minuten schaltete Dakota den Motor ab. »Ob du es glaubst oder nicht, wir sind nur ein paar Minuten von der Hütte entfernt. Ich habe den langen Weg genommen.«

Sie trieben eine Weile in einem Meer aus Gras, ohne zu sprechen.

Sie zeigte auf eine vage kreisförmige Fläche, die mit braunem Wasser gefüllt war. Es sah tief aus. »Ein Alligatorloch. Sie baggern es aus, machen es selbst. Siehst du, wie suppig und schlammig es ist? Es ist besetzt.«

»Besetzt?«

»Mit einem Alligator. Die Ungeheuer des Sumpfes.« Plötzlich brach die Oberfläche des Wassers auf.

Ein riesiger Alligator stürzte sich auf einen großen, langbeinigen Vogel, der seinen Schnabel ein Dutzend Meter entfernt ins seichte Wasser tauchte. Der Alligator spannte seine Kiefer über die gefiederte Brust des Vogels und zog ihn flatternd und krächzend unter die Wasseroberfläche.

Das Wasser wurde aufgewühlt, als der Alligator sich mit seiner Beute drehte. Innerhalb einer Minute verriet nur noch ein Schwall von Luftblasen, dass der Vogel und der Alligator überhaupt existierten.

»Heilige Scheiße«, hauchte Logan.

»Leg dich nicht mit der Tierwelt an.« Sie lächelte ihn an: Ein richtiges Lächeln, sanft, echt und offen, keine Maske, kein Schutzschild.

Es tat etwas mit ihm, es zerrte an einer unsichtbaren Saite. Er schaffte es fast zurückzulächeln. »Besser nicht.«

Verzweifelt suchte er nach einer Ablenkung und untersuchte das Schneidegras, während das Boot vorbeitrieb. Die Enden verjüngten sich zu Speeren. Winzige, scharfe Zähne verliefen auf beiden Seiten jedes Halms. Er streckte die Hand aus und griff nach einem Halm, um ihn genauer zu betrachten.

Der Büschel Schneidried schnitt in seine Handfläche wie eine Handvoll Nadeln. Er zuckte mit der Hand zurück, öffnete und schloss sie, und Blut quoll aus einem halben Dutzend winziger Schnitte. Er wischte mit der Hand über sein Shirt.

»Alles in diesem Sumpf ist gefährlich«, sagte sie mit einem kleinen, fast traurigen Lächeln. »Skorpione, die sich unter Baumstämmen verstecken; Korallenottern, Pygmäen-Klapperschlangen und Diamant-Klapperschlangen, die sich durch die Pinienwälder schlängeln. Alligatoren, Wassermokassinottern und Krokodile im

Wasser. Wildschweine mit Hauern, die dich ausweiden können. Selbst das Gras ist scharf wie ein Schwert.«

»Aber du liebst es trotzdem.«

»Ich liebe es trotzdem.« Sie blickte in die Weite hinaus. »Als ich mit Ezra zusammen gelebt habe, kam ich immer hierher, wenn ich mich zurückziehen und nachdenken wollte.«

Er konnte das nachvollziehen. Nach fünf Tagen hier draußen sah er es wirklich. Es herrschte Frieden, wild und ungezähmt, aber dennoch präsent. Ein Frieden, den er wollte. Er spürte die Sehnsucht in seiner Seele. »Es ist ... etwas Besonderes.«

Sie lächelte verschmitzt. »Das ist ein ziemliches Kompliment, wenn es von dir kommt.«

Über dem Wurzelgeflecht der Mangroven hockten mehrere Dutzend weiße Reiher, die sich im Brackwasser spiegelten. Tausende von Insekten schwirrten um sie herum. Gelegentliche Spritzer wiesen auf Lebewesen hin, die knapp unter der Wasseroberfläche schwammen und jagten.

Dakota sagte: »Ich glaube, wir müssen reden.«

# KAPITEL 42

# LOGAN

Logan sagte nichts. Er wusste nicht, was er sagen sollte.

Dakota starrte auf das trübe Wasser. »Nach dem Tod meiner Eltern habe ich gelernt, dass ich niemandem außer mir selbst trauen kann.«

»Du musst nicht ...«

»Ich möchte es. Ich glaube, ich muss es tun.« Sie sprach leise, zögernd, mit einem Schmerz in der Stimme, der ihm den Magen verdrehte. »Ich habe gelernt, dass die Menschen, die sich eigentlich um mich kümmern sollten, diejenigen waren, die am gefährlichsten waren. Es war eine harte Lektion. Aber ich habe sie gelernt. Und ich habe überlebt. Nachdem ich so viel in meinem Leben nicht mehr unter Kontrolle gehabt hatte, dachte ich, ich könnte alles in Ordnung bringen, indem ich so viel wie möglich kontrolliere. Aber das funktioniert bei Menschen nicht. Also muss ich lernen, den Menschen, die mir wichtig sind, zu vertrauen. Die Welt ist schrecklich, kaputt und voll von hässlichen und gefährlichen Dingen. Aber sie ist auch wunderschön. Eden hat mich das gelehrt. Sie konnte das Schöne sehen – sie konnte es finden und benennen und in ihrem Block zeichnen – und das war es, was uns am Leben hielt. Wenn man vergisst, diese Dinge zu finden, verliert man sich selbst und das, was zählt. Irgendetwas nagt an dir. Ich kann es sehen. Du kannst es mir sagen. Du kannst mir vertrauen.«

Sie saßen parallel zueinander, nebeneinander, aber nicht einander gegenüber. Vielleicht war das auch besser so. Er konnte es nicht ertragen, das Urteil in ihren Augen zu sehen. »Es ist nicht, was du denkst.«

»Dir ist etwas Schlimmes passiert«, sagte Dakota. »Das merke ich.«

Die Sonne stand weiß glühend am Himmel und strahlte auf sie herab. Ein großer blauer Reiher stand knöcheltief im Wasser.

Der Baumstamm dahinter, der auf dem schlammigen Ufer lag, war kein Baumstamm. Ein Alligator, vielleicht vier Meter lang, sonnte sich nur ein paar Meter von ihrem wackeligen Fischerboot entfernt.

»Ich war das Schlimme«, sagte Logan.

Der Alligator bewegte sich nicht. Er starrte ihn nur stumm an, wie ein Monster, das ein anderes Monster abschätzt.

Logan schloss die Augen. »Ich war das Schlimme, das jemand anderem passiert ist.«

Sie hob ihre Hand und hielt sie über die von Logan. Er beobachtete, wie ihre Finger über seinen schwebten, zögernd, fragend. Was würde er tun, wenn sie ihn berührte? Wusste sie es? Wusste er es?

»Manchmal ist das Mutigste, was man tun kann, um Hilfe zu bitten«, sagte sie.

Sie zog ihre Hand zurück und legte sie sanft neben die seine, nur wenige Zentimeter entfernt, ohne sie zu berühren. Sie wollte ihm die Entscheidung überlassen. Sie wollte ihn zu nichts zwingen, wozu er nicht bereit war. Oder was er nicht wollte.

Es war keine Frage des Wollens. Aber wie sollte er ihr das erklären?

»Logan«, sagte sie. »Lass mich rein.«

Er war zu weit gegangen, als er die Frau tötete. Er hätte beinahe auch noch die beiden anderen getötet.

Er hatte sich nicht zurückhalten können. In dem Moment war es ihm egal gewesen, aber jetzt war es ihm nicht egal. Er tötete in Notwehr, er tötete, um die Menschen zu schützen, die ihm wichtig waren – er fühlte keine Schuld oder Reue wegen dieser Taten.

Er hatte es schon einmal getan und würde es sofort wieder tun.

Aber Töten aus Blutrausch ... aus Wut und Rache ... War das nicht einfach kaltblütiger Mord?

Hätte er sich eine halbe Sekunde Zeit genommen, um die Situation zu analysieren, hätte er gewusst, dass die Gefahr bereits gebannt war. Aber das hatte er nicht gewollt. Das war die Dunkelheit, das Monster, das maschinenartige Ding in ihm, das ihm das Gefühl gab, nicht menschlich zu sein.

Sein Magen krampfte sich zusammen, als er auf die Tätowierung hinunterblickte, die sich in einem Knäuel aus Stacheldraht um seinen Unterarm wand. Er rieb das Gefängnis-Tattoo mit den fünf Punkten zwischen Daumen und Zeigefinger. »Ich habe Dinge getan ...«

»Sag es mir.« In ihrer Stimme lag kein Urteil. Keine Missbilligung.

Er erinnerte sich an die Nacht, in der sie zusammen auf der Metalltreppe vor dem Hotel saßen, als sie beide wach blieben, um Wache zu halten, während die anderen schliefen und die Stadt im Chaos versank.

Sie hatte sich ihm gegenüber geöffnet, sich entblößt, und er hatte ihr alles verziehen.

Er bezweifelte, dass Vergebung für ihn möglich war. Er wusste, dass es nicht möglich war. Die Person, deren Vergebung er am meisten brauchte, war nicht mehr unter den Lebenden.

Seine Hände zitterten. Dieses elende, kalte Gefühl durchströmte seinen ganzen Körper.

Er vergaß die drückende Sonne, die Hitze, die Insekten. Alles war still – das Schneidried, die Mangroven am anderen Ufer –, schlaff und unbeweglich hängend, ausgelaugt von der Hitze.

*Sag es mir.* Er tat es.

# KAPITEL 43
## LOGAN

»Für dich!« Tomás stand vor Logans Wohnungstür, hielt eine Orange in der Hand und sah ihn mit diesen großen, ernsten Augen an. Ein übergroßer Avengers-Rucksack rutschte von der schmalen Schulter des Jungen. »Das Obst des Tages«, sagte er mit einem schelmischen Grinsen.

Logan lehnte sich hinaus und spähte den schäbigen Flur hinunter, erst nach rechts, dann nach links. Die freiliegenden Leuchtstoffröhren an der rissigen, fleckigen Decke flackerten und surrten.

Keiner da. Keiner außer dem Kind.

Heute Abend oder vielleicht morgen stand eine große Sache an. Er hatte keine Zeit für so etwas. Trotzdem brachte er ein Lächeln zustande und nahm die Orange. »Das nächste Mal schulde ich dir einen Schokoriegel.«

»Ich habe gerade *Call of Duty: Black Ops 5* bekommen. Willst du spielen?« Tomás formte seine Hände zu zwei Fingerpistolen und mimte ein Feuergefecht. »Bumm, bumm, bumm! Du bist so was von tot! Dieses Mal schlage ich dich ganz sicher.«

Gelegentlich bat Tomás' Mutter Adelina Logan, eine Stunde

auf Tomás aufzupassen, während sie einkaufen oder zum Arzt ging oder bis spät in die Nacht Häuser für reiche Leute in den Vorstädten putzen musste.

Logan und Tomás spielten Videospiele, bis sie zurückkam, erschöpft und sich die Augen reibend, aber mit einem dankbaren Lächeln. Dass sie eine schöne Frau war, schadete auch nicht.

»Wo ist deine Mama?«

Tomás zuckte mit den Schultern. »Uns sind die Cornflakes ausgegangen. Sie hat versprochen, dass sie auf dem Heimweg im Laden vorbeigeht.«

Logan warf einen Blick auf sein Handy. Es war bereits nach 15:30 Uhr. Sie wäre um 16:00 Uhr, spätestens 16:30 Uhr zurück. Der Junge würde eine Weile allein zurechtkommen.

Tomás stieß seinen Zeigefinger in Logans Magen. »Bumm! Lass uns spielen.«

»Vielleicht später.« Logan war abgelenkt. Es war zu viel los. Er musste nachdenken, sich konzentrieren. Er riss dem Jungen die Orange aus der Hand, verabschiedete sich hastig und schloss die Tür.

Er warf die Orange in den überquellenden Mülleimer unter der Spüle, die mit schmutzigem Geschirr gefüllt war. Er mochte Orangen nicht sonderlich, obwohl der Junge das zu glauben schien.

Jedenfalls war er zu angespannt, um etwas zu essen.

Er schritt durch seine schmale Einzimmerwohnung, seine Schuhe schrammten über das abblätternde Linoleum in der Küche und den abgenutzten Teppich im Wohnzimmer. Es waren weniger als zehn lange Schritte von den durchhängenden Küchenschränken bis zur gegenüberliegenden Wand, die kahl und vergilbt war, rund um den riesigen 70-Zoll-Fernseher, den Alejandro ihm letztes Jahr gekauft hatte.

Alejandro Gomez, stellvertretender Leiter der La Mara Salvatrucha, oder MS-13, in Richmond, Virginia. Ein eiskalter Killer und skrupelloser Anführer, dem niemand in die Quere kommen oder ihn enttäuschen wollte – nicht, wenn man alle seine Finger behalten wollte.

Alejandro hatte ihn wie einen Sohn aufgenommen, hatte ihm eine Rolle, ein Ziel, eine Bruderschaft gegeben. Für Logan, einen vaterlosen Jungen, der sich auf der Straße durchschlug und um jeden Zentimeter Platz kämpfte, den er sein Eigen nennen konnte, bedeutete das alles.

Er hatte sich durch die Ränge gekämpft, geblutet und getötet, bis er Alejandros rechte Hand, sein Soldat, sein Mörder war.

Was zum Teufel machte Logan dann hier in seiner Wohnung, wo er sich die Sohlen seiner Schuhe ablief? Eine kalte Wut brannte in ihm auf. Er musste alles an Beherrschung aufbringen, um nichts zu zerstören.

Letzte Nacht hatte Francisco »The Snake« Torres-Amador, ein rivalisierender Anführer einer der regionalen Gangs, sieben von Alejandros Männern bei einem Überfall auf eines ihrer Verstecke ausgeschaltet. Sie hatten eins Komma fünf Millionen Dollar in Koks gestohlen und das Haus in Brand gesteckt, was die Aufmerksamkeit der Polizei auf sich zog.

Eines der getöteten MS-13-Mitglieder war der sechzehnjährige Cousin von Alejandro. Alejandro würde es nie auf sich beruhen lassen. Nicht, bis er jedes einzelne beteiligte Mitglied aufgespürt und ihnen lebendig die Gliedmaßen abgetrennt hatte, eines nach dem anderen.

Die Sache war, dass das Koks nur einen Tag lang im Haus hatte sein sollen. Es befand sich auf dem Weg nach L.A. und zu größeren Käufern. Nur eine Handvoll lokaler MS-13-Mitglieder aus der obersten Reihe wusste davon oder von seinem Standort.

Das konnte nur eines bedeuten.

Alejandros Mannschaft hatte einen Maulwurf – und Alejandro verdächtigte Logan.

Logan fluchte. Die simulierten Schüsse und die rumpelnden

Geräusche von Tomás' Videospiel hallten durch die papierdünnen Wände. Die alte Dame auf der anderen Seite des Flurs, Mrs. Costales, machte gerade Empanadas; der köstliche Duft wehte durch die Ritze unter der Tür.

Manchmal brachte sie ihm ein paar rüber und plauderte auf Spanisch darüber, wie sie ihn mit ihrer alleinstehenden zweiunddreißigjährigen Enkelin verkuppeln wollte. Aber jetzt hatte er keinen Appetit auf Empanadas – er hatte seit gestern Abend nichts mehr gegessen, als er erfahren hatte, dass Alejandro nicht direkt zu ihm gekommen war, um ihre Rache zu planen.

Tatsächlich hatte er überhaupt nichts von Alejandro gehört.

Alejandro hatte ihn bereits abgeschrieben. Jemand hatte ihm giftige Lügen ins Ohr geflüstert. Vielleicht Oscar Reyes, ein verräterischer, schlüpfriger Aal von einem Mann ohne einen einzigen loyalen Knochen in seinem Körper. Er würde seine eigene Großmutter für eine Chance auf mehr Macht abschlachten.

Logan hatte ihn jahrelang verabscheut, war aber nie in der Lage gewesen, ihn festzunageln und seine Doppelzüngigkeit aufzudecken. Wie sollte er das in Ordnung bringen?

Logan war ein Idiot, weil er wie ein getretener Hund dageblieben war, weil er sich zurückgelehnt und diesen Verrat zugelassen hatte, weil er das Messer hatte kampflos in seinen Rücken gleiten lassen.

Wenn er zu Boden ging, dann mit einem Donnerschlag. Und Oscar Reyes würde mit ihm untergehen.

Jeder, der Logan Garcia kannte, wusste, dass er sich den Weg aus dem Grab freikämpfen würde, nur um weiterzukämpfen. Er beugte seine vernarbten Knöchel und nickte vor sich hin. Nein, das konnte er nicht einfach so hinnehmen.

Er nahm seine Glock von der Theke, schnallte sich das Holster um und steckte drei geladene Magazine in seine Taschen. Reyes würde sich noch wundern, wenn er dachte ...

Die Tür sprang auf.

Sofort ging Logan in die Knie, stützte den Ellbogen auf den Oberschenkel und richtete die Pistole auf die Tür, bereit, jemandem den Kopf wegzuschießen.

»Ganz ruhig, *ese*.« Alejandro lachte. »Ich habe ein Geschenk für dich.«

# KAPITEL 44
## LOGAN

Alejandro schritt in Logans schäbige Wohnung, als würde sie ihm gehören. Er glaubte, dass sie ihm gehörte, so wie Logan ihm gehörte.

Zwei muskulöse, tätowierte Latinos folgten ihm und hievten einen schlaffen Körper zwischen sich her. Sie schleppten ihn ins Wohnzimmer und ließen ihn stöhnend auf den Teppich fallen, nur einen Meter von der Mündung von Logans Waffe entfernt.

Snake blickte aus fast zugeschwollenen Augen zu ihm auf. Logan konnte durch das zerquetschte Fleisch, die zerrissenen Knorpel und die zerbrochenen Knochen, die von seinem Gesicht übrig waren, kaum noch die Tätowierungen von Schlangenaugen auf Francisco Torres-Amadors Augenlidern erkennen.

Francisco lehnte sich auf seinen Fersen zurück, schmerzerfüllt und schwer atmend, eine Hand umklammerte die rechte Seite seines Brustkorbs. Er hatte wahrscheinlich mehrere gebrochene Rippen. Alejandro genoss es, seine Feinde zu treten, wenn sie am Boden lagen.

Blut sickerte aus einem gezackten Schnitt an der Stirn des Mannes und tropfte auf den Teppich. Logan starrte auf die runden, roten Flecken, bis seine Sicht verschwamm. Der Duft der Empanadas, die in der Wohnung ein paar Türen weiter zubereitet wurden, erfüllten seine Nase. Das gedämpfte Knallen und Dröhnen von Tomás' Videospiel drang durch die Wand.

Frische Wut wallte in ihm auf.

»Ich wohne hier«, zischte Logan. »Du kannst nicht einfach so herkommen. So etwas tun wir nicht vor unserer eigenen Haustür!«

Alejandro schenkte ihm nur ein hartes Lächeln. »Nein? Vielleicht sollten wir damit anfangen, *ese*. Vielleicht wollte ich euch beide mal von Angesicht zu Angesicht sehen, ja?«

Rechts stand Gonzalo Rodrìguez – ein riesiger, haariger Gorilla von einem Handlanger, der wenig sprach und sich hauptsächlich mit seinen massiven Fäusten verständigte. Auf der linken Seite hielt der rattengesichtige Oscar Reyes eine Pistole mit Schalldämpfer an Snakes Schädel.

Ein Schalldämpfer war nicht leise genug. Würde Tomás' Videospiel das Geräusch von echten Kugeln dämpfen? Würden diese hauchdünnen Wände überhaupt einen Schutz bieten, falls die Dinge aus dem Ruder liefen und eine verirrte Kugel durch den Gips direkt in Tomás' Wohnzimmer einschlug?

Logan erhob sich, die Waffe immer noch in der Hand, und umkreiste den gefallenen Mann mit Alejandros Handlanger auf beiden Seiten, um sich ein paar Augenblicke Zeit zum Nachdenken zu verschaffen.

Er hatte drei Jahre lang friedlich hier gelebt. Er mochte seine Nachbarn. Er kannte sie. Viele der einkommensschwachen Miethäuser waren von niederen Ganoven und Jugendbanden aus der Nachbarschaft bevölkert, die sich bei Revierkämpfen gegenseitig umbrachten.

Er hatte lange gesucht, um etwas zu finden, das relativ ruhig war.

Das bedeutete ihm etwas.

Alejandro hatte ihm geholfen, diese Wohnung zu finden. Er kannte Logan besser als jeder andere, was bedeutete, dass er wusste, wie man ihn verletzen konnte.

»In Zeiten wie diesen müssen wir unsere Loyalität unter Beweis stellen, *ese*«, sagte Alejandro.

Logan blickte von Reyes zu Alejandro. Reyes' Grinsen war schadenfroh – und gierig. Alejandro sah angespannt, misstrauisch und etwas wütend aus. Er hatte ein aufbrausendes Temperament. Seine Vergeltung war schnell, erbarmungslos und oft rücksichtslos. Er hinterfragte Dinge erst im Nachhinein, wenn es für die arme Seele, die er bereits verstümmelt und ermordet hatte, viel zu spät war.

Logan musste sehr, sehr vorsichtig vorgehen.

»Sag mir einfach, was ich tun soll«, sagte er gleichmäßig, obwohl sein Puls in die Höhe geschossen war.

»Ich bin dein Bruder.«

Alejandro hob die Brauen. »Bist du das?«

»Du weißt, dass ich das bin.«

Alejandros Lippen verzogen sich zu einem schmalen Strich. Er gestikulierte mit seiner Waffe zu Francisco.

»Töte ihn. Langsam. Damit wir alle sehen können, wo deine Loyalität liegt.«

Alejandro wusste, dass Logan mit Effizienz tötete. Er war sehr gut in dem, was er tat, aber er hatte eine Abneigung gegen Grausamkeit, gegen Folter. Ein Schuss ins Gehirn war genauso effektiv und sparte Energie und Munition, die an anderer Stelle besser eingesetzt werden konnten.

Alejandro spielte mit ihm, wie eine Katze mit einer Maus spielte. Er prüfte ihn.

Aber zu welchem Zweck?

Francisco beschimpfte sie. Alejandro verpasste ihm einen heftigen Tritt ins Gesicht. Der Mann brach mit einem Aufschrei zusammen und rollte sich zu einem Ball zusammen.

Reyes lachte und spuckte ihn an. »Jetzt bist du nicht mehr so mutig, was?«

»Frag ihn, wer ihm von dem Koks erzählt hat«, befahl Alejandro. »Schieß auf seine Füße, dann auf seine Hände, dann auf seine Knie, bis er redet.«

»Wir können das hier nicht machen«, sagte Logan. »Es ist zu gefährlich.« Reyes grinste. »Dann beeile dich besser.«

»Bring ihn zum Reden.« Alejandros Stimme wurde leise und kalt. »Und du betest besser, dass er nicht den Namen von jemandem in diesem Raum sagt.«

»Fahr zur Hölle«, knurrte Francisco. »Ich bringe dich um! Meine Jungs werden dich jagen und dir den Kopf abschneiden ...«

Dieses Mal trat Logan ihm in den Magen. »Halt die Klappe!«

Reyes holte einen Schalldämpfer aus seiner Tasche und reichte ihn Logan. Sie sahen zu, wie Logan das lange, schwarze Metallrohr auf das Ende seiner Glock aufschraubte.

Er richtete die Waffe auf den rechten Fuß des Mannes, der in das neueste Paar Lebron-Soldier-Basketballschuhe gehüllt war. Er zögerte. Er war ein guter Schütze. Er würde nicht danebenschießen. Aber die Kugel könnte direkt durch den Fuß in die Decke der darunterliegenden Wohnung gehen.

Er zielte tief, sodass die Kugel, wenn sie den Boden traf, über die Köpfe der Mieter hinweg an der Decke vorbeifliegen und sich harmlos in der Außenwand festsetzen würde. Hoffentlich.

Er atmete ein, konzentrierte sich, verdrängte die Angst, das Grauen, die Furcht, die sein Inneres versauerte. Er atmete aus, schoss nach unten und zielte dabei seitlich in den Fuß des Mannes.

Francisco schrie.

»Nenn uns einen Namen«, sagte Logan.

Francisco war zu sehr damit beschäftigt, sich vor Schmerzen auf dem Boden zu winden, um zu antworten.

Logan hatte keinen freien Blick auf seinen anderen Fuß. Reyes stampfte auf sein Bein, was ihm einen weiteren schrillen Schrei entlockte, ihn aber an Ort und Stelle festhielt. Logan zielte auf ein größeres Ziel und schoss knapp über die linke Kniescheibe.

Jeder Schuss klang wie ein Kanonendonner, der in seinen Ohren widerhallte. »Logan?«, fragte eine zittrige Stimme. Logan drehte sich um.

Tomás stand in der Tür. Alejandros Männer hatten die Tür offengelassen.

Ein Schauer lief Logan über den Rücken. Sein Mund wurde trocken. Sie hatten die Tür absichtlich nicht geschlossen. Sie wollten, dass jemand sie hörte, wollten ein unschuldiges Opfer.

Jetzt hatten sie eins.

»Raus!«, befahl Logan.

Tomás schaute ihn nur verwirrt an. In der einen Hand hielt er eine leuchtende Orange, in der anderen die *Call-of-Duty*-Hülle aus Plastik. »Ich wollte nur ... ich dachte ...« Seine Stimme verstummte, seine Augen wurden größer, als er die Männer, die Waffen und den blutigen, stöhnenden Mann auf dem Boden sah.

Oscar Reyes lächelte wie ein Hai, völlig ohne Wärme oder Humor. »Komm rein, Junge.«

# KAPITEL 45

# LOGAN

Reyes trieb Tomás in den Raum und zeigten mit seiner Waffe auf ihn. »Auf die Couch.«

»Nein«, sagte Logan. »Er hat nichts mit der Sache zu tun. Er hat nichts gesehen. Schafft ihn hier raus.«

Der Junge erstarrte. Ein Schritt durch die Tür, die Küche zu seiner Linken, der Hauptflur der Wohnung hinter ihm, das Wohnzimmer geradeaus. Sein Blick wurde wild vor Angst, als die Erkenntnis langsam in seinen achtjährigen Verstand eindrang.

Francisco keuchte durch seine gebrochene Nase. Er hob den Kopf und starrte Reyes an. »Lass mich gehen, und ich werde dir sagen, was du willst. Ich werde dir genau sagen, wer ...«

»Nein.« Reyes drehte sich, richtete seine Waffe nach unten und drückte ab. Die Kugel durchschlug Snakes linke Schläfe, direkt über seinem Ohr. Er starb mitten im Schrei.

Reyes sah Logan direkt an. »Nun, er hat viel gesehen. Jetzt ist er ein Zeuge.« Logan stürzte sich auf Reyes.

»Das würde ich nicht tun.«

Das Eis in Alejandros Stimme brachte ihn zum Stillstand. Logan hielt inne, die Muskeln spannten sich an, jede Faser seines

Wesens sehnte sich danach, seine Finger um Reyes' dünne Kehle zu schließen und das Leben aus ihm herauszuwringen.

Reyes starrte ihn an, seine Augen blitzten triumphierend, aber er sagte klugerweise nichts. Ein weiteres Wort und Logan würde ihn töten.

»Beweg dich, Junge.« Alejandro richtete seine Waffe auf den Jungen.

Zitternd gehorchte Tomás. Er schlurfte zur Couch und setzte sich steif hin, seine kleinen Schultern bebten.

»Reyes, schließ die Tür.«

Reyes hatte nur ein paar Schritte zur Tür gemacht, als Schritte auf dem Flur zu hören waren. Sie waren alle so sehr auf Tomás konzentriert gewesen, dass keiner von ihnen sie hörte, bis es zu spät war.

Eine Gestalt erschien in der Tür, eine braune Tüte mit Lebensmitteln in der Hand.

Logan wurde flau im Magen. Es war Adelina, die Mutter von Tomás. Sie war aufgeregt und hektisch, ihre schwarzen Haarsträhnen fielen ihr ins Gesicht, aber sie lächelte, wie sie es immer tat, wenn sie an seiner Tür stand. *Esta Tomás aquí?*

Nur dieses Mal erstarrte das Lächeln auf ihrem Gesicht und verwandelte sich in eine Fratze des Schreckens und des Entsetzens. *»Qué estás haciendo! Tomás!«*

Reyes erreichte sie mit einem langen Schritt, ergriff ihren Arm und zerrte sie ins Innere der Wohnung. Er knallte die Tür zu und drehte die drei Riegelschlösser.

Adelina stolperte und fiel auf die Knie, die Papiertüte glitt ihr aus den Fingern. Dosen, Schachteln und eine Tüte Bohnen quollen heraus. Der Deckel einer bunten Schachtel Cornflakes lugte aus der gefallenen Tüte hervor.

»Steh auf!« Reyes packte sie an den Haaren, zerrte sie auf die Beine und warf sie neben ihren Sohn auf die Couch.

Sie schluchzte, als sie ihren Sohn an sich zog. Tomás schlang seine dünnen Arme um ihre Taille und starrte Logan unter seinem schwarzen Lockenschopf an, die großen Augen glänzten vor Verwirrung und Schrecken.

Logan fühlte sich, als hätte man ihm einen Schlag in die Magengrube versetzt. Der Junge hatte ihn bisher nur mit Vertrauen und Bewunderung angeschaut. Jetzt nicht mehr. Jetzt sahen ihn sowohl Adelina als auch Tomás als das Monster, das er war.

»Du!«, schrie Adelina. »Ich habe dir vertraut! Was tust du? Du bringst den Tod hierher? Zu meinem Sohn? *Qué has hecho*?!«

Er schüttelte den Kopf, Panik stieg in ihm auf, kratzte an seiner Kehle, und sein Verstand suchte verzweifelt nach einem Ausweg, einem Weg, Tomás und Adelina hier lebendig herauszuholen. Noch während die Gedanken in seinem Kopf kreisten, sagte ihm das elende Gefühl in seinem Magen, was sein Körper bereits wusste – es gab keinen Ausweg aus dieser Situation.

Er saß genauso in der Falle wie sie selbst. Alejandro wandte sich an Logan. »Töte sie.«

»Wir müssen das nicht tun ...«

»Doch. Tu es.«

»Er ist noch ein Kind.«

»Ein Kind, das gesehen hat, wie wir diesen *perro hijueputa* ermordet haben. Er könnte uns alle lebenslang in den Knast bringen«, sagte Reyes.

»Wirst du weich, *hermano*?«, fragte Alejandro. »So weich, dass du mir nicht mehr gehorchen würdest? Oder mich vielleicht ... verraten würdest?«

»Nein«, sagte Logan mit einem wachsenden Kloß im Hals. »Niemals.«

Alejandros Telefon surrte. Er holte es heraus und sah finster drein. »Wir sind aufgeflogen. Jemand hat die Bullen gerufen. Gio sagt, da sind Sirenen, fünf Blocks entfernt.«

Rodríguez fluchte. Es war das erste Mal, dass er ein Wort sprach. »Töte sie«, sagte Alejandro. »Sofort.«

Für den Bruchteil einer Sekunde stellte sich Logan vor, wie er eine Kugel aus nächster Nähe auf Alejandro abfeuerte und sie direkt zwischen seine harten, erschrockenen Augen schoss. Er stellte sich vor, wie der Schock des Verrats in Wut und dann in Verzweiflung umschlug, als der Mann, den er Bruder nannte, realisierte, dass er im Sterben lag.

Logan könnte es schaffen. Er könnte in weniger als drei Sekunden herumwirbeln und sowohl Reyes als auch Rodríguez festnageln. Dann blieb nur noch Alejandro übrig. Mit dem Überraschungsmoment auf seiner Seite könnte es vielleicht reichen.

Er könnte sie alle drei töten … und dann? Hoffen, dass Tomás und Adelina dankbar genug waren, für ihn zu lügen? Beten, dass er mit nichts als den Kleidern, die er am Leib trug, entkommen konnte, bevor die Polizei eintraf?

Nein, das konnte er nicht tun.

Alejandro war sein Mentor, sein Bruder. Logan verachtete Reyes, aber der Rest von ihnen war seine Familie. Die einzige Familie, die er hatte. Ohne sie war er verloren. Ohne Zweck, ohne Bedeutung.

Er war so gut wie tot.

Außerdem, selbst wenn er diese drei ausschaltete, wüssten die anderen Brüder, wer Alejandro verraten hatte. Sie wären hinter Logan her und würden nicht aufgeben, bis sie ihn getötet hätten.

Er redete sich nicht ein, dass er keine Wahl hatte. Das war die Rechtfertigung eines Feiglings, und eine armselige noch dazu. Er wusste, was er tat, welche Wahl er traf. Sein Leben für das der anderen.

In einem entfernten, entsetzten Teil seines Gehirns verstand er, dass Tomás' Gesicht für immer in sein Bewusstsein eingebrannt sein würde. Er konnte es nie mehr ungesehen machen, nie mehr diesen Moment ungeschehen machen.

»Tu es!«, sagte Reyes und bewegte sich bereits zur Tür, während Rodríguez ihn von hinten drängte, ihre Mienen waren angespannt. »Wir müssen diesen Ort niederbrennen. Los jetzt!«

Nur Alejandro blieb neben ihm. »Wo liegt deine Loyalität, *ese*?«, fragte er ruhig und todernst.

»Nein!«, weinte Adelina. Sie griff nach Logan, bettelnd, weinend, ihre Wimperntusche lief ihr über das Gesicht, ihr verzweifelter Blick durchbohrte ihn direkt. »Nimm mich, töte mich. Nicht ihn. Nicht Tomás. *Por favor!* Bitte ...«

Er ließ sich von der Dunkelheit überwältigen. Er ließ sich betäuben und wurde kalt und hart. Er blendete die Schreie, das Flehen um Gnade, die verzweifelten, angsterfüllten Augen aus.

Er hob die Glock. Atmete aus, zielte und drückte ab. Es war ein guter Schuss. Ein perfekter Schuss.

Er verlagerte sein Ziel nach links und leicht nach unten. Er zögerte, der Lauf zitterte.

Alejandro hob seine eigene Waffe. Der Schuss hallte in der kleinen Wohnung wider. Ein dumpfes *Peng*, und dann war es vorbei. Es war schnell vorbei, sagte er sich. Sie haben nicht gelitten.

Der Einzige, der darunter zu leiden hatte, war er selbst.

# KAPITEL 46
## LOGAN

Logan starrte auf den ruhigen Sumpf, seine Augen brannten. Sein Magen krampfte. Säure brannte in seiner Kehle. Ihm war schlecht. Er ekelte sich vor sich selbst.

Verspürte Abscheu und Entsetzen.

Er versuchte, die Erinnerungen abzuschütteln, aber sie hielten sich hartnäckig – dunkle Gestalten unter der Wasseroberfläche, wie die riesigen Ungeheuer, die im schwarzen Wasser unter ihrem Boot trieben.

Er konnte es nicht ertragen. Konnte sich selbst nicht ertragen. Er wollte verzweifelt entkommen, fliehen, sich aus seiner eigenen elenden Haut herausschälen und jemand anderes sein als der, der er wirklich war.

Er wartete darauf, dass Dakota ihn verurteilen, ihn anschreien und zurückweisen würde.

Verdammt, vielleicht würde sie ihre XD-S herausziehen und ihn endgültig aus seinem Elend befreien.

Er würde in den Sumpf stürzen und in den Schlamm sinken.

Das Blut, das dann aus dem Loch in seinem Schädel floss, würde die lauernden Monster anlocken, Monster, die mit ihren massiven Kiefern Fleisch und Knochen zerrissen und ihn Glied für Glied verschlangen, bis nichts mehr übrig war.

Das war es, was er verdiente. Er wartete.

Es passierte nichts.

Sie sagte nichts. Sie tat nichts. Sie saß einfach nur da.

Die Sonne brannte auf seinen Kopf und seine Schultern. Die Stille dehnte sich aus, unterbrochen durch das gelegentliche Plätschern von Fischen und das Summen von hundert verschiedenen Insektenarten.

Der Flachmann in seiner Hosentasche drückte gegen seinen Oberschenkel. Er sehnte sich danach, alles hier und jetzt hinunterzukippen. Sich zu betäuben. Um seine Vergangenheit zu vergessen, all das Schreckliche, was er je getan hatte.

Das Trinken würde ihm genau das geben. Das Vergessen. Die Betäubung. Ein Weg, die erdrückende Schuld, den Selbsthass und die Verzweiflung zu überleben.

Er formte Sätze in seinem Kopf, einer schrecklicher als der andere, die Worte zerfielen auf seiner Zunge wie Asche. Sie verstopften seine Kehle und schnitten ihm den Atem ab.

Das Schweigen spannte sich an wie ein Gummiband, das zu reißen drohte, bis es schließlich unerträglich wurde. Er musste etwas sagen. Er musste es laut aussprechen.

»Ich habe sie getötet«, sagte er.

»Das hast du«, sagte Dakota. In ihrer Stimme lag kein Hass, nur schwere Traurigkeit, ein Hauch von Trauer. Aber keine Anschuldigung, kein Urteil.

»Ich habe ein Kind und seine Mutter getötet.«

»Du hast Tomás nicht erschossen.«

»Ich hätte es genauso gut tun können«, sagte er, und die alte verzweifelte Wut stieg in seiner Brust auf. »Ich stand da und habe nichts getan, nicht wahr? Ich habe es geschehen lassen, um mich selbst zu retten. Das macht mich nicht weniger verantwortlich. Es macht mich nicht weniger zu einem Monster.«

»Du bist kein Monster«, sagte sie leise.

Er wagte nicht, sie anzuschauen. »Du musst mich hassen.«

»Das tue ich nicht.«

»Das solltest du.«

»Ich bin durchaus in der Lage, meine eigenen Gedanken zu bestimmen.«

»Ich werde gehen. Du kannst mich zurück zur Hütte bringen. Ich packe meine Tasche und bin bei Einbruch der Dunkelheit verschwunden.«

»Habe ich gesagt, dass ich will, dass du gehst?«

»Nein, aber ...«

»Ich werde deine Handlungen nicht für dich rechtfertigen«, sagte sie leise und starrte auf ihre Hände.

»Aber ich werde dich auch nicht verurteilen.«

Er wartete, sagte nichts, sein ganzer Körper war angespannt, als würde er waffenlos in eine Schlacht ziehen. Es gab keine Möglichkeit, dieses Ding in ihm zu bekämpfen, keine Möglichkeit, die Vergangenheit jemals wiedergutzumachen.

Tomás würde nie erwachsen werden. Der kleine Junge mit dem zu großen Kopf und den riesigen Augen, der NASCAR und Videospiele liebte, der Orangen verachtete, aber seine Mutter zu sehr liebte, um sie zu enttäuschen, der Logan tausendmal mit nichts als Vertrauen und Zuneigung angesehen hatte.

Schmerz durchzuckte ihn. Mit ihm kam die Scham, schwarz und hässlich, eine krebsartige Fäulnis, die ihn ebenso sicher auffraß wie die heimtückische Strahlung. »Du verstehst nicht ...«

»Doch, das tue ich.« Sie drehte sich um und starrte ihn direkt an. »Würdest du es wieder tun?«

»Niemals. Es spielt keine Rolle, ob mein Leben auf dem Spiel steht. Lieber sterbe ich ... Ich würde nie wieder etwas tun, was sie oder andere unschuldige Menschen verletzt.«

»Okay«, sagte sie schlicht.

»Ich bin nicht der, für den du mich hältst ...«

»Ich weiß, wer du bist.«

Er beobachtete sie misstrauisch. »Aber wer ich war ...«

»Jemand, den ich sehr schätze, hat mir einmal gesagt, dass wir die Vergangenheit nicht ändern können, aber wir können entscheiden, ob wir sie unsere Zukunft kontrollieren lassen.«

Er zuckte heftig und hilflos mit den Schultern. »Ich weiß nicht, ob ich das tun kann. Ob ich es verdiene, das zu tun.«

Er lauschte dem Zwitschern der Vögel in einer Zypressengruppe rechts von ihnen. Ein großer grauer Vogel mit langen, spindeldürren Beinen pirschte im seichten Wasser am anderen Ufer auf der Jagd nach Beute.

Eine Mücke schwirrte um sein Gesicht. Er ignorierte sie. »Ich bin ein Mörder.«

»Das bist du, aber das ist nicht alles, was du bist.«

Er winkte hilflos mit der Hand. »Ich habe gestern fast eine unbewaffnete Frau und ein Mädchen getötet, falls du das vergessen hast.«

»Fast. Du hast es nicht getan.«

Wie konnte er die Worte laut aussprechen, sie real werden lassen? Es war, als würde er einen Schatten in Fleisch und Knochen kleiden, ein Monster aus Rauch und Staub erschaffen. »Ich kann es nicht kontrollieren. Ich ... ich habe Angst vor mir selbst.«

»Du hast aufgehört, Logan. Du *kannst* es kontrollieren. Du hast die Entscheidung getroffen. Vielleicht sagt dir diese Stimme in deinem Kopf, dass du es nicht kannst, aber sie lügt.«

Er knackte mit den vernarbten Fingerknöcheln. Die Worte, die er auf seinen Arm tätowiert hatte, starrten ihn an, die anklagenden lateinischen Worte, die mit Stacheldraht versehen waren: *et facti sunt ne unum.*

*Auf dass du nie wirst wie sie.*

»Ich gehöre ins Gefängnis. Vier Jahre waren nicht genug. Nicht für das hier. Oder vielleicht verdiene ich den elektrischen Stuhl.«

»Vielleicht«, gab sie zu. »Vor ein paar Wochen hätte ich dir vielleicht noch zugestimmt. Aber die Dinge haben sich geändert. Die Welt hat sich verändert. Aber diese Entscheidung musst du selbst treffen. Du musst das entscheiden.«

»Was entscheiden?«

»Du kannst dich stellen und den Rest deines Lebens in einer Zelle verbringen. Du kannst deine Schuld in einer Flasche ertränken und den Rest deines Lebens im Elend verschwenden. Oder du kannst aufhören, dich selbst zu bemitleiden, deinen Mann stehen und der sein, der du sein willst.«

»Ich verdiene kein gutes Leben. Nicht nach dem, was ich getan habe.«

»Ich weiß nicht, ob es da draußen einen Gott gibt, der über uns urteilt. Vielleicht hat Julio recht, und Gott hat nur Liebe und Barmherzigkeit im Sinn. Wie auch immer, die Menschen bekommen immer wieder, was sie nicht verdienen.«

»Wie kann ich jemals wiedergutmachen, was ich getan habe?«, fragte er gequält.

»Das kannst du nicht. Nicht für Tomás und Adelina. Aber wenn du dein Leben wegwirfst, nützt es ihnen auch nichts. Julio glaubt, dass jedes Leben einen Sinn hat. Vielleicht ist deiner, so viel Gutes zu tun, dass es eines Tages die Waage gegen das Böse ausgleicht.«

»Wie eine Erlösung.«

Sie zuckte mit den Schultern. »Vielleicht ist die Idee der Erlösung nur etwas, woran religiöse Menschen glauben, aber daran glaube ich nicht. Die Welt braucht Menschen, die bereit sind, für etwas Gutes zu kämpfen, jetzt mehr denn je.« Sie verkrampfte den Kiefer. »Alles, was wir tun, ist wichtig. Das muss es auch. Sonst hat es keine Bedeutung.«

»Das klingt alles toll, aber nicht für mich. Nicht nach dem, was ich getan habe. Ich bin ... kein guter Mensch.«

»Die schlimmsten Menschen, die wirklich bösen Menschen, scheren sich einen Dreck darum, ob sie etwas verdient haben. Es sind die Anständigen, die sich Gedanken darüber machen, ob sie gut sind oder nicht.«

Er neigte den Kopf, seine Schultern hingen schief. »Ich bin es nicht.«

»Wie viele Leben hast du in den letzten drei Wochen gerettet, Logan? Du hast zu uns gehalten, nicht wahr? Selbst nachdem ich dich angelogen hatte. Du hast mehr als einmal deinen Hals für mich und Eden riskiert. Ein geringerer Mann hätte sich schon längst aus dem Staub gemacht. Also komm mir nicht mit diesem Scheiß. Ich wusste nicht, wer du warst, aber jetzt weiß ich, wer du bist. Ich kenne dich.«

Er sagte nichts, aber er hörte sie. Er hörte jedes Wort.

Zum ersten Mal seit langer Zeit sah er den Blick in eine Zukunft, die aus mehr als Gewalt und Tod, mehr als Scham und Verzweiflung bestand. Vielleicht gab es einen Weg. Einen Weg, Tod und Leben, Gewalt und Liebe zu vereinen.

Er war ein Mann der Gewalt – das würde sich nicht ändern. Aber vielleicht konnte er diese Dunkelheit nutzen, um zu schützen, nicht um zu zerstören.

Vielleicht gab es einen Weg zurück.

Es war ihm unmöglich erschienen, aber jetzt schien alles möglich. Hier war Dakota Sloane, das härteste Mädchen, das er je getroffen hatte, das seine eigene Hölle überlebt hatte, das mit seinen eigenen Dämonen kämpfte, ihn aber nicht für seine verurteilte.

Er hatte ihr das Schlimmste von sich gezeigt – die Dunkelheit, das Monster ohne Gewissen, das, was er am meisten an sich selbst verabscheute – und sie war nicht davor zurückgeschreckt.

Sie lief nicht weg. Sie war immer noch hier. Sie war nur eine Person, aber sie war die wichtigste Person.

Und irgendwie machte das den Unterschied.

Etwas machte sich in seiner Brust breit, etwas, das er schon lange nicht mehr gespürt hatte. Hoffnung.

»Danke«, zwang er sich zu sagen um damit den Kloß im Hals zu verdrängen.

»Julio ist derjenige, der tiefgründige Gespräche führt.« Ihr Mund zuckte, der schwache Hauch eines Lächelns bildete sich. »Ich bin darin ziemlich mies.«

»Nein«, sagte er, »das bist du wirklich nicht.« Ihr Lächeln wurde breiter.

Ihr Boot trieb in eine Wand aus Rohrkolben, die sich in beide Richtungen erstreckte, soweit er sehen konnte. Das Innere war ein Labyrinth, als wären sie von einem Irrgarten aus grünen Halmen verschluckt worden.

Kleine grüne Frösche sprangen aus den Rohrkolben ins Wasser. Zu seiner Linken kreischten zwei Vögel und hoben mit heftigen Flügelschlägen ab. Ochsenfrösche quakten. Ein majestätischer Blaureiher glitt über den Himmel und schlug langsam und rhythmisch mit den Flügeln.

Es war, als wären sie die einzigen beiden Menschen auf der Welt.

Dakotas Hände lagen locker auf ihren Knien, ihr rechtes Knie war nur wenige Zentimeter von seinem entfernt. Ihr Haar war wie üblich zu einem Pferdeschwanz hochgebunden, und die Sonne verlieh den kastanienbraunen Strähnen ein feuriges Rot. Ein paar lose Strähnen klebten feucht auf ihren Wangen und ihrer Stirn. Aus dieser Nähe konnte er die schwachen Sommersprossen auf ihrer Nase sehen, den schlauen Zug ihrer Lippen, die Wölbung ihres Kiefers, die ihrem Gesicht diesen Hauch von Weichheit verlieh, die er liebte.

Diesmal zögerte er nicht. Er nahm ihre Hand. Dakota verschränkte ihre Finger mit seinen und drückte sie.

»Verbrenne sie«, sagte sie. »Verbrenne die Vergangenheit. Baue etwas Neues auf.« Als er sich zu ihr beugte und sie küsste, fühlte es sich richtig an.

Es fühlte sich an wie das einzig Richtige in der ganzen kaputten Welt.

# KAPITEL 47
## MADDOX

Die Tür zum Krankenzimmer flog auf. Reuben schob seine massige Gestalt hinein. »Genug ausgeruht!«, krähte er. »Zeit für das, was ich am liebsten tue – kämpfen, töten und Rache nehmen.«

Maddox glättete die Falten in dem frischen Hemd und der Hose, die er sich gerade angezogen hatte. Durch die geöffnete Tür drang das schwache Licht der Morgendämmerung in den Raum, aber er war schon seit Stunden wach. »Ich habe auf dich gewartet.«

»Ha!« Reuben lachte. »Wir warten schon seit sechs Tagen darauf, dass du deinen jämmerlichen Hintern in Bewegung setzt.« Seine Augen funkelten. »Dir läuft die Zeit davon.«

»Heute Abend«, sagte Maddox. »Es passiert heute Abend.« Reubens Blick wurde schärfer. »Bist du sicher, dass du dazu in der Lage bist?«

»Mir geht's gut. Ich bin bereit.«

»Toll, Mann.« Er beugte sich vor und schlug Maddox auf die Schulter, viel zu nah an eine der schorfigen Peitschenwunden. Maddox biss sich auf die Innenseite seiner Wange, um nicht aufzuschreien. Heiße Tränen stiegen ihm in die Augen, aber er blinzelte sie schnell zurück.

Reuben testete ihn auf Schwäche.

Maddox weigerte sich, sie ihm zu zeigen. Er ignorierte den Schmerz und richtete seine Schultern auf. Die Tage der Ruhe hatten ihm sehr gutgetan. Er kam wieder zu Kräften. Er fühlte sich so gut wie seit Wochen nicht mehr, seit der Explosion. »Lass uns gehen. Wir haben eine Mission zu planen.«

»Natürlich.« Reubens Lächeln war breit und strahlend wie immer, aber in seinen Augen war etwas zu sehen, ein Hauch von Unmut. Eifersucht vielleicht, dass der Prophet Maddox und nicht ihn selbst ausgewählt hatte. »Aber das Wichtigste zuerst. Der Prophet führt etwas Großes im Schilde. Es wird dich umhauen, Mann. Er sagte, es sei an der Zeit, es dir zu zeigen.«

Er lächelte zurück, genau so breit und strahlend wie Reuben. »Na dann, zeig es mir.« Sie wandten sich der Tür zu.

Schwester Rosemarie trat zur Tür herein, gekleidet in ihren langen dunkelblauen Rock, das ergraute Haar zu einem Dutt gesteckt und die Hände sittsam vor sich verschränkt.

»Sei gesegnet, Reuben«, sagte Schwester Rosemarie steif.

Reuben fletschte die Zähne, um ihr ein Lächeln zu schenken, aber sie wussten beide, dass es keins war. »Ebenso, Schwester.«

Sie hatten sich nie gemocht. Reuben hasste es, dass Schwester Rosemarie darauf bestand, ihre Meinung zu sagen. Er mochte seine Frauen lieber ruhig, sanftmütig und gehorsam, genau wie sein Vater. Und Schwester Rosemarie verachtete Reubens Frechheit und seine offensichtliche Vorliebe für Gewalt.

»Wir wollten gerade gehen«, sagte Maddox.

»Viel Glück«, sagte Schwester Rosemarie leise, mit etwas Rauem und Gebrochenem in ihrer Stimme.

»Möge Gott dir den richtigen Weg weisen.«

Er wollte es nicht hören. Er brauchte keine Erinnerung an die ketzerischen Zweifel, die sie in seinen Kopf hatte einpflanzen wollen. Er schob sich grob an ihr vorbei und schob sie ebenso endgültig aus seinem Kopf.

Er brauchte sie nicht mehr.

Er folgte Reuben zur Tür hinaus. Es war noch nicht einmal zehn Uhr morgens und die Hitze hüllte ihn in eine dicke, erstickende Decke.

Sie überquerten die Hauptlichtung der River-Grass-Kommune und gingen nach Süden in Richtung Sumpfgebiet. Ein Schotterweg führte sie durch ein dichtes Waldgebiet mit Zypressen und Eichen zum Sperrgebiet. Wachen patrouillierten auf dem riesigen, eingezäunten Gelände, aber ein zweiter Zaun umschloss diesen Bereich, der für alle außer den Auserwählten tabu war.

Sie näherten sich dem Eingang. Ein junger Hirte, Mitte zwanzig, gekleidet in Militärkleidung und mit einem verrucht aussehenden M4 über die Schulter geworfen. Er lehnte am Zaun, die Beine an den Knöcheln gekreuzt, die Augen halb geschlossen und mit einem benommenen, schläfrigen Ausdruck.

»Du erinnerst dich an Aaron Hill«, sagte Reuben lässig.

Der Hirte schreckte auf. Er hob sein Kinn, zog die Schultern zurück und räusperte sich nervös.

»An deiner Stelle würde ich jetzt kein Nickerchen machen«, sagte Reuben trocken. »Nicht, wenn Satans Lakaien uns jeden Moment angreifen könnten. Wir können doch nicht zulassen, dass Gottes Soldaten während der Arbeit einschlafen, oder?«

»Nein, Sir!« Aaron hatte die gleiche mittelbraune Hautfarbe, den gleichen schlanken Körperbau und die gleichen schmalen Gesichtszüge wie seine kleine Schwester Ruth. Aaron hinkte immer noch leicht, nachdem er vor ein paar Jahren mit einer Mangroven-Klapperschlange – einer giftigen Wassermokassinotter – zusammengestoßen war.

Er und Maddox hatten als Kinder zusammen gespielt, aber

das war schon viele Jahren her. Maddox versuchte sich zu erinnern, wie er war, aber seine Erinnerungen waren wie leer gefegt.

»Was ist die Strafe dafür?«, fragte Reuben.

»Fünf Peitschenhiebe, um uns an unsere heilige Pflicht gegenüber dem Herrn zu erinnern, Sir.« Reuben schmunzelte.

»Sollen wir ihn dafür bezahlen lassen?«

»Nicht jetzt«, sagte Maddox, der Reubens Spielchen bereits satthatte. »Ich schätze, du bekommst einen Freifahrtschein, Soldat. Dieses Mal.«

Aaron nickte Maddox dankbar zu, als sie vorbeigingen.

Maddox machte sich nicht die Mühe, zurück zu nicken.

»Wohin gehen wir?«

»Hab einfach Geduld.«

Sie betraten den Trainingsplatz – mehrere Hektar, die mit Schützenlöchern, Sandsäcken und durchlöcherten Papierzielen, die an verschiedene Bäume geheftet waren, übersät waren. Maddox erblickte ein paar Dutzend Männer, die in der Arena verteilt waren. Gewehrschüsse, Grunzen und gedämpfte Rufe drangen durch die Luft.

»Sie trainieren für den Kampfeinsatz«, erklärte Reuben. »Sie machen Gewehrübungen auf kurze Distanz und Nahkampfübungen. Taktische Szenarien, Hinterhalte, Guerillakrieg. Du weißt schon.«

»Ich weiß, wie es läuft.«

»Wir müssen bereit sein.« Reuben spuckte auf den Boden zu seinen Füßen und wischte sich den Schweiß von der Stirn. »Sie werden uns bald holen kommen, darauf kannst du dich verlassen.«

Maddox brauchte nicht zu fragen, wer sie holen würde. Es war ihnen ins Gehirn gehämmert worden, seit sie laufen konnten. Diejenigen, die außerhalb der Mauern der Kommune lebten, waren böse, die verkommenen, von Dämonen besessenen Feinde, die ihren Untergang planten. Die korrupte, degenerierte US-

Regierung, der Gipfel der unheiligen Macht Satans, würde versuchen, das auserwählte Volk Gottes zu vernichten.

Jetzt, wo die Pläne des Propheten in Gang gesetzt wurden, wäre das eher früher als später der Fall.

Sie erreichten die grün gestrichenen Holz- und Wellblechgebäude, die tief im Schatten einer Zypressenkuppel lagen. Die Bäume schützten sie vor den neugierigen Blicken von Drohnen und Satelliten, falls überhaupt jemand einen zweiten Blick auf eine Million Kilometer wertloses Sumpfland werfen wollte.

Im ersten Gebäude saßen drei Hirten vor einer Reihe von Bildschirmen und elektronischen Hightech-Geräten. Überall waren Drähte und Schnüre aufgerollt, die mit verschiedenen blinkenden schwarzen Kästen verbunden waren.

Maddox zog die Brauen hoch. »Ich dachte, wir kommunizieren nur über altmodische Briefe, damit die Regierung nichts merkt.«

»Meistens. Aber wir haben auch andere Möglichkeiten.« Reuben deutete auf einen Computerbildschirm, auf dem etwas zu sehen war, das aussah wie ein Spielbrett mit Feldern, die mit Zahlen und Buchstaben beschriftet waren. Einige waren grau, andere waren mit verschiedenen Farben ausgefüllt. »Das Internet ist fantastisch, nicht wahr? Man kann alles darin finden. Buchstäblich alles. Dies ist eine Webseite für ein altes Brettspiel aus den 80er-Jahren namens ‚Acquire‘. Ein paar hundert eingefleischte Fans treffen sich auf dieser Webseite und spielen gegeneinander in privaten Partien. Das Ziel ist es, Städte zu bauen und Aktien zu verwalten oder so.«

»Es macht ziemlich viel Spaß«, sagte einer der Hirten am Computer. Er war ein hagerer Typ in den Dreißigern mit großen Ohren und einem von Akne vernarbten Gesicht. Ein Technikfreak, kein Kämpfer.

Reuben grinste ihn an. »Es ist nicht zum *Spielen*. Die quadratischen Raster und die Kacheln mit den verschiedenen Zahlen-

und Buchstabenkombinationen eignen sich verdammt gut für einen Code. Und genau das haben wir gemacht. Im Spiel werden die Kacheln für jeden Spieler zufällig generiert, aber Tim hier hat die Seite so gehackt, dass wir die Kacheln auswählen können, die wir für die verschiedenen Codes brauchen. So können wir mit unseren Leuten da draußen kommunizieren, wann immer es nötig ist.«

Der hagere Typ grinste stolz. »Und unsere Feinde sind auch nicht schlauer. Selbst das FBI und die CIA werden das nie herausfinden.«

»Ja, okay«, sagte Maddox, »aber wo sind die Waffen?«

Reuben führte ihn auf dem Schotterweg zurück in den Wald. Außerhalb der Waffenkammer standen mehrere große Schwerlasttransporter mit hochgezogener Federung, Stollenreifen und gepanzerten Seitenwänden auf einem Schotterparkplatz aufgereiht. In den Kuppeln auf dem Dach waren kleine Kanonen montiert.

Reuben klopfte gegen den Türrahmen. »Diese Schönheiten haben genug Panzerung, um eine kleine, mit Panzerfäusten ausgerüstete Armee abzuwehren.«

Im Inneren der Waffenkammer waren die Wände mit Regalen ausgekleidet, in denen eine beeindruckende Sammlung von Waffen wartete: Pistolen, Schrotflinten, halbautomatische Gewehre, Maschinengewehre und jede Menge Kisten mit Munition. Es gab taktische kugelsichere Westen, Nachtsichtbrillen mit Infrarot- und Wärmebildtechnik und Zielfernrohre.

Reuben zeigte quer durch den Raum. »Wir haben uns vor ein paar Jahren ein paar Stinger-Raketen zugelegt. Mit dem Biest können wir einen Hubschrauber abschießen.«

Maddox pfiff. »Wie ist der Prophet an so ein Gerät gekommen?«

Reuben zuckte mit den Schultern. »Er ist die Stimme Gottes

auf Erden. Nichts ist außerhalb seiner Reichweite, wenn Gott will, dass er es bekommt.«

Maddox hatte seine Zweifel, aber er behielt sie für sich.

Reuben grinste ihn an. »Die wahre Antwort? Spender, Mann. Der Prophet hat Gläubige unter den verruchten Ketzern. Abartig reiche Leute, die Eigentumswohnungen und luxuriöse Wohnhäuser in Manhattan und Fort Lauderdale besitzen – natürlich weit weg von den Bomben. Wann immer wir eine Finanzspritze brauchen, verkaufen sie ein paar Wohnungen und überweisen uns eine weitere Million.«

Maddox versuchte, seine Überraschung zu verbergen. Er hatte keine Ahnung gehabt, aber es ergab Sinn. Niemand in der Kommune besaß Eigentum oder hatte einen Job in der Außenwelt, und doch fehlte es dem Propheten nie an Geld.

Reuben hielt eine Granate in der Hand und grinste. »Es fühlt sich gut an, im Krieg auf Gottes Seite zu stehen, das steht fest.«

# KAPITEL 48
## MADDOX

Maddox zog sich eine taktische Weste an, lud sie mit vorgeladenen Magazinen und Ausrüstung und wählte einen M4Al-Karabiner für sich aus. Er aktivierte die Optik, führte die Waffe an seine Schulter und warf einen genaueren Blick durch das Zielfernrohr.

Das sechs Pfund schwere Gewehr fühlte sich gut in seinen Armen an. Die technischen Daten waren nicht zu verachten: Vollautomatik mit 950 Schuss pro Minute, eine Mündungsgeschwindigkeit von 1000 Metern pro Sekunde, eine Reichweite von 600 Metern.

»Gute Wahl«, sagte Reuben.

»Ich will ein Team der Besten.«

»Keine Sorge, Mann. Ich halte dir den Rücken frei. Ich habe bereits ein Team aus unseren besten Killern zusammengestellt.«

»Ich will zwanzig Männer.«

»Was?«, stotterte Reuben. »Für einen alten Mann und ein paar Mädchen? Bist du blöd? Die sind doch unwichtig.« Seine Lippen verzogen sich. »Oder hast du vielleicht nur Angst? Vielleicht bist du doch noch nicht bereit dafür.«

Maddox reagierte nicht auf die Beleidigung. »Der Prophet hat mich mit dieser Aufgabe betraut. Mich. Diese ‚Unwichtigen‘ haben bereits fünf von uns ausgeschaltet, falls du das vergessen hast.«

»Diese Jungs waren jung und unerfahren.« Reuben winkte abweisend mit der Hand.

»Dieses Mal sind wir es. Du und ich. Sie werden uns nicht kommen sehen.«

»Zwanzig Männer.«

Ein Schatten zog über Reubens Gesicht – er mochte es nicht, wenn man ihm widersprach oder ihm sagte, was er zu tun hatte. Aber Maddox hatte das Sagen, nicht er. Es war ihm egal, wer Reubens Vater war, und es war ihm egal, ob Reuben ihm das übelnahm.

»Ja, okay. Gut«, sagte er schließlich.

Ein kleines Lächeln umspielte Maddox’ Lippen. Er gab dem Drang nach, sich den Sieg vorzustellen, das Gefühl, wie der M4 in seinen Händen zitterte und den Tod versprühte, wohin auch immer er zielte. »Sie sind nicht harmlos. Wir werden sie nicht unterschätzen. Aber ich habe eine Idee.«

»Aber natürlich!«, sagte Reuben fröhlich und war sofort wieder ganz der Alte. »Deshalb gehörst du zu uns, Cousin.« Er hob eine Hand, um Maddox erneut auf die Schulter zu schlagen, aber Maddox wich dem Schlag geschickt aus.

»Ich weiß, *Cousin*.«

»Es gibt noch eine Sache, die du dir ansehen solltest.« Reuben musterte Maddox mit zusammengekniffenen Augen. »Bist du sicher, dass du bereit bist? Du kannst deine Meinung immer noch ändern. Das ist keine Schande, Mann.«

Die Art und Weise, wie er es sagte, machte deutlich, dass er dachte, es sei eine große Schande.

Maddox zwang sich, Reubens falsches Lächeln zu erwidern.

»Das bin ich.«

»Worauf warten wir dann noch?«

Maddox folgte Reuben tiefer in den Wald und schlug nach den Mücken.

Reuben führte ihn zu einem weiteren gedrungenen Betongebäude, das er noch nie zuvor gesehen hatte.

Diese Anlage war größer als die anderen. Große Antennen und Satelliten ragten aus dem flachen Blechdach und durchdrangen das Blätterdach der Bäume, das es vor neugierigen Blicken schützte. Zwei bewaffnete Hirten standen regungslos auf beiden Seiten der einzigen Tür und hielten Wache.

Ein kleiner, untersetzter Mann mittleren Alters europäischer Abstammung stand ein paar Meter vor dem Gebäude und sprach leise mit Maddox' Vater. Maddox hatte ihn in den letzten Jahren immer wieder auf dem Gelände gesehen. Er war ein ruhiger, zurückgezogener Mann, der mit niemandem außer dem Propheten oder Solomon Cage sprach.

Abrupt ergriff Reuben Maddox' Arm und zog ihn hinter einen dicken Baum und ein Gebüsch. Er hielt einen Finger an seine Lippen, bis Maddox nickte, um zu zeigen, dass er verstanden hatte. Dies war ein Gespräch, das sie nicht mithören sollten – Reubens liebste Art.

»Das ist unser hauseigener Atomphysiker, Franco Sorokin«, flüsterte Reuben.

»Übergelaufen aus der Ukraine oder Bosnien oder Russland oder so. Der Prophet hat ihn in letzter Zeit hart arbeiten lassen.«

»Woran?«, flüsterte Maddox zurück.

Reubens Augen funkelten. »Die nächste Stufe.«

Sie warteten hinter dem Gebüsch, lauschten angestrengt und ertrugen schweigend ein Dutzend Mückenstiche.

»Ich bin noch nicht fertig«, sagte Franco. Er hatte einen rauen osteuropäischen Akzent, obwohl sein Englisch sehr gut war.

»Das ist inakzeptabel!«, sagte Solomon Cage, und aus seiner

Stimme triefte der Spott, den Maddox so gut kannte. »Der Prophet hat bereits gesprochen. Es ist der Wille Gottes. Alles läuft genauso ab, wie es geplant ist. In drei Tagen ist es so weit, oder du wirst deinen Kopf hinhalten müssen.«

Franco Sorokin wippte hektisch mit dem Kopf, wobei ihm die dicke Brille von der Nase rutschte. Er schob sie mit dem Daumen zurück in die richtige Position. »Okay, ja, natürlich. Ich wollte keine Zweifel wecken.«

Er murmelte etwas in einer rauen, kehligen Fremdsprache.

»Der Prophet sollte dich nicht so reden hören«, schnauzte Maddox' Vater. »Oh, Entschuldigung, Entschuldigung.« Er hielt den Kopf tiefer. »Mit Gottes Segen wird es fertig werden.«

Maddox' Vater sah grinsend auf den kauernden Mann herab. »Das sollte es auch besser.« Er machte auf dem Absatz kehrt und stakste den schmalen Pfad zwischen den Bäumen hinunter, während er bereits sein Handfunkgerät zückte, um jemand anderen zur Arbeit zu zwingen.

Er hat weder Maddox noch Reuben in den Schatten gesehen.

Der Kernphysiker huschte zurück ins Haus. Sie warteten mehrere Sekunden lang schweigend, bevor sie weitergingen.

Die Hirten, die Wache standen, sagten nichts, als Reuben auf sie zukam und Maddox hinter ihm herlief. Sie sagten auch nichts, als Reuben die Tür aufstieß und Maddox hineinführte.

Reuben war der Sohn des Propheten; niemand stellte ihn in Frage. Meistens hasste Maddox das, aber hin und wieder war es auch zu seinen Gunsten.

Im Inneren des Gebäudes brannte grelles Neonlicht. Ein Generator brummte. Maddox nahm alles in sich auf, und sein Gehirn versuchte, mit dem, was seine Augen sahen, Schritt zu halten.

Sein Herz hämmerte gegen seine Rippen. Er wischte sich die bereits verschwitzten Handflächen an seiner Hose ab. Er war sich nicht sicher gewesen, was er erwartet hatte. Das hier war es nicht.

»Heiliger ...«, murmelte er.

»Ich weiß, nicht wahr?« Reubens Grinsen wurde breiter. »Es wird der Wahnsinn. Es wird alles verändern, Mann. Absolut alles.«

# KAPITEL 49
## LOGAN

»**D**u gehörst nicht hierher«, sagte Ezra. Logan schaute abrupt auf. »Was?«

Ezra Burrows starrte ihn mit seinen beunruhigenden himmelblauen Augen an. Falten zerknitterten sein ledriges Gesicht wie Linien im Zement. »Du hast mich gehört.« Logan war sich nicht sicher, was er antworten sollte. »Dakota hat mich eingeladen.«

»Dakota ist ein kluges, fähiges Mädchen. Aber du denkst, du bist schlauer, nicht wahr?« Logan stieß die Schaufel in den Boden und schaufelte Erde in die Schubkarre hinter ihm, wobei er vor Anstrengung stöhnte. »Ich bin mir nicht sicher, was ...«

»Du bist hinter Dakota her.«

Hitze stieg ihm in die Kehle, ins Gesicht. Er bewegte sich unbeholfen. »Nun, ich glaube nicht, dass ich es so ausdrücken würde.«

In den letzten sechs Tagen schien es, als hätte Logan keinerlei Fortschritte gemacht, um Ezra für sich zu gewinnen. Wenn überhaupt, schien er noch feindseliger zu sein.

Aber dann hatte Ezra ausdrücklich um Logans Hilfe gebeten.

Dakota patrouillierte auf dem Grundstück, um nach übersehenen Mängeln zu suchen. Julio half ihr, nahm sich aber ein paar Minuten Zeit, um sich bei Shay und seiner Frau zu melden.

Park bereitete in der Hütte ein Schildkröteneintopf zum Mittagessen zu. Es ging langsam voran, weil er einhändig arbeitete. Und Eden arbeitete daran, ihren Morsekode auswendig zu lernen, nachdem sie mehrere Stunden lang Zielübungen mit der 22er-Pistole und der Schrotflinte gemacht hatte.

Nachdem er tagelang kaum eine Minute von der Gruppe getrennt gewesen war, hatte Ezra Logan endlich allein erwischt. Jetzt wusste Logan auch warum. Der alte Kauz wollte ihn abschrecken.

Und er wollte Dakota nicht dabeihaben, wenn er es tat.

»Ich sehe, wie du sie ansiehst«, sagte Ezra. »Hungrig, wie ein Wolf. Du wirst sie ausnutzen und wegwerfen. Das ist genau das, was Drecksäcke wie du tun.«

Logan schüttelte den Kopf. So war es nicht – ganz und gar nicht.

Er erinnerte sich an ihren Kuss, die Sanftheit ihrer Lippen, die Wärme ihrer Augen. Wie ihm flau im Magen wurde und ihn Verlangen erfüllte.

Aber nicht, um sie zu benutzen. Er wollte *sie* einfach haben. Alles von ihr – das Gute, das Schlechte, alles.

»Sie kannst du vielleicht täuschen, aber mich nicht, Junge.«

Logan blieb stehen, die Schaufel halb erhoben. In seinem Kopf drehte sich alles. Dieses Gespräch geriet viel zu schnell außer Kontrolle. »Einen verdammten Moment mal.«

In den letzten zwei Stunden hatte Ezra Logan ungeduldig in die Kunst der Herstellung von Patronenfallen eingewiesen. Ezra platzierte eine Schrotpatrone in einem kurzen Rohrstück, das an einem quadratischen Stück Brett befestigt war. Der Durchmesser des Rohrs war nur wenig breiter als die Patrone, sodass sie auf ihrem Ende stand und das Zündhütchen auf einem Nagel ruhte.

Wenn das Brett auf dem Boden eines knietiefen Lochs platziert wurde, presste der Druck des Fußes eines Eindringlings die Patrone nach unten auf den Nagelkopf und feuerte die Patrone in seinen Fuß.

Es war eine einfache, elegante Falle.

Sie hatten ein halbes Dutzend dieser Dinger in der kühlen Hütte gebaut, aber sie mussten sie an den taktisch optimalen Stellen des Grundstücks aufstellen. Sie hatten den ganzen Tag damit verbracht, Löcher zu graben und Fallen aufzustellen, größtenteils stillschweigend.

Jetzt schwitzten sie in einem schattigen Plätzchen neben dem Lagerschuppen, die feuchten Tücher um den Hals gewickelt, und versorgten sich durch häufiges Nachfüllen ihrer Wasserflaschen mit Flüssigkeit.

»Ich weiß genau, wer du bist.« Ezra richtete seinen Spaten auf Logan und fixierte ihn mit diesem scharfen, durchdringenden Blick. »Ich kenne deine Art.«

Für einen Moment dachte er, dass Ezra sich auf die Tatsache bezog, dass er Hispanoamerikaner war. Er öffnete den Mund, um dem alten Mann eine Standpauke zu halten.

»Ich sehe den Flachmann, den du mit dir herumträgst.« Ezra schaute finster drein. »Du bist ein nichtsnutziger Trinker.«

Logans Mund wurde trocken. Jetzt verstand er. »Ich habe nicht ...«

»Ein Mann, der sich in einer Flasche ertränkt, ist die Luft, die er atmet, nicht wert.«

»Damit bin ich fertig.«

»Du bist also auch ein Lügner?«

»Nein, Sir, das bin ich nicht.«

»Na klar«, fauchte Ezra spöttisch. »Du wirst mich nicht davon überzeugen können, dass du nicht so bist, wie du bist. Vielleicht kannst du es verbergen. Vielleicht denkst du, du kannst Dakota täuschen. Sie hat ein größeres Herz, als sie vorgibt. Das ist ihre Schwäche. Sie sorgt sich, wenn sie es nicht sollte. Sie lässt sich von ihren Gefühlen blenden, selbst wenn die Wahrheit klar ist. Ich mag alt sein, aber ich bin alles andere als blind.«

Ezras Worte trafen ihn wie ein Schlag. Er stieß die Schaufel mit einem wilden Stoß in den Boden und atmete schwer. Diese vertraute, ekelerregende Scham kribbelte in seinem Bauch. »Ich würde ihr nie wehtun.«

»Schwache Worte von einem schwachen Mann.«

Logan räusperte sich und kämpfte gegen seine natürliche Neigung an, sich zu verteidigen, zu streiten, sich zu wehren. Dieser Mann war Dakota wichtig. Sie respektierte ihn, liebte ihn wie einen Vater.

Das Letzte, was Logan wollte, war, sich zwischen sie zu stellen.

»Ich weiß, wie sehr du dich um sie sorgst«, sagte er mit gemessener Ruhe, obwohl sein Puls gegen seine Kehle hämmerte. »Du willst sie beschützen.«

»Das Mädchen kann auf sich selbst aufpassen. Das habe ich ihr beigebracht. Ich habe ihr alles beigebracht, was sie weiß. Ich habe dafür gesorgt, dass sie keinen unausgegorenen, nichtsnutzigen Jungen braucht, um einen Job zu tun, den sie selbst erledigen kann.« Mit seiner guten Hand wischte sich Ezra mit einem fadenscheinigen Fetzen eines alten karierten Hemdes über den Kiefer, strich die Falten glatt und hängte es über den Schubkarrengriff. »Verdammt, sie kann das besser als die meisten Männer.«

»Das weiß ich.«

»Du bist nicht gut für sie. Du verdienst sie nicht.«

»Das weiß ich auch«, sagte Logan leise.

Er war ihrer nicht würdig. Das war eine knallharte Wahrheit. Aber sie sah etwas in ihm. Etwas, das er nur schwer selbst in sich sehen konnte. Anstatt ihn zu verachten, wie er es verdiente, hatte sie ihn dazu aufgefordert, ein besserer Mensch zu werden, als er war.

Und das würde er auch tun. Nicht nur für sie, sondern auch für sich selbst. Denn wenn Dakota etwas Gutes in ihm sah, dann musste es existieren. Aber die Scham und die Angst, die ihn umtrieb, sagten etwas anderes. Egal, wie sehr er versuchte, die Worte zu verdrängen – der alte Mann ging ihm unter die Haut.

Dem triumphierenden Aufblitzen in seinen Augen nach zu urteilen erkannte Ezra das.

»Ich werde mein Bestes für sie tun, solange sie mich haben will«, sagte Logan zögernd, fühlte sich wie ein Idiot und hasste es.

Ezra starrte ihn an und betrachtete mit Abscheu die Tätowierungen auf seinen nackten Armen. »Verlierer wie du ändern sich nicht.«

»Doch, das werde ich.« Aber die Worte klangen selbst in seinen eigenen Ohren hohl.

»Es ist Dunkelheit in dir. Gewalt. Du bist die Art von Mann, die alles zerstört, was er anfasst. Ich habe gehört, was du getan hast. Du hast diese Flüchtlingsfrau ermordet und beinahe die Mutter und ihr kleines Mädchen getötet.«

Logan erstarrte. Er fragte sich, wer es Ezra erzählt hatte – war es Julio oder Park? Verurteilten sie ihn so gnadenlos wie Ezra, so gnadenlos, wie er sich selbst verurteilte?

Logans Kehle schnürte sich zu. Er sprach nicht weiter. Er war sich nicht sicher, ob er es konnte.

Ezra warf den Spaten, mit dem er den grasbewachsenen Oberboden abgetragen hatte, zur Seite und ging auf die Knie. Vorsichtig griff er hinein und legte die Patrone in den Boden des Lochs, setzte sie ein und stand dann schwerfällig auf.

Er bürstete den Schmutz von seinen Hosenbeinen und zuckte zusammen, als er sich aufrichtete. Er bewegte sich langsam, steif, als würden ihm die Gelenke schmerzen, die geschiente linke Hand dicht an den Körper gepresst.

Er betrachtete die Verletzung einen Moment lang, sein Kiefer krampfte sich zusammen, als ob er den Anblick seiner eigenen Schwäche verachtete. Er wandte sich von Logan ab und starrte in Richtung des Sumpfes. Ein weißer Ibis flog tief über das Wasser, sein weißes Spiegelbild spiegelte sich fast perfekt.

»Du solltest gehen«, sagte Ezra. »Du kannst mitnehmen, was du willst. Ich habe einen zusätzlichen Rucksack. Fülle ihn mit so vielen Vorräten, wie du tragen kannst. Nimm eines der Gewehre. Baue dir ein Leben irgendwo weit weg von hier auf.«

Logan stand ebenfalls auf. Er starrte den gebückten Rücken des alten Mannes eine gefühlte Ewigkeit lang an. »Soll das eine ... Bestechung sein?«

»Ich gebe dir einen Ausweg. Wenn dir wirklich etwas an ihr liegt, wie du sagst, dann geh, bevor du ihr das Herz brichst – denn das wirst du. Das liegt in deiner Natur.«

Logan erwiderte nichts. Was hätte er schon zu seiner eigenen Verteidigung sagen können? Absolut nichts.

»Du kennst ihre Vergangenheit, nicht wahr? Was sie durchgemacht hat. Was man ihr angetan hat. Wenn sie irgendetwas auf dieser Welt verdient, dann ein kleines bisschen Glück.« Ezra ließ seine Knöchel nacheinander knacken. »Und du bist ganz sicher nicht derjenige, der es ihr gibt.«

Logan stand da, schwankend und schwindelig von der Hitze, von dem Tumult der Gefühle, die in ihm aufstiegen – Reue, Scham und heiße, bittere Wut auf sich selbst. Sosehr er auch verzweifelt glauben wollte, dass er anders sein könnte, dass er seine Vergangenheit irgendwie auslöschen könnte, dass er gut genug wäre, dass er ein Leben und eine gute Frau verdiente, die ihn liebte – im tiefsten, dunkelsten Teil seiner selbst fürchtete er, dass jedes Wort, das Ezra gesagt hatte, die Wahrheit war.

# KAPITEL 50
## DAKOTA

»Vielen Dank für die Einladung«, sagte Dakota zu Haasi.

Dakota und Logan standen auf Haasis Veranda und warteten auf den Rest der Collier-Brüder. Zane war auf Patrouille auf der US 41. Tessa und Eden fütterten die Kaninchen, während Peter und Park Maki halfen, das Abendessen zuzubereiten.

Sie waren schon seit sechs Tagen hier in den Glades. Beinahe eine Woche. Es fühlte sich fast wie früher an, wie zu Hause.

Abgesehen von der drohenden Gefahr durch Maddox und die Hirten.

Dakota überprüfte ihr Funkgerät ein weiteres Mal. Das Gelände zu verlassen war ein Risiko, aber sie brauchten Verbündete, egal, was Ezra dachte. Sie hoffte, es würde sich lohnen.

Julio und Ezra hielten in der Hütte Wache. Julio würde sie benachrichtigen, sobald etwas schiefging. Sie hatten den F-150 mitgenommen, damit sie schnell zurückkehren konnten, falls es nötig war.

»Die Kinder haben Eden vermisst«, sagte Haasi. »Sie sind froh, dass sie wieder da ist. Eden scheint es auch zu lieben.«

Dakota schluckte einen Kloß im Hals hinunter. Haasi hatte recht. Eden blühte hier auf. Wie sehr wünschte sich Dakota, dies wäre einfach nur ein geselliger Besuch, ein Abend in Gesellschaft von Freunden. Vielleicht war diese Zukunft möglich, aber nicht im Moment.

Im Moment versuchten sie nur herauszufinden, wie sie die nächsten Tage überleben konnten.

Dakota drehte sich um und schirmte ihre Augen mit der Hand ab, als sie über den wilden, von Unkraut überwucherten Hof auf die Straße blickte. Sie hörte das Geräusch der Motoren, bevor sie sie sah.

Mehrere Motorräder rauschten die Schotterauffahrt hinauf. Dakota zählte sechs – und auf mehreren saßen zwei Personen. Sie erkannte Archers massige Gestalt, als er absprang und der kleineren Person, die sich an ihn klammerte, half – einem kleinen Mädchen.

Hinter ihm stieg eine Frau von ihrer Yamaha ab, nahm ihren Helm ab und schüttelte ihr kurzes brünettes Haar aus. Sie lächelte und winkte Dakota zu.

Mehrere Kinder im Alter von sieben bis zwölf Jahren machten sich auf den Weg, während Jake ihnen zurief, sie sollten sich nicht schmutzig machen. Boyd schritt die Verandastufen hinauf und hielt die Hand einer kleinen asiatischen Frau mit einem freundlichen Gesicht und einem von der Schwangerschaft gewölbten Bauch.

»Das sind die Colliers«, murmelte Haasi.

»Es gibt ... so viele von ihnen.«

Haasi gluckste. »Du hast ja keine Ahnung. Das sind ja nicht einmal alle. Ein paar der älteren Kinder sind auf dem Anwesen geblieben, und Zanes Frau und vier ungestüme Jungs sind nicht hier.«

Die Erwachsenen joggten zum Haus hinauf und schwitzten bereits. Archer reichte Haasi eine Einkaufstüte und zwinkerte ihr zu. »Wir haben gebratene Süßkartoffeln mitgebracht, wie versprochen.«

Sie rollte mit den Augen, während sie sich bückte, um die Armbrust aufzuheben, die am Türrahmen lehnte, und sie ins Haus zu bringen. »Kommt rein – aber tretet euch vorher die schmutzigen Stiefel auf der Matte ab.«

Logan und Dakota gingen hinein, gefolgt von einem halben Dutzend Kinder, dem Hund Nokosi und der zotteligen gefleckten Ziege Dot, die Maki schnell zur Tür hinausscheuchte. Die Kinder waren mit Dreck bedeckt, lärmten und lächelten vergnügt, unter ihnen auch Eden.

Nachdem sich alle sauber gemacht hatten, drängten sie sich um einen langen Holztisch, der fast die gesamte Länge der Küche einnahm. Eine Reihe von Metallklappstühlen, Hockern und Bänken sorgten für genügend Sitzgelegenheiten.

»Setzt euch, setzt euch. Ihr seid unsere Gäste«, sagte Maki steif, als Dakota aufstand, um zu helfen.

Die Brüder bestanden jedoch darauf, zu helfen. Boyd und Jake halfen, den Kindern das Essen zu servieren, während Archer allen Limonade einschenkte. In Archers riesigen Pranken sahen die Becher wie Spielzeug aus.

Alle stürzten sich auf das köstliche selbst gekochte Essen, das aus gebratenem Alligator und Beilagen wie Kürbis, Palmherzen und Röstkartoffeln bestand, die mit den Fenchelkräutern gewürzt waren, die die Kinder am Nachmittag geerntet hatten.

Logan nahm einen Teller und stellte sich an die Fliegengittertür, seine AR-15 auffällig über die Schulter geworfen. Dakota warf ihm einen Blick zu – *brauchst du Hilfe?* –, aber er winkte ab.

Er wollte Wache halten. Es war ihre Aufgabe, die Überzeugungsarbeit zu leisten.

Haasi stellte alle vor, aber Dakota konnte sich nicht alle

Namen und Gesichter merken. Die Kinder hatten alle wildes, widerspenstiges, kastanienbraunes Haar wie ihre Väter. Sie kicherten und waren unruhig, aber gutmütig. Die Ehefrauen von Archer und Boyd – Olivia und Tamayo – waren nett und freundlich und löcherten sie mit Fragen über sich selbst und das, was sie in Miami erlebt hatten.

Sie schienen gute Menschen zu sein, was Dakotas Grund für ihr Kommen noch abstoßender machte. Sie nahm ihnen ihr Glück nicht übel. Sie verdienten es, glücklich zu sein. Sie verdienten es, sicher zu sein.

Nachdem sie den Tisch abgeräumt hatten, eilten die Kinder nach draußen, um vom Steg im Hinterhof zu angeln, bevor es dunkel wurde. Eden ging mit ihnen, der große Hund Nokosi schmiegte sich an ihre Beine, sie vergrub eine Hand in seinem Nacken, die andere gab Tessa, die ihren Arm um Edens Taille gelegt hatte, eifrige Zeichen.

Dakota wurde unruhig, als Eden aus der Tür verschwand, aber sie verdrängte das Gefühl. Sie hatte ihre Pfeife und das Walkie-Talkie für den Notfall dabei. Und Nokosi war direkt an ihrer Seite und beschützte sie. Sie war von Verbündeten umgeben.

Nach ein paar Minuten Smalltalk über den Zustand von Makis Bienenstöcken, die Fortpflanzungsgewohnheiten in Archers und Olivias Kaninchengehege und Lob für Zanders neuesten selbst gebrannten Alkohol wurde es ernst.

Haasi lehnte sich in ihrem Sitz zurück und verschränkte die Arme über ihrem Busen. »Du bist aus einem bestimmten Grund hergekommen. Zeit, es auszuspucken.«

Dakota atmete scharf ein. »Wir sind hier, um ... um Hilfe zu bitten.« Die Worte lagen ihr bitter auf der Zunge. Sie hasste es, um Hilfe zu bitten, fast so sehr wie Ezra es tat. Fast. Aber sie war hier, er nicht, und sie war bereit zu betteln, wenn es sein musste. »Hilfe, um uns gegen die Hirten zu verteidigen.«

»Woher weißt du, dass sie noch kommen?«, fragte Olivia. »Es

ist schon Tage her. Ihr habt sie geschlagen. Vielleicht haben sie aufgegeben.«

»Sie haben nicht aufgegeben«, sagte Dakota. »Maddox spielt Spielchen. Sein Bruder, Jacob, tat das Gleiche. Maddox hat ihn dafür gehasst, aber er tut es ebenso. Es ist eine psychologische Folter – das Warten, die Ungewissheit. Er zermürbt uns.«

»Für wie lange?«, fragte Zander. Logan schnaubte.

»Das ist die Frage, nicht wahr?« Parks Gesicht war blass. Dunkle Ringe umrahmten seine Augen. Er sah krank vor Sorge aus.

Dakota spürte es auch. Mit jeder Stunde, die verging, spürten sie alle, wie die Spannung immer weiter anstieg. Ihr Schlaf war unruhig und von Albträumen geplagt. Der Stress des Wartens war anstrengend. Und genau das war der Grund, warum Maddox es tat.

»Vielleicht ist es morgen so weit, vielleicht in einer Woche«, sagte sie. »Aber täuscht euch nicht – sie werden kommen.«

# KAPITEL 51
## DAKOTA

Es wurde für einige langwierige Momente stumm am Tisch. Alle starrten sich gegenseitig an, mit Sorgen und Anspannung im Gesicht.

»Ezra mag ein alter Narr sein«, sagte Archer grimmig, »aber ein Angriff auf einen von uns ist ein Angriff auf uns alle. Ich denke, wir sollten ihnen helfen.«

»Auf keinen Fall«, sagte Jake.

Zander zuckte mit den Schultern. »Er lebt seit fast dreißig Jahren hier. Macht ihn das nicht zu einem von uns?«

»Ezra hat deutlich gemacht, dass er nichts mit dieser Gemeinschaft zu tun haben will«, sagte Boyd. »Gut, wir haben ihn sich selbst überlassen. Und jetzt sollen wir plötzlich unser Leben und unsere Familien für ihn aufs Spiel setzen? Wo war er, als Ford getötet wurde? Nirgendwo. Er hat nicht einen Finger gerührt.«

»Er könnte uns erschießen, wenn wir sein Grundstück auch nur betreten«, sagte Zander. »Er würde euch nicht erschießen«, erwiderte Park.

Logan schnaubte erneut.

Boyd verzog die Lippen. »Woher willst du das wissen? Du bist erst seit ein paar Tagen hier. Du kennst den Mann nicht so gut wie wir.«

Dakota hatte ihn einmal so gut gekannt, aber sie war sich nicht mehr sicher.

»Diese paramilitärischen religiösen Freaks halten sich für eine große Nummer.« Zander schüttelte den Kopf. »Wir könnten es mit ihnen aufnehmen, so wie wir es mit den Plünderern und Dieben getan haben. Wir wickeln unsere Geschäfte hier seit drei Generationen ab, lange bevor sie sich hier niedergelassen haben.«

»Es tut mir leid, aber nein«, sagte Jake unnachgiebig. »Die Hirten haben uns noch nie belästigt. Es tut mir leid, dass sie sich mit Ezra angelegt haben, aber das ist eure Sache. Diese Typen sind verrückt. Die haben mehr Waffen pro Kopf, als du Finger und Zehen hast, Mann.« Er warf einen Blick auf seine Frau. »Ich werde nicht zulassen, dass meine Familie wegen irgendeinem Streit zwischen euch getötet wird. Das ist nicht unser Kampf.«

»Ihr wisst, was in diesem Lager vor sich geht«, sagte Haasi mit ruhiger, aber fester Stimme. »Wir alle haben die Gerüchte gehört.«

Dakotas Wangen röteten sich, ihre Narben juckten. Scham machte sich in ihrem Bauch breit.

Sie blickte auf und sah, wie Maki sie musterte. Die Frau lehnte an der Theke vor der Spüle, die starken Arme über der Brust verschränkt, eine Linie zwischen den dicken schwarzen Brauen. Als Dakota ihren Blick auffing, nickte die Frau ihr leicht zu.

»Diese Gerüchte hören wir schon seit zwanzig Jahren!«, sagte Boyd. »Damals hast du dich nicht genötigt gefühlt, etwas zu unternehmen. Plötzlich ist alles anders? Jetzt? Jetzt, wo wir uns am dringendsten gegen all die verzweifelten Flüchtlinge wehren müssen, die aus Miami herbeiströmen?«

»Wir haben euch geholfen.« Park lehnte sich in seinem Sitz

vor, seine dunklen Augen blitzten. »Logan und Dakota haben euch geholfen, die Plünderer zu vertreiben. Ich habe gehört, wie es auf beiden Seiten zuging. Sie waren da, um euch zu verteidigen.«

Die Colliers tauschten heftige Blicke aus. Olivia legte ihre Hand auf den Arm ihres Mannes. Er legte seinen großen Arm um ihre schlanken Schultern.

»Sie haben euch das Leben gerettet«, sagte Olivia und blickte zwischen Boyd und Jake über den Tisch.

»Logan ging mit dir auf Patrouille«, sagte Park, und die Frustration in seiner Stimme war deutlich zu hören. »Wir haben alle dabei geholfen, die Bäume zu fällen, die die Straße blockieren.«

Logan sagte nichts. Er starrte auf den Vorgarten hinaus, den Rücken starr.

»Und wir wissen das zu schätzen!«, sagte Jake. »Aber das ist nicht dasselbe, wie uns zu bitten, gegen eine kleine Armee zu kämpfen. Das ist etwas anderes. Das ist eine große Bitte.«

»Ich weiß«, sagte Dakota und verschluckte sich fast an den Worten. Es war dumm gewesen, zu kommen. Ein Fehler.

»Es tut mir so leid«, sagte Boyds schwangere Frau Tamayo. »Es tut mir wirklich leid.« Park ließ sich mit einem geschlagenen Seufzer in seinen Sitz zurücksinken.

Boyd sah Haasi an, und sein scharfer Blick wurde weicher. »Hör zu, ich weiß, dass du dich um Ezra sorgst. Er war mal ein anständiger Kerl, bevor er wie ein verrückter Einsiedler auf uns losging. Aber ich habe eine Familie. Wir alle haben Familien. Die Dinge werden für uns alle ernst werden. Das sind sie bereits.«

»Ich werde nicht noch einen Bruder verlieren«, sagte Jake grimmig, während er sich am Tisch umsah. »Das werde ich nicht.«

»Du weißt, dass wir recht haben, Archer«, sagte Boyd. »Es tut mir leid, aber so muss es sein.«

»Da hast du vollkommen recht.« Logan wandte sich von der

Fliegengittertür ab und blickte sie alle an. Alle starrten ihn erstaunt an. »Ihr müsst euch um eure eigenen Bedürfnisse kümmern. Wir kümmern uns um unsere.«

Logan stieß die Fliegengittertür auf und stakste aus dem Haus.

# KAPITEL 52
## DAKOTA

Dakota schob ihren Stuhl zurück und eilte Logan hinterher. Als sie die Veranda erreichte, war er bereits an ihrem Wagen vorbei und schritt die Einfahrt hinunter, die Steifheit in seinem Rücken und geraden Schultern spiegelten seine schlechte Laune wider.

Er wollte keine Gesellschaft. Sie wusste, wie er sich fühlte. Sie und Logan waren aus demselben Holz geschnitzt – die Art von Menschen, die ihre Unabhängigkeit und Einsamkeit schätzten.

Sosehr sie auch zu ihm gehen wollte, sie blieb auf der Veranda. Sie würde später mit ihm sprechen, wenn er bereit war.

Sie wollte nicht zurück ins Haus gehen. Noch nicht. Sie brauchte Luft. Ihre Brust war zu eng. Sie hasste es, um Hilfe zu bitten, hasste es, andere anzuflehen, sich für sie zu opfern.

Doch diesmal befürchtete sie, dass sie überfordert waren.

Die Fliegengittertür öffnete und schloss sich hinter ihr. Der Duft von Zitrone und Honig wehte durch die stille, schwüle Luft. Haasi stellte sich neben sie.

Sie drückte Dakota ein kleines Glasgefäß in die Hand. »Hier

ist noch mehr Salbe für Ezras Hand, die du mitnehmen kannst. Wenn du mehr brauchst, sag mir Bescheid.«

»Danke«, brachte Dakota gezwungenermaßen hervor, ihre Kehle war wie zugeschnürt. »Ezra dankt dir auch.« Haasi lachte – ein tiefes, herzhaftes Glucksen. »Irgendwie bezweifle ich das.«

Einen Moment lang sprach keiner von ihnen.

Haasi verscheuchte einen Schwarm winziger Insekten. »Ich wollte nicht, dass es so abläuft.«

Dakota stieß einen Seufzer aus. »Ich weiß.«

»Ich werde es weiter versuchen, aber ich kann nichts versprechen.«

»Boyd und Jake haben recht. Es ist nicht euer Kampf. Aber sie werden trotzdem kommen.«

Dakota wandte sich von der Straße ab und starrte über das Sumpfgebiet. In der Ferne flog ein großer blauer Reiher anmutig über den von der untergehenden Sonne golden gefärbten Himmel. Es war so schön, dass sich ihr Herz zusammenzog.

Ihr Bauch zog sich zusammen. Einen Moment lang hatte sie sich die Hoffnung erlaubt, dass sie Teil von etwas Größerem sein könnten als sie selbst. Aber wenn es darauf ankam, konnte man sich nur auf sich selbst verlassen.

Nein. Das war nicht wahr. Nicht mehr. Sie konnte die Anzahl der Menschen, denen sie vertraute, an einer Hand abzählen, aber es waren mehr als jemals zuvor. Eden und Ezra. Julio, auf dessen beständige, zuverlässige Art sie sich mehr und mehr verlassen hatte.

Und Logan.

Sie presste ihre Lippen aufeinander und erinnerte sich an das Gefühl seines Mundes auf ihrem, seine Hände in ihrem Haar, ihr ganzer Körper kribbelte. Als er sie gestern umarmt hatte, hatten sie zusammengepasst wie zwei verlorene Puzzleteile.

Es war seltsam. Sie sollte Angst davor haben, ihre Deckung fallen zu lassen, ihn hereinzulassen. Dakota Sloane, das knallharte

Pflegekind, verliebte sich in einen ehemaligen Mörder. Es war wie eine Verbindung aus der Hölle. Aber vielleicht musste man die Hölle sehen, um sich nach etwas Besserem zu sehnen.

Ihr ganzes Leben lang hatte sie ihr Herz wie eine Faust verschlossen gehalten. Das musste sie auch, um zu überleben. Aber vielleicht war Überleben etwas anderes, als sie zuerst gedacht hatte. Vielleicht musste man, um wirklich zu leben, diese Faust öffnen und Dinge hereinlassen – auch wenn es wehtat. Vor allem, wenn es wehtat.

Sie spähte in die aufkommende Dunkelheit und blickte wieder zur Straße. Logan stand am Ende der mit Unkraut überwucherten Einfahrt, die Hände in die Taschen gesteckt, und kickte unruhig Steine in das Gestrüpp am Rande der Straße.

»Er wartet auf dich«, sagte Haasi. Dakotas Wangen wurden heiß.

»Er sieht zwar hart aus, aber er ist ein guter Kerl.« Haasi zwinkerte. »Vertrau mir. Ich kann diese Dinge spüren.«

»Ja«, sagte Dakota und errötete heftig. Es fühlte sich komisch an, so zu reden, aber auch gut und seltsam tröstlich. Ein leichtes Lächeln umspielte ihre Lippen. »Das glaube ich auch.«

Logan blickte kurz zu ihr zurück, zögerte und winkte dann.

Trotz allem – der Angst, der Beklemmung, dem Grauen, das sich in ihrer Brust wie ein immenser Druck aufbaute – hüpfte ihr Herz.

Die Zukunft war ein großes Fragezeichen. Gewalt und Tod verfolgten sie auf Schritt und Tritt.

Aber sie war nicht allein.

# KAPITEL 53

# MADDOX

Vorfreude brannte durch Maddox' Adern. Es war endlich so weit.

Die Mission begann. Am Morgen würde alles vorbei sein. Maddox versammelte sein Team, eine Gruppe starker, abgehärteter Krieger in Tarnkleidung, mit M4-Karabinern über den Schultern und Handfeuerwaffen und taktischen Messern an den Hüften. Er teilte ihnen die letzten Anweisungen mit, während Reuben ungeduldig neben ihm hin und her rutschte. Aber er ließ sich von der Aufmüpfigkeit seines Cousins nicht aus der Ruhe bringen.

Dies waren seine Männer.

Er fragte sich kurz, was sie von seiner verbrannten, geröteten Haut, seinen ausgehöhlten Augen und den Blasen, die um seine Lippen herum heilten, hielten. Aber es war ihm egal. Es waren Zeichen von Gottes Segen – derjenige, der auf der Stelle hätte sterben sollen, zu Asche verkohlt, wurde nun von Gott selbst für einen besonderen Zweck auserwählt.

Die Männer sahen es. Sie wussten es. Sie sahen ihn mit einem neuen Respekt an. Sie wussten, was er durchgemacht hatte, was er überlebt hatte. Die Tatsache, dass er immer noch hier stand, zeugte von seiner Zähigkeit, seiner Vitalität und seinem Mut.

Mit jedem Auftrag wuchsen sein Selbstvertrauen und seine Entschlossenheit. Er war stark und unbesiegbar. Eine Atombombe konnte ihn nicht töten. Auch nicht die Strahlung. Die Peitschenhiebe auf seinem Rücken machten ihn nur noch furchterregender.

Er gehörte hierher. Dies war seine Bestimmung.

»Was auch immer ihr tut, tut meiner Schwester nichts«, sagte er. »Tötet den alten Mann. Tötet alle, die bei ihnen sind.«

Reuben setzte ein wissendes Lächeln auf. »Und Dakota?«

»Ich will sie«, sagte er genüsslich. »Überlasst sie mir.«

# KAPITEL 54
## MADDOX

Maddox trat auf die Veranda und klopfte mit der freien Hand an die Haustür. Er machte mehrere schnelle Schritte zurück in den schäbigen Hof, hob sein M4 und legte den Schaft an seine Schulter, bereit.

Seine Männer bildeten einen losen Halbkreis um ihn herum, ihre M4-Karabiner im Anschlag und bereit, das Haus in Stücke zu reißen.

Es war fast zehn Uhr abends, weit nach Einbruch der Dunkelheit, aber die Luft war immer noch schwül. Es wimmelte von Insekten. Grillen zirpten und Frösche quakten.

Ein alter rostiger Pick-up stand in der von Unkraut überwucherten Einfahrt. Im Inneren des Hauses brannten Lichter.

Sie waren zu Hause, aber es waren keine Wachen aufgestellt. Keiner patrouillierte das Gelände. Idioten.

Mit seiner Nachtsichtbrille suchte er das Grundstück noch einmal ab, diesmal etwas genauer. Am Ende der Einfahrt waren mehrere große Büsche entwurzelt und so aufgestellt worden, dass sie die Einfahrt vor zufälligen Passanten abschirmten.

Nein. Also keine kompletten Idioten. Sie fühlten sich sicher, weil ihre Sicherheit woanders lag ... Wenn sie klug gewesen wären, hätten sie vielleicht eine Patrouille entlang der US 41 aufgestellt, um zu verhindern, dass fliehende Nachzügler es bis hierher schafften.

»Feinde könnten von der Straße hinter uns kommen«, sagte er mit leiser Stimme. »Gordon, Stevens und Hastings, ihr bewacht unsere Truppe am Ende der Auffahrt.«

Hinter ihm schlurften Schritte, als die Männer gehorchten. Die übrigen Hirten bewegten sich nicht und sprachen auch nicht. Sie warteten.

Maddox' Herz hämmerte gegen seine Rippen. Seine Adern waren kalt vor Adrenalin. Der Schmerz und die Übelkeit waren verschwunden. Er spürte keine Angst, nur Vorfreude und wachsende Aufregung.

Es war so weit. Er hatte die Verantwortung, niemand sonst. Er allein entschied über das Schicksal jedes Einzelnen hier. Er konnte sich das Lächeln nicht verkneifen.

Die schlaffe Fliegengittertür öffnete sich. Eine ältere indianische Frau mit langen grauen Haaren stürmte aus dem Haus, die Armbrust fest im Arm, den Bolzen auf seine Brust gerichtet.

Er schob die Brille auf seine Stirn und winkte freundlich. »Begrüßt man so seine Nachbarn?«

Die alte Dame schaute finster drein. »Ihr seid nicht meine Nachbarn.«

Er erkannte sie von der Hausdurchsuchung, die er vor drei Jahren auf der Suche nach Eden durchgeführt hatte. Damals hatte er sie auch nicht gemocht. »Du solltest wissen, dass Unhöflichkeit mich irritiert. Ein bisschen Höflichkeit deinerseits würde mir sehr gefallen.«

»Ich erinnere mich an dich, Maddox Cage«, sagte die Frau. »Du und deine Hooligans habt sechzig Sekunden Zeit, mein

Grundstück zu verlassen, oder ich schieße dir diesen Bolzen direkt in dein verdorbenes Herz.«

Einer der Hirten kicherte.

Maddox runzelte die Stirn. »Ich glaube, du hast das falsch verstanden, Schwester.«

»Nein, hat sie nicht«, ertönte eine Stimme zu seiner Rechten.

Eine zweite Indianerin war um das Haus herumgegangen und flankierte sie von der Seite. Sie stand sieben Meter entfernt, tief im Schatten, und zielte mit ihrer Schrotflinte auf sie.

»Wir dürfen euch auf unserem Grundstück erschießen«, sagte die alte Frau. »Maki hat deine rechte Hand im Visier. Ich habe dich direkt im Fadenkreuz. Ihr seid beide dreißig Sekunden vom Tod entfernt.«

»Nehmt die Waffen runter, dreht euch um und verschwindet«, sagte Maki.

Keiner der Männer bewegte sich. Reuben hielt seine eigene Waffe auf die alte Frau gerichtet, obwohl Makis Waffe auf seinen Kopf gerichtet war.

»So funktioniert das nicht«, sagte Maddox ruhig. »Ihr habt recht. Ihr könnt mich und Reuben auf der Stelle erschießen. Aber während ihr den Abzug betätigt, werden meine Männer es euch gleichtun. Es ist uns egal, ob wir sterben. Jeder einzelne meiner Männer ist bereit, für unsere Sache zu sterben, auch ich. Irgendwie glaube ich, dass ihr das nicht so seht.«

Im Inneren des Hauses bewegte sich etwas. Maddox verlagerte sich nur leicht nach rechts, die Mündung des M4 schwenkte mit ihm, bis er die Gestalt hinter der alten Frau anvisiert hatte.

»Mama?« Ein Mädchen in einem langen weißen Nachthemd, das rabenschwarze Haar zerzaust und die Augen verschlafen, stand in der Tür.

Die alte Frau schnappte nach Luft. »Was habe ich dir gesagt, Tessa? Geh zurück ins Haus!«

»Komm näher, Tessa.« Maddox lächelte. Er spürte ihre Angst. Er nährte sich von ihr, spürte, wie ihr Mut schwand, während er stärker wurde. »Komm direkt neben deine Großmutter. Niemandem wird etwas passieren, wenn du zuhörst. Hast du verstanden? So ist's gut.«

»Wage es ja nicht, sie anzurühren«, sagte Maki. »Wage es ja nicht.«

»Es wird folgendermaßen ablaufen«, sagte Maddox, als das Mädchen barfuß und zitternd neben seiner Großmutter stand. Er zielte mit seiner Waffe auf ihren Kopf und stellte sicher, dass die Mutter und die Großmutter es sahen.

»Ich will dem kleinen Mädchen nicht wehtun, aber ihr müsst mir zuhören. Wenn ihr nicht zuhört, werde ich etwas tun müssen, was ich nicht tun will. Haben das alle verstanden?«

»Nimm die Waffe nicht runter, Maki.« Die alte Frau starrte ihn an, ohne mit der Wimper zu zucken. »Ich habe keine Angst vor euch.«

»Das solltest du aber«, knurrte Reuben. Neben ihm konnte Maddox spüren, wie der Körper seines Cousins vor Anspannung pulsierte – es juckte ihn in den Fingern, abzudrücken. Maddox musste ihn im Zaum halten.

»Harrison«, sagte Maddox. »Siehst du die Ziege da drüben? Erschieß sie.«

»Nein!«, kreischte das Mädchen.

Harrison drehte sich, zielte auf die nächstgelegene Ziege – eine struppige schwarz-weiße Kreatur, die zufrieden an dem unkrautbewachsenen Rasen knabberte – und drückte den Abzug.

Das Tier hatte keine Chance, einen Laut von sich zu geben. Es kippte um und war bereits tot.

»Mein nächster Treffer geht in das Mädchen. Verstanden?«

Zögernd senkte die alte Frau ihre Armbrust. Maki tat es ihr gleich.

Reuben gestikulierte einem der Männer zu, der nach vorne schritt und schnell die Waffen ergriff.

Maddox atmete erleichtert auf. Es lief alles perfekt.

Das kleine Mädchen sagte etwas, ein seltsames Wort, das er nicht verstand. »Tessa, nein!«, rief Maki.

Ein tiefes Bellen drang aus dem Inneren des Hauses.

# KAPITEL 55
## MADDOX

Die Angst des kleinen Mädchens verwandelte sich vor Maddox' Augen – ihr Kiefer wurde hart, ihre schwarzen Augen blitzten. »Nokosi!«, rief sie. »Fass!«

Ein schwarz-brauner Fleck stürmte aus der verdunkelten Türöffnung und stürzte sich auf die Veranda. In der Sekunde, die Maddox brauchte, um zu erkennen, dass es sich bei der Kreatur um eine Mischung aus einem massiven Deutschen Schäferhund und einem Rottweiler handelte, war der riesige Hund bereits einige Meter weit gerannt und hatte sich auf einen Mann namens Puckett gestürzt.

Puckett stieß ein unheimliches Heulen aus und fiel auf den Rücken, wobei sich die Zähne des riesigen Hundes in seinem Unterarm verfingen. Blut floss in Rinnsalen aus seinem Arm und verfärbte die Schnauze des Hundes.

»Schafft ihn weg! Schafft ihn weg!«, schrie Puckett über das wilde Knurren des Hundes hinweg.

Reuben schwang sich herum und zielte mit seinem M4 auf

den Kopf des Hundes. »Nein!« Maddox hielt eine Hand hoch und stoppte seine Männer. »Maddox!«, sagte Reuben entrüstet.

Maddox richtete seine Aufmerksamkeit wieder auf die alte Frau. Eine Ablenkung würde ihr genügen, um die Oberhand zu gewinnen. Sie war nur eine Frau, aber Maddox wusste, dass er sie nicht unterschätzen durfte.

Anders als seine Männer.

»Er reißt ihm den Arm ab!«, schrie Harrison.

»Ruft euren Hund zurück«, sagte Maddox, immer noch ruhig, obwohl er seine Stimme erheben musste, um gehört zu werden. »Ich will keine Haustiere oder Kinder töten, aber ich werde es tun.«

Das Mädchen schüttelte den Kopf, aber die Großmutter setzte sich mit einem scharfen Blick über sie hinweg.

Die Schultern des Mädchens sackten zusammen. »Nokosi! Lass los! Komm her!« Aus den Augenwinkeln sah er, wie der große Hund den zerfetzten Arm des Mannes fallen ließ. Gehorsam kehrte er auf die Veranda zurück, drückte sich zwischen die Frau und das Mädchen und stellte sich den Hirten gegenüber. Die alte Frau packte ihn am Halsband. Die Nackenhaare des Hundes waren aufgerichtet, die schwarzen Lefzen nach hinten gezogen und er knurrte heftig. Zweifellos wünschte sich die Bestie nichts sehnlicher, als sie alle mit ihren blitzenden, blutgetränkten Reißzähnen in Stücke zu reißen. Und doch war das Tier gut trainiert und diszipliniert genug, um seine eigenen Urinstinkte zu ignorieren. Maddox respektierte das verdammt noch mal.

Er hatte sich immer einen Hund gewünscht. Sein Vater und seine böse Hexe von Stiefmutter hatten es ihm nicht erlaubt. Er hätte ihn dazu abgerichtet, Seite an Seite mit ihm zu kämpfen und seinen Feinden die Kehle durchzubeißen. Er lächelte bei dem Gedanken.

»Was machst du da, Mann?«, fragte Reuben. »Erschieß das Vieh!«

Maddox ignorierte ihn. Reuben hatte nicht das Sagen. Der Prophet hatte nicht das Sagen. Dies war *seine* Mission, und zwar seine allein. Wenn er sich zurückhalten wollte, wenn er Gnade walten lassen wollte, war das sein Vorrecht.

»Wenn sie zögern, erschießt erst den Hund und dann das Mädchen«, befahl er seinen Männern. »Russell, bring Puckett zurück zum Lager zu Schwester Rosemarie.«

Russell runzelte irritiert und verwirrt die Stirn, aber er gehorchte sofort und hob seinen blutenden, wimmernden Kameraden auf die Beine. Gemeinsam humpelten sie zum hinteren Teil des Grundstücks und zu den Booten, die die Hirten im Schilf versteckt hatten.

»Was wollt ihr?«, fauchte die alte Frau zwischen zusammengebissenen Zähnen.

»Ich denke, ich habe bewiesen, dass ich ein vernünftiger Mann bin. Mehr als vernünftig. Jeder, der im Haus ist, muss rauskommen und sich neben das Mädchen stellen. Wenn wir reingehen und noch jemanden im Haus finden, stirbt jemand. Und dieses Mal keine Ziege.«

Die Frau nickte niedergeschlagen. »Komm raus, Peter.«

Ein Junge, einen Kopf kleiner als seine Schwester, mit demselben tiefschwarzen Haar und denselben Augen, schlurfte hinaus, gefolgt von zwei stämmigen braunhaarigen Männern Mitte dreißig – Maddox erinnerte sich an die Biker-Brüder. Und dass es noch mehr von ihnen gab.

»Ihr verrückten Arschlöcher!«, fauchte der erste Biker. »Ihr denkt, ihr seid so hart, und erschreckt kleine Mädchen? Kommt und kämpft gegen mich wie richtige Männer.«

Seine Worte beunruhigten Maddox nicht. Er wusste es besser, als auf den Köder anzuspringen.

»Sind das alle? Harrison, durchsuch das Haus. Gründlich. Reuben, wenn wir noch jemanden finden, erschieß den Hund.«

Reuben grinste hämisch. »Mit Vergnügen.«

»Nein, das kannst du nicht tun!«, jammerte das Mädchen.

»Letzte Chance.«

Der harte Blick der alten Frau schwankte.

Harrison bewegte sich auf die Veranda zu.

»Warte.« Sie hob hilflos die Hände. »Da ist noch einer.«

Ein schlanker Asiate mit einem Arm in einer Schlinge trat zögernd aus der Tür. Harrison gestikulierte mit seinem M4, und der Typ schlurfte zum Ende der Reihe neben die Biker-Brüder.

Maddox' Augenbrauen hoben sich, als er ihn wiedererkannte. »Ich erinnere mich aus dem Bellview Court an dich. Du gehörst zu Dakota. Wie lautet dein Name?«

Das Gesicht des Mannes verzerrte sich vor Angst und Empörung. »Yu-Jin Park. Du hast meine Freundin getötet. Ihr Name war Nancy Harlow. Sie war ein guter Mensch. Und du hast sie erschossen.«

»Sie hat zuerst eine Waffe auf mich gerichtet.«

»Sie war leer!«

»Das wusste ich damals nicht.« Maddox zuckte achtlos mit den Schultern. »Ach, na ja.«

Dieser schwache, wehleidige Park-Typ war Dakotas Freund. Jemand, der ihr etwas bedeutete. Maddox' Herzschlag beschleunigte sich. Plötzlich tat sich eine neue Gelegenheit auf.

Damit könnte er arbeiten. Oh ja, das könnte er.

# KAPITEL 56
# MADDOX

»Vielen Dank für deine Ehrlichkeit«, sagte Maddox zu Haasi, als Harrison seine Durchsuchung des Hauses beendet hatte. »Die Dinge werden besser für euch laufen, das verspreche ich.«

Er befahl dem Mädchen, den knurrenden Hund ins Haus zu bringen und die Tür zu schließen. Dann fragte er nach den Namen seiner neuen Geiseln – sie nannten sie, wütend, ängstlich, aber sie gehorchten.

Er richtete seinen Blick wieder auf Haasi, die alte Indianerin. Sie war eindeutig die Anführerin hier – Frau oder nicht. »Ich bin hier, um euch einen Waffenstillstand anzubieten. Meine Männer und ich haben kein Problem mit euch. Wir wollen keinem etwas antun, schon gar nicht euren Kindern. Alles, worum wir euch bitten, und das ist eine sehr kleine Bitte, ist, dass ihr nichts unternehmt. Bleibt heute Nacht hier. Kümmert euch um euer Eigentum. Nehmt eure Kinder in den Arm und gebt ihnen einen Gutenachtkuss. Das ist alles.«

Haasis Augen verengten sich. »Du willst, dass wir uns aus deinem Kampf mit Ezra Burrows heraushalten.«

»Das geht euch nichts an. Belasst es dabei, und wir können harmonische Nachbarn bleiben.«

Sie schüttelte den Kopf. »Du bist böse. Das reine Böse.«

»Ihr dreckigen Maden!«, knurrte der fette Biker Zander. »Wir hätten euch schon vor einem Jahrzehnt verjagen sollen!«

Reuben schwang sein M4 nach dem Biker. Ein Hirte hinter ihm stieß ein verärgertes, kehliges Geräusch aus.

Maddox musste die Kontrolle über das Gespräch behalten, sonst riskierte er, den Respekt seiner Männer zu verlieren.

Der dünnere, bärtige Biker namens Boyd legte seinem Bruder eine schützende Hand auf den Arm. »Halt die Klappe.«

Das ferne Geräusch von Motorradmotoren erreichte sie. Haasis Gesichtsausdruck änderte sich nicht, aber Zanders Augen weiteten sich in Erwartung – und Hoffnung. Er dachte, seine Brüder würden heranbrausen, um den Tag zu retten.

Er lag völlig falsch.

Die übrigen Collier-Brüder waren von den Hirten, die die Straße bewachten, in einen Hinterhalt gelockt worden, wobei M4-Gewehre auf ihre Köpfe gerichtet waren. Da ihre Familienmitglieder mit Waffengewalt festgehalten wurden, hatten sie keine andere Wahl, als ihre eigenen Waffen niederzulegen und sich den anderen Geiseln auf der Veranda anzuschließen. Sie spuckten und fluchten, voller ohnmächtiger Wut, aber sie gehorchten.

»Wie viele Leute halten sich bei Ezra auf?«, fragte Maddox. »Wie viele Waffen? Wie sind sie verteidigt?«

»Wir wissen es nicht.« Der größte, riesige Bruder blickte auf sie herab. »Ezra ist ein Einsiedler. Er hasst uns alle genauso sehr wie dich. Keiner von uns weiß irgendetwas.«

»Ich weiß, dass das eine Lüge ist.« Maddox warf Park einen bösen Blick zu. »Ihr habt gerade einen von ihnen bei euch. So wie ich Dakota kenne, hat sie jeden gerettet, den sie finden konnte, und ihn mitgenommen wie einen kleinen verlorenen Welpen.«

Park presste die Lippen zusammen.

»Wir werden niemandem etwas tun, wenn wir nicht dazu gezwungen werden«, sagte Maddox mit beruhigender Stimme. »Wir haben euren Hund nicht getötet, obwohl wir das Recht dazu hatten. Eden wird in Sicherheit sein. Und Dakota auch.«

Haasi schnaubte.

»Egal, was ihr denkt, ich stehe zu meinem Wort. Wir wollen nur, was uns gehört. Eden gehört nach Hause. Das ist eine Familienangelegenheit. Helft uns einfach, das zu bekommen, was wir brauchen, und wir machen uns auf den Weg. Es gibt keinen Grund, eure Familien mit hineinzuziehen. Überhaupt keinen Grund.«

Eine lange Minute lang starrten sich alle an und warteten in angespanntem Schweigen darauf, was die andere Seite tun würde, wer zuerst ausbrechen würde. Reuben trat unruhig hin und her, blieb aber still.

Maddox wartete. Er war unendlich geduldig, wenn es sein musste. Die langfristige Strategie war oft die lohnendste.

Er nahm für einen Moment eine Hand von der Waffe und fuhr sich mit der anderen durch sein schweißnasses Haar. Einige Strähnen lösten sich und klebten an seinen Fingern. Er wischte seine Hand an seiner Hose ab.

Haasi starrte ihn an, ihre Augen verengten sich. Ihm war es egal, ob ihm jeder Follikel auf dem Kopf ausfiel. Es war alles Teil des Spiels. Alles davon.

»Ich werde es euch sagen«, sagte Zander schließlich.

»Zander!«, rief Archer. »Was machst du da?«

»Ich werde nicht zulassen, dass sie meine Familie töten. Nicht für jemanden wie Ezra Burrows. Niemals.«

»Es geht nicht nur um Ezra Burrows«, sagte Haasi. »Sie haben auch ein kleines Mädchen da drin!«

»Ich auch!« Zander schüttelte den Kopf, seine Miene war

angespannt von der Schwere seiner Entscheidung. »Ich werde alles tun, um meine Familie zu beschützen.«

»Nicht«, sagte Archer.

»Ich muss es tun. Es tut mir leid.« Zander trat einen Schritt vor. Seine wilden, hektischen Augen huschten von Hirte zu Hirte, bevor sie auf Maddox zu ruhen kamen. »Sie haben nur sechs Leute. Einschließlich deiner Schwester. Mit Park hier sind es nur fünf. Nur Ezra, Dakota und dieser Logan wissen etwas über Waffen. Aber Logan ist gut. Unterschätzt ihn nicht. Er ist eine Kraft, mit der man rechnen muss.«

Maddox' Lächeln wurde breiter. »Das ist der nachbarschaftliche Geist, den ich gesucht habe.« Haasi schüttelte angewidert den Kopf. »Halt die Klappe, Zander!«

Aber Zander ignorierte sie. Er zitterte, war blass vor Angst, Schweißflecken breiteten sich unter seinen Achseln aus. »Sie haben sich auf euch vorbereitet. Sie haben Sandsackbefestigungen und Sprengfallen auf dem Hof gebaut. Du wirst es schwer haben, dich anzuschleichen. Sie haben rund um die Uhr eine Wache aufgestellt.«

»Ich bin sicher, dass uns etwas einfallen wird. Den Rest kann ich mir von unserem Freund hier besorgen.« Er deutete mit der Mündung seines M4 auf Park. »Park, du kommst mit uns. Wir werden dich brauchen.«

»Auf keinen Fall.« Park schüttelte unwillig den Kopf. »Fahr zur Hölle.«

»Ihr könnt ihn nicht einfach mitnehmen!« Archer machte einen schwerfälligen Schritt auf Maddox zu, aber mehrere Gewehre hoben sich gleichzeitig, alle in seine Richtung gerichtet. Er zögerte, und seine Aggression entlud sich, als er erkannte, wie geladen die Lage war.

»Das kannst du nicht tun«, sagte der Riese erneut, aber in seiner Stimme lag kein Vertrauen, keine Autorität. Waffen schlagen rohe Kraft jedes Mal, und das wusste er.

»Wir können und wir werden.« Maddox neigte sein Kinn zu Hastings. »Durchsucht alle. Durchsucht das Haus. Beschlagnahmt alle Funkgeräte, damit sie niemanden warnen können. Hastings, du bleibst zurück und bewachst sie, nur um sicherzugehen, dass sie ihr Versprechen halten. Der Rest von euch mäht jeden nieder, der sich uns in den Weg stellt.«

# KAPITEL 57
## LOGAN

Sie kamen mitten in der Nacht.

Julio, der Wache hielt, schlug Alarm. Zwei kurze Pfiffe.

Logan wachte mit einem Ruck auf, schnappte kurz nach Luft, dann war er hellwach und griff bereits nach der AR-15 an seiner Seite.

»Eindringlinge am Tor!«, rief Julio.

»Holt eure Waffen!«, befahl Ezra, dessen Stimme vom Schlaf heiser war. »Auf eure Posten!«

Alle waren bereits vollständig angezogen, einschließlich der Schuhe. Logan sammelte seine Waffen, die Munitionstasche, die Feldflasche, die Ohrstöpsel und das Handfunkgerät ein, die alle in der Tasche neben ihm auf dem Boden verstaut waren.

Das Licht war aus. Er kramte in seiner Jackentasche nach seiner Taschenlampe und schaltete sie ein, während er zu seinem Platz am vorderen südwestlichen Fenster eilte. Er kauerte sich hinter die Sandsäcke und überprüfte seine Waffe, als Dakota und Eden aus dem Funkraum eilten und sich den Schlaf aus den Augen rieben.

»Wo ist Park?«, fragte Dakota.

»Er ist noch nicht zurück«, sagte Julio.

»Was?« Dakota schaute auf ihre Uhr. »Es ist schon nach Mitternacht!«

»Ich dachte, er würde bei Haasi nur Dampf ablassen.« Julio zuckte hilflos mit den Schultern. »Er hat den Stress nicht gut verkraftet.«

Park war zurückgeblieben, als Logan und Dakota mit Eden zurückfuhren.

Maki hatte versprochen, ihn später zurückzubringen. Er hatte etwas davon gemurmelt, dass er sich eine Weile ausruhen müsse. Logan hatte ihm das nicht übel genommen. Die Anspannung und Nervosität nach sechs Tagen war fast erdrückend.

»Es ist jetzt zu spät, um sich um ihn zu kümmern«, sagte Ezra. »Eden wird die Ostseite am Küchenfenster übernehmen müssen.«

Eden schürzte die Lippen, die Augen weit aufgerissen, aber sie nickte grimmig, die Schultern gerade, den Kopf hoch erhoben. Sie gebärdete *Alles klar,* bevor sie die Mossberg fest in beide Hände nahm.

Sie würde schon klarkommen. Unter dieser Sanftheit steckte eine gewisse Härte, dessen war sich Logan sicher.

Julio reichte Ezra den tragbaren Monitor, der die Aufnahmen der Sicherheitskamera am Eingangstor anzeigte. Logan ließ seine Tasche an seinem Platz zurück, behielt aber seine Glock und ging zu Ezra, Dakota und Julio.

Dakota drückte sich an seine Seite. Er spürte die Anspannung in ihrem Körper, spürte das Grauen in seinem eigenen. Es tat körperlich weh, ihr nahe zu sein. Er wollte sie festhalten und gleichzeitig alles zerstören, was ihre Sicherheit bedrohte.

Der Gedanke, sie zu verlassen, riss ihm ein Loch in die Brust, das ihm den Atem raubte.

Er verdrängte diese Gedanken. Er durfte nicht so denken,

durfte keine Ablenkungen zulassen. Er musste konzentriert bleiben, alle Sinne in höchster Alarmbereitschaft.

Alles andere konnte bis nach heute Abend warten.

Er konzentrierte sich auf den Monitor. Am Tor am Fuße der Einfahrt leuchtete das Licht des Bewegungssensors, das am höchsten Pfosten angebracht war, auf fünf schwarz gekleidete Gestalten hinab, zwischen denen eine sechste, kleinere Person in heller Kleidung stand.

Obwohl es schwierig war, die körperlichen Merkmale aus den körnigen Graustufenpixeln auszumachen, war die Gestalt deutlich genug zu erkennen.

Julio zuckte zusammen und bekreuzigte sich. »Das ist Park! Sie haben Park!« Logan fröstelte. Er schluckte.

Bevor jemand reagieren konnte, knisterten ihre Funkgeräte. Die Hirten mussten Parks Handfunkgerät benutzt haben, das auf ihre Frequenz eingestellt war.

»Da ihr uns schon beobachtet«, sagte eine männliche Stimme, »warum lasst ihr uns nicht rein, damit wir von Mann zu Mann reden können?«

Dakotas Gesicht wurde knochenbleich. Sie presste die Lippen aufeinander.

»Das ist Maddox. Er ist hier.«

»Öffnet das Tor«, sagte Maddox.

»Wir werden das Tor nicht öffnen«, knurrte Ezra in sein Funkgerät.

»Ich habe hier eine Geisel, die gerne am Leben bleiben würde. Er bittet – nein, bettelt – darum, dass ihr meiner Bitte nachkommt. Öffnet das verdammte Tor.«

Logan fluchte.

»Wir müssen es tun«, sagte Dakota mit angespannter Stimme. »Er lässt uns keine andere Wahl.«

»Das würde unsere Position gefährden«, sagte Ezra. »Es bringt sie zu nahe an die Hütte.« Wut überkam Logan, aber auch eine Art widerwilliger Respekt. Maddox Cage war nicht dumm. Er wusste, dass seine Männer weit über hundertfünfzig Meter offenes Gelände überqueren mussten, wo Logan und die anderen sie von ihren befestigten Stellungen aus leicht hätten ausschalten können.

Mit einer Geisel konnten die Hirten den tödlichen Raum frei und ungehindert durchqueren. »Ich gebe euch Zeit, bis ich bis drei gezählt habe, und dann schieße ich auf einen Fuß.« Ein freudloses Gackern ertönte durch das Funkgerät. »Lasst mich das klarstellen. Ich meine den Fuß von Park, nicht meinen eigenen.«

»Er könnte bluffen«, sagte Julio, aber seine Stimme war hohl. Er glaubte es selbst nicht.

Dakota presste den Kiefer zusammen. »Maddox Cage blufft nicht.«

Wie aufs Stichwort zählte Maddox bis drei. Sie beobachteten in angespannter, quälender Stille, wie Maddox' körnige Gestalt seine Pistole ausrichtete. Der Schuss knallte durch das Funkgerät.

Park fiel um und wand sich.

»Seine Kniescheibe ist als Nächstes dran«, sagte Maddox ruhig. »Ich glaube nicht, dass er danach jemals wieder laufen wird. Ein einarmiger, einbeiniger Mann. Was glaubt ihr, wie lange er hier draußen durchhält?«

Im Hintergrund stöhnte Park.

Dakota wandte sich an Ezra. »Mach auf, verdammt noch mal!«

»Wenn wir das tun, machen wir uns nur verwundbar«, warnte Ezra.

Dakota schüttelte den Kopf und wurde immer unnachgiebiger. »Wir werden improvisieren. Wir werden es hinkriegen. Das müssen wir.«

»Dakota hat recht«, sagte Julio. »Es ist das Richtige.«

Dakota und Ezra starrten sich einen langen Moment lang an und kommunizierten Dinge, die Logan nicht verstand und auch nie verstehen würde, beide mit grimmigem, aber entschlossenem Gesichtsausdruck.

Wenn es nach Logan ginge, würde er sich auf Ezras Seite stellen, sosehr er es auch hasste. Park war ein netter Kerl, aber das war auch schon alles.

Dakota war seine Priorität, nicht Park. Er würde eher tausend Parks einen blutigen Tod sterben lassen, bevor er ihr Leben riskieren würde.

Aber Dakota würde das nicht tun. Vielleicht war sie gerade deshalb ein besserer Mensch als er.

Vielleicht dachte Ezra dasselbe. Etwas zerbrach in seinem Blick – und wurde durch einen Schimmer der Niederlage ersetzt. Die Anspannung vertiefte die Furchen in seinem Gesicht. Schließlich lenkte er ein. Mit einem Fluch kramte er in seiner Tasche, zog eine kleine Fernbedienung heraus und drückte einen Knopf.

Sie sahen auf dem Bildschirm, wie das verbeulte Tor aufschwang.

Die Gestalten fuhren die lange Einfahrt hinauf. Park humpelte schwerfällig zwischen zwei Hirten hindurch, der andere Fuß schleifte nutzlos hinter ihm her.

»Armer Kerl«, sagte Julio leise.

Dakota ging schnell zum Fenster. Sie zog ein Fernglas aus der Tasche, die sie über der Schulter trug, und spähte durch das Fenster. »Irgendetwas stimmt hier nicht.«

Logan beobachtete sie. »Was ist los?«

»Maddox hat fünf Männer bei sich. Nur fünf. Das ist unlogisch. Er wird mehr haben. Ich weiß es.«

»Er könnte Park als Ablenkungsmanöver benutzen«, sagte Logan, »während sich eine zweite Truppe aus einer anderen Richtung an uns heranschleicht.«

Dakotas Schultern versteiften sich. Sie ließ das Fernglas sinken und griff nach ihrem Gewehr. »Ich glaube, du hast recht.«

»Leute, auf eure Posten«, befahl Ezra. »Bleibt in höchster Alarmbereitschaft. Weitere Feinde könnten aus den Wäldern am östlichen oder westlichen Rand oder vom Wasser her kommen. Sieht aus, als seien sie mit automatischen Waffen ausgerüstet. Wahrscheinlich 5,56 × 45 mm NATO-Munition. Vielleicht panzerbrechend. Automatische Geschosse werden sich irgendwann durch die Wände fressen, kugelsicher oder nicht. Schaltet sie aus, bevor sie das Feuer auf uns konzentrieren können. Ich werde im Scharfschützennest sein.«

Alle nickten grimmig.

Dakota nahm das vordere südöstliche Fenster, Eden die Küche, während Julio das hintere Fenster besetzte. Ezra ließ die Treppe im Flur hinunter und kletterte auf den Dachboden. Durch die vier in das Dach gebohrten Schießscharten konnte Ezra das Scharfschützenfeuer in jede Richtung lenken.

Adrenalin schoss durch Logans Adern, als er zu seinem Posten an der Vorderseite des Hauses zurückkehrte. Er überprüfte immer wieder seine Waffen und vergewisserte sich, dass seine Munitionstasche mit den vorgeladenen Magazinen an seiner Seite war.

Alle waren bereit, oder zumindest so bereit, wie sie es nur sein konnten. Das war es.

Er atmete tief durch, und diese vertraute kalte Ruhe legte sich über ihn.

Sein Gewehr war eine feste, beruhigende Präsenz in seinen Armen, wie eine Verlängerung seines eigenen Körpers.

Sein Blick wurde schärfer, seine Sinne nahmen alles auf.

Die Nacht war windig. Die Bäume bewegten sich unruhig, und hinter den dicken, dunklen Wolken waren keine Sterne zu sehen. In der Ferne flackerten Wärmeblitze auf. Der schwache Geruch von gebratenem Eichhörncheneintopf lag noch in der Luft. Bald gäbe es nur noch Staub, Kugeln und Blut.

Das war sein Ding. Darin war er gut. Es war das Einzige, worin er gut war. Es war an der Zeit, etwas daraus zu machen.

Nicht jeder würde die nächsten Stunden überleben. Vielleicht nicht jeder in diesem Haus. Wenn es nach Logan ginge, würde er jeden verdammten Hirten umbringen, bevor das passierte.

Für Dakota würde er sie alle umbringen.

# KAPITEL 58
## EDEN

Eden beobachtete mit wachsendem Schrecken, wie Park zwischen den Hirten voran taumelte.

Sie zogen ihn die lange, unbefestigte Auffahrt hinauf, drei weitere Hirten marschierten hinter ihm her, ihre Gewehre auf die Hütte gerichtet.

Sie hatte ihren Posten in der Küche verlassen, um besser sehen zu können, was vor sich ging. Sie hockte neben Logan am westlichen Wohnzimmerfenster, ihre Oberschenkel begannen bereits, aus Protest zu zittern, und senkte ihre Flinte.

Logan hatte sie hinter sich geschoben, sie knieten beide, sein Blick war immer noch auf die Feinde draußen gerichtet, sein Gewehr auf dem Fensterrahmen balancierend.

»Das ist weit genug!«, rief Logan, als die Hirten noch zwanzig Meter entfernt waren. Anstatt die Hirten auf den offenen Feldern rund um das Haus auszuschalten, wie sie es geplant hatten, befand sich der Feind nun mitten unter ihnen.

Maddox hob die Hand, und seine Männer blieben neben ihm stehen.

Eden hielt den Atem an. Da war er, direkt vor ihr. Maddox. Ihr Bruder.

Sein hagerer, drahtiger Körper, scharf wie eine Messerklinge, dieses kantige, arrogante Gesicht, dieses spöttische Lächeln. Seine Gesichtszüge waren von der Strahlenkrankheit abgemagert, seine Augen hell und fiebrig.

Das letzte Mal, als sie sich begegnet waren, hatte er ihr ein Messer an die Kehle gehalten. Sie hatte das Gefühl, dass er sie direkt anstarrte, sie durch das Fenster sehen konnte, sehen, wie sich das Grauen in ihrem Bauch verknotete, wie ihr Herz vor Angst pochte. Als wäre sie immer noch das verängstigte kleine Mädchen, das sie einmal gewesen war.

Sie wollte ihn anschreien, so laut schreien, wie sie konnte, bis er gezwungen war, sie zu hören, ihr Aufmerksamkeit zu schenken. *Du wirst nicht gewinnen*, flüsterte sie stattdessen in Gedanken, die Zähne zusammengebissen. *Diesmal nicht.*

Eden zwang sich, den Blick von Maddox abzuwenden, und betrachtete die Hirten bei ihm. Sie blinzelten kaum gegen das grelle weiße Licht an, das von den Sensorleuchten ausging, die zu allen Seiten am Dach der Hütte angebracht waren. Sie standen still und bereit, der Wind peitschte durch ihre dunkle Kleidung, die Waffen in der Hand, stumm und bedrohlich.

Das Herz schlug ihr bis zum Hals. Das waren nicht die Jungen mit den Babygesichtern, die der Prophet beim ersten Mal geschickt hatte. Dies waren die echten Hirten der Barmherzigkeit. Die Auserwählten, die Armee Gottes. Stark, durchtrainiert, mit kugelsicheren Westen, taktischer Ausrüstung und Nachtsichtbrillen auf der Stirn, alle bewaffnet mit schweren Maschinenpistolen.

Der Wind rauschte im langen Gras. Am Rande des Grundstücks stießen die Bäume knarrend gegeneinander. Irgendwo kreischte eine Eule. Außerhalb des Lichts kauerte die Dunkelheit, dicht und schwer mit Schatten.

Und dann sah sie es. Park machte etwas mit seinem Arm. Es war langsam und unauffällig, und er versuchte eindeutig, seine Bewegung zu verbergen, aber sie bemerkte es. Der Atem blieb ihr im Halse stecken.

Sie musste es Dakota sagen, sie warnen. Aber sie konnte kein einziges verdammtes Wort sagen. Auf der anderen Seite der Hütte konzentrierte sich Dakota auf ihre Ziele außerhalb des Fensters.

Eden pfiff leise. »Nicht jetzt«, sagte Dakota.

Eden pfiff erneut. Sie musste die Aufmerksamkeit ihrer Schwester erregen. Es war wichtig.

Dakota riskierte einen kurzen Blick auf sie.

Eden begegnete Dakotas Blick, nahm eine Hand von ihrer Waffe und stieß mit dem Finger auf ihren eigenen Unterarm, wobei sich ihre Augen betonend weiteten. Sie schrieb die Buchstaben *P-A-R-K*. Dakota schüttelte den Kopf, Verwirrung stand in ihren Augen. Sie blickte zurück auf die Hirten.

Im Stillen wollte Eden, dass Dakota sah, was sie sah.

Zwischen den massigen Hirten, die ihn aufrecht hielten, sackte Park zusammen, humpelte kaum noch auf einem Fuß, sein Gesicht war gelblich-weiß verfärbt. Er war geprellt und blutig, seine Lippe war aufgeplatzt, sein Kiefer hatte bereits die Farbe einer zerquetschten Banane.

Seine Schlinge war verschwunden, sein gebrochener Arm in seinem Gipsverband lag dicht an seiner Brust. Auch seinen linken Arm hielt er fest an die Brust gedrückt, als ob er sich selbst umarmen würde, um den Schmerz zu lindern.

»Mach die Tür auf«, sagte Maddox laut.

»Das wird nicht passieren!«, rief Dakota zurück und richtete ihre Aufmerksamkeit wieder auf Maddox.

Sie hockte hinter den Sandsäcken, das Gewehr im Anschlag und aus dem Fenster gerichtet. »Gebt uns Park, und wir lassen euch unversehrt gehen.«

Maddox grinste. »Oh, Dakota. Wie naiv du sein kannst.

Denkst du, ich bin den ganzen Weg hierhergekommen, um mit leeren Händen wieder zu gehen?«

Ein großer, blonder Hirte mit breitem Nacken drängte sich vor und packte Park am Arm. Sein Gesicht war breit, seine Augen stumpf vor Bosheit. Es war Reuben Cage, der Sohn des Propheten. Er war eine bösartige Bulldogge von einem Mann, der Grausamkeit genoss, sie aber gut hinter einem Schleier aus Witzen und einem fröhlichen, blendenden Lächeln verbarg.

Edens Puls beschleunigte sich, ihr Mund wurde trocken.

Zusammen würden Maddox und Reuben jeden Menschen hier umbringen, ohne mit der Wimper zu zucken.

Reuben drückte die Mündung seiner Waffe gegen Parks linke Schläfe. »Genug gespielt. Mach die verdammte Tür auf oder er stirbt, und wir zerfetzen euer kleines Haus mit tausend Kugeln.«

»Tut es ... nicht«, brachte Park zwischen seinen gespaltenen, geschwollenen Lippen hervor.

Reuben verpasste Park einen wilden Schlag in den Bauch. Park krümmte sich und stöhnte. Aber er bewegte noch seinen guten Arm. Da war etwas in seiner Hand. Etwas, das Dakota sehen musste.

Eden bewegte sich erneut und versuchte, Dakotas Aufmerksamkeit zu erregen. »Was ist los?«, flüsterte Logan neben ihr.

Sie zeigte aus dem Fenster auf Park und deutete auf ihre eigene Hand, wobei sie versuchte zu gebärden, was sie meinte, aber sie hatte nur eine Hand frei, während sie das Gewehr in der anderen hielt.

Logan schüttelte verwirrt den Kopf.

Sie verstanden sie nicht. Frustration stieg in ihrer Brust auf und vermischte sich mit Stress, Adrenalin und Angst. Sie würde fast alles dafür geben, sprechen zu können. Um Park zu retten, um *etwas* zu tun.

Stattdessen war sie absolut nutzlos. Und Park lief die Zeit davon.

# KAPITEL 59

# DAKOTA

Dakota behielt die Stelle zwischen Maddox' Augen im Blick. Sie hob ihren Kopf und spähte durch das Fenster, um die ganze Gruppe zu beobachten und um zu versuchen zu sehen, was Eden ihr zeigen wollte.

Alle Hirten konzentrierten sich auf die Hütte, ihre Maschinenpistolen auf die Tür und die Fenster gerichtet, mit Ausnahme von Reuben, der mit seiner Pistole immer noch auf Parks Kopf zielte.

Alles war wie immer. Sie sah keine neuen Bedrohungen, keine neuen Möglichkeiten. »Wir werden eher sterben, als dass wir euch etwas geben«, sagte Logan.

»Ihr müsst nicht sterben«, sagte Maddox. »Gebt uns Eden. Gebt uns Dakota. Das ist alles, was wir wollen. Den Rest von euch lassen wir in Frieden. Ihr habt unser Wort.«

Reuben grinste. »Wenn ihr es nicht tut, brennen wir dieses Drecksloch mit euch allen darin nieder.«

»Fahrt zur Hölle«, rief Logan.

Über ihnen auf dem Dachboden sagte Ezra nichts. Er war völlig still und wartete auf den richtigen Moment, um sie zu überraschen. Dakota wusste, dass er vor Wut kochte, weil diese Feinde es wagten, ihn auf seinem eigenen Land zu bedrohen.

Der alte Mann wünschte sich nichts sehnlicher, als sie alle zu erschießen, Park hin oder her. Er würde nicht lange warten. Die Zeitspanne, in der Park gerettet werden konnte, wurde immer kürzer.

Der Plan war bereits im Eimer, und die Schlacht hatte noch nicht einmal begonnen. Eden gab ein weiteres Geräusch von sich, ein Schnalzen ihrer Zunge.

Dakota zwang sich, die Hirten noch einmal abzusuchen, auf der Suche nach dem, was sie übersah. Große, stämmige Männer. Wilde Mienen. Waffen im Anschlag, aber keine Finger am Abzug. Noch nicht.

»Ich bin kein ungeduldiger Mensch«, sagte Maddox und erhob seine Stimme über den Wind, »aber meine Geduld geht langsam zu Ende.«

Und dann sah sie es.

Neben Reuben bewegte sich Park. Er war immer noch halb gebeugt, die Hände dicht an die Brust gelegt. Zuerst dachte sie, er würde sich an den Bauch fassen. Aber das tat er nicht.

Etwas glitzerte im Licht, als er sich aufrichtete und einen Gegenstand aus seinem Gipsverband zog. Er hielt ihn in seiner guten Hand. Sie blinzelte, um es zu erkennen – das Taschenmesser, das sie ihm gegeben hatte. Er musste es in seinem Gips versteckt haben, bevor die Hirten ihn erwischt hatten. Schlau.

Dakotas Puls schoss in die Höhe. Das war es, was Eden ihr zu zeigen versucht hatte. Park könnte eine Ablenkung schaffen. Wenn sie den Moment der Verwirrung ausnutzen und alle fünf Hirten gleichzeitig erschießen könnten, ohne Park zu treffen ...

Es gab noch eine Chance, ihn lebend aus der Sache herauszuholen.

»Nimm Reuben, den kräftigen Blonden. Ich habe Maddox«, sagte sie zu Logan mit tiefer, angespannter Stimme.

»Eden, du übernimmst den Bärtigen am Ende. Halt dich bereit.«

Logan grunzte daraufhin.

Einen Moment lang starrte Park direkt auf die Hütte. Er konnte Dakota nicht sehen, nicht mit dem grellen Licht der Sensoren, aber sie sah ihn deutlich – sein blasses, rundes Gesicht, sein Mund, der sich zu einem stummen Hilferuf formte, seine Augen, die verzweifelt flehten.

Er hatte eindeutig Angst, aber er wollte trotzdem handeln. »Vergiss es.« Reuben entsicherte seine Handfeuerwaffe.

Park klappte das Taschenmesser auf und nahm es in die linke Hand. Er bewegte sich leicht und stieß die Klinge in Reubens rechte Seite, direkt unter den unteren Rand der kugelsicheren Weste.

Mit einem wütenden Schmerzensschrei taumelte Reuben zurück und stolperte gegen den Hirten, der ihm am nächsten stand, wobei sie wild mit ihren Waffen herumfuchtelten.

Ihre Nerven lagen blank, und Dakota nahm Maddox ins Visier. Maddox duckte sich und bewegte sich bereits. Sie hatte keine Zeit, um richtig zu zielen, auszuatmen und sich zu konzentrieren. Sie drückte den Abzug.

Die Kugel zischte an Maddox' Kopf vorbei. Ein Fehlschuss. »Tötet sie!«, schrie Park. »Tut es einfach!«

Maddox drehte sich schnell. Mit einer geschmeidigen Bewegung richtete er die Mündung auf Parks Kopf und drückte ab.

»Nein!«, schrie Dakota.

Park sackte zu Boden. Blut spritzte über sein erschlafftes Gesicht und durchtränkte sein dunkles Haar. Er bewegte sich nicht. Er stand nicht auf.

Er war tot.

Dakota erstarrte vor Entsetzen, den verschwitzten Finger immer noch am Abzug. So einfach war Park verschwunden.

Er war ihretwegen tot. Sie hatte ihn im Stich gelassen.

Ezra erstarrte nicht. Vom Scharfschützennest aus ließ er Kugeln auf die Hirten niederregnen.

Eine Kakophonie von Kugeldonner erschütterte die Luft, als sich beide Seiten einen heftigen Schusswechsel lieferten.

Reubens Körper zuckte, als mehrere Kugeln in seine Weste einschlugen. Er fiel auf die Knie.

Der Hirte neben ihm blickte zu Reuben hinunter. Ein weiterer Knall ertönte von über Dakota. Ein Loch erschien in der Mitte der Stirn des Hirten. Er fiel nach hinten, das Gewehr flog ihm aus den Fingern, er war tot, bevor er auf dem Boden aufschlug.

Ezra macht keine halben Sachen.

Der bärtige Hirte auf der linken Seite feuerte eine schnelle Salve ab. Die Kugeln schlugen in einem weiten Bogen in die Hütte ein. Staub und Betonsplitter flogen überall hin.

Dakota duckte sich. Es kostete sie ihre ganze Kraft, um sich nicht auf dem Boden hinter den Sandsäcken zusammenzurollen und mit den Händen über den Ohren in Tränen auszubrechen.

Ihr ganzer Körper zitterte, ihre Ohren klingelten. Immer wieder sah sie die große Verzweiflung in Parks Augen, die Blutspritzer, seinen Körper, der regungslos dalag.

Sie holte scharf Luft und warf einen kurzen Blick auf Eden. Das Mädchen saß in der Hocke, zielte und schoss mit ihrer Schrotflinte aus dem Fenster, während ihr die Tränen über die Wangen liefen. Sie weinte, aber sie verteidigte die Hütte trotzdem.

Ihr Herz schwoll an vor Stolz und neuer Entschlossenheit. *Reiß dich zusammen, Dakota!* Wenn sie sich nicht sofort zusammenriss, würde noch jemand anderes sterben. Vielleicht würden sie alle sterben.

Sie konnte es sich nicht leisten, an Park zu denken. Sie konnte es sich nicht leisten, an etwas anderes zu denken, als Eden und alle anderen am Leben zu erhalten.

Vorsichtig hob sie den Kopf.

Weitere Schüsse erschütterten die Nachtluft. Der Körper des bärtigen Hirten zitterte.

Sein Kopf fiel zurück, und er brach zusammen, als wären seine Knochen zu Wasser geworden.

Sie wusste nicht, ob die Kugeln von Ezra, Logan oder Eden kamen. Es spielte keine Rolle. Drei Hirten waren am Boden.

Ihre Augen suchten wieder nach Maddox und musterten den strahlend weißen Hof. Er rannte direkt auf die Hütte zu und überquerte den kleinen Raum viel zu schnell. Sie drückte den Abzug – und schoss daneben.

Sie zielte erneut schnell, feuerte und traf ihn tief auf der rechten Seite, aber immer noch an der Weste.

Er stolperte.

Automatische Geschosse schlugen in den hölzernen Fensterrahmen ein, einen halben Meter über ihrem Kopf. *Bumm, Bumm, Bumm.* Sie war gezwungen, sich zu ducken und die Augen zusammenzukneifen, als Holzsplitter überall um sie herumflogen.

Als sie den Kopf hob, war Maddox bereits auf den Beinen, Reuben taumelte hinter ihm her. Sie schafften es beide um die östliche Ecke der Hütte, bevor sie erneut zielen und schießen konnte.

In der Ferne grollte der Donner. Einige Sekunden später erhellte ein Blitz den Himmel.

»Wir haben Besuch!«, rief Julio aus dem hinteren Schlafzimmer. »Mindestens ein Dutzend Feinde, die aus dem Sumpf kommen!«

# KAPITEL 60

# DAKOTA

»Hilf Julio und Ezra hinten«, sagte Logan. »Ich werde die beiden davon abhalten, nach vorne durchzubrechen.«

Dakota nickte knapp und huschte aus dem Wohnzimmer, durch die Küche und den Flur zum befestigten Fenster des hinteren Schlafzimmers.

Sie nahm ihre Position ein, Adrenalin schoss durch ihre Adern. Sie feuerte schnell drei Schüsse ab, traf einen Hirten, der hinter der Mauer des Hühnerstalls hervorgetreten war, um auf sie zu schießen, ins Knie, schwenkte dann wieder zurück und drängte einen zweiten hinter die Baumgrenze in hundertfünfzig Metern Entfernung. Verschossene Patronenhülsen flogen umher und prallten auf den Boden. Über ihr auf dem Dachboden feuerte Ezra weitere Schüsse ab und erledigte noch zwei Hirten. Dann fiel ein weiterer um und stand nicht mehr auf. Sie schalteten sie einen nach dem anderen aus, aber es war nicht einfach.

Die Hirten näherten sich geschickt, indem sie sich in Vierergruppen vorwärts bewegten, während vier zurückblieben, um

Feuerschutz zu geben. Sie bewegten sich vom Dock aus in gerader Linie auf die Hütte zu und versuchten, nicht in die Teile des Grundstücks zu geraten, in denen sich die Sprengfallen befanden.

Ihr Herz wurde schwer. Park hatte ihnen von den Fallen erzählt. Sie nahm es ihm nicht übel. Das hatte nichts mit Tapferkeit oder Feigheit zu tun. Unter Folter würden die meisten Menschen ihre Großmutter nach den ersten paar gebrochenen Fingern verraten.

Aber Park hatte sich nicht an die Lage aller Fallen erinnern können. Auch die Hirten konnten sich in der Dunkelheit, unter dem Ansturm von Stress, Panik und dem herannahenden Feuer nicht erinnern.

Einer der Hirten wich ein paar Meter nach rechts aus. Er zuckte und stolperte, als sein Bein in einem Loch verschwand. Dakota konnte sein Gesicht nicht sehen, aber sie stellte sich vor, wie es sich vor Schmerz verzerrte, als die Stacheln den Stiefel des Mannes durchlöcherten und sich tief in das Fleisch seines Fußes bohrten.

Der Hirte ging heftig zu Boden und kämpfte, um sein Bein freizubekommen. Sein Begleiter beugte sich über ihn. Sie zielte auf den gefallenen Mann. Drückte den Abzug. Sein Kopf schnappte zurück.

Sein Begleiter sprang auf und wollte weglaufen, aber es war zu spät. Sie verstellte ihr Visier ein wenig nach oben und nach links. Dann drückte sie den Abzug zweimal. Der erste Schuss ging daneben. Der zweite streifte seine Schulter.

Ein dritter Schuss durchschlug seine Kehle. Nicht ihre Kugel, sondern die von Ezra. Egal wie alt er war, er war immer noch ein Meisterschütze.

Zwei Hirten weniger, um die sie sich sorgen musste.

Ein Dutzend Meter näher und rechts vom Schuppen ging ein weiterer zu Boden, als er einen Stolperdraht aktivierte. Bevor sie zielen konnte, traf Ezra ihn mit einem einzigen Schuss in den Kopf.

Drei weniger.

Sie zielte auf eine weitere geduckte, hinkende Gestalt und gab eine Reihe von Schüssen ab. Ihr Gewehr klackte. Sie duckte sich wieder hinter die Sandsäcke und griff in die Tasche, um ein weiteres Magazin herauszuholen.

Das ohrenbetäubende Rattern von Maschinengewehrfeuer zerfetzte die Luft. Eines der Bewegungslichter an der Ostseite der Hütte erlosch. Dann ein weiteres.

Die Hirten schossen nun absichtlich auf die Sicherheitsbeleuchtung. Jetzt konnten sie ihre Nachtsichtbrillen benutzen, um sich einen Vorteil zu verschaffen. Sie brauchten das Licht nicht. Dakota, Logan und Ezra schon.

Ezras Grundstück versank in Dunkelheit. Donner grollte. Der Wind rüttelte an den Bäumen. Die Angreifer waren zwischen dem Flackern der Blitze kaum zu erkennen.

Sie drückte den Abzug immer wieder, schoss in die Dunkelheit und hoffte, dass sie Schaden anrichtete. Ein Knurren entkam zwischen ihren zusammengebissenen Zähnen. Sie leerte das Magazin, nahm es heraus und zog ein neues aus ihrer Tasche.

Das war dumm. Sie musste schlauer sein. Sie suchte die Baumgrenze ab, ihre Augen waren trocken und trüb, weil sie nicht blinzeln konnte.

Ewige Minuten vergingen. Sie zielte und schoss auf die gelegentlichen Mündungsfeuer, aber sie wusste nicht, ob sie ihr Ziel traf. Es war schwierig, die, die sich näher heranpirschten, ohne zu schießen, zu erkennen.

Über den Lärm des Gefechtes, wenn eine Kugel ihr Ziel fand oder eine der Sprengfallen ein weiteres Opfer verkrüppelte, hörte sie gelegentlich einen Schmerzensschrei. Nach ihrer Zählung hatten sie sieben oder acht Hirten getötet, aber es gab noch mindestens zehn weitere.

Es waren einfach zu viele von ihnen. Selbst mit Ezras riesigem Vorrat würde ihnen die Munition ausgehen. Sie konnten nicht mit dem automatischen Feuer mithalten, das die Hütte wieder und wieder beschoss.

Langsam und unaufhaltsam kamen die Hirten näher und näher.

# KAPITEL 61
## DAKOTA

Hinter Dakota ertönte ein Stöhnen, gefolgt von einer Reihe von dumpfen Aufprallen. Sie riskierte einen kurzen Blick zurück. Ezra war die Dachbodenleiter halb hinuntergestiegen, halb gefallen. Er kroch auf Händen und Knien auf sie zu, so langsam, wie sie ihn noch nie hatte gehen sehen. Er war in den letzten dreißig Minuten um ein weiteres Jahrzehnt gealtert.

Er erhob sich auf die Knie und drückte seine Hand vorsichtig auf seine rechte Schulter. Seine Finger wurden feucht. Ein großer Blutfleck befleckte sein kariertes Hemd und breitete sich vom Kragen über die Schulter bis unter die Achselhöhle aus.

»Du blutest! Du wurdest getroffen.«

»Mir geht es gut … Ich habe nur …« Er versuchte, seinen Arm zu heben und verzog das Gesicht, er wurde ganz blass.

»Setz dich. Ruh dich aus.« Sie versuchte, sich ihre Bestürzung nicht anmerken zu lassen. Sie war um sein Wohlergehen besorgt, aber sie waren auch schrecklich in der Unterzahl. Der Verlust eines Schützen war geradezu katastrophal.

Julio half, wo er nur konnte. Eden auch. Aber die Last dieses Kampfes ruhte jetzt auf den Schultern von Logan und Dakota.

Kugeln schlugen in die Wand über den Sandsäcken ein. Sie wich zurück und duckte sich. Staubflocken wirbelten auf ihren Kopf und ihre Schultern, als sie das leere Magazin der AR-15 auswarf und ein neues einsteckte.

Mit einem kurzen Blick nach links sah sie nach Eden. Das Mädchen saß zusammengekauert weniger als zehn Meter entfernt unter dem Küchenfenster vor der Spüle. Sie hielt immer noch die Schrotflinte in der Hand, aber ihr Kopf war gesenkt, ihre Knie an die Brust gezogen, ihr ganzer Körper zitterte.

Sie hatte zwar einige Schüsse abgegeben, aber das ständige Sperrfeuer der Kugeln war zu viel für sie.

»Ich bringe sie in den Schuppenbunker«, sagte Ezra.

»Nein. Es ist zu gefährlich ...«

»Hier ist es gefährlich. Ihre Feuerkraft ist ... unerwartet. Ich wusste es nicht, ich wusste nicht ...« Er starrte sie ausdruckslos an, seine Stimme war von Erschöpfung geprägt. »Sie wird dort absolut sicher sein. Nicht einmal diese Kugeln können die Wände durchdringen. Auf der Innenseite befindet sich ein Schloss mit einem Schlüsselcode. Sie werden nicht hineingelangen können. Das weißt du doch.«

»Ezra ...«

Er kroch näher, bewegte sich steif und zögerlich, sein Atem ging schwer. Blut tropfte auf den Boden unter ihm. »Ich bin nutzlos für euch«, sagte er, seine Stimme schwer vor Resignation.

Es kostete ihn Überwindung, diese Worte auszusprechen, es zuzugeben. Schmerz, Selbstekel und Niederlage überschatteten seine knorrigen Züge. Mit seiner verwundeten Schulter konnte er weder das Gewicht eines Gewehrs halten noch richtig mit einer Pistole zielen. Er hasste es, aber er wusste es.

»Ich kann sie dorthin bringen. Ihr könnt euch nicht konzentrieren, wenn eure Aufmerksamkeit geteilt ist. Ohne mich im

Scharfschützennest müsst ihr in der Lage sein, zwischen den Stationen zu wechseln und euch spontan anzupassen. Lass mich sie wegbringen.«

Dakota richtete sich auf, spähte durch ihr Visier und suchte den dunklen Hof ab. Keine Bewegung.

»Eine verirrte Kugel könnte sie töten. Du kannst sie nicht beschützen und diese Idioten ausschalten. Ich kümmere mich um sie.« Er ergriff Dakotas Arm mit seiner guten Hand. »Vertrau mir.«

Sie hatte Staub von der Trockenmauer im Mund und den metallischen Geschmack von Blut. Sie hatte sich selbst auf die Zunge gebissen. Der Gestank von Schießpulver erfüllte ihre Nasenlöcher. Ein weiteres Geschoss schlug in einem Küchenschrank ein, einen Meter rechts von Eden.

Sie vertraute ihm. Mit ihrem Leben und mit dem von Eden. Verwundet oder nicht, sie vertraute ihm mehr als jedem anderen, wusste ohne den Schatten eines Zweifels, dass er ihre Schwester mit seinem eigenen Leben schützen würde.

»Was ist mit dir?«

»Die Blutung ist nicht schlimm.« Er verzog das Gesicht. »Es tut nur verdammt weh, und ich kann den Arm kaum bewegen. Aber das wird schon wieder. Eden kann ein paar Mullbinden darauf tun. Kümmere du dich um die Verteidigung dieses Ortes. Holt uns ab, wenn es vorbei ist.«

Sie nickte heftig. Schnell drehte sie sich um und blickte über die Sandsäcke hinweg auf den Hof. »Sieht aus, als wären sie alle hinten. Vorne sehe ich niemanden.«

»Dann müssen wir jetzt gehen.« Ezra hob das Funkgerät mit seiner geschienten linken Hand. »Logan, kannst du einen Weg zum Schuppen freimachen?«

Das Handgerät knisterte. »Wir halten sie in Position. Gib mir sechzig Sekunden, dann los.«

Ezra kroch mit gesenktem Kopf zur Tür und schnaufte vor Anstrengung und Schmerz. »Komm schon, Mädchen!«

Eden schaute Dakota zur Bestätigung an. Das Herz schlug ihr bis zum Hals und Dakota nickte. Es blieb keine Zeit, etwas zu sagen oder sich zu umarmen. *Ich werde dich nie verlassen. Nie und nimmer.*

Geduckt rannte Logan in den Raum und steuerte auf das Küchenfenster zu, um ihre Flucht zu decken. »Los! Los! Los!«

Und dann war Eden verschwunden, einfach so.

Dakota wandte sich wieder ihrer eigentlichen Aufgabe zu. Die Hirten waren zu nahe am Haus. Sie waren schon fast drinnen. Sie musste sie ablenken und auf ihrer Position halten, damit sie nicht bemerkten, wie Eden und Ezra aus der Hütte flohen.

Dakota konnte es sich nicht leisten, die Augen zu schließen, aber sie schickte trotzdem ein kurzes Gebet zu Julios Gott. *Beschütze sie. Ich werde alles tun. Alles.*

# KAPITEL 62
## LOGAN

Logan konzentrierte sich darauf, vom Küchenfenster aus Deckung zu geben, während Ezra und Eden durch den Kriechgang entkamen, den Ezra gebaut hatte. Sie schoben den Teppich und die unechten Fliesen im Badezimmer beiseite und quetschten sich unter den Boden.

Die verbleibenden Hirten konzentrierten sich darauf, die Rückseite der Hütte zu infiltrieren. Hinter Logan kletterte Julio die Leiter hinauf, um Ezra im Scharfschützennest zu ersetzen. »Halt sie an der Hintertür fest«, rief Logan.

»Verstanden«, sagte Julio mit fester Stimme.

Wenige Augenblicke, nachdem sie im Badezimmer verschwunden waren, tauchten sie wieder auf. Dunkle, schattenhafte Gestalten bewegten sich hinter der Sägepalme, als Ezra durch die mit Gras bewachsene Luke stieß und hinausschlüpfte, gefolgt von Eden.

»Logan«, sagte Dakota, ihre Stimme drängend, verzweifelt. Dakota sagte kein weiteres Wort, aber das brauchte sie auch nicht. Er hörte jedes Quäntchen ihrer Angst in der Art, wie sie seinen Namen aussprach.

Logan suchte den dunklen Hof ab, die Augen auf jede Bewegung gerichtet, auf ein Mündungsfeuer. Ezra und Eden rannten über die fünfzig Meter offenes Gelände zum Schuppen, zwei dunkle Gestalten in einem Meer aus Schwarz. Hinter dem Schuppen wogten und bogen sich die Bäume im Wind.

Logan zielte und schaltete die Bewegungsmelder aus, bevor sie sich einschalten konnten. Diese Strategie funktionierte in beide Richtungen. Es brauchte mehrere Schüsse und stellte wer weiß wie viel Schaden am Dach an, aber er traf so oft in die Nähe, dass die Lichter endgültig zerbrachen.

Durch sein Zielfernrohr sah er, wie der größere Schatten von Ezra stolperte, sich dann aufrichtete und weiterging, wobei Eden eine flatternde Gestalt an seiner Seite war. Sein Gang war ungleichmäßig, er bevorzugte sein rechtes Bein. Er humpelte über den Hof, eine Hand auf Eden gelegt, um sie in der Nähe zu halten.

Logan schwang das Gewehr und spähte durch das Zielfernrohr, um nach möglichen Feinden Ausschau zu halten. Jeder Muskel in seinem Körper war angespannt. Schweiß tropfte an seinen Schläfen herunter. Sie konnten gar nicht schnell genug rennen. *Komm schon, komm schon.*

Bewegung. Eine dunkle Gestalt hockte zwischen zwei der riesigen Zisternen. Ein Hirte.

Logan gab drei schnelle Schüsse ab. *Klick.*

Die Gestalt verschwand hinter der nächstgelegenen Tonne, während Logan das verbrauchte Magazin auswarf und einhändig in seiner Tasche nach einem neuen fummelte. Es war nur noch ein geladenes Magazin übrig.

Er fluchte vor sich hin und setzte es ein.

Blitze zuckten durch die Wolken und erhellten das gesamte Grundstück. Ezra und Eden erstarrten in dem plötzlichen Blitzlichtgewitter, während Ezra darum rang, die Tür zu öffnen.

Die Gestalt hinter der Wassertonne tauchte wieder auf, den

langen Lauf einer Maschinenpistole auf Ezras Rücken gerichtet. Der Angreifer konnte ihn nicht verfehlen.

Logan hatte keine Zeit zu zielen. Er feuerte zwei Schüsse ab, dann noch zwei. Er hielt den Atem an, steif und erstarrt, den Finger am Abzug, gezwungen, verzweifelt auf den nächsten Blitzschlag zu warten, der über Ezras und Edens Schicksal entscheiden würde.

Hatte er sein Ziel getroffen und sie gerettet?

Oder hatte er versagt? Waren die beiden Menschen, die Dakota am meisten liebte, tot?

Schüsse erschütterten die Luft. Der Gestank von Schießpulver versengte seine Nasenlöcher.

Der Donner dröhnte, Blitze erhellten den Himmel und hoben die scharfen Umrisse von Ezra hervor, der vor der geöffneten Schuppentür stand, über eine große Gestalt gebeugt, die zu seinen Füßen auf dem Boden lag, Eden schützend hinter sich geschoben.

Die Pistole zitterte in der Hand des alten Mannes, als er einen einzigen Schuss in den Schädel des Hirten abgab. Logan hatte ihn verfehlt. Ezra nicht.

Aber es hatte ihn viel gekostet. Der alte Mann ließ die Waffe fallen und sackte mit bebenden Schultern gegen die Tür. Alles wurde wieder dunkel. Beim nächsten donnernden Blitz hielt Eden ihn hoch und zog ihn hinein. Im nächsten Moment waren die Türen geschlossen.

Sie hatten es geschafft.

Logan hatte keine Zeit, die Erleichterung zu fühlen.

In der Nähe ertönte ein Schmerzensschrei in der Luft. Einer der Eindringlinge versuchte, durch das Badezimmerfenster zu klettern; der Stacheldraht musste ihm die Hände zerfetzt haben.

Die Hirten hatten die Hintertür der Hütte erreicht.

# KAPITEL 63

# LOGAN

Sie kämpften gefühlte Tage lang. Logans Muskeln taten weh. Seine Augen brannten. Er hatte keine Ahnung, wie viel Zeit vergangen war, Minuten oder Stunden.

Es war noch dunkel. Draußen dröhnte und krachte das Gewitter über ihnen. Vereinzelte Schüsse durchdrangen die Luft.

Er schob den Schlitten seiner Glock zurück. Seine AR-15 war bereits leer. Er hatte keine geladenen Magazine mehr. Er hatte überhaupt keine Munition mehr.

»Sie sind auf der Rückseite und wollen einbrechen!«, sagte Dakota und bewegte sich schnell und leise vom hinteren Schlafzimmer zum Wohnzimmer. Ihr Pferdeschwanz hing ihr in den Nacken, feuchte Strähnen klebten an ihren verschmierten Wangen und ihrer Stirn. Ihre Augen waren weit aufgerissen, die Pupillen riesig. »Hast du noch mehr Munition?«

»Nein.« Logan drückte sich an den Kühlschrank in der Küche, in der Hoffnung, dass er dort den Schutz finden würde, den die papierdünnen Innenwände nicht bieten konnten, und spähte um die Ecke in den leeren Flur. Sein Mund war staubverschmiert. Sein Puls rauschte in seinen Ohren.

»Im Schuppen gibt es noch mehr. Aber da kommen wir nicht hin ...« Ihr angespannter Gesichtsausdruck hellte sich auf. Sie duckte sich, huschte zur Couch, griff darunter und zog eine Remington 870 Pump-Action-Schrotflinte und eine Schachtel mit Patronen heraus. Sie warf beides zu Logan hinüber. »Ezras Geheimversteck. Da ist eine Glock 19 unter dem Schrank neben dem Kühlschrank festgeklebt. Und auch Munition.«

»Wir können sie nicht ewig aufhalten«, sagte er und atmete schwer.

»Ich weiß. Aber wenn wir untergehen, gehen wir kämpfend unter.«

Logan nickte ihr knapp zu und wünschte sich, noch viel mehr zu sagen, aber dafür war keine Zeit. Er kümmerte sich nicht um sich selbst; seine einzige Sorge galt Dakota.

Die Hintertür war bereits aus den Angeln gesplittert. Die Tür war nicht ohne Grund als schwächster Zugangspunkt gewählt worden. Die Hirten würden in den engen Flur gezwungen werden, verwundbar und ungeschützt. Ezra hatte es einen vier Meter langen Todestrichter genannt.

Ezra hatte geplant, die Falltür in der Decke zu öffnen und sie einen nach dem anderen von seiner erhöhten Position aus zu erledigen. Aber dann hatte er sich anschießen lassen.

Julio war dort oben, aber er war nicht annähernd der Scharfschütze, der Ezra war. Am Ende würde er wahrscheinlich getötet werden. Logan war nicht bereit, Julios Leben noch stärker zu gefährden als es ohnehin schon war.

Zeit für einen neuen Plan.

Er füllte fünf Patronen von unten in das Magazinrohr, wobei seine Hände gegen seinen Willen zitterten, was ihn unbeholfen und langsam machte, und warf die restlichen Patronen in seine Hosentasche. Er entsicherte die Waffe.

»Ich höre etwas«, sagte Dakota.

Durch seine Ohrstöpsel konnte er nichts anderes hören als das Dröhnen der Schüsse und das Krachen und Poltern der Hirten, die durch die Hintertür eindrangen. Sie würden innerhalb von Sekunden hier drinnen sein.

Von irgendwoher ertönte ein dumpfes, weit entferntes Brüllen, aber er hatte keine Zeit, nach der Quelle zu suchen.

Die Hintertür brach unter dem Ansturm zusammen, und der erste Eindringling schoss hinein. Mit dem Gewehrkolben fest gegen die Schulter gedrückt duckte sich Logan und spähte um die Ecke, zielte auf das erste sich bewegende Objekt, das er sah, und drückte den Abzug.

Der Oberschenkel des ersten Mannes explodierte in einer roten Gischt. Er taumelte zurück und stürzte in den Mann hinter ihm, der sich bemühte, ihn abzuschütteln. Logan feuerte drei Schüsse auf beide ab und beschleunigte die Aktion so schnell er konnte.

*Bumm. Bumm. Bumm.* Der Lärm war ohrenbetäubend in der engen Hütte. Er hatte seine Ohrstöpsel eingesteckt, aber die Schüsse hallten immer noch in seinen Ohren wider. Der dritte Mann duckte sich in ein Schlafzimmer, aber nicht bevor Logan ihm zwei Kugeln in den Rücken schoss.

Logan wich dem vierten Mann aus, der den Flur entlang auf ihn zustürmte und wild um sich schoss. Er zog sich hinter den Kühlschrank zurück und ging in die Hocke, während er den Schuss abfeuerte und sein Herz gegen seine Rippen hämmerte.

Der vierte Mann kam um die Ecke der Küche, der M4 zielte knapp über Logans Kopf.

Logan drückte den Abzug.

Nichts.

Der Hirte grinste.

Logan warf sich nach vorne und rammte den Lauf der Schrotflinte in den Schritt des Hirten. Der Mann stöhnte und stolperte, als er den Abzug drückte. Ein halbes Dutzend Schüsse sausten über Logans Kopf hinweg und schlugen drei Meter hinter ihm in die oberen Schränke ein.

Der Hirte kam wieder auf die Beine. Die Mündung des M4 schwenkte auf Logans Gesicht zu, das weniger als zwei Meter entfernt war. Logans Herz zog sich zusammen. Das war es also. Das war …

Der Knall eines Schusses ertönte und hallte durch den kleinen Raum. Der Kopf des Mannes flog zurück. Er stürzte zu Boden.

Logan starrte fassungslos auf den blutverschmierten Körper des Mannes.

Auf der anderen Seite des Wohnzimmers hockte Dakota hinter der Couch, die der Wand am nächsten stand, die Unterarme auf die Sofalehne gestützt, die Springfield in beiden Händen.

Sie stand auf und steckte die Pistole in ihr Holster. »Das war der letzte Schuss.«

Mit der leeren Schrotflinte stieß er gegen den zerfetzten Körper des Hirten, der ihn überfallen hatte. Er konnte nicht recht glauben, dass er noch lebte. »Danke, dass du mir den Arsch gerettet hast.«

»Gern geschehen.« Sie brachte ein müdes Lächeln zustande, das ihn bis in seine Seele traf. »Beeil dich und besorg uns ein paar von diesen M4.«

Er bückte sich und nahm dem nächsten Toten den M4 aus der Hand, prüfte das Magazin. Es war leer. Er fluchte und warf es zur Seite.

Schwere Schritte polterten den Korridor hinunter. »Da kommen noch mehr!«, rief Dakota.

Es war zu spät, um die anderen Karabiner aus dem Gang zu holen. Zurück zur Schrotflinte. Er fischte weitere Schrotpatronen aus seiner Tasche und versuchte, sie so schnell wie möglich zu laden. Seine Finger zitterten vor Nervosität. Die erste Patrone fiel auf den Boden. Er lud die zweite korrekt.

Bevor er sie einschieben konnte, stürmten vier weitere Hirten mit M4-Karabinern im Anschlag aus dem Gang.

# KAPITEL 64
## LOGAN

»**K**eine Bewegung«, rief einer der Hirten. Logan erstarrte.

Hinter ihm stieß Dakota einen scharfen Atemzug aus.

Ein stämmiger, bärtiger Hispanoamerikaner betrat den Raum hinter den vier Männern. »Hände hoch!«, blaffte er. »Auf die Knie!«

Langsam hoben Logan und Dakota ihre Hände, als einer der Hirten ihnen die Waffen abnahm – einschließlich Logans Messer, das er so weit wie möglich von ihm weg auf den Boden warf – und sie beide schnell abtastete. Er zwang sie auf die Knie und schlug Logan dabei schmerzhaft gegen den Kopf.

Logan blickte zu ihnen hoch.

Dakotas Gesichtsausdruck verfestigte sich zu einer hasserfüllten Fratze. »Abel Flemmings.«

Der Mund des Mannes verzog sich zu einem Ansatz eines Lächelns, mit weißen Zähnen und schimmernder Bosheit. »Ah, Schwester Dakota. Wie sehr wir dich vermisst haben.«

»Ich hoffe, du stirbst.«

»Immer noch so süß, wie ich sehe. Ich schwöre, ich wusste nie, was Maddox in dir gesehen hat.« Abel schulterte seinen Karabiner und wandte sich an einen großen, schlanken weißen Hirten mit einem von Akne gezeichneten Gesicht. »Sag Reuben, dass wir sie erwischt haben. Einer ist noch irgendwo versteckt. Findet ihn und tötet ihn, zusammen mit diesem hier.« Er wies auf Dakota. »Das Mädchen heben wir für Maddox auf.«

Logan sammelte seine Kräfte, spannte jeden Muskel an und machte sich bereit. Wenn er ihre Aufmerksamkeit auf sich lenken konnte, würde Dakota vielleicht einen Weg finden, zu entkommen.

Die Chance war zwar gering, aber wenn es eine Chance gab, dann wollte er sie ergreifen.

Er sprang auf und stürzte sich auf den nächsten Hirten, einen muskulösen, dunkelhäutigen Mann mit Glatze. Angriff war immer noch die beste Verteidigung. Sie hatten nicht mit einem Angriff eines unbewaffneten Mannes gerechnet.

Als ihre Gehirne registrierten, dass er sich bewegt hatte, hatte er den Kopf des Glatzkopfes bereits in einem Schraubstockgriff gepackt. Er riss ihn in eine Richtung und dann mit einer üblen Drehung gewaltsam wieder zurück. Es gab ein Zischen und ein Schnappen, und der Mann fiel schlaff und schwer auf den Boden.

»Was zum ...«, rief Abel.

Knurrend wirbelte Logan herum und stürzte sich auf den nächsten. Der Hirte taumelte zurück, stolperte fast über ein Stuhlbein, um dem Schlag auszuweichen, und schwang seine Waffe herum, aber nicht schnell genug.

Logan stürzte sich wie ein Rammbock auf den Mann und schlug ihm seinen Kopf so heftig auf den Boden, dass der Mann bewusstlos wurde, bevor er wusste, was geschah.

»Halt, oder sie stirbt!«, schrie Abel, dessen Gesicht sich vor Wut verzog. Er entsicherte seine Pistole und drückte sie gegen Dakotas Stirn. »Hör nicht auf ihn!«, schrie Dakota. »Tu es!«

Logan ließ das tote Gewicht des Mannes los und richtete sich langsam auf, seine Beine waren bleiern, und die Angst drückte ihm die Luft aus den Lungen. »Nein.«

»Auf die Knie!«

Logan sank gehorsam auf die Knie, Verzweiflung stieg in ihm auf.

Die verbleibenden zwei Hirten hielten ihre Waffen auf ihn gerichtet.

Abel drehte sich, machte zwei schnelle Schritte und drückte Logan die Pistole an die Schläfe, mit einem irren Blick in den kleinen, glasigen Augen. Er wollte Logan töten. Er hatte vor, es zu tun.

Logan weigerte sich, seine Augen zu schließen oder sich zu ducken. Er starrte dem Tod mit all der Wut entgegen, die er aufbringen konnte.

Das konnte nicht das Ende sein. Nicht nach allem, was sie überlebt hatten, nach allem, wofür sie geblutet und gekämpft hatten. Sie hatten eine verdammte Atombombe überlebt – und jetzt gingen diese Drecksäcke als Sieger hervor?

Er weigerte sich, das zu akzeptieren.

Aber das war nicht wichtig. Dem Tod war es egal, was man tat oder nicht tat, was man wollte, begehrte oder verachtete. Er holte sich die, die es verdienten, ebenso wie die, die es nicht verdienten.

Logan hatte es genauso verdient wie jeder andere. Nach allem – Tomás, der Bombe, der Strahlung, den Gangs – war seine Zeit endlich gekommen.

Abel grinste. »Zeit zu sterben, du ...«

Eine Kakophonie von Kugeln explodierte um sie herum. Die beiden Hirten brachen zusammen. Blut spritzte in jede Ecke. Schreie und Rufe hallten von außerhalb der Hütte wider.

Abel drehte sich halb um und starrte mit einem Ausdruck des Erstaunens auf seinem breiten, flachen Gesicht. Eine Sekunde später explodierte sein Kopf.

Fassungslos ließ sich Logan auf den Küchenboden fallen, die Hände über dem Kopf. Er konnte nur hoffen, dass Dakota es auch geschafft hatte.

Die Schüsse waren von außerhalb der Hütte gekommen. Was zum Teufel war hier los? Schwere Schritte stapften den Flur entlang auf sie zu.

Instinktiv drehte sich Logan auf den Bauch, kroch durch Staub und Blutspritzer, kletterte über den glatzköpfigen Mann, den er getötet hatte, und krabbelte auf den Schrank zu.

Die Glock. Wenn er die Waffe erreichen könnte ...

Er riss die Holztür ruckartig auf und tastete nach der Pistole, die in dem Holster steckte, das mit Klebeband an der Schrankdecke befestigt war. Er drehte sich auf den Rücken, ignorierte den stechenden Schmerz und hatte den Finger bereits am Abzug, als er zielte.

»Nicht schießen!«, rief Julio vom Dachboden über ihnen. »Freunde sind auf dem Weg!«

Logan zögerte. Er nahm den Finger vom Abzug, als Archer Collier mit einem halbautomatischen Gewehr in seinen riesigen Armen in die Küche stürmte.

Jake, Zane und Haasi drängten sich hinter ihm, alle bewaffnet.

»Hey!« Zanes Miene verfinsterte sich, als er Logans Glock direkt auf sie gerichtet sah. »Wir sind die Guten.«

Logan starrte sie nur an, sein Gehirn konnte nicht verarbeiten, wie schnell sich alles verändert hatte. Vor zehn Sekunden hatte er noch geglaubt, er sei erledigt.

Jetzt lagen vier tote Männer zu seinen Füßen und er war von Verbündeten umgeben. »Dakota?«, fragte er.

»Ich bin hier«, sagte sie mit angespannter Stimme. »Es geht mir gut.«

Das Adrenalin ließ nach und er wurde von Erschöpfung und Schwindel heimgesucht.

Er beugte sich vornüber und hustete trocken, Spucke lief ihm über die Lippen.

Archer blickte sich um und verzog das Gesicht, als er die Leichen und die von Kugeln durchlöcherte Hütte sah. Holzsplitter und Scherben von Glas und Keramik knirschten unter seinen Stiefeln.

Er schüttelte resigniert den Kopf. »Tja, verdammt. Ezra wird sauer sein über das Chaos, so viel ist sicher.«

# KAPITEL 65

# SHAY

»Rede mit mir«, sagte Shay. »Lenk mich ab.«

Sie und Hawthorne warteten in der American Airlines' Admirals Lounge darauf, dass Hawthornes Onkel, General Pierce, aus einer Besprechung herauskam. Der General hatte sie gebeten, ihn zu treffen und klang dabei angespannt und besorgter als sonst.

Als ob es nicht schon genug zu befürchten gäbe.

Mehrere Soldaten in Kampfanzügen und militärischen Kurzhaarschnitten eilten an ihren Sesseln vorbei und gestikulierten einander nachdrücklich zu. Dutzende von offiziell aussehenden Leuten in spießigen Anzügen liefen hin und her und eilten von einer Krise zur nächsten.

Heute war es viel chaotischer als sonst, und das wollte schon etwas heißen.

Hawthorne drückte ihre Hand und schenkte ihr ein schelmisches Grinsen. »Ich kann mir ein paar Dinge vorstellen, aber ich bin mir nicht sicher, ob du das meinst.«

Hitze stieg in ihrer Kehle auf und erblühte auf ihren Wangen. Die Erinnerung an ihren letzten Kuss kribbelte auf ihren Lippen.

»Ich habe nichts gegen die öffentliche Zurschaustellung von Zuneigung, aber vielleicht nicht hier.«

Er lachte herzhaft. »Ebenfalls vermerkt. Daran werde ich später auf jeden Fall denken. Für den Moment muss ich wohl auf langweilige Ablenkungsmethoden zurückgreifen.«

»Nichts an dir ist langweilig«, sagte sie und ihr ganzes Gesicht brannte.

»Das hoffe ich doch.« Er zwinkerte ihr zu. Er bewegte sich in seinem Sitz, kramte in seiner Tasche und zog eine Packung Kaugummi heraus. »Bevor ich es vergesse.«

»Danke. Ich liebe Kaugummi.« Sie ließ seine Hand los, um die Packung zu nehmen und sie zu öffnen. Sie nahm ein Stück heraus und steckte den Rest für später in ihre Tasche.

Hawthorne tippte sich an die Schläfe. »Ich weiß. Ich erinnere mich an diese Dinge.«

»Sammelst du Pluspunkte?«

»Was immer funktioniert.«

»Oh, es funktioniert.« Sie steckte sich einen Streifen in den Mund und genoss den frischen, fruchtigen Erdbeer-Bananen-Geschmack. »Was ich *meinte*, war: Erzähle mir, was du machst. Erzähle mir, dass wir diese Drecksäcke geschnappt haben oder dabei sind, sie zu schnappen. Ist es wirklich der Iran, der uns das angetan hat?«

»Ich wünschte, ich hätte bessere Neuigkeiten.« Seine Augen verdunkelten sich, als er sich in seinem Sitz zurücklehnte. »Die kurze Antwort lautet: Wir wissen es noch nicht. Einige Dinge sind geheim und liegen weit über meiner Zuständigkeit, aber ich kann dir sagen, dass das FBI den Lieferwagen in Chicago durchsucht hat, den mit der Bombe, die nicht hochgegangen ist. Sie nehmen ihn Stück für Stück auseinander. Sie haben Sand und Muschelsplitter im Reifenprofil und in den Radkästen gefunden.«

Shays Augen weiteten sich. »Muschelsplitter? Wie in Muscheln aus dem Meer?« Er nickte.

»Das klingt nach Florida.«

»Ja. Florida oder Alabama, entlang der Golfküste. Die Techniker sagten, es sei die Schale von einer Art blauer Krabbe, die es nur in Nord-Florida gibt, oder so. Jedenfalls war der Wagen auf eine Autovermietung in Panama City zugelassen, die sich als Strohfirma herausstellte.«

Er räusperte sich und wurde ernst. »Unsere Technikexperten haben ihre Arbeit getan. Wir wissen, dass die Strohfirma auf eine Schifffahrtsgesellschaft mit Sitz in Malta registriert ist, die enge Verbindungen zu Japan und China unterhält. Sie haben auch Verträge mit Russland, der Ukraine und dem Nahen Osten abgeschlossen.«

»Einschließlich dem Iran?«

»Ein wenig, aber nicht so viel wie Russland und die Ukraine.«

Sie kaute nachdenklich auf ihrem Kaugummi. »Vielleicht ist es also nicht der Iran.«

»Wir arbeiten daran. Aber nichts ist so, wie es scheint. Auf der globalen Bühne, mit Nationen, die um Macht und Vorherrschaft wetteifern, und Amerika, das am schwächsten ist, könnten die Einsätze nicht höher sein, und unsere Verbündeten lächeln uns mit dem Messer im Rücken an. Das sind neue Kriege, wie wir sie noch nie gesehen haben. Stellvertreterkriege und Schattenarmeen, bei denen die Invasion durch Cyberangriffe, Datenverletzungen und Informationskriegsführung erfolgt, die alle mit Propaganda, Subversion und Irreführung unterfüttert sind.«

»Eine Nation kann einen Krieg verlieren, bevor sie überhaupt weiß, dass sie sich in einem befindet«, sagte Shay.

»Genau.« Hawthorne nickte. »Wir werden die Wahrheit herausfinden. Die wirkliche Wahrheit. Wir müssen sie finden. Und

dann werden wir sie festnageln – hoffentlich mit einer Atomrakete.«
Er rieb sich abwesend mit der freien Hand über den Kopf und sah
müde, aber entschlossen aus. »Alle arbeiten hier zusammen – ATF,
CIA, FBI, Homeland. Wir sind nicht umsonst die Besten der Welt.«

Die Tür zum Konferenzraum öffnete sich, und mehrere
Männer und Frauen mittleren Alters traten heraus, durchwühlten
eilig Papiere, murmelten sich gegenseitig etwas zu oder starrten
wütend auf ihre Tablets, allesamt mit hohlen, erschöpfen Augen.
Mehrere Assistenten huschten hinter ihnen her.

Diese Menschen wurden vor dem Schlimmsten bewahrt –
Verwaltungsbeamte und Offiziere, Verbindungsleute und Planer.
Sie alle trugen wichtige Titel: Koordinatoren für Katastrophen-
hilfe, kommunale Einsatzteams, Direktoren für öffentliche Hilfe,
Gefahrenabwehr, ungedeckter Bedarf, Wiederherstellungslogistik.

Wie oft hatten sie die mobilen medizinischen Zelte besucht
oder einen Fuß außerhalb des Stützpunkts gesetzt? Da Gouverneur Blake alle bis auf das notwendige Personal in die FEMA-
Lager beordert hatte, war vielleicht sowieso niemand da draußen.

Vielleicht war Miami eine Geisterstadt mit Strahlung, Trümmern und umherziehenden Gangs.

Sie hasste es, so zu denken – wie eine zynische Pessimistin.
Alle hier arbeiteten sich den Arsch ab, um Miami und jede andere
angeschlagene Stadt zu retten.

Miami würde wieder auf die Beine kommen, genau wie
Amerika. Das mussten sie.

# KAPITEL 66

# DAKOTA

Jake wischte sich Schweiß und Blutflecken aus dem Gesicht. »Nun, das war ein verdammt guter Kampf.«

Dakota holte ihre Pistole von dem toten Hirten zurück. Mit zitternden Fingern lud sie das Magazin mit der zusätzlichen Neun-Millimeter-Munition nach, die im Schrank versteckt war. Sie hasste es, auch nur für eine Sekunde unbewaffnet zu sein.

Sie drehte sich langsam um sich selbst, holte tief Luft und hielt die Pistole so fest umklammert, dass sie ihre Finger nicht mehr spüren konnte. *Eins, zwei, drei. Atmen.*

Sie erkannte die Hütte kaum wieder. Ihr einziges Zuhause hatte sich in ein Kriegsgebiet verwandelt. Staub und Trümmer vermischten sich mit Blutspritzern und -pfützen, die wie rote Farbe aussahen, mit Einschusslöchern, die Wände, den Boden und die Decke durchlöcherten. Überall lagen Patronenhülsen verstreut.

Ihr Blick senkte sich auf die Leichen. Sie stieß auf die leblose Gestalt von Abel Flemmings. Er lag verkrümmt auf der Seite,

Beine und Arme unbeholfen gespreizt, die toten Augen weit aufgerissen. »Ist es vorbei?«

»Es ist vorbei«, sagte Archer. »Ich verspreche es.«

»Was ist mit den Soldaten draußen? Was ist mit ...«

»Wir haben sie erledigt.« Haasi hob triumphierend ihre Armbrust. »Sie sind alle tot. Die Drecksäcke haben uns nicht kommen sehen.«

»Hast du alle Leichen überprüft, um sicherzugehen, dass sie tot sind?« Logan hob einen der M4 der toten Hirten auf, überprüfte, ob er geladen war, und ging zum vorderen Wohnzimmerfenster. Er spähte hinaus auf den Sturm, immer noch in Alarmbereitschaft.

»Ich habe siebzehn Kadaver gezählt, da draußen und hier drinnen«, sagte Zane stolz. »Und drei davon habe ich selbst getötet.«

»Es war ein Vergnügen, Maddox Cage zu töten, das könnt ihr mir glauben«, sagte Archer.

Dakota drehte sich zu ihm um, ihr Herz schlug heftig. »Bist du sicher, dass du ihn getötet hast? Bist du sicher, dass es Maddox war? Es ist dunkel, und bei dem Sturm ...«

»Verdammt sicher«, sagte Archer. »Ich habe ihm auf zwanzig Meter eine Kugel durch seinen gestörten Schädel gejagt.«

Maddox Cage war tot. Er war endgültig tot.

Dakota schloss für einen Moment die Augen und wartete darauf, dass die Erleichterung durch ihre Adern pulsierte, dass sich das *Wissen*, dass es wahr war, tief in ihren Knochen festsetzte.

Es kam nicht. Alles, was sie fühlte, war Erschöpfung, jeder Zentimeter ihres Körpers schmerzte, die Spannung war immer noch wie ein Knoten in ihrem Bauch. Vielleicht würde es später kommen.

Oder vielleicht würde er sie immer verfolgen, selbst im Tod.

»Ich will ihn sehen«, sagte sie und wirbelte zur Tür. Alles wackelte und sie verlor das Gleichgewicht, stolperte fast. Sie richtete sich auf. »Ich will ihm noch eine verdammte Kugel verpassen, nur um sicherzugehen.«

Haasi streckte die Hand aus und drückte Dakotas Pistole nach unten, sodass sie auf den Boden gerichtet war. »Ist schon gut, Schätzchen«, sagte sie. »Das wirst du. Aber vielleicht solltest du dich erst einmal eine Minute ausruhen. Du siehst nicht so gut aus.«

Ihre Ohren klingelten. Sie schmeckte Säure auf ihrer Zunge. Ihr Puls hörte nicht auf, gegen ihre Kehle zu pochen. Sie nickte stumpf und lehnte sich gegen die nächste Wand.

Sie hatte ständig das Gefühl, etwas Wichtiges zu vergessen, als wäre ihr Gehirn zu verwirrt, um klar zu denken. »Julio?«, krächzte sie. »Wo ist Julio?«

»Ich bin hier.« Julio polterte die Dachbodentreppe hinunter, erschüttert und staubbedeckt, aber am Leben. Eine Kugel hatte sein rechtes Ohr gestreift und ihm einen halben Zentimeter Fleisch abgerissen. Blut tropfte an seinem Hals herunter und durchnässte den Kragen seines Shirts, aber er beteuerte, dass es ihm gut ging.

»Das kann ich sofort in Ordnung bringen.« Haasi sah sich um. »Wo ist Ezra? Und Eden?«

»Sicher im Schuppen«, sagte Logan. »Dafür habe ich gesorgt.«

»Aber er wurde in die Schulter geschossen«, sagte Dakota, und in ihrer Brust wuchs die Sorge. »Es hat nicht allzu stark geblutet, aber ...«

Jemand hämmerte an die Eingangstür.

Alle sprangen auf. Mehrere Gewehre zielten gleichzeitig auf die Tür. Logan, der aus dem Fenster schaute, blieb unbeeindruckt. »Es ist Maki.«

»Boyd ist verletzt!«, rief Maki von der anderen Seite der Tür.

Logan entsperrte all die Riegel und trat zur Seite, als Maki hereinstolperte, Boyds Arm um ihre Schulter gelegt. Dunkelrotes Blut sickerte aus einer Wunde in seinem rechten Oberschenkel.

»Einer von diesen Drecksäcken hat mich mit einem Glückstreffer erwischt«, brummte er und zuckte zusammen, als Maki ihn vorsichtig auf die Couch legte.

»Verdammt noch mal, Boyd!« Archer wurde blass. »Was habe ich dir darüber gesagt, den Helden zu spielen?«

Boyd rollte mit den Augen und zog eine Grimasse. »Es ist eine Fleischwunde. Glaube ich. Sag mir, dass es eine Fleischwunde ist, Haasi.«

Haasi hielt ihre Armbrust in einer Hand und stemmte die freie Hand in die Hüfte. »Ich kann nichts dergleichen tun. Wir müssen dich zu mir bringen, damit ich dich untersuchen kann.«

Archer seufzte. »Sag uns einfach, ob er überleben wird.«

Haasi beäugte Boyd mit zusammengepressten Lippen. Sie lehnte ihre Armbrust gegen die Couch, kniete sich neben Boyd und löste das Kopftuch um ihren Hals. »Zeig mal her.«

Boyds gerötetes Gesicht wurde unter seinem Bart ganz weiß. Er biss die Zähne gegen den Schmerz zusammen, als Haasi das Halstuch über der Schusswunde um seinen Oberschenkel wickelte, um die Blutung zu stillen.

Sie runzelte die Stirn. »Da du nicht wie ein Schlauch sprudelst, hat es deine Oberschenkelarterie verfehlt. Du wirst es überleben. Wahrscheinlich.«

»Ich habe dir gesagt, dass du nicht sterben wirst«, sagte Maki.

Boyd lehnte sich behutsam gegen die Sofakissen. »Siehst du? Überlasst es Maki, immer die gute Seite zu sehen.«

Maki schaute ihn nur noch finsterer an.

»Ihr habt uns gerettet.« Dakota konnte nicht genug Luft in ihre Lungen ziehen. Es fühlte sich an, als drücke ein riesiger Schraubstock ihre Brust zusammen. Sie fühlte sich benommen, schwindlig vor Erleichterung. »Ich hätte nicht gedacht, dass ihr kommen würdet.«

Jake zuckte mit den Schultern. »Ich für meinen Teil hatte das nicht vor, bis diese arroganten Drecksäcke in Haasis Haus eingedrungen sind und uns alle bedroht haben.«

Sie warf einen Blick auf Boyd, dann auf alle. Sie alle hatten sich heute Abend ihre Dankbarkeit verdient, das war sicher. Und ihren Respekt. »Es tut mir leid, dass ich euch da mit reingezogen habe.«

Haasi stand auf, wischte ihre Hände an ihrer Hose ab und legte eine Hand auf Dakotas Schulter. »Das Böse hat die Eigenschaft, sich über seine Grenzen hinaus auszubreiten. Die Menschen glauben, dass man es eindämmen kann, aber das kann man nicht. Das Böse an diesem Ort wäre früher oder später in unser Leben getreten. Es ist nicht deine Schuld.«

»Was ist bei dir zu Hause passiert?«, fragte Julio. »Wie sind sie an Park als Geisel gekommen?«

Bei der Erwähnung von Park verging allen das Lächeln. Schuldgefühle überfluteten sie. Park hatte den ultimativen Preis bezahlt – und es war nicht einmal sein Kampf gewesen.

Nüchtern erklärte Jake die früheren Ereignisse dieser Nacht. »Maddox Cage hat uns einen Teufelsdeal angeboten. Er würde uns am Leben lassen, wenn wir uns aus dem Kampf mit dir heraushalten. Er sagte, wenn wir es nicht täten, würde er unsere Kinder töten.«

Haasi hob ihre Armbrust auf und warf sie sich über die Schulter. »Sie haben unsere Funkgeräte konfisziert und einen Mann mit einer Maschinenpistole zurückgelassen, um sicherzustellen, dass wir unseren Teil der Abmachung einhalten.«

Julio brachte ein müdes Lächeln zustande. »Wie ich sehe, hat das gut funktioniert.«

»Maki tat so, als würde sie weinen«, sagte Zane. »Sie brachte den Idioten dazu, direkt zu ihr zu gehen, um zu sehen, was los war. Sie flüsterte ihm etwas zu, und er lehnte sich dicht an sie heran – ihr wisst schon, die schöne Jungfrau in Nöten. Er hat es nicht kommen sehen. Sie sprang auf und schlug ihm ins Gesicht! Dann trat sie ihm in den Schritt, griff sich seine Pistole und schlug ihm damit den Schädel ein. Sie hat ihn in zwei Sekunden bewusstlos geschlagen.«

Maki errötete und wandte ihr Gesicht ab, aber ein schwaches Lächeln zierte ihren Mund.

»Leute?« Boyd versuchte, sich nach vorne zu lehnen, aber er fiel nach hinten gegen das Sofakissen, und sein rötlicher Teint wurde blasser. »So sehr ich diese Party nach der Schlacht auch schätze, ich habe ein Stück Blei in meinem Oberschenkel stecken. Meinem Bein geht es nicht so gut, und mir auch nicht ...«

Zane und Jake eilten zu ihrem Bruder hinüber. »Er kann mit mir auf meinem Motorrad mitfahren«, sagte Jake, »aber wir müssen ihn zurückbringen, damit Haasi ihre Magie wirken kann.«

»Bringt Ezra her, damit ich ihn mir ansehen kann.« Haasi war bereits auf dem Weg zur Tür. »Boyd, beweg deinen Arsch von der Couch.«

Nachdem sie gegangen waren, schaute Julio aus dem zerbrochenen Fenster. »Ich werde einen Platz finden, um Park zu begraben.«

»Lass mich Ezra und Eden holen, dann helfe ich dir«, sagte Dakota.

Julio drehte sich halb zu ihr um und berührte unbewusst das goldene Kreuz an seinem Hals. Seine Schultern waren gekrümmt, Blut sickerte aus seinem Ohr, aber sein Blick war fest und unnachgiebig. »Ich will das selbst tun. Geh du zu deiner Familie. Ich mache das schon.«

»Die Schaufel ist immer noch draußen beim Hühnerstall.« Logan stand immer noch am Fenster, angespannt und schweigend. Fettiger Schweiß verfilzte sein widerspenstiges schwarzes Haar an seinem Schädel, kleine Locken klebten an den Seiten seines Gesichts. Schweiß, Schmutz und Blut verschmierten seine

Wangenknochen. Sein Gesichtsausdruck war steinern, ein gequälter Blick lag in seinen Augen.

Es kostete sie alles sich zurückzuhalten, nicht sofort zu ihm zu gehen.

Julio nickte wortlos und schlüpfte zur Vordertür hinaus, wobei seine Stiefel über Glas- und Keramiksplitter, Trockenmauerreste und verbrauchte Patronenhülsen knirschten.

Dakota musste auch gehen. Sie musste auf dem Weg zu Eden und Ezra noch die Leichen untersuchen. Sie konnte es kaum erwarten, ihnen zu sagen, dass es vorbei war und dass Eden in Sicherheit war.

Sie sehnte sich danach, Eden in ihre Arme zu schließen und ihre warme Sanftheit zu spüren, das süße, strahlende Lächeln im Gesicht ihrer Schwester zu sehen. Sie würde auch Ezra umarmen, egal wie störrisch er war. Er hatte ja keine andere Wahl.

Sie wischte sich mit der Rückseite ihres Arms über die Stirn. Jeder Zentimeter ihres Körpers war mit Schweiß, Staub, Schmutz und Blut bedeckt. Ihr Kiefer schmerzte, weil sie die Zähne so fest zusammengebissen hatte. Ihre Muskeln protestierten bei jeder Bewegung. Sie war so müde, dass sie eine Woche lang schlafen könnte.

Aber das war nicht wichtig. Nichts davon spielte eine Rolle. Sie hatten gewonnen.

# KAPITEL 67
## SHAY

»**H**ier seid ihr!« General Randall Pierce stürmte aus dem Konferenzraum und eilte auf sie zu. »Ich hatte gehofft, ihr würdet vorbeikommen.«

Shay war gerade dabei, eine riesige Blase mit ihrem Kaugummi zu formen, um Hawthorne zu beeindrucken. Sie ließ sie schnell platzen und schluckte ihn herunter, wobei sie sich fast verschluckte, als sie auf die Füße sprang.

General Pierce umschloss ihre Hand mit einem kräftigen Händedruck. Er war Mitte fünfzig, ein stattlicher dunkelhäutiger Mann mit kurzem, drahtigem grauem Haar und einem ergrauten Bart. Er war so groß wie sein Neffe, aber mindestens fünfzig Kilo schwerer, stämmig wie ein Betonklotz und in jeder Hinsicht imposant.

Er war der staatliche Koordinierungsbeauftragte für die gemeinsame Außenstelle im EOC – der Notfalleinsatzzentrale – und war damit laut Hawthorne für alles zuständig, was mit der Explosion und den Wiederherstellungsmaßnahmen im Süden Floridas zu tun hatte.

»Schön, Sie wiederzusehen, Sir«, sagte Shay.

Ohne Vorwarnung drehte sich General Pierce zu Hawthorne und zog ihn in eine riesige Umarmung.

»Onkel?« Hawthorne stöhnte. »Nicht, dass ich das nicht genieße, aber … ich kann nicht atmen.«

General Pierce ließ seinen Neffen los und trat mit einem Seufzer zurück. »All dieser Tod. Ich musste nur daran erinnert werden, dass es auch noch Leben gibt.«

Hawthorne grinste schwach, während er noch immer nach Atem rang. »Wie auch immer ich behilflich sein kann.«

Shay mochte General Pierce. Er war leutselig, aber auch offen – bei ihm wusste man, woran man war. Echte Wärme funkelte in seinen dunklen Augen, obwohl sie von Stress und Müdigkeit gezeichnet waren, und sein kurzes, drahtiges Haar schien noch grauer zu sein als bei ihrer ersten Begegnung mit ihm.

Zwei stämmige Männer in Anzügen gingen dicht an ihnen vorbei den langen Korridor hinunter, ihre Gesichter mürrisch, während sie leise vor sich hinmurmelten. Sie folgten einem schnell gehenden, glatzköpfigen Mann mit kerzengerader Haltung, der einen teuren, blassblauen Seersucker-Anzug trug.

General Pierce schaute finster drein, sobald sie außer Hörweite waren. »Ich traue diesen Kerlen nicht über den Weg. Irgendetwas an ihnen ist faul. Nachdem man jahrzehntelang im öffentlichen Dienst seinen Sinn für Blödsinn geschärft hat, bekommt man ein Gefühl für den Unterschied zwischen den Guten und …« Er warf einen Blick auf Shay. »Nun, das überlasse ich lieber der Fantasie.«

Hawthorne zwinkerte ihr zu. »Wir wissen das zu schätzen.«

»Wer sind sie?«, fragte Shay.

»Der Dünne, der herumstolziert, als hätte er einen Stock im Hintern, ist der Verbindungsmann zum Büro des Gouverneurs, Alfred T. Forester. Besteht immer darauf, dass man das verdammte ,T‘ auch ausspricht. Er ist das Sprachrohr von Gouverneur Blake und ein riesiges Arschloch, wenn man mich fragt. Anstatt alles für die Opfer zu tun, was er kann, streitet er sich über Zuständigkeiten, Mittelzuweisungen und Politik. Als ob sich irgendjemand in Florida einen Dreck um die Wiederwahl von Blake scheren würde.«

»Und die anderen beiden?«, fragte Shay.

»Seine Lakaien, nehme ich an. Ich weiß nicht genau, was sie tun, außer ihm zu folgen und ihm wütend ins Ohr zu murmeln.« Der General sah Alfred T. Forester um die Ecke stolzieren, gefolgt von seinem muskulösen Gefolge. Er rieb sich die Augen und stieß einen weiteren müden Seufzer aus.

»Du wolltest uns sehen?«, fragte Hawthorne.

General Pierce wandte sich mit ernster Miene wieder an sie. »Wir haben auf den letzten Bericht der NOAA und des Nationalen Hurrikan-Zentrums gewartet und gehofft, dass wir dies nicht tun müssen …«

»Was?«, fragte Hawthorne misstrauisch.

»Der Hurrikan. Er hat sich über Nacht zu einer Kategorie Drei verstärkt.«

»Oh, Mann«, sagte Hawthorne. »Das ist nicht gut.«

»Es ist noch schlimmer. Ein Hochdrucksystem zwingt den Sturm von seinem ursprünglichen Weg in Richtung Kuba in eine Kurve nach Norden. Die Wissenschaftler des NHC nannten es ein Bermuda-Hoch oder so ähnlich. Sie haben mit vielen Begriffen um sich geworfen – subtropische Rücken, vertikale Windscherung, Beta-Drift –, aber das Ergebnis ist das gleiche.«

Shays Bauch zog sich zusammen. Ihre Handflächen wurden feucht. »Sagen Sie es uns.«

»Der Befehl kommt von ganz oben. Wir werden evakuiert.«

»Wer ist ‚wir'?«, fragte Shay. »Was ist mit den mobilen Krankenhauszelten? All diese kranken und verletzten Menschen …«

»Sie werden tot sein, wenn wir uns nicht bewegen. Der Hurrikan Helen wird voraussichtlich zwischen morgen Abend und dem frühen Montagmorgen direkt auf Miami treffen.«

»Es ist also noch Zeit«, sagte Shay mit einer wilden, verzweifelten Hoffnung. »Er könnte immer noch die Richtung ändern und woanders auf Land treffen oder Florida ganz verfehlen.«

General Pierce schüttelte heftig den Kopf. »Es könnte sein. Aber die Meteorologen sagen, es sei unwahrscheinlich. Das war die lebhafte Diskussion, die wir gerade hatten. Gouverneur Blake hat durch das Sprachrohr von Alfred T. Wie-auch-immer-er-heißt darauf bestanden, dass wir das Risiko nicht eingehen können. Wenn der Hurrikan uns als Kategorie Drei trifft, wäre die daraus resultierende Katastrophe absolut verheerend für die Moral, ganz zu schweigen von unseren militärischen Einrichtungen und den gefährdeten Zivilisten. In diesem Fall, fürchte ich, muss ich ihm recht geben.«

Shay kaute ängstlich auf ihrem Daumennagel. Um sich selbst war sie nicht besorgt. Sie würde hingehen, wo immer sie gebraucht wurde. Aber alles, woran sie denken konnte, waren die Tausenden von verletzten und sterbenden Patienten und wie schwierig es sich gestalten würde, sie so schnell in Sicherheit zu bringen, ohne weiteren Schaden anzurichten.

Sie dachte an Dr. Webster und ihre Freundin Nicole, die alles getan hatte, um diese Patienten am Leben zu erhalten, obwohl auch ihr Mann bei der Explosion ums Leben gekommen war.

Ihr Magen krampfte sich vor Angst zusammen. Dakota, Logan, Julio, Park und Eden saßen da draußen im Sumpf fest und hatten keine Ahnung, dass ein mörderischer Hurrikan auf sie zusteuerte. Was würde mit ihnen geschehen?

»Wo ist der Evakuierungspunkt?«, fragte Hawthorne.

»Die FEMA hat eine riesige Zeltstadt südlich von Orlando errichtet, irgendwo in der Nähe von Celebration. Vielleicht werden sie Disney World übernehmen.

Wer weiß? Berichten zufolge können dort mehrere hunderttausend Menschen untergebracht werden. Der Großraum

Orlando soll auch einige freie Betten in nahe gelegenen Krankenhäusern haben.«

»Okay«, sagte Hawthorne. »Das klingt gar nicht so schlecht.«

»Wir fordern jeden Bus, jeden Hubschrauber, jedes Flugzeug und jedes Transportfahrzeug im Umkreis von achtzig Kilometern an, um Flüchtlinge zu transportieren. Die Evakuierungen beginnen um null sechshundert Uhr. Ich wollte euch beiden eine Vorwarnung geben.«

Neben ihr versteifte sich Hawthorne. »Nur Zivilisten?«

»Zuerst die Zivilisten. Aber alle werden gehen.«

»Aber wir gehen hier Spuren nach«, protestierte Hawthorne. »Und wir machen erhebliche Fortschritte im Kampf gegen die Blood Outlaws. Wir haben bereits Hialeah, Gladesview und Brownsville zurückerobert und dringen mit aller Macht nach Little Havana vor ...«

»Alle gehen«, sagte General Pierce endgültig, mit eindringlicher Stimme und blitzenden Augen. »Keine Ausnahmen.«

Hawthorne war genauso groß wie sein Onkel, aber der General überragte ihn, jeder Zentimeter strahlte Macht und Autorität aus. Es gab keine Möglichkeit, ihm zu widersprechen. Man gehorchte diesem Mann. Kein Wunder, dass er ein General war.

Hawthorne schürzte unglücklich die Lippen, aber er straffte die Schultern und nickte energisch. »Ja, Sir. Wir werden tun, was wir tun müssen.«

»Ich weiß.« Das Satellitentelefon des Generals piepte mehrere Male. Er legte eine große Hand auf Hawthornes Schulter, sein grimmiger Gesichtsausdruck wurde sanfter. »Wenn wir uns vorher nicht mehr sehen, treffen wir uns in Orlando. Pass auf dich auf, mein Sohn. Meine Schwester wird mich umbringen, wenn ich zulasse, dass dir etwas zustößt.«

General Pierce wandte sich zum Gehen.

Bevor sie es sich anders überlegen konnte, ergriff Shay seinen Arm. »Tut mir leid, Sir, aber was ist mit meinen Freunden? Logan und Dakota. Sie sind in die Everglades gegangen.«

»Ich fürchte, wir können nichts für sie tun.« Er blickte zu ihr hinunter, mit echter Traurigkeit und Bedauern in seinen Augen. »Wir haben bereits eine unmögliche Aufgabe vor uns. Wir brauchen unsere gesamte Arbeitskraft und noch mehr, um das gesamte EOC und die Tausenden von Verletzten aus den örtlichen Krankenhäusern und Notaufnahmen zu evakuieren, ganz zu schweigen von den FEMA-Camps. Jede Person, die sich außerhalb dieser Parameter befindet, ist auf sich allein gestellt.«

»Wir müssen sie zumindest warnen«, sagte Shay. »Ich habe heute schon mehrmals versucht, sie anzurufen. Sie gehen nicht ran.«

»Sie haben ein Amateurfunkgerät, nicht wahr?«, fragte Hawthorne. »Ich bin sicher, sie wissen es schon.«

»Das reicht nicht aus. Wissen sie, dass sie evakuiert werden müssen? Können sie überhaupt dort wegkommen? Wir müssen *irgendetwas* tun.«

General Pierce schüttelte müde den Kopf. »Es tut mir wirklich leid.«

»Gott stehe uns bei«, hauchte Hawthorne.

»Gott stehe uns bei«, sagte der General.

Shay und Hawthorne sahen ihm nach, wie er mit breiten Schultern und gesenktem Kopf davon schritt, als sei er bereits für den kommenden Sturm gewappnet.

# KAPITEL 68

# LOGAN

»Wir haben es geschafft.« Dakota drehte sich zu Logan um, ihre Augen leuchteten und strahlten, triumphierten. »Wir haben es tatsächlich geschafft.«

Logan sah zu ihr hinunter, auf den geschwungenen Kiefer, die sanfte Neigung ihrer Wangenknochen, den schwachen Hauch von Sommersprossen unter den Schmutzflecken. Es spielte keine Rolle, dass sie mit Ruß, Dreck und Blutspritzern bedeckt war, dass ihre Kleidung ein einziges Durcheinander war oder dass sie eine Pistole in der Hand hielt, mit der sie gerade einem Mann den Kopf weggeschossen hatte.

Sie strahlte. Das Lächeln, das sie ihm schenkte, war voll, aufrichtig und unbefangen.

Es traf ihn wie ein Schlag in die Magengrube.

Ezra hatte recht. Er konnte ihr nie geben, was sie brauchte, was sie verdiente. Es würde sie verletzen, sie war ohne ihn besser dran. Sie war besser als er, in jeder Hinsicht. Und nichts, was er tun könnte, würde das jemals ändern.

Die Welt war zerbrochen. Er war es auch.

Er hatte getan, wozu er gekommen war. Sie hatte ihm das Leben gerettet, also hatte er ihre Familie gerettet. Er hatte das Versprechen gehalten, das er ihr damals im Kino gegeben hatte. Ihre Schwester war in Sicherheit. Er war am Ende.

Er gehörte nicht hierher.

Sie ging auf die Tür zu, hielt dann aber inne. »Ich hole Ezra und Eden, aber zuerst muss ich die Leichen untersuchen. Ich will ihn mit meinen eigenen Augen tot sehen.« Sie streckte die Hand aus und berührte seine Hand. »Komm mit mir.«

Er wich vor ihrer Berührung zurück. Er war leer, ausgehöhlt. Nur die Dunkelheit war noch in ihm.

Er spürte, wie sie an ihm zerrte und ihm eine süße Erlösung versprach, einen Ort ohne Schmerzen, ohne das Gefühl, dass sein schlagendes Herz direkt vor ihm aufgerissen wurde.

»Logan? Geht es dir gut?« Dakota blinzelte ihn an, und zwischen ihren Augenbrauen zeichnete sich eine schwache Linie ab. Strähnen ihres kastanienbraunen Haares klebten an ihren Wangen.

Er musste all seine Selbstbeherrschung aufbringen, sie nicht hinter ihre Ohren zu streichen. Nicht näher zu kommen, seine Hand in ihren Nacken zu legen und ihren Mund zu seinem zu bewegen.

Er wollte sie küssen. Er wollte sie in seine Arme schließen und nicht mehr loslassen, wollte die Wärme ihres Körpers spüren, der sich an ihn presste, und ihre beiden Herzen, die im Gleichklang schlugen. Er wollte mehr als das.

Aber das spielte keine Rolle. Ein Mann wie er konnte so etwas nie haben.

Seine Nerven lagen blank, waren roh. Die Erschöpfung zerrte an ihm, als das Adrenalin sich verflüchtigte und nichts als eine trostlose Verzweiflung zurückließ. Er musste das beenden. »Ich gehe jetzt.«

»Was?«

»Ich reise heute Abend ab. Meine Tasche ist schon gepackt und steht bereit.« Sie starrte ihn an. »Wovon redest du?«

»Ich habe meinen Teil der Abmachung erfüllt. Ich sagte, ich würde helfen, deine Schwester in Sicherheit zu bringen, und das habe ich getan. Jetzt bin ich fertig. Ich gehe jetzt. Ich will weg.«

Sie trat einen Schritt zurück. Der Schock stand ihr ins Gesicht geschrieben. Sie blinzelte und schüttelte den Kopf. »Nein. Nein, das ist nicht wahr, und das weißt du.«

»Doch, das ist es.«

Die Bedeutung seiner Worte wurde ihr bewusst. Ihr Gesichtsausdruck veränderte sich von Verwirrung über Unglauben zu so etwas wie Trauer. Sie öffnete ihren Mund und schloss ihn wieder.

Er musste gehen. Er konnte es nicht ertragen, konnte den fassungslosen, verratenen Blick in ihren Augen nicht ertragen. Sein Herz zersplitterte in seiner Brust. Jedes Wort, das er sprach, war bitter wie Asche auf seiner Zunge. »Ich muss gehen.«

»Logan ...«

Er wandte sich von ihr ab. »Es tut mir leid.«

# KAPITEL 69
## DAKOTA

Dakota steckte ihre Pistole in das Halfter, zog ihre Taschenlampe heraus und eilte hinaus in den Sturm. Der Regen klatschte ihr ins Gesicht. Sie stolperte fast über die erste Leiche – nur ein schemenhafter Klumpen in der Dunkelheit. Leiche Nummer eins.

Ezra und Eden warteten auf sie. Aber sie musste die Leichen untersuchen. Sie musste es tun. Die Narben auf ihrem Rücken kribbelten, als *wüsste* ihr Körper, was sie erwartete.

Sie musste ihn sehen, um sicher zu sein, dass es endlich vorbei war.

Sie begann im Vorgarten und ging dann um das Grundstück herum, umrundete die gegenüberliegende Seite der Hütte auf der Rückseite und ging langsam auf den Schuppen zu.

Der Regen klebte ihr Haar an die Schläfen und tropfte ihr ins Gesicht. Ihre Kleidung war fast augenblicklich durchnässt und klebte an ihrer Haut. Sie zwang sich, sich zu konzentrieren, trotz des Schmerzes, der in ihrer Brust pochte.

*Logan war weg.*

Das ergab keinen Sinn.

Sie hatten gewonnen. Trotz aller Widrigkeiten hatten sie die Hütte verteidigt und die Hirten besiegt. Ihre Verbündeten waren ihnen zu Hilfe gekommen. Maddox Cage, ihr Erzfeind, war tot.

Mit mehr als zwei Dutzend verlorenen Hirten würde der Prophet es sich zweimal überlegen, ob er sie noch einmal angreifen würde. Er würde sich in der Niederlage davonschleichen. Dessen war sie sich sicher.

Sie wollte so sehr, dass es wahr war, dass sie schon halb daran glaubte.

Ihr Sieg hatte sie einiges gekostet. Die Hütte lag in Trümmern. Park war tot. Aber sie hatte immer noch die Menschen, die ihr am wichtigsten waren. Es war egoistisch und hässlich, aber es war die Wahrheit.

Sie sollte sich beschwingt fühlen, jubelnd, überglücklich. Zumindest für heute Abend. Sie hätten Zeit zum Feiern haben sollen, um sich einzugestehen, wie nah sie daran gewesen waren, alles zu verlieren.

Sie und Logan hätten ...

Aber sie konnte den Gedanken nicht zu Ende führen. Es war zu schmerzhaft. Es gab kein ‚sie und Logan‘, nicht mehr. Denn Logan hatte sich entschieden zu gehen.

Sie kniete nieder, um die vierte und fünfte Leiche zu untersuchen, leuchtete mit ihrer Taschenlampe in deren Gesichter und blinzelte gegen das Wasser in ihren Wimpern an. Einige der Toten waren in schlechter Verfassung, ihre Köpfe, Torsos und Gliedmaßen waren von Schrotkugeln und Einschusslöchern durchlöchert. Andere lagen flach auf dem Bauch, und sie musste sie mit dem Fuß auf den Rücken drehen.

Sie zählte jeden einzelnen und studierte die Gesichtszüge sorgfältig. Sie sahen im Tod fast außerirdisch aus, blutverschmiert und aufgedunsen, ihre Nachtsichtbrillen verzerrten ihre Gesichter.

Einige erkannte sie wieder, andere nicht.

Sie stand auf und setzte ihre Suche fort. Sieben, acht, neun. Immer noch kein Maddox.

Nach all dem, nach allem, was sie und Logan durchgemacht hatten, hatte er am Ende doch gekniffen. Nicht wegen eines nicht zu gewinnenden Kampfes, nicht wegen einer Schlacht, in der er unterlegen war, sondern wegen einer einfachen menschlichen Verbindung.

Dakota wusste besser als jeder andere, wie viel eine Verbindung einen Menschen kosten konnte. Wie etwas, das für manche Menschen so einfach und leicht war, für andere wie ein unüberwindbarer Berg erschien.

Er gab sich immer noch selbst die Schuld. Er dachte, dass das, was er getan hatte, ihn für sein Leben gezeichnet hatte und ihn unwürdig für eine Chance auf Glück machte.

Er lag völlig falsch.

Sie sollte ihm nachgehen, nachdem sie sich um Ezra und Eden gekümmert hat. Sie sollte …

Aber nein. Er hatte seine Wahl getroffen. Sie würde nicht betteln. Außerdem hatte er Boyds Motorrad genommen. Er war schon lange weg.

Sie zwang sich, diese schmerzhaften Gedanken tief zu verdrängen. Später würde sie um das trauern, was hätte sein können. Im Moment hatte sie eine Verantwortung. Sie hatte Menschen, die auf sie angewiesen waren.

Zehn, elf, zwölf. Angst machte sich in ihrem Bauch breit, als die Zahl immer höher und höher wurde.

Sie war in Sichtweite des Lagerschuppens. Die Kämpfe waren hier nicht besonders heftig gewesen.

Es gab weniger Leichen.

Fünfzehn, sechzehn, siebzehn. Keiner von ihnen war Maddox.

Der Atem stockte ihr in der Kehle. Angst krampfte sich in ihrem Bauch zusammen, immer fester und fester.

Maddox war nicht hier. Wenn er nicht zwischen den Leichen lag, dann war er nicht tot.

Und wenn er nicht tot war, wo war er dann hingegangen? Er hätte den Kampf in der Hütte nicht ohne Grund verlassen, ohne ein Ziel …

Es sei denn …

Es sei denn, er wusste, dass Eden nicht mehr im Haus war.

Sie rannte zum Schuppen, ihre Beine arbeiteten wie wild, und Angst pumpte durch ihre Adern. Das flackernde Licht der Taschenlampe beleuchtete den Regen, die Toten, das glatte schwarze Gras.

Sie schlug gegen die glatte Metalltür. »Ezra! Eden! Ich bin's! Lasst mich rein!« Keiner antwortete.

Sie hob die Faust, um erneut zuzuschlagen, und erstarrte. Auf der Tür direkt vor ihr, etwa in Brusthöhe, war ein roter, handtellergroßer Fleck, vom Regen verschmiert. Ein Handabdruck, der in einem langen, blutigen Fleck endete.

*Bitte, nicht. Nein, nein, nein!*

»Lasst mich rein!«, rief sie.

Sie griff nach dem nassen Griff. Er drehte sich unter ihren Fingern. Die Tür war nicht verschlossen.

Panik kroch in ihr hoch. Ihre Lungen zogen sich zusammen. Einen Moment lang konnte sie nicht einatmen, nicht schreien, nichts tun.

Der Regen prasselte auf sie herunter. Der Wind peitschte durch ihr Haar, ihre Kleidung.

Sie zwang sich, den Griff zu drehen und zu drücken. Die Tür schwang auf. Das Licht des Schuppens verbreitete sich in einem schwachen Lichtschein.

Sie betrachtete das Innere des Schuppens, die ordentlich gestapelten Regale mit den Vorräten der letzten Jahre, die einzelne Glühbirne, die von der Decke hing, den Zementboden, der mit einer weiteren Blutspur verschmiert war.

Eden war nicht da.

Gleich hinter der Tür lag Ezra in einem zusammengesunkenen, blutigen Haufen.

# KAPITEL 70

# DAKOTA

Es war, als würde sie in eiskaltes Wasser fallen. Es war der absolute Schock. Sie konnte nicht mehr atmen, nicht mehr denken, sich nicht mehr bewegen.

»Dakota«, krächzte Ezra heiser.

Der Klang seiner Stimme riss sie aus ihren Gedanken. Sie taumelte hinein und sackte neben Ezra auf dem Boden zusammen. Mit der Taschenlampe zwischen den Zähnen schob sie sein kariertes Hemd beiseite.

Das weiße T-Shirt darunter war blutdurchtränkt. Mit unbeholfenen Fingern riss sie es hoch und suchte verzweifelt nach der Wunde.

»Du bist okay«, sagte sie, »du wirst wieder gesund.«

Ezra atmete schwer und keuchend ein. Er sah zu ihr auf, die Niederlage stand ihm ins Gesicht geschrieben. »Dieses Mal ... nicht.«

Sie hob den durchnässten Stoff von seiner Brust, ihre Hände waren blutverschmiert. Er war zweimal angeschossen worden – einmal in die obere rechte Schulter und einmal in die Mitte seiner Brust.

Seine Schulter war mit Mull versorgt worden und sah nicht so aus, als würde sie stark bluten. Es war die Brustwunde, die sie in Panik versetzte.

Blut floss aus dem Loch, die Ränder waren schaumig rosa. Das Loch gab ein schreckliches, saugendes Geräusch von sich, als er nach Luft rang.

Die Kugel hatte seine Lunge durchbohrt.

Dakota schlug das Herz bis zum Hals. Panik drohte, sie zu erdrücken. Die Schulter konnte heilen, aber die Brustwunde war nichts, was Haasis Umschläge in Ordnung bringen konnten. Er brauchte Trauma-Ärzte, eine Notaufnahme, eine Notoperation.

Sie befanden sich inmitten eines Millionen Hektar großen Sumpfgebietes, Stunden vom nächsten Krankenhaus entfernt. Und selbst wenn dieses Krankenhaus in Betrieb wäre, wäre es mit Bombenopfern überfüllt.

Es gab keinen Notruf, keinen Krankenwagen, der mit heulenden Sirenen unterwegs war. Sie hatte sich noch nie so isoliert gefühlt.

»Nein«, stöhnte sie. »Nein, nein, nein!«

»Eden, sie … Sie haben sie mitgenommen.«

Dakota registrierte die Worte kaum. Sie hatte es sofort gewusst, als sie die Tür geöffnet hatte und Eden weg war. Es war zu entsetzlich, um es zu verarbeiten. Ihr Gehirn wollte es nicht akzeptieren, nicht während Ezra direkt vor ihr verblutete.

»Ich habe mich geirrt«, sagte er.

Sie wippte auf ihren Fersen zurück und schüttelte in hilfloser Verzweiflung den Kopf. »Sag das nicht.«

»Wir hätten mit den anderen zusammenarbeiten sollen. Ich hätte um … Hilfe bitten sollen.«

»Nicht jetzt. Das ist nicht der richtige Zeitpunkt.«

Er ignorierte sie. »Ich habe Fehler gemacht.«

»Wir müssen. …«

»Dakota.« Er nahm ihre blutige Hand in seine schwache, knorrige Hand. »Ich sterbe.«

»Nein!« Sie akzeptierte es nicht. Sie weigerte sich.

Er hustete. Blut spritzte auf seine dünnen, bläulichen Lippen. »Dakota ...«

»Ich sagte nein!« Sie schüttelte ihn ab, fand einen sauberen Stapel gefalteter Handtücher auf einem Regal in der Nähe und presste eines davon auf die Wunde, um Druck auszuüben. »Rede nicht so. Du bist zu störrisch, um zu sterben. Du darfst nicht sterben. Halte das hier, während ich etwas finde, das dir hilft.«

»Dakota, das macht doch keinen ...«

»Tu es einfach!« Sie zog seine Hände hoch und legte sie auf das Handtuch, drückte ihre auf seine. »Tu es.«

Seine Augen blitzten auf – ein Hauch seiner Sturheit, der durch den Schmerz hindurch schimmerte –, aber er gehorchte.

Sie musste sich zusammenreißen, musste *nachdenken*. Sie bemühte sich, sich an seine Lektionen zu erinnern, die so lange zurücklagen. »Du hast eine saugende Brustwunde. Wenn wir sie nicht verschließen, wird deine Lunge kollabieren.«

Und danach passierten noch schlimmere Dinge, wie Koma und Tod.

Wenn doch nur Shay hier wäre. Sie wusste so viel mehr als Dakota. Sie wüsste alles über verengte Blutgefäße, verminderte Durchblutung, wie man einen Schock verhindert. Und mit ihren ruhigen und geübten Händen würde sie es auch besser machen.

Aber Shay war nicht hier. Haasi war nicht hier. Es lag an Dakota, ihn zu retten.

»Wir brauchen eine Plastiktüte, richtig? Oder eine Kreditkarte?« Sie suchte verzweifelt die Regale nach den medizinischen Vorräten ab, überflog die sauberen, geordneten Reihen von Gemüse-, Obst- und Bohnenkonserven, die versiegelten Behälter mit Hafer, Mehl und anderen Körnern, die Wasserreinigungstabletten und Bleichmittelkannen, die Streichhölzer, Batterien und Munitionskisten.

Da war es, oben in der Mitte der rechten Seite, das weiße Etikett mit seiner eleganten, tadellosen Handschrift. Sie sprang auf, tastete nach einem Paar steriler Handschuhe.

Sie suchte nach den großen Mullbinden und der Kampfgaze, um die Blutung zu stoppen, und stieß dabei Kartons mit Verbandsmaterial und Tabletten um, während sie sich auch eine Rolle medizinisches Klebeband schnappte.

Sie ließ sie neben Ezra fallen und wandte sich den Küchenutensilien zu, fand den ordentlich beschrifteten Plastikeimer und riss ihn aus dem Regal. Er fiel mit einem dumpfen Knall auf den Boden. Sie hatte bereits den Deckel abgenommen und warf Alufolie und Müllbeutelschachteln weg, bis sie den Stapel Ziplock-Beutel fand.

Ezra schrie sie nicht an, weil sie sein präzise organisiertes, systematisch geordnetes Lager durcheinanderbrachte. Ihre Kehle schnürte sich zu. In diesem Moment hätte sie alles für eine strenge Lektion gegeben. Aber das einzige Geräusch war das feuchte Zischen und Röcheln seines Atems.

Sie kehrte zu ihm zurück und blinzelte gegen die plötzliche Nässe an, als sie auf die Knie sank. Sie riss die Gaze auf und benutzte sie, um das Blut von der Wunde zu wischen. Es war zwecklos. Es war zu viel. Es war überall – auf seiner Haut, seiner Kleidung, ihren behandschuhten Händen, dem Boden.

»Atme aus, so viel wie du kannst.« Zu schwach, um sich zu wehren, gehorchte er.

Als er so viel überschüssige Luft wie möglich ausgeatmet hatte, legte sie den Ziplock-Beutel über das Einschussloch, wobei sie darauf achtete, dass auf allen Seiten der Wunde mindestens fünf Zentimeter Plastik zu sehen waren. Sie benutzte mehrere Lagen medizinisches Klebeband, um die Wunde an drei Seiten abzudichten, und wickelte es vollständig um seine Rippen, um es an Ort und Stelle zu halten.

Wenn man die vierte Seite offenließ, entstand ein Einwegventil, durch das die Luft durch das Loch entweichen konnte. Bei dem Versuch, Luft in die Wunde zu saugen, wurde der Verband gegen die Wunde gezogen und versiegelte die Brusthöhle, sodass sich Ezras Lunge normal ausdehnen konnte.

So lautete jedenfalls die Theorie. Wenn sie Glück hatte, hatte sie es irgendwie hinbekommen.

»Okay«, sagte sie. »Okay. Atme einfach weiter.«

Er schloss seine Augen und öffnete sie wieder. »Ich muss dir sagen ... ich habe einen Fehler gemacht.«

»Du solltest nicht reden.«

Er sog keuchend den Atem ein. »All die Dinge, die man auf dem Sterbebett lernt, ... und keiner, dem man sie erzählen kann.«

Wenn sie lächelte, würde sie in eine Million Stücke zerspringen.

»Halt die Klappe, Ezra.«

»Du klingst genau wie Izzy früher.«

»Hör auf zu reden. Spar dir deine Kräfte.«

»Sei nicht so ein sturer Esel wie ich.« Sein Gesicht verzerrte sich vor Schmerz und Reue. »Izzy ist gestorben ... und dann bist du gegangen ...«

Sie verstand ihn, verstand alles, was er zu sagen versuchte. Er hatte sich völlig geirrt, aber sie wusste, warum er die Entscheidungen getroffen hatte, die er getroffen hatte, vielleicht besser als jeder andere. Er war widerspenstig und dickköpfig. Mehr als das, er hatte Angst.

Der Tod seiner Frau hatte ihm das Herz gebrochen. Als Dakota und Eden mitten in der Nacht ankamen, zerzaust und verzweifelt, hatte er alles riskiert, was er noch hatte, um sie hereinzulassen.

Doch dann verließ Dakota ihn, und das, was von seinem

Herzen übrig war, zerbrach. Er konnte es sich nicht erlauben, wieder jemandem zu vertrauen, jemanden an sich heranzulassen – auch wenn er es besser wusste. Nicht einmal, um sein eigenes Leben zu schützen.

Fast hätte sie denselben Fehler gemacht.

Fast.

»Pst«, sagte sie leise, ihre Augen brannten. »Ich weiß.«

»Du bist besser als das«, murmelte er. »Du bist besser als ich.« Es kostete sie alles, um nicht schluchzend zusammenzubrechen.

»Du kannst sie zurückholen … Du kannst das beenden.«

Dakota erstarrte. »Nicht ohne eine Armee. Nicht ohne dich. Wie könnte ich es denn versuchen?«

»Du brauchst mich nicht … Du weißt wie.«

Sie schüttelte heftig den Kopf. Ihre Augen brannten. Sie weinte nicht. Sie war zu wütend, um zu weinen.

»Du solltest stolz auf sie sein«, sagte er. »Sie hat zugestimmt, sich nicht zu wehren, wenn sie gehen, ohne noch jemanden zu töten … und dich in Ruhe zu lassen. Sie hat es selbst ausgehandelt.«

Der gesamte Sauerstoff wurde aus dem Raum gesaugt. »Was?«

»Sie schrieb es auf ein Stück Papier und bat mich, es ihnen zu sagen. Sie sagte, Maddox würde sich daran halten, und das tat er … Aus welchem Grund auch immer, er tat es. Es war … das Mutigste, was ich je gesehen habe. Sie hatte … immer noch Angst … aber sie hat es trotzdem getan.«

»Sie ist einfach mit ihnen gegangen?«, fragte Dakota fassungslos. Frische Wut durchströmte sie und vermischte sich mit dem Kummer. Einen Augenblick lang verdrängte die Empörung alles andere. Bittere, ungläubige Wut – und Verrat.

*Oh, Eden. Nein, nein, nein, nein.* Wie konnte sie nur? Eden war schwach. Sie war nachgiebig und sanftmütig, passiv und leichtgläubig. Das war sie schon immer gewesen.

Maddox stand vor dieser Tür und lockte sie mit honigsüßen Lügen, und sie hatte ihm geglaubt und sich wie ein Lamm zur Schlachtbank führen lassen.

Und jetzt würde Ezra dafür sterben.

»Nach allem, was wir durchgemacht haben, nach allem, was wir geopfert haben ...«

»Nein«, sagte Ezra. »Du verstehst es ... falsch. Sie hat es ... für dich getan.«

Sie starrte ihn fassungslos an. Sie konnte nicht klar denken. Seine Worte ergaben keinen Sinn.

»Sie hat sich ausgeliefert ... um dich zu retten, Mädchen.«

Dakota wankte auf ihren Absätzen zurück. »Nein. Es hat dazu geführt, dass du angeschossen wurdest ...«

»Das geschah bereits ... vorher.« Er atmete schwer, seine Augenlider flatterten, sein Gesicht war aschfahl. Blut tränkte den Zement unter ihm. »Für mich war es zu spät ... Sie hat es für dich getan.«

Dakota war sprachlos. Ihre Lungen zogen sich zusammen, als ob eine riesige Faust langsam das Leben aus ihr herausquetschen würde.

Noch vor zwanzig Minuten hatte sie triumphiert. Sie hatte gedacht, sie hätten gewonnen.

Dann war ihr alles, wofür sie so hart gearbeitet hatte, in einem einzigen Augenblick entrissen worden. Sie hatte Logan verloren. Ezra, ein Mann, den sie wie einen Vater liebte, lag im Sterben. Sie hatte Eden nicht in Sicherheit gebracht, wie sie es versprochen hatte.

Sie hatte eine Sekte, Folter und eine verdammte Atombombe überlebt. Erst jetzt hatte sie endlich das Gefühl, dass die ganze Welt um sie herum zusammenbrach.

Ezra tastete nach ihrer Hand und schloss seine Finger um ihre. »Bleib ... bei mir.«

»Ezra, ich ...«

Schwach schüttelte er den Kopf. Seine Haut war totenbleich. Sein Brustkorb bewegte sich kaum.

Er klammerte sich gerade noch an sein Bewusstsein. Wenn es ihm entglitt, würde er es auch. »Bleib ... einfach.«

»Es tut mir leid. Es tut mir so leid. Ich habe es vermasselt. Ich habe alles falsch gemacht. Ich ...«

»Nein, Mädchen. Du hast alles ... richtig gemacht.«

Es wäre zu schwer, zu unerträglich, all die Dinge zu sagen, nach denen sie sich sehnte – dass sie unbeschreiblich traurig war, dass sie ihn liebte, dass sie ihn geliebt hatte seit dem ersten Tag, an dem er sie und Eden im Schuppen gefunden hatte, dem Tag, an dem ein einsamer alter Mann die Entscheidung getroffen hatte, zwei verzweifelte kleine Diebe nicht zu erschießen, sondern sie stattdessen zu retten.

»Verlass mich nicht«, flüsterte sie. »Bitte verlass mich nicht.«

Er antwortete nicht.

Sie drückte seine Hand, drückte all den Kummer, die Trauer und das Bedauern in seine knochigen Finger, bis das Todesröcheln endlich nachließ, seine ausgehöhlten Augen sich schlossen und seine Hand in ihrer schlaff wurde.

# KAPITEL 71
## DAKOTA

Dakota blieb neben Ezra sitzen. Sie wusste nicht, wie lange sie blieb, aber sie hatte es versprochen. Sie hatte es ihm versprochen.

Sie ließ sich gegen die Regale sinken und ignorierte die Schmerzen in ihren Schultern und in der Wirbelsäule sowie den Schmerz in ihrem Steißbein durch den Betonboden. Sie hielt Ezras Hand und starrte durch die Tür hinaus in die Nacht und dachte an nichts.

Sie war wie betäubt, zerbrechlich, einen Atemzug davon entfernt, in tausend Stücke zu zerfallen.

Zehn Minuten vergingen – oder vielleicht waren es auch zehn Stunden. Es fühlte sich an wie zehn Lebenszeiten. Julio fand sie bei ihrer Nachtwache, zusammengekauert über Ezras Körper, feucht und zitternd. Er rief ihren Namen, dann wiederholte er ihn.

Sie sah ihn an, blinzelte und kam langsam wieder zu sich. »Julio.«

»Ich bin hier«, sagte er sanft und legte ihr eine Decke um die Schultern. »Ich bin hier bei dir.«

Seine Handflächen waren mit Blasen übersät. Schwarzer Schmutz verschmierte seine Fingernägel. Sie hatte vergessen, wo er gewesen war, dass er mit seiner eigenen Nachtwache beschäftigt war und Park beerdigt hatte.

»Es tut mir leid«, sagte sie, »es tut mir so leid ...«

»Ach, Liebes«, sagte Julio und berührte ihre Schulter, um sie zu trösten. »Es ist nicht deine Schuld.«

Julio fragte, wo Logan war, aber sie konnte ihm keine Antwort geben. Er versuchte, sie ins Haus zu locken, aber sie wollte Ezra nicht allein lassen.

Gemeinsam wickelten sie seinen Körper in eine weitere Decke ein und trugen ihn durch den Wind und den Regen in die Hütte. Sie gingen an den toten Körpern vorbei und ließen sie verrotten.

Sie würden Ezras Leiche verbrennen müssen, dachte sie unzusammenhängend. Er hatte sich immer gewünscht, verbrannt zu werden. *Wer will schon die Würmer und Maden füttern, wenn er nicht mehr da ist?* Sie hörte seine Stimme, tief und griesgrämig und so deutlich, als ob er direkt vor ihr stünde.

Für heute Nacht legten sie Ezra sanft auf die Couch. Julio sprach ein Gebet über ihm, während Dakota wie betäubt in den Trümmern der Hütte stand und auf die Blutflecken auf dem Wohnzimmerboden starrte, auf den Staub und die Trümmer, die überall verstreut lagen. Die Luft stank nach Schießpulver und Tod.

Julio zog das Satellitentelefon aus seiner Tasche, rückte einen umgekippten Stuhl zurecht und setzte sich an den Küchentisch – den vernarbten Holztisch, den Ezra mit seinen eigenen Händen gebaut hatte, den Tisch, an dem sie und Eden unzählige Stunden verbracht hatten, um zu reden und zu lachen und zu leben.

»Es ist Shay.« Er starrte wie betäubt auf das Telefon. »Sie hat versucht anzurufen.«

Dakota hörte ihn kaum. Die Geräusche waren blechern und

weit weg. Ihre Ohrstöpsel waren weg, aber sie konnte sich nicht erinnern, sie herausgenommen zu haben.

Ihr Kopf fühlte sich an wie voller Watte – ihr Herz, als hätte man es ihr aus der Brust gerissen, schlug immer noch.

Die Wände waren zu nah. Die staubige Luft schnürte ihr die Kehle zu. *Eins, zwei, drei. Atmen.* Wohin auch immer sie blickte, sah sie Erinnerungen an Ezra, sah flüchtige Eindrücke von all den Dingen, die sie gehabt und dann verloren hatte. Sie hatte versagt, auf ganzer Linie und vollständig.

Ezra war tot. Eden war weg.

Logan hatte sie im Stich gelassen.

Ihre Brust zog sich immer weiter zusammen, bis es sich anfühlte, als ob ihre Rippen brachen. Sie musste von hier verschwinden. Sie musste *atmen*.

Sie flüchtete aus der Hütte, stolperte über Glasscherben, Holzsplitter und Stücke der Trockenmauer, und stieß die Eingangstür auf, während Julio hinter ihr ihren Namen rief.

# KAPITEL 72
## LOGAN

Logan fuhr die Harley in der Mitte der US 41 entlang und wich gelegentlich einem verlassenen Fahrzeug aus. Der kraftvolle Motor rumpelte unter ihm. Die Riemen seines Rucksacks gruben sich in seine Schultern.

Die Strahlen seiner Scheinwerfer durchdrangen die Dunkelheit und beleuchteten die glitzernde Straße und die nassen schwarzen Blätter der Bäume, die sich auf beiden Seiten des Highways drängten. Das Antibeschlagvisier an Boyds Helm sorgte für eine relativ klare Sicht.

Der Regen, der seine Kleidung durchnässte und ihm in Rinnsalen den Nacken hinunterlief, beruhigte seine hitzegeplagte Haut. In einer Weile würde sein durchnässter Zustand ein Problem darstellen, aber im Moment war es ihm egal.

Er war seit Jahren nicht mehr Motorrad gefahren, aber er wusste noch, wie es ging. Er gab etwas weniger Gas, bremste sanft und vermied es, sich in die Kurve zu legen, um sich an die regennasse Straße anzupassen. Das Motorrad war nicht das Problem.

Mit jeder Minute, die verging, mit jedem Kilometer, der sich zwischen ihm und der Hütte erstreckte, ballte sich sein Herz wie eine Faust, immer fester und fester. Er starrte vor sich hin, wie betäubt und gedankenlos.

Es würde bald dämmern. Der Himmel hellte sich fast unmerklich auf. Es spielte keine Rolle. Nichts spielte eine Rolle. Kilometer um Kilometer rauschten vorbei. Zwanzig, dreißig, vierzig.

Logan blinzelte. Die Scheinwerfer beleuchteten einen Klumpen mitten auf der Straße direkt vor ihm.

Adrenalin schoss durch seine Adern. Er wich heftig aus, um den Körper zu verfehlen und kollidierte beinahe mit einem schwarzen Auto, das am linken Fahrbahnrand geparkt war und in Regen und Dunkelheit nicht zu erkennen war. Er verfehlte nur knapp die geöffnete Beifahrertür.

Er zwang sich, hundert Meter hinter dem Wagen vorsichtig zum Stehen zu kommen. Er drehte sich um und spähte in die Nacht. Es war zu dunkel und es regnete zu stark. Alles, was er ausmachen konnte, waren dunkle, wabernde Schatten. Er konnte die Leiche nicht sehen.

Sollte er zurückfahren und den Körper von der Straße rollen? Wozu die Mühe?

Leichen waren jetzt Teil der Landschaft, ein weiterer unausweichlicher Aspekt der Apokalypse, die auf sie alle zukam. Es war nicht zu übersehen – schon bald waren die Toten so alltäglich wie überfahrene Tiere geworden.

Er nahm den Helm ab. Der Regen klatschte ihm ins Gesicht. Der Wind heulte, die Bäume schwankten. Über ihm zuckten die Blitze in zackigen, himmelspaltenden Streifen.

Er zog seinen Flachmann heraus, schraubte den Deckel ab und hob ihn an die Lippen. Er hatte bereits die Hälfte ausgetrunken. Er nahm einen weiteren brennenden Schluck, spürte, wie er süß und schmerzhaft seine Kehle hinunterglitt.

Es war ein gutes Brennen, ein willkommenes Brennen. Die vertraute Wärme des Vergessens, die ihm zuwinkte. Sie verrichtete ihre Arbeit und verwandelte das Chaos in seinem Kopf in ein dumpfes, dröhnendes Nichts.

Es wäre so einfach.

Er könnte das Motorrad wenden und es auf den großen Schatten des schwarzen Autos richten. Er könnte das alles beenden, einfach alles beenden.

Keine Albträume mehr von Tomás. Keine spöttischen Dämonen mehr in seinem Kopf. Keine unerträgliche Scham mehr.

Sein Griff um den Flachmann wurde fester.

Ein Bild von Dakota schoss ihm durch den Kopf und durchbrach die Starre. Die trotzige Neigung ihres Kiefers, der grimmige Blick in ihren Augen. Dakotas Hand, die nach ihm griff, ihre Finger, die sich durch die seinen streckten.

Ezra hatte gesehen, wer er war. Dakota sah, wer er sein könnte.

Was zum Teufel war los mit ihm? Was für ein Mann war er, dass er in Selbstmitleid verfiel? Vor dem einzigen Menschen auf der ganzen Welt davonzulaufen, der das Schlimmste in ihm kannte und ihn trotzdem akzeptierte?

Wen kümmerte es schon, was die anderen sagten? Andere Leute hatten ihn sein ganzes Leben lang verurteilt – wegen seiner ethnischen Zugehörigkeit, seiner Tätowierungen, seiner Misserfolge. Er war im Begriff, alles wegzuwerfen, wegen der Worte eines verbitterten alten Mannes, eines alten Mannes, der Isolation und Einsamkeit einem Leben vorgezogen hatte, das schmutzig, manchmal hässlich und schmerzhaft, aber real war.

Logan entschied sich für das Leben. Er entschied sich, es besser zu machen, um besser zu sein.

Er war ein Kämpfer. Der rauflustige Junge, der sich aus dem Nichts hochgekämpft hatte, der auf der Straße überlebte, der erwachsenen Männern, die doppelt so groß waren wie er, mit

Hartnäckigkeit und Grips gegenübertrat. So war er, und so würde er wieder sein.

Der Flachmann glitt ihm aus den Fingern. Er knallte auf den Asphalt und blieb auf der Seite liegen, die Reste des Alkohols tropften heraus und vermischten sich mit den Regenpfützen. Er ließ ihn dort liegen.

Alles, was ihm wichtig war, war da, wo er hergekommen war. Alles, was er liebte.

# KAPITEL 73
## DAKOTA

Dakota rannte hinaus in die Dunkelheit der Morgendämmerung.

Dreißig Meter vor der Hütte blieb sie stehen, halb gebückt, hechelnd und keuchend. Sie zwang sich, sich aufzurichten und ihr Gesicht zum Himmel zu heben. Der Regen spritzte ihr auf die Wangen, tropfte ihr in den Nacken.

Sie fühlte sich desorientiert, verloren und so unglaublich allein. Der Schmerz war in ihr, ein immenser Druck gegen ihre Rippen, eine heulende Leere ohne Ende, ohne Boden. Sie presste ihre Faust auf ihr Herz.

»Ich kann das nicht!« Dakota schrie dem Sturm entgegen, der Wind peitschte ihr Haar, Tränen liefen ihr über die Wangen.

Blitze spalteten die dunklen Wolken und zogen im Zickzack über den Himmel. Am Rande der Lichtung waren die Bäume dunkle, schwankende Formen.

Wenn Gott dort oben war, wünschte sie sich sehnlichst, dass er sie hörte, dass er ihr antwortete, dass er sie tröstete oder ihr sagte, was sie tun sollte. Irgendetwas.

»Wo bist du, Gott?«, schrie sie mit brüchiger Stimme, und

Schluchzer durchzuckten ihren Körper. »Wo bist du? Wie kann ich das allein schaffen?«

Sie bekam keine Antwort abgesehen von dem heulenden Wind und dem krachenden Donner.

Ein Zweig knackte hinter ihr. Dakota wirbelte herum, die Pistole in beiden Händen, und zielte auf die Körpermitte des Eindringlings.

Langsam senkte sie die Waffe.

»Du bist nicht allein«, sagte Logan. »Ich bin hier bei dir.«

# ANMERKUNG DER AUTORIN

Ich hoffe, *Mitten im Feuer* hat euch gefallen! Es hat viel Spaß gemacht, über die Everglades als Schauplatz zu schreiben. Die Recherche hat fast genauso viel Spaß gemacht wie das Schreiben.

Ich habe mich auf dieses Buch gefreut, seit ich die Serie *Nukleare Dämmerung* konzipiert habe und den „Fluss aus Gras" als eine hervorragende Möglichkeit für meine Figuren ansah, dem Chaos der Stadt zu entkommen.

In diesem Buch gab es viele emotionale Höhen und Tiefen. Logan hat sich schließlich für das Leben entschieden—und für Dakota. Der Tod von Ezra war für mich am schwierigsten zu schreiben, weil er sich schon vor langer Zeit entschieden hatte, sein Leben nicht mehr zu leben. Das machte seinen Tod für mich umso tragischer.

Die Details über die Anzahl der Atomwaffen auf der Welt— und wie gut sie gesichert sind oder nicht—stammen alle aus dem wirklichen Leben. Die Recherche ist faszinierend und mehr als nur ein bisschen erschreckend!

Vielen Dank, dass ihr Dakota, Logan, Eden und die anderen

auf dieser Reise begleitet habt. Es gibt noch ein weiteres Buch, um die Serie abzuschließen, und ich verspreche, dass es episch werden wird!

# DANKSAGUNG

Vielen Dank wie immer an meine großartigen Beta-Leser. Eure aufmerksamen Kritiken und eure Begeisterung sind von unschätzbarem Wert. Meine Geschichten und Charaktere sind dadurch besser geworden!

Ein herzliches Dankeschön an Fred Oelrich, Mike Smalley und Wmh Cheryl. Ein großes Danke auch an Michelle Browne, Jessica Burland, Sally Shupe, Jeremy Steinkraus sowie Barry und Derise Marden.

Danke an Debbie Butz, die den Namen Jake für den letzten Collier-Bruder vorgeschlagen hat. Ich bin dir sehr verbunden!

Michelle Browne für ihre Fähigkeiten als hervorragende Lektorin. Danke an Eliza Enriquez für ihre hervorragenden Korrekturlesefähigkeiten. Ihr beide bringt meine Worte zum Leuchten.

Und an meine treuen Leser, deren Unterstützung und Ermutigung mir alles bedeutet. Ich danke euch.

# ÜBER DIE AUTORIN

Ich verbringe meine Tage damit, apokalyptische und dystopische Romane zu schreiben.

Ich liebe es, Geschichten zu schreiben, in denen es darum geht, wie gewöhnliche Menschen mit außergewöhnlichen Umständen zurechtkommen, insbesondere in Situationen, in denen der normale Komfort, die Annehmlichkeiten und die Regeln wegfallen.

Meine Lieblingsgeschichten, die ich lese und schreibe, handeln von Figuren, die mit inneren Dämonen kämpfen, die lernen, sich ihren Ängsten zu stellen und sie zu überwinden, um sich in den starken, mutigen Krieger zu verwandeln, der sie werden sollen.

Ich liebe es, von meinen Lesern zu hören! Findet meine Bücher und chattet mit mir über einen der unten aufgeführten Kanäle: E-Mail an KylaStone@yahoo.com